5大主題╳50句慣用語╳實用例句╳延伸補充
例句隨看隨用，輕鬆開口說出英文會話
任何情境都能暢聊不詞窮

User's Guide
使・用・説・明

會話關鍵 1

主題廣泛內容寫實，
開口即焦點，對話不冷場！

全書分「基礎自我表達」、「與他人零距離」、「與社會連結」、「漫步跨日線」，以及「把握世界脈動」五大主題，想炒熱氣氛、想快速回話接招、不想句點對方，都能迅速找到適合的會話，隨查隨用，打進所有場合！

會話關鍵 2

當地人最常用的慣用語，會用就能走在潮流最前端！

break a leg不是「腿斷了」；Under the weather指的是「生病」，聽不懂誤會就糗大了。特別精選5大情境最好用、最常用慣用語，讓你和外國人對話時不會一頭霧水，還能藉此秀一把道地英文，成為社群焦點！

會話關鍵 3

例句最實用，對話最真實，聊天聊到心坎裡！

節選使用頻率最高、最好用的日常會話，精準掌握各種聊天模式！超過200種會話情境，讓你在何種情況下，都能完美應對，既不是句點王，又不會變成講話落落長的聊天對象。

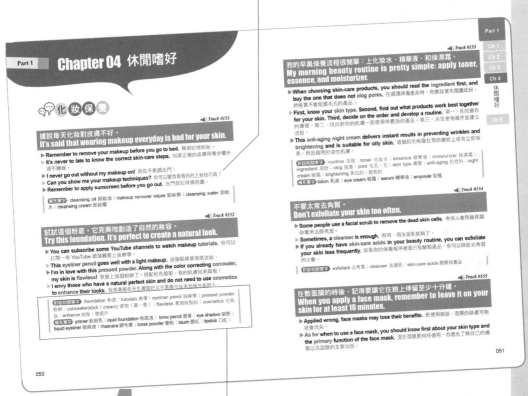

會話關鍵 4

延伸補充不可少，聊天內容再進化！

想要謝謝致意，但Thank you不足以表達你的感謝嗎？試試Thanks a million（萬分感謝）來表達吧！遇到不懂的事情，只會說I don't know嗎？你還可以用I have no idea（我不知道）！補充使用頻率高的口語單字和最實用的生活例句，讓你說話說得有內容又有重點！

Preface
作 · 者 · 序

在台灣大部分人從小學英文，有很多人英文聽力、閱讀和寫作的成績其實不錯，能力也不差，但是一遇到會話就磕磕絆絆，看到母語人士問路就腦袋一片空白。除了沒有太多機會去開口說英文外，害怕自己發音不標準，擔心語句不通順，讓很多人越來越害怕開口說英文，覺得口說是很難克服的挑戰。

要能克服開口說英文會話的痛處，最好的方法就是「多說、多看、多聽」，不要害怕說錯。語言是學來用的，而不是用來學的，我們從小學英文就習慣背單字、記文法，寫出最正確的句子，因此說出口也想要用「最正確」的句型，卻忘了語言的存在是為了「溝通」，其實我們常糾結的小小錯誤，在母語人士耳裡，說不定不會影響整句話的理解。就比如今天聽到一個人說：「我學校去」

你可以很快的理解他的意思是「我去學校」；今天有一個人用手比出101，然後說：「在哪？」你也能很快地知道他想去101大樓，但不知道路。只要願意開口、不怕說錯，再搭配肢體語言，英語會話能力一定能大幅提升，所以不要讓不敢開口說英文，而埋沒你的英語實力了！

　　你想開口說英文，卻不知道怎麼開始嗎？想和外國人暢聊卻不小心句點別人了嗎？不知道什麼情況下該用什麼會話嗎？為了害怕開口說英文的人們，我以自身經驗加上外國朋友的協助，統整學生們的困擾，將生活最常用的會話以五大主題區分，話題廣泛、句型眾多，例句隨看隨用，讓你能和外國人暢聊不詞窮，輕鬆開口說出流利英文會話！

張慈庭

與外國人對談必學慣用語

　　外國人在說話時會在對話中加入「Idiom」，就等同於我們會常用俗語、成語在對話中一樣。有些慣用語的用法，不像字面上看到的意思，像是break a leg不是「腿斷了」；Under the weather指的是「生病」。慣用語可以說是英語會話中的精華，想跟老外暢聊，一定不能不會慣用語。特別精選5大情境最好用、最常用的50句慣用語，不再搞錯慣用語的意思，英文更道地！

生活常見慣用語　◀ *Track 1*

inside out 裡外相反
▶例句：Your T-shirt is inside out. 你的T恤穿反了。

inside指的是「裡面的」，inside out從字面上翻譯就是原本在裡面的部分跑到外面，因此是「裡外相反」的意思，常用來形容衣服裡外穿反。

Nature calls 上廁所
▶例句：Nature calls. 我要上洗手間。

Nature calls 從字面上看為「大自然的呼喚」，聽到有人用這個句子時，別傻傻追問：「誰呼喚？」因為對方要去上廁所，而非誰打給他，Nature calls是委婉地表達想上廁所的用詞。

Adam's apple 喉結
▶例句：His Adam's apple makes him look sexy. 他的喉結讓他看起來很性感。

源自於聖經創世紀的故事，亞當在伊甸園裡偷吃禁果時，一塊果肉不小心卡在喉嚨，後來以Adam's apple表示喉結。

love handles
腰間贅肉
▶例句：I have love handles. 我有腰部贅肉。

love handles從字面上翻譯為「愛的把手」但與它實際的意思相差甚遠。源自於情侶擁抱時會把手放在腰上，是很有愛的部位，但腰被握住贅肉就無所遁形，因此將love handles延伸為「腰間贅肉」。

What the hell!
搞什麼！
▶ 例句：What the hell! The pitcher gave a wild pitch. 搞什麼！投手暴投了！

what the heck是較為文雅的說法。Hell這個字常常在口說中出現，它可以用來表達多種不同的情緒，憤怒、恐慌、困惑、不在乎等等，也可以用來增強語氣。

feed myself
自我充實
▶ 例句：I feed myself by reading. 我藉由閱讀充實自己。

feed為「餵養」的意思，從字面上解釋為餵養自己，延伸為自我充實的意思。

Knock it off.
別鬧了。
▶ 例句：Knock it off. 別鬧了

knock為「敲打」；off是「離開」，字面上的意思為：不要再敲了，引申為：夠了、別鬧了。

Today is not my day. 今天運氣真差。
▶ 例句：Today is not my day. 今天我的運氣很不好。

字面意思翻譯成「今天不是我的日子」，表示一天很不如意、運氣很差。

burst into tears with joy
喜極而泣
▶ 例句：Jane burst into tears with joy. 珍喜極而泣。

從字面上來解釋為：流出開心的眼淚，也就是喜極而泣的意思。

be (go) green with envy 妒火中燒
▶ 例句：Don't go green with envy for other's success. 別羨慕他人的成功。

在中文我們以「眼紅」表示忌妒，但在英文裡是用「綠色green」來表示。這種用法可以追溯到莎士比亞的作品，以「忌妒得眼睛發綠」來表達忌妒的情緒。

社交常見慣用語 ◀Track II

Break a leg
祝你好運
▶例句：Break a leg. 祝你好運！

在表演結束之後，演出者會在謝幕時向觀眾鞠躬致意。過去曾有一場表演，因為太過成功了，觀眾們熱烈歡呼鼓掌，而演出者不停地向觀眾們鞠躬答謝，害他的腿差點斷了。後來 Break a leg就引申了祝好運、祝你成功的含義。

happy-go-lucky
隨遇而安
▶例句：He is a happy-go-lucky person.他是一個隨遇而安的人。

看到happy和lucky這兩個詞，就感覺是在形容一位無憂無慮的幸運兒。但其實happy-go-lucky多用在不管遇到再衰的事，都能樂觀應對的樂天派上，因此延伸為隨遇而安的意思。

the way you are
這樣的你
▶例如：I admire the way you are. 我欣賞你做人處事的方式。

the way you are 表示這樣的你，the way 有方式的意思，因此這句話也可以延伸為「做人處事的方式」。

Thanks a million. 萬分感謝。
▶例句：Thanks a million. 萬分感謝

如果有滿滿的感激想要表達，Thank you 不足以表達你的感謝，就可以使用「Thanks a million.」million 意思是「百萬」，字面上翻譯為：百萬個感謝，也就是非常感謝的意思。

bump into 巧遇
▶例句：I bumped into Nancy on the MRT. 我在捷運上無意間遇到南西。

在沒有預期的情況下，遇到某個認識的人，就可以使用bump into sb.，也可以用run into。

punch 上班打卡

▶例句：I won't be able to punch the card on time. 我無法準時打卡了。

punch有「用拳打擊」或是「（用機器）打洞」的意思，也有上班打卡的意思，要更精確的表達，加上副詞in，punch in就能明確描述「打卡上班」。

look up to sb. 尊敬

▶例句：I look up to her devotion to social welfare and charity. 我尊敬她對社會公益的奉獻。

從字面上翻譯為：向上看某個人，意思為「景仰或尊敬某人」，對象通常比自己年長或更有經驗。

eat my hat
確定某件事不會發生的打賭用語

▶例句：I'll eat my hat if she arrives on time. 如果她準時到，我就把帽子吃了。

為英文俗語，從字面上翻譯為：吃我的帽子，看起來是很不可能的事情，所以用來表示某個人很確定某件事不會發生。

up-and-coming
新銳的

▶例句：I'm collecting the drawing portfolio of this up-and-coming artist. 我正在蒐集這位新銳畫家的畫作作品集。

從字面上的意思為：即將出現、即將到來，也就是說即將出現的新星，延伸為：嶄露頭角的、新銳的。

Gotcha
抓到了；懂意思了

▶例句：Gotcha. 我懂你的意思了。

為got you的縮略形式，有兩種意思，一種是I've got you「我抓到你了」；一種是I get it，表示「我懂你意思了」。

BYOB 請自備環保袋

▶例句：It's a BYOB party. 這是一個自備酒瓶的派對。

BYOB最早為Bring Your Own Bag的縮寫，而外國人熱衷於舉辦派對，主人會事先告知BYOB，延伸為Bring Your Own Bottle，意思為「主人不提供酒精飲料，請自備」。句尾的B可以替換成不同的單字，比如BBQ派對的BYOB指Bring Your Own Beef。

Go Dutch 各付各的

▶例句：Let's go Dutch. 讓我們各付各的吧！

Dutch是指荷蘭人的意思。十七世紀時，英國人曾和荷蘭人競爭海上霸主的地位，這句話便是從當時英國人批評荷蘭人小氣不願請客，帶有敵視意味。但在幾百年後的現在，人們在使用這句話已經沒有當時的輕蔑意味，而是單純地說應該各自付帳。

It's my treat.
我請客。

▶例句：It's my treat. 我請客。

treat在這裡指的是「特別的款待」。也可以說成：It's on me!

Bon appétit!
用餐愉快！

▶例句：Bon appétit! 用餐愉快！

從法文延伸為英文的外來語有很多也變成常用的英語慣用語。Bon appétit原為法文，字面上是指「祝你有好的食欲」，衍伸為用餐愉快。

Pardon me?
可以再說一次嗎？

▶例句：Pardon me? 可以再說一次嗎？

在與外國人交談時，對方講太快，跟不上速度時，或是電話中聽不清楚，這時可以用「Pardon me?」來委婉地表示請對方再說一次。

tone-deaf 五音不全
▶例句：I rather not, I'm tone-deaf. 我就不唱歌了，我五音不全。

「tone-deaf」可以形容某人五音不全，現在也延伸成形容人聽不進別人的話。

It would be a shame 太可惜了
▶例句：It would be a shame to miss out on Lady Gaga. 錯過 Lady GaGa的演唱會就太可惜了。

shame有「羞愧」、「羞恥」跟「可惜」的意思，It would be a shame 指的是：太可惜了，聽到不要以為是：太羞恥了！

Bravo! 太棒了！
▶例句：Bravo! 太棒了！

來自義大利文，有喝采、稱讚的意思。

Here's to you! 敬你一杯！
▶例句：Here's to you! 敬你一杯！

是喝酒時常用的慣用語。

Say CHEESE. 笑一個
▶例句：Say CHEESE.大家笑一個！

外國人在拍照時會說Say CHEESE，是因為cheese的發音，會讓嘴角自然上揚，就像在笑一樣。

take days off 請假
▶例句：I have to take some days off. 我需要請假。

要請假時可以用take days off，在days前加上數字，説明請假的天數。

round trip ticket 來回票
▶例句：I'd like a round trip ticket. 我要訂來回票。

為美式用法，以字面意思來説，就是旅行一圈的票，意指來回票。

Have a look around 四處看看
▶例句：Could I have a look around? 我可以先四處看看嗎？

have a look around的意思是「四處看看」。常被用在旅遊時，想了解周遭的觀光跟瀏覽。

under the name of... 以……的名字
▶例句：I booked under the name of Michael Brown. 我是用麥克布朗的名字訂房。

字面上的意思為：在某人的名字之下，也就是説使用某個人的名字或名義。

get money back 退費
▶例句：Can I get my money back? 我能退錢嗎？

從字面上的意思為：拿回錢，用在日常生活或是旅行途中，就可以很輕鬆的聯想到是要退費。

soft drinks
不含酒精的飲料
▶例句：What kind of soft drinks do you have? 你們有什麼不含酒精的飲料？

軟性飲料，指的就是不含酒精的飲料；若是hard drinks就是所有含有酒精的飲料。

hit the jackpot
中大獎
▶例句：I hit the jackpot tonight. 我今天晚上贏大錢了。

jackpot是頭獎的意思。hit在這裡可不是「打」的意思，而是中獎的意思。所以要表達中大獎、中頭彩，就可以使用hit the jackpot。

have/get a high temperature
發燒
▶例句：I've got a high temperature.我發燒了。

發燒除了fever外，還可以用a high temperature表示。字面上翻譯為很高的溫度，也就是發燒。

as soon as possible 越快越好
▶例句：I need a doctor as soon as possible.我需要看醫生，越快越好。

縮寫為ASAP，意思是越快越好，是英語口語上很常用到的縮寫。

I have no idea
我不知道
▶例句：I had no idea it's not allowed. 我不知道這不能帶。

字面上翻譯為：我沒有任何想法。對於事情完全沒有頭緒，無法猜到答案時，就可以說I have no idea，來表達不知道、不清楚。

be out of service
停止服務
▶例句：Train will be temporarily out of service for one day. 列車將於未來一天暫停服務。

out of是在……之外的意思，因此out of service可以理解成：在服務之外，也就是停止服務。

out of control 失控
▶例句：The big fire seems to be out of control. 大火看來似乎失控了。

out of是在……之外的意思，因此out of control就是在控制之外，也就是失去控制。

a hit-and-run accident
肇事逃逸事件
▶例句：She was permanently disabled from the hit-and-run accident. 她因為那場肇事逃逸事件而終身殘廢。

從字面上解釋，便為打和逃跑的事件。出事之後逃跑的事件，所以引申為「肇事逃逸」。

scam gang
詐騙集團
▶例句：A smart person like him would be swindled by a scam gang. 像他這麼聰明的人竟會被詐騙集團給騙了。

scam為詐騙的意思；gang有一幫、一團的意思，合起來就是詐騙集團。

take one's breath away
使人驚嘆
▶例句：The rushing waterfalls took our breath away. 湍急的瀑布讓我們驚嘆不已。

從字面上解釋，便為讓人屏息，通常指事物令人驚嘆到忘記呼吸。

flowers come out
花朵綻放
▶例句：The flowers are coming out little by little. 花朵正慢慢綻放。

照著字面解釋為：花朵出現，不難聯想flowers come out指的是花朵綻放、花團錦簇的樣子。

brick-and-mortar 實體店面
▶例句：Sales decrease in brick-and-mortar book stores may be partly attributed to the increase in the use of e-readers. 實體店面銷售量的下降可能部分起因於電子閱讀器的崛起。

brick-and-mortar字面上看的意思為磚和灰牆，房子都是用磚頭砌成的，因此可以延伸為「實體店面」。

beyond expression
難以表達；溢於言表
▶例句：The feeling of being surrounded by physical books is beyond expression. 被實體書圍繞的感覺是難以言喻的。

beyond 有超過、以外的意思；expression 意指表達，字面上翻譯就是指超過表達，表示溢於言表。

get the hang of sth.
對……得心應手
▶例句：It seems that you've gotten the hang of using your GPS. 看來你已能得心應手的使用你的GPS了。

想要形容熟能生巧、做事上手，這時就可以用get the hang of。

a keen eye on 眼光獨到
▶例句：He has a keen eye on foreign currency investment. 他在經營外幣上眼光獨到。

是照著字面解釋為「敏銳的眼睛」，引申為眼光獨到。

Contents 目·錄

Part 1 基礎自我表達，對談時可以這麼說

Chapter 01 一日點滴

Chapter 02 居家生活

Chapter 03 內外特質

Chapter 04 休閒嗜好

Chapter 05 情緒表達

Part 2　與他人零距離，交際時可以這麼說

Part 3 與社會連結，生活大小事可以這麼說

Part 4　漫步跨日線，旅遊時可以這麼說

Part 5 把握世界脈動，時事可以這麼說

Part 1

基礎自我表達，
對談時可以這麼說

Chapter 01 一日點滴

 起 床

Track 0001

我手機鬧鐘早上沒有響。
The alarm clock on my phone didn't go off this morning.

▶ I don't think I heard my alarm clock go off. 我覺得我沒有聽到鬧鐘響。
▶ I forgot to set my alarm clock last night. 我昨晚忘記定鬧鐘了。
▶ I need two alarm clocks to wake me up. 我需要兩個鬧鐘才能起床。

Track 0002

我昨天很晚才睡。
I went to bed very late last night.

▶ I stayed up late until 2 a.m. 我凌晨兩點才睡。
▶ I had a late night. 我昨天很晚睡。
▶ I didn't fall asleep until dawn. 我直到黎明才睡著。

對話相關用法「didn't＋原形動詞＋until＋時間」的意思是「直到某時才做某事」。

Track 0003

我需要一杯咖啡才能醒來。
I need a cup of coffee to wake up.

▶ Please give me a cup of morning coffee. 請給我一杯早晨咖啡。
▶ I won't be awake until I've had my coffee. 我一定要喝了咖啡才會醒來。

補充新知 許多外國人早上起床一定要喝一杯咖啡腦袋才會清醒過來，因此早上的這杯咖啡稱之為 morning coffee。

Track 0004

讓我再睡五分鐘。
Let me sleep for five more minutes.

▶ Give me another five minutes. 再給我五分鐘。
▶ I want to sleep more. 我想再多睡一點。

🔊 *Track 0005*

起床！
Wake up!

▶ **Wake up now or you'll be late.** 現在馬上起床否則你會遲到。
▶ **It's time to get up.** 該起床了。

對話相關片語 wake up 與 get up 均有「起床」的意思，但 wake up 較偏向「醒來」，get up則偏向「從床上起來」的意思。且 wake up 除了當做「起床、醒來」之意以外，還有提醒他人「趕快清醒吧」的意思。

🔊 *Track 0006*

你為什麼沒有叫我起來？
Why didn't you wake me up?

▶ **I'm late because you didn't wake me up on time.** 我要遲到了，因為你沒有準時叫我起床。
▶ **You were supposed to wake me up at seven o'clock sharp.** 你應該要七點整叫我起床的。

對話相關單字 sharp 的本意是「尖銳的、鋒利的」，這裡是指「整點」的意思。

🔊 *Track 0007*

我六點就起床了。
I woke up at six o'clock.

▶ **I like to get up early to smell the fresh air.** 我喜歡早起呼吸新鮮空氣。
▶ **I got up earlier than usual this morning.** 我今天比平常早起。

 早 餐

🔊 *Track 0008*

你早餐想吃什麼？
What do you want for breakfast?

▶ **How about ham and eggs for breakfast?** 早餐吃火腿和蛋好嗎？
▶ **Do you want a peanut butter sandwich for breakfast?** 你想要一份花生醬三明治當早餐嗎？

你的早餐在餐桌上。
Your breakfast is on the dining table.

▶ I made some cereal for breakfast. 我做了些麥片當早餐。
▶ Breakfast will be ready in three minutes. 早餐再三分鐘就好了。

我想吃麵包加奶油當早餐。
I want to have some bread and butter for breakfast.

▶ Can I have something hot to drink? 我可以喝些熱的東西嗎？
▶ Could you make me a cup of hot chocolate? 你可以幫我弄杯熱可可嗎？
▶ Do we still have some orange juice in the fridge? 我們冰箱裡還有柳橙汁嗎？

對話相關單字 fridge 是 refrigerator 冰箱的簡稱。

我沒時間吃早餐了。
I don't have time for breakfast.

▶ I can only take a few bites before I run. 我只能吃幾口就得出門了。
▶ I have to skip breakfast today. 我今天不吃早餐了。
▶ I'll just have a cup of coffee. 我喝杯咖啡就好。

對話相關單字 skip 有「略過」的意思，在這裡就是表示「不吃早餐了」。

我喜歡吃中式早餐。
I like to have Chinese-style breakfast.

▶ American breakfast is my favorite. 美式早餐是我的最愛。
▶ I need to buy some cornflakes for breakfast. 我需要買早餐的玉米片了。
▶ We have run out of cereal and milk. 麥片和牛奶已經沒有了。
▶ Please buy some toast on your way home this evening. 今晚回家的時候請你帶些吐司。

補充新知 美式早餐除了麵包及可頌以外，還有培根、炒蛋等熱食，及咖啡、牛奶、果汁等選擇。

Track 0013

我太太每天幫我準備早餐。
My wife makes breakfast for me every day.

▶ **We always have breakfast in a hurry.** 我們總是匆忙地吃完早餐。

▶ **I insist the kids to have breakfast before they go to school.** 我堅持孩子們上學前一定要吃早餐。

▶ **Breakfast is the most important meal of the day.** 早餐是一天中最重要的一餐。

 著 裝

Track 0014

今天要穿什麼呢？
What should I wear today?

▶ **I don't know what to wear.** 我不知道要穿什麼。

▶ **I always spend a long time deciding what to wear.** 我總是花很長的時間來決定要穿什麼衣服。

Track 0015

我找不到我的藍色領帶。
I can't find my blue tie.

▶ **Do you know where my white shirt is?** 你知道我的白襯衫在哪裡嗎？

▶ **My black pants are not in the closet.** 我的黑色長褲不在衣櫥裡。

▶ **Where did you put my sweater?** 我的毛衣你放在哪裡了？

Track 0016

我的裙子還沒乾。
My skirt is not dry yet.

▶ **I forgot to iron my shirt.** 我忘了燙襯衫了。

▶ **I think I left my jacket in the office.** 我應該是把夾克放在公司了。

Track 0017

今天很冷，記得要多穿一點。
It's very cold today. Remember to put on more clothes.

▶ **You had better put on your turtleneck.** 你最好把高領毛衣穿上。

▶ **Don't forget your gloves.** 別忘了手套。

對話相關用法 had better 的意思是「最好是……」，用於已知某種特定狀況，而給他人建議時所使用。

你穿這件洋裝很漂亮。
You look good in this dress.

▶ **This scarf looks good on you.** 這條圍巾你用戴起來很好看。
▶ **This top goes well with your jeans.** 這件上衣和你的牛仔褲很搭。

對話相關用法 A goes well with B 表示「A 與 B 兩者很搭」。

這條裙子對妳來說太緊了。
This skirt is too tight for you.

▶ **I look fat in this skirt.** 我穿這條裙子看起來很胖。
▶ **You should iron this shirt before you wear it.** 你穿這件襯衫前應該要先燙過。
▶ **This is not your style.** 這不是你的風格。
▶ **You should wear something brighter.** 你應該穿亮一點的衣服。

前面有一顆鈕子掉了。
There's a missing button at the front.

▶ **Your fly is open.** 你褲子的拉鍊沒拉。
▶ **Let me help you with the necktie.** 我幫你打領帶。
▶ **Your t-shirt is inside out.** 你的T恤衫穿反了。

對話相關片語 inside out 的意思是「裡面跑到外面」，表示裡外相反的意思。

出門

我睡過頭，錯過公車了。
I overslept and missed the bus.

▶ **How come the bus is so empty today?** 今天的公車怎麼那麼空？
▶ **I jumped onto the wrong bus this morning.** 我今早上錯公車了。

Part

Ch 1

一
日
點
滴

Ch 2

Ch 3

Ch 4

Ch 5

◀ *Track 0022*

我開會要遲到了。
I'm going to be late for the meeting.

▶ **I won't be able to punch the card on time.** 我無法準時打卡了。
▶ **I have to arrive at the office at 8:45.** 我八點四十五分要到公司。
▶ **I'll be late if I don't catch this train.** 我如果趕不上這班火車就要遲到了。

對話相關單字 punch 有「搥打、打孔」等意；punch in 表示「打卡」的意思。

◀ *Track 0023*

你有看到我的公事包嗎？
Did you see my briefcase?

▶ **I forgot where I put my keys.** 我忘了我把鑰匙放哪裡了。
▶ **Does anyone know where my purse is?** 有沒有人知道我的皮包在哪裡？
▶ **I can't find my glasses anywhere.** 我到處都找不到我的眼鏡。

對話相關單字 purse 女用皮包。要說明男用皮夾則是使用 wallet 這個單字。

◀ *Track 0024*

我的同事每天讓我搭便車。
My colleague gives me a free-ride every day.

▶ **It's always crowded on the MRT.** 捷運上總是很擁擠。
▶ **I take the same bus every day.** 我每天都搭同一班公車。
▶ **I like to leave the house 20 minutes earlier to take a walk.** 我喜歡提早二十分鐘出門來散步一下。

◀ *Track 0025*

使用悠遊卡比較方便。
Using an EasyCard is more convenient.

▶ **I have to add value to my EasyCard.** 我的悠遊卡要儲值了。
▶ **It is faster to take the MRT.** 搭捷運比較快。

◀ *Track 0026*

我得走了。
Gotta run.

▶ **I've got a train to catch.** 我還得趕火車呢。
▶ **I have to catch the next bus.** 我得搭下班公車。

▶ **Hurry up or you'll be late.** 快一點，要不然你要遲到了。

（對話相關片語） gotta＝got to，是口語的用法。

◀ *Track 0027*

我們塞在車陣中了。
We're stuck in the traffic.

▶ **There won't be so much traffic if we leave ten minutes earlier.** 如果我們早出門十分鐘的話，就不會那麼塞車了。
▶ **I hate to be stuck in the traffic jam every day.** 我討厭每天要被塞在車陣中。

 結束一天工作

◀ *Track 0028*

今天就到此為止了。
Let's call it a day.

▶ **I need to leave on time today.** 我今天要準時離開。
▶ **It's been such a long day.** 今天真是漫長的一天。
▶ **I want to leave now.** 我想要離開了。

（對話相關片語） on time 準時；in time 則是「及時」之意。

◀ *Track 0029*

我需要去買些民生用品。
I need to buy some groceries.

▶ **I have to pick up my kids at six-thirty.** 我六點半要去接小孩。
▶ **I have to catch the seven-fifteen train.** 我要趕七點十五分的火車。

（對話相關片語） pick up 有「撿起、拾起」的意思，這邊做「接……人」解釋。

◀ *Track 0030*

今晚有什麼計劃嗎？
Got any plans tonight?

▶ **Do you have a date tonight?** 你今晚有約會嗎？
▶ **Have you got anything to do after work?** 你下班後有沒有要做什麼事？

Part

Ch 1

一日點滴

Ch 2

Ch 3

Ch 4

Ch 5

◀ *Track 0031*

我今晚要跟我男朋友約會。
I have a date with my boyfriend tonight.

▶ **I'm having dinner with my family.** 我要跟家人一起吃晚餐。
▶ **I'm going to a friend's birthday party.** 我要去一個朋友的生日派對。
▶ **I have English conversation class on Tuesday nights.** 星期二晚上我有英文會話課。
▶ **I plan to work out at the gym tonight.** 我今晚計畫要去健身房運動。
▶ **I don't have any particular plans for tonight.** 我今晚沒有什麼特別的計畫。

◀ *Track 0032*

我今晚要加班。
I need to work overtime today.

▶ **I have to finish this report before I go.** 我離開前要把這份報告完成。
▶ **I've been working late this week.** 我這一整個星期都在加班。
▶ **We don't get paid for working overtime.** 我們加班沒有加班費。

◀ *Track 0033*

你要搭便車嗎？
Do you need a ride?

▶ **Walk me to the bus stop.** 陪我走到公車站牌。
▶ **My husband is picking me up downstairs.** 我先生在樓下接我。

 晚 間

◀ *Track 0034*

今晚吃什麼好呢？
What should we eat tonight?

▶ **Are you cooking tonight?** 你今晚有要做晚餐嗎？
▶ **What's for dinner?** 晚餐吃什麼？
▶ **Let's dine out tonight.** 我們今晚到外面吃吧。
▶ **I don't feel like cooking dinner.** 我不想做晚餐。
▶ **I'm too tired to cook.** 我太累了無法煮飯。
▶ **Let's order takeout.** 我們來叫外賣吧。

對話相關用法 too...to... 的用法表示「太……以至於不……」。

我在回家的路上遇到湯姆。
I met Tom on my way home.

▶ **I bumped into Nancy on the MRT.** 我在捷運上無意間遇到南茜。
▶ **Guess who I saw on the bus?** 猜猜我在公車上看到誰？

對話相關片語 bump into 是口語中表示「無意間遇到」的意思。

我最喜歡的電視節目還有五分鐘要開始了。
My favorite TV program is starting in five minutes.

▶ **Who remembers what happened in the last episode?** 誰記得上一集發生了什麼事？
▶ **I've seen this episode. This is replay.** 我看過這一集了。這是重播。

謝謝你這豐盛的一餐。
Thank you for the wonderful meal.

▶ **The chicken tastes great.** 雞肉的味道好極了。
▶ **I like how you cook the beef.** 我喜歡你做牛肉的方式。

晚餐前我想先淋浴。
I want to take a shower before supper.

▶ **Turn off the TV and come for dinner.** 把電視關掉來吃晚餐。
▶ **I want to take a nice bath.** 我想泡個舒服的澡。
▶ **I think a hot bath will help me relax.** 我想泡個熱水澡可以幫助我放鬆。
▶ **I'm so tired that I want to skip shower and go to bed.** 我太累了，想不淋浴直接睡覺去。

對話相關單字 bath 是指在浴缸裡「泡澡」；「淋浴」則是 take a shower。

我睡前想看點書。
I want to read for a while before bedtime.

▶ **I feel like some midnight snack.** 我有點想吃宵夜。
▶ **My eyelids are heavy already.** 我的眼皮已經很沉重了。
▶ **I might fall asleep any minute.** 我每分鐘都有可能睡著。
▶ **I keep yawning.** 我一直打哈欠。

▶ **Can you give me some massage?** 你可以幫我按摩一下嗎？

對話相關單字 - midnight 是「午夜」，午夜的點心就是「宵夜」的意思。

◀ *Track 0040*

明天不用上班，太好了！
I don't need to go to work tomorrow. Great!

▶ **It's great that I don't need to get up early tomorrow.** 明天不用早起真是太好了。
▶ **I have an early day tomorrow.** 我明天要早起。

◀ *Track 0041*

別忘了設鬧鐘。
Don't forget to set the alarm clock.

▶ **Please keep the night light on.** 請把小夜燈開著。
▶ **Did you check the door?** 你有檢查門有沒有鎖嗎？

Chapter 02 居家生活

 客廳

◀ Track 0042

請幫我打開電視。
Please turn on the TV for me.

▶ **Please switch to channel 4.** 請轉到第四台。
▶ **Turn off the TV, please.** 請把電視關掉。
▶ **Do you mind switching off the TV?** 你介意把電視關掉嗎？
▶ **I want to read the newspaper.** 我想要看報紙。
▶ **The latest issue of the magazine is on the table.** 最新一期的雜誌放在茶几上。

對話相關片語 turn off 和 switch off 均表示「關掉電視」的意思。

◀ Track 0043

我不能錯過這個節目。
I can't miss this show.

▶ **My favorite show is on.** 我最愛的節目開始播了。
▶ **I don't like this new soap opera.** 我不喜歡這齣新的連續劇。
▶ **The show's first episode of the new season is on tonight.** 今晚播出的是這節目最新一季的第一集。
▶ **The show's ending is not very satisfying.** 這個節目的結局不是很令人滿意。

◀ Track 0044

這個立體音響真棒。
The stereo is fantastic.

▶ **The DVD player is not working.** 這個 DVD 播放器壞掉了。
▶ **The TV remote control is out of order.** 這個電視遙控器壞掉了。
▶ **The video game is terrific.** 這個電動遊戲棒呆了。

◀ Track 0045

我要重新佈置客廳的擺設。
I am going to rearrange the living room.

Part 1

Ch 1

Ch 2

居家生活

Ch 3

Ch 4

Ch 5

▶ **The living room needs to be renovated.** 客廳要重新裝潢了。

▶ **I want to put the TV unit against the wall.** 我要把電視櫃放到牆邊。

Track 0046

我想把這些照片掛在牆上。
I want to hang the pictures on the wall.

▶ **The painting on the wall is very special.** 掛在牆上的這幅照片很特別。

▶ **The color of your curtain matches your wall.** 你家窗簾的顏色跟牆很配。

Track 0047

我客廳的新擺設很舒適。
The new arrangement of my living room is comfortable.

▶ **The renovation of the living room looks good.** 客廳重新裝潢得很棒。

▶ **I like how your living room is arranged.** 我喜歡你客廳的擺設。

對話相關單字 renovation 翻新

Track 0048

你覺得我要換沙發嗎？
Do you think I should replace my sofa?

▶ **Do you like my new loveseat?** 你喜歡我新買的雙人椅嗎？

▶ **What do you think of my new couch?** 你覺得我的新沙發如何？

對話相關單字 loveseat 表示「二人座的沙發」的意思，couch 則表示「三人座（以上）的沙發」。

 廚房

Track 0049

你在煮什麼？
What are you cooking?

▶ **What are we having for dinner?** 我們晚餐吃什麼？

▶ **Do you have any idea about how to cook chicken?** 你知道要怎麼煮雞肉嗎？

▶ **Can you cook lasagna?** 你會煮義大利千層麵嗎？

◀ *Track 0050*

我要煮些清淡的料理。
I want to cook something light.

▶ **I hate to cook something greasy.** 我討厭煮油膩的食物。
▶ **I am preparing a healthy meal.** 我正在煮一餐健康的料理。
▶ **I want to make some beef stew.** 我想做燉牛肉。

◀ *Track 0051*

我們來烤麵包吧！
Let's bake some bread!

▶ **I want to bake a cheesecake.** 我要烤一個起司蛋糕。
▶ **Let's bake some potatoes!** 烤一點馬鈴薯吧！
▶ **Let's grill some hamburgers.** 烤一些漢堡肉吧。

◀ *Track 0052*

我們需要買台電冰箱。
We need to buy a new refrigerator.

▶ **I got a new oven last week.** 上星期我買了個新烤箱。
▶ **I got a good deal on buying that dishwasher.** 我用優惠的價錢買到那台洗碗機。

◀ *Track 0053*

請把罐子丟到回收筒裡。
Please put the cans in the recycle bin.

▶ **We don't have a garbage disposal.** 我們沒有垃圾處理機。
▶ **Don't put the leftovers on the counter.** 不要把廚餘丟在流理台上。

◀ *Track 0054*

洗碗精放在哪裡？
Where is the dishwashing liquid?

Part 1

Ch 1

Ch 2

居家生活

Ch 3

Ch 4

Ch 5

▶ **I can't find the dish towel.** 我找不到擦碗布。
▶ **I don't know where the cookbook is.** 我不知道食譜書放到哪兒去了。
▶ **The blender is in the cabinet.** 果汁機放在儲物櫃裡。

◀ *Track 0055*

茶壺的水滾了。
The water in the tea kettle is boiling.

▶ **The chicken leg is fully cooked.** 這支雞腿煮熟了。
▶ **The lamb in the pan is burned.** 鍋子裡的羊肉燒焦了。
▶ **The fish is perfectly cooked.** 這魚煮得非常棒。

◀ *Track 0056*

我家的廚房很小。
The kitchen in my house is very small.

▶ **The equipment in your kitchen is very modernized.** 你家廚房的設備很先進。
▶ **I have a big kitchen.** 我家的廚房很大。

 臥室

◀ *Track 0057*

你的臥室很明亮。
Your bedroom is very bright.

▶ **There's no sunlight in your room.** 你房間的採光不好。
▶ **My room gets a lot of sunlight.** 我房間的採光很好。
▶ **Your room is too dark.** 你的房間太暗了。

◀ *Track 0058*

請把百葉窗關起來。
Please draw the blinds.

▶ **Please close the curtains.** 請把窗簾拉上。
▶ **Please turn off the lamp.** 請把燈關上。
▶ **Please open the window.** 請把窗戶打開。

枕頭套在哪裡？
Where are the pillowcases?

▶ **Where did you put my yellow pillowcase?** 你把我的黃色枕頭套放到哪去了？
▶ **Why can't I find my wool blanket?** 我為什麼找不到我的羊毛被？
▶ **My bed is too soft.** 我的床太軟了。
▶ **This mattress is too hard to sleep on.** 這張床墊太硬了，不好睡。
▶ **This bed is bad for your back.** 這張床對你的背不好。

對話相關片語 be bad for 對……有害

我的新床單很好看。
My new sheets are very pretty.

▶ **My new sheets look great.** 我新床單看起來很不錯。
▶ **I don't like the patterns on the sheets.** 我不喜歡這個床單的花紋。
▶ **The color of the carpet is too dark.** 地毯的顏色太深了。

請把這件外套掛到衣櫥裡。
Please hang this coat in the closet.

▶ **The socks are in the drawer.** 襪子在抽屜裡。
▶ **Please dust the dresser.** 請把衣櫃的灰塵清一清。
▶ **Please clean the sheets.** 請清洗床單。

對話相關單字 closet 表示「大型的衣櫥」；dresser 指的是「有抽屜的衣櫃」；walk-in closet 則是指「更衣間」。

我的床單該換了。
My sheets need to be changed.

▶ **I'm going to replace the old sheets.** 我要把舊床單換掉。
▶ **I need to make my bed.** 我必須要把床鋪好。
▶ **I'd like to buy a new quilt.** 我想要買棉被。

對話相關片語 make one's bed 在此表示「整理床鋪」的意思。

 浴 室

Part 1
Ch 1
Ch 2
居家生活
Ch 3
Ch 4
Ch 5

Track 0063

我想要洗澡。
I want to take a bath.

▶ **Taking a shower in the morning is refreshing.** 早上沖澡可以振奮精神。
▶ **I want to dye my hair.** 我想要染頭髮。
▶ **I have to brush my teeth.** 我要刷牙。

Track 0064

廁所裡有人。
The bathroom is occupied.

▶ **Someone is in the washroom.** 有人在廁所裡。
▶ **Nature calls.** 我要去上洗手間。
▶ **I need to use the toilet.** 我要去上洗手間。

對話相關片語 nature call 在此表示「想上廁所」的意思。

Track 0065

牙膏在哪裡？
Where is the toothpaste?

▶ **Where's the toilet paper?** 衛生紙在哪裡？
▶ **Where's my robe?** 我的浴袍在哪裡？
▶ **My toothbrush is gone.** 我的牙刷不見了。
▶ **I can't find the hair dryer.** 我找不到吹風機。

Track 0066

可以幫我拿一下肥皂嗎？
Can someone get the soap for me?

▶ **I need to get a roll of toilet paper.** 我要去拿一捲衛生紙。
▶ **I will get the towel for you.** 我去幫你拿毛巾。

Track 0067

浴缸該洗了。
The bathtub needs to be cleaned.

▶ **The sink is really dirty.** 洗臉台很髒。

▶ I am cleaning the toilet. 我正在清洗馬桶。
▶ I am washing the bathroom floor. 我正在洗浴室的地板。

這浴簾太舊了。
The shower curtain is too old.

▶ I'm going to buy a new bath mat. 我要去買浴室腳墊。
▶ The bath towel is worn out. 這個浴巾太破舊了。
▶ The plunger is broken. 馬桶塞壞了。

Track 0069

我要秤一下體重。
I want to weight myself.

▶ The scale is over there. 體重計在那裡。
▶ I can't read the number on the scale. 體重計上的數字看不清楚。
▶ Is the scale correct? 這體重計準嗎？
▶ I think I am overweight. 我想我超重了。

補充新知 美國人的浴室都是乾溼分離，體重計通常是放在浴室裡的。所以這些會話出現在浴室裡，可不要覺得奇怪喔。

Track 0070

我有把手錶放在裡面嗎？
Did I leave my watch in there?

▶ Did I leave my glasses in there? 我有把眼鏡放在裡面嗎？
▶ Did I hang the towel on the towel rack? 我有把毛巾掛在毛巾架上嗎？

Track 0071

可以快一點出來嗎？
Would you please hurry up and come out?

▶ You took too long in the bathroom. 你在廁所花太多時間了。
▶ You take forever in the washroom. 你佔用廁所的時間也太久。

Part 1

Ch 1

Ch 2

居家生活

Ch 3

Ch 4

Ch 5

 餐廳

◄ *Track 0072*

吃晚飯囉！
Time for dinner!

▶ **It's time for dinner.** 吃晚餐的時間到囉！
▶ **It's lunch time.** 午餐時間到囉！

◄ *Track 0073*

請把碗筷擺好。
Please set the table.

▶ **Place the placemat on the table.** 把餐墊放在桌上。
▶ **Put the potholder on the table.** 把隔熱墊放在桌上。
▶ **The table cloth is waterproof.** 這桌布是防水材質的。
▶ **The chair is made of red wood.** 這椅子是紅木做的。

◄ *Track 0074*

請把胡椒給我。
Please pass me the pepper.

▶ **Would you please pass the salt to me?** 請把鹽巴傳給我，好嗎？
▶ **I need another pair of chopsticks.** 我要另一雙筷子。
▶ **I want some napkins.** 我要一些餐巾紙。

◄ *Track 0075*

告訴我你怎麼煮這道菜的。
Tell me how you cooked this dish.

▶ **The main course is delicious.** 這道主菜很好吃。
▶ **Did you put any special spices in this salad dressing?** 這沙拉醬你有加任何特殊的香料嗎？
▶ **Did you stir fry the vegetables?** 你是把這些蔬菜拿去炒嗎？

◄ *Track 0076*

吃東西時要細嚼慢嚥。
Take your time when eating.

▶ **Chew the food carefully before you swallow it.** 吞下食物之前要細嚼慢嚥。

▶ **Don't talk when your mouth is full.** 吃東西時不要說話。
▶ **Wash your hands before you eat.** 飯前要洗手。
▶ **Brush your teeth after you eat.** 飯後要刷牙。

◀ *Track 0077*

我想喝杯果汁。
I'd like a glass of juice.

▶ **I want to have a cup of coffee.** 我想要來杯咖啡。
▶ **Can I have a glass of wine before we eat?** 飯前可以來杯酒嗎？
▶ **I want to have a piece of cheesecake after we eat.** 飯後我想來片起司蛋糕。
▶ **I want to have some ice cream for dessert.** 我想要來點冰淇淋當甜點。
▶ **I can't eat anything now.** 我吃太飽了。
▶ **I'm full.** 我吃飽了。

 花 園 庭 院

◀ *Track 0078*

我要去前院種花。
I am going to plant some flowers in the front yard.

▶ **I have to water the flowers.** 我需要去澆花。
▶ **I need to go trim the hedge.** 我要去修剪矮樹叢。
▶ **I am planning to plant a maple tree in the backyard.** 我計劃在後院種一棵楓樹。

◀ *Track 0079*

我每週除一次草。
I mow the lawn once a week.

▶ **I mow the lawn every week.** 我每星期除一次草。
▶ **I like to read in the backyard.** 我喜歡在後院讀書。
▶ **Reading in the backyard is fun.** 在後院讀書很有趣。
▶ **In summer, I like to barbecue in the backyard.** 夏天時，我喜歡在後院烤肉。

補充用法 表示次數時，我們用 once、twice、three times、four times... 依此類推。

Part 1

Ch 1

Ch 2

居家生活

Ch 3

Ch 4

Ch 5

◀ *Track 0080*

前院的步道需要修補了。
The front walk needs to be repaired.

▶ **I am going to redo the front walk.** 我要重新做一個前院的步道。
▶ **The fence needs to be repainted.** 圍牆需要重新粉刷了。
▶ **It's tiring sweeping the leaves in fall.** 秋天時掃落葉很累人。
▶ **Raking the leaves is not an easy job.** 用耙子耙樹葉並不是一件簡單的工作。
▶ **I actually enjoy gardening.** 我其實蠻喜歡做園藝的。

補充新知 有些地區，落葉是掉落在草坪上所以無法用掃的，而是要用耙子來耙。

◀ *Track 0081*

你的花園好漂亮。
You have a beautiful garden.

▶ **What a beautiful garden you have!** 你的花園真漂亮！
▶ **What a lovely garden!** 好漂亮的花園！
▶ **Your lawn is really green.** 你草坪上的草好綠。
▶ **Where did you buy this lawn chair?** 你在哪裡買到這張躺椅？

◀ *Track 0082*

你有園丁嗎？
Do you have a gardener?

▶ **Who takes care of your garden?** 誰幫你照顧花園的？
▶ **I don't have a gardener.** 我沒有園丁。

◀ *Track 0083*

我要借你的鋤草機。
I need to borrow your lawnmower.

▶ **Can I borrow your lawnmower?** 可以借我你的鋤草機嗎？
▶ **Can you lend me your lawnmower?** 可以借我你的鋤草機嗎？

對話相關單字 borrow 在此表示「借入」的意思，lend 表示「借出」的意思。

Chapter 03 內外特質

 臉 部 五 官

◀ *Track 0084*

她的眼睫毛很長。
Her eye lashes are long.

▶ **She has beautiful big eyes.** 她有一雙漂亮的大眼睛。

▶ **I was attracted by her beautiful eyes.** 我被她漂亮的眼睛吸引住了。

▶ **I'm so tired that I can't keep my eyes open.** 我累到眼睛都張不開了。

▶ **I never liked my bushy eyebrows.** 我從來都沒喜歡過我濃密的眉毛。

【補充用法】 當句中有超過兩個形容詞時，其出現的順序為：形狀尺寸→年齡→新舊→顏色。

◀ *Track 0085*

我有鼻子過敏的問題，所以很難專注。
I suffer from a nasal allergy and have problems focusing.

▶ **I have a runny nose.** 我在流鼻水。

▶ **I have a stuffy nose.** 我鼻塞。

▶ **Excuse me. I need to blow my nose.** 抱歉，我要擤一下鼻涕。

▶ **You should see an ENT doctor.** 你應該要看耳鼻喉科醫生。

▶ **My nose is bleeding.** 我在流鼻血。

【對話相關單字】
• stuff 當動詞是「填塞」，字尾＋y 變成形容詞，表示「塞住的」的意思。
• ENT＝Ear Nose Throat。

◀ *Track 0086*

你有口臭。
Your breath stinks.

▶ **You have bad breath.** 你有口臭。

▶ **You should try to use dental floss after every meal.** 你應該試著每餐飯後都用牙線。

【對話相關單字】 breath 是名詞的「呼吸」，breathe 是動詞的「吸氣」。

Part 1

Ch 1

Ch 2

Ch 3

內外特質

Ch 4

Ch 5

Track 0087

我的喉嚨痛。
I have a sore throat.

▶ **Andy cleared his throat before he started to sing.** 安迪開始唱歌之前先清了一下喉嚨。

▶ **His Adam's apple makes him look sexy.** 他的喉結使他看起來很性感。

▶ **I have a neck sprain.** 我落枕了。

補充新知 「喉結」的英文為 Adam's apple，起源於亞當受了誘惑吃下了禁果——蘋果，結果蘋果卡在喉嚨，於是後來的男生都會有喉結。

Track 0088

我牙痛得不得了。
I have a really bad toothache.

▶ **I think my molar has a cavity.** 我想我的臼齒可能蛀掉了。

▶ **I need to get a tooth extracted because it has decayed so badly.** 我得去拔顆牙，因為蛀得太嚴重了。

▶ **I am having a tooth pulled in this afternoon.** 我今天下午要去拔牙。

▶ **It's time to see my dentist.** 該看牙醫了。

▶ **My son grinds his teeth a lot when he sleeps.** 我兒子睡覺時常磨牙。

補充片語 蛀牙也可以說 have a tooth decay。

Track 0089

我有頭皮屑的困擾。
I have a dandruff problem.

▶ **Don't pick your nose in front of me.** 不要在我面前挖鼻孔。

▶ **I hate the freckles on my face.** 我討厭我臉上的雀斑。

▶ **I have a lot of pimples recently.** 我最近痘痘長很多。

▶ **I adore the dimples on her face when she smiles.** 我喜歡她微笑時臉上的酒窩。

Track 0090

三個臭皮匠，勝過一個諸葛亮。
Two heads are better than one.

▶ **Beauty is in the eye of the beholder.** 情人眼裡出西施。

▶ **I'll eat my hat if she arrives on time.** 如果她準時到的話我就把帽子吃了。

對話相關單字 beholder 旁觀者
對話相關片語 eat my hat 是一句俗語，表示說話者很確定某事不會發生。

你臉上的瘀青是怎麼回事？
What's that bruise on your face?

▶ **How did you get that bump?** 你那邊是怎麼撞到的？
▶ **How did you get scratched?** 你是怎麼被抓傷的？
▶ **What's wrong with your shoulder?** 你的肩膀怎麼了？

看看我的二頭肌。
Take a look at my biceps.

▶ **My boyfriend has strong arms.** 我的男友有強壯的臂膀。
▶ **I want to get a tattoo on my arm.** 我想在手臂上刺青。
▶ **I saw Jack and Rose walking in the park arm in arm.** 我看到傑克與蘿絲兩個人手挽著手在公園散步。

請蹲下。
Please squat down.

▶ **My knees are killing me.** 我的膝蓋痛死我了。
▶ **Try to bend your knees.** 試著彎曲你的膝蓋。
▶ **He kneeled down on one leg and proposed to his girlfriend.** 他單腳跪下向他女友求婚。

我是左撇子。
I'm left-handed.

▶ **I just shook hands with the President!** 我剛剛和總統握手耶！
▶ **The teacher snapped her fingers to get the students' attention.** 老師彈了一下手指來吸引學生們的注意力。
▶ **Let's give them a big hand.** 讓我們為他們鼓掌。

對話相關片語 握手的英文是 shake hands，shook 是 shake 的過去式。

Part 1

Ch 1

Ch 2

Ch 3

內外特質

Ch 4

Ch 5

◀ *Track 0095*

可以請你幫我按摩一下背部嗎？
Could you massage my back for me?

▶ **Please help me scratch my back.** 請幫我抓抓背。
▶ **I can't reach my back.** 我抓不到自己的背。
▶ **My back aches so bad.** 我的背好痛。
▶ **I feel refreshed after the massage.** 按摩以後我又恢復了精神。

◀ *Track 0096*

不要蹺二郎腿。
Don't cross your legs.

▶ **Don't sit with your legs crossed.** 坐著的時候不要盤腿。
▶ **Let me stretch my legs.** 讓我伸展一下雙腿。
▶ **Put your legs together.** 把雙腿合併。
▶ **My legs are sore.** 我的腿很痠。
▶ **I hit my funny bone.** 我撞到手肘了。
▶ **I sprained my wrist.** 我的手腕扭到了。

> **補充新知** - funny bone 是「手肘的尺骨端」，該部位有一條俗稱「麻筋」的地方，碰撞到會有麻痛、不舒服的感覺，外國人說是一種 a funny feeling，哭笑不得的感覺，故名為 funny bone。

◀ *Track 0097*

我的小腿早晨常抽筋。
I often get cramps on my calf in the morning.

▶ **It hurts when you get cramps.** 抽筋的時候很痛。
▶ **I banged my knee against the table.** 我的膝蓋撞到桌子。
▶ **I sprained my ankle.** 我扭到腳踝了。
▶ **I have a serious period pain.** 我生理痛很嚴重。
▶ **I'm suffering from athlete's foot.** 我正飽受香港腳之苦。

> **對話相關單字** - period 表示「週期、期間」，在這邊表示「生理期」的意思。
> **補充單字** - 經痛也可以說 menstrual cramps，或是 cramps。

◀ *Track 0098*

我右腳上有雞眼。
I have a corn on my right foot.

▶ **I wear high heels every day and that's why I have corns on my feet.** 我每天穿高跟鞋，所以雙腳都有雞眼。

▶ **Please buy some corn plaster for me.** 請幫我買些雞眼貼布。

 身 材 體 型

◀ *Track 0099*

我要怎麼消除蝴蝶袖呢？
How can I get rid of my bingo wings?

▶ **I need to lose some weight around my tummy.** 我需要減掉一些腹部的肉。
▶ **Doing sit-ups will help you lose some extra pounds.** 做仰臥起坐可以幫助你減重。
▶ **I want to get rid of the fat around my stomach.** 我想要消除腹部的贅肉。

◀ *Track 0100*

我的腰很粗。
I have a very thick waistline.

▶ **It's hard to lose the fat around the waist.** 要減掉腰部的贅肉很困難。
▶ **Large waistline and stress can lead to heart disease.** 粗腰圍及壓力會導致心血管疾病。
▶ **Sit-ups help get rid of your big belly.** 仰臥起坐可以助你擺脫大肚子。

◀ *Track 0101*

看看你的水桶腰。
Look at your spare tire.

▶ **My husband has a big beer belly.** 我先生有個很大的啤酒肚。
▶ **I have love handles.** 我有「愛的把手」。

對話相關單字
• spare tire 是「備胎」的意思，常用來形容腰間的水桶腰。
•「腰部的贅肉」可形容為「愛的把手」，也就是 love handles 的意思，如同情人們除了手以外，還可以握住腰部，用來形容人肥胖。

◀ *Track 0102*

我能做什麼來改善身材呢？
What can I do to improve my body shape?

▶ **I want to take some Pilates lessons to improve my body shape.** 我想上些皮拉提斯的課來改善我的身材。

Part 1

Ch 1

Ch 2

Ch 3

內
外
特
質

Ch 4

Ch 5

▶ **Regular exercise will keep you in good shape.** 規律的運動可以幫助你保持好身材。
▶ **I go to a health club two or three times a week to stay in shape and stay fit.** 我一週上兩到三次的健身房來保持健美身材。

Track 0103

她太瘦了。
She's too skinny.

▶ **She's quite slim.** 她很苗條。
▶ **I don't want to look chubby.** 我不喜歡看起來胖胖的。

(對話相關單字)
• skinny 與 slim 都是形容人「苗條、瘦」的意思，但 slim是形容一個人「瘦得很均勻」，較為「纖細合度」，而 skinny 則是說一個人有點「過瘦」，已經到「骨瘦如柴」的地步了。
• chubby 較常拿來形容小孩子，是指「圓滾滾」的胖，而 fat 則是說一個人「肥胖」。

Track 0104

我改變飲食習慣後，瘦了幾公斤。
I lost a few kilos after I changed my diet habits.

▶ **You should also try to change your diet.** 你也應該試著改變一下飲食。
▶ **Try to have a healthy and balanced diet.** 設法飲食均衡健康。
▶ **I'm on a diet.** 我正在節食。
▶ **I gained a few pounds because of my irregular lifestyle.** 我因為生活作息不正常，胖了幾公斤。
▶ **I've been working late and having night snacks.** 我最近常加班又吃宵夜。

 外 貌

Track 0105

你看起來很可愛。
You look cute.

▶ **That beauty looks gorgeous.** 那個美人看起來美極了。
▶ **The girl looks hot.** 那女孩看起來很性感。
▶ **That man is really good-looking.** 那個男人很好看。

(對話相關單字) hot 與 sexy 都可用來形容人看起來很「性感」，男女皆通用。

不要彎腰駝背。
Don't slouch.

▶ **Stand up straight.** 請抬頭挺胸站好。
▶ **I want to look thinner.** 我想要看起來瘦一點。
▶ **I still think I look fat.** 我還是覺得我看起來很胖。
▶ **Many actresses show up their cleavage on the red carpet.** 許多女星在紅毯上展露事業線。

對話相關單字 slouch 就是看起來「無精打采」的樣子。

我不喜歡化妝。
I don't like to wear makeup.

▶ **I only wear makeup on special occasions.** 我只有在特殊場合才會化妝。
▶ **I only wear a little makeup on work days.** 我上班的時候只畫淡妝。
▶ **Jenny always wears heavy makeup.** 珍妮總是化濃妝。

補充用法 「化妝」的搭配動詞可以使用 wear 或 put on。

你的氣色很好。
You have a good complexion.

▶ **You look pale today.** 你今天看起來很蒼白。
▶ **She looks elegant.** 她看起來很高雅。
▶ **She always wears a lovely smile on her face.** 她臉上總是帶著可愛的笑容。
▶ **Her voice is soft and sweet.** 她的聲音既溫柔又甜美。
▶ **He speaks with an accent.** 他說話有一種口音。
▶ **He looks noble.** 他看起來有種貴族氣息。

對話相關單字 elegant 與 noble 的差別在於，elegant 屬於高貴典雅型，而 noble 則突顯有帶點皇家的、貴族的氣息。

她讓我想起我祖母。
She reminds me of my grandmother.

▶ **I don't like his arrogant look.** 我不喜歡他那自大的表情。
▶ **He looks so much like a movie star.** 他看起來真的很像一位電影明星。
▶ **He looks so well-built.** 他看起來體格健美。

Part 1

Ch 1

Ch 2

Ch 3

內
外
特
質

Ch 4

Ch 5

對話相關單字 well-built 可以拿來形容一個人「體格健美」，但反之也帶有嘲諷的意味，就是說一個人很胖，但比直接講「He looks fat.」要好聽些。

 穿 著 服 裝

◀ *Track 0110*

這條褲子很有你的風格。
These pants are so you.

▶ **You look stylish today.** 你今天看起來很時髦。
▶ **These jeans are stylish and not expensive.** 這些牛仔褲很時髦而且價格不貴。
▶ **She's fashionably dressed.** 她打扮得很時尚。
▶ **She enjoys dressing up herself.** 她很喜歡打扮自己。

對話相關單字 you 在這裡，表示「你自己的個人風格」。

◀ *Track 0111*

我喜歡你穿著打扮的方式。
I like the way you dress yourself.

▶ **You are neatly dressed today.** 你今天的穿著看起來乾淨整潔。
▶ **You look good in yellow.** 你穿黃色很好看。
▶ **You look weird in these clothes.** 你穿這樣看起來很奇怪。
▶ **This dress doesn't suit you.** 這件洋裝不適合你。
▶ **You look totally different in a suit.** 你穿西裝看起來完全不一樣了。

◀ *Track 0112*

他穿得很邋遢。
He's such a sloppy dresser.

▶ **He's so tacky.** 他真是俗不可耐。
▶ **I don't like boys wearing saggy pants.** 我不喜歡男生穿垮褲。
▶ **She always dress in dark colors.** 她總是穿深色衣服。

對話相關單字
• tacky 這個字就是中文裡形容一個人很俗的意思。
• saggy 有「鬆懈的」、「下垂的」意思，所以「垮褲」是 saggy pants。

Track 0113

穿迷你裙讓我覺得很彆扭。
Wearing a miniskirt makes me feel awkward.

▶ **This top is too revealing.** 這件上衣太暴露了。

▶ **Surprisingly, these accessories instead brought out the entire outfit.** 令人驚訝的是，這些配件反而襯托出了整體的穿著。

對話相關單字 awkward 可以形容「笨拙、不靈巧」。

Track 0114

今晚派對的服裝規定是什麼？
What's the dress code for tonight's party?

▶ **What should I wear to the party?** 我應該穿什麼去參加派對呢？

▶ **I'm going to wear my party dress.** 我要穿我的派對服裝。

▶ **We dress business casual on Fridays.** 我們星期五可以穿著商務休閒。

Track 0115

你的頭髮好亂。
Your hair looks messy.

▶ **My hair is tangled.** 我的頭髮打結了。

▶ **You really should tidy up your hair.** 你真的應該把頭髮整理一下了。

Track 0116

我討厭我的捲髮。
I hate my curly hair.

▶ **My hair is naturally curly.** 我的頭髮是自然捲。

▶ **I prefer straight hair.** 我偏愛直髮。

▶ **I want to get my hair straightened.** 我想要把頭髮燙直。

對話相關單字 straight 是形容詞，表示「直的」，字尾＋en 後變成動詞，表示「把……弄直」的意思。

Part 1

Ch 1

Ch 2

Ch 3

內
外
特
質

Ch 4

Ch 5

◀ *Track 0117*

我快要禿頭了。
I'm getting bald.

▶ **I'm losing my hair.** 我一直掉頭髮。

▶ **I'm thinking about getting some plugs.** 我在考慮要植髮。

▶ **Do you think I should wear a wig?** 你覺得我該戴假髮嗎？

對話相關單字 plug 可表示「接上……」。

◀ *Track 0118*

我想要換個新髮型。
I want to change my hairstyle.

▶ **I want to perm my hair.** 我想去燙頭髮。

▶ **How do you like my new hairstyle?** 你覺得我的新髮型怎麼樣？

▶ **These hairstyle techniques can help you get beautiful loose waves.** 這些美髮技巧可以幫助你擁有美麗的大波浪髮型。

對話相關單字 wave 是名詞，「波浪」的意思。若改成 wavy 變成形容詞，形容「呈波浪型的」。

◀ *Track 0119*

瀏海是今年最流行的髮型。
Bangs are in fashion this year.

▶ **I want to get my hair trimmed.** 我想要修剪一下頭髮。

▶ **I want to get a haircut.** 我想要剪個頭髮。

▶ **I like your new hairdo.** 我喜歡你的新髮型。

▶ **Your new hairstyle fits your face well.** 你的新髮型很適合你的臉型。

對話相關單字 trim 是指「修剪」，在這裡指「依照原來髮型作修剪而已」，而 haircut 則指髮型有做一些幅度的改變，不只是修剪而已。

◀ *Track 0120*

我兩邊想打薄。
I want some thinning on the sides.

▶ **I want the same hairdo like the model on the magazine.** 我想要跟雜誌上的模特兒一樣的髮型。

▶ **Please don't change the length of my hair.** 請不要改變我頭髮的長度。

▶ **My perm cost me five thousand dollars.** 我燙髮花了五千元。

我想要改變頭髮的顏色。
I'd like to change the color of my hair.

▶ **I want to dye my hair.** 我想要染髮。
▶ **Please give me some highlights on the top.** 請幫我在上層做些挑染。
▶ **I just want to dye the roots of my hair.** 我只想染髮根的地方。
▶ **Please just dye the tips.** 請染髮尾就好。
▶ **I just want to hide my gray hair.** 我只想遮蓋白髮。

> 對話相關單字 dye 表示「染色」的意思。這裡也可以用 color，當動詞用。
> 補充新知 外國人講「白頭髮」是用 gray hair（灰髮）。

我不喜歡她的態度。
I don't like her attitude.

▶ **He has a bad attitude and is impatient.** 他態度不好又沒耐心。
▶ **His attitude was bad.** 他的態度不好。
▶ **He's a person with no manners.** 他是個沒禮貌的人。

你跟你爸爸那樣講話是非常沒有禮貌的。
It was very impolite of you to talk to your father like that.

▶ **Sorry. I didn't mean to be rude.** 抱歉。我不是故意沒有禮貌的。
▶ **You're so uncivilized.** 你真是野蠻。
▶ **Don't be cheeky.** 別那麼無恥吧。
▶ **It was very cheeky of you to do that.** 你這麼做真是太厚臉皮了。

> 對話相關單字 civilize 是指「使文明、使開化」的意思，字首用 un- 表示相反的意思，即「未開化」，也就是說人野蠻的意思。

我沒碰過這麼貪婪的人。
I've never met anyone so greedy.

▶ **He's the most selfish person I have ever seen.** 他是我見過最自私的人了。

▶ **He's very egotistic.** 他是個很自負的人。
▶ **He always looks poker-faced.** 他看起來總是面無表情。
▶ **He kept his poker face throughout the meeting.** 他整場會議都面無表情。

Track 0125

不要再碎碎念了。
Stop nagging.

▶ **Can you stop nagging?** 你可以不要再唸了嗎？
▶ **Don't nag at me.** 不要對我碎碎唸。

Track 0126

她對於穿著很挑剔。
She is fussy about what she wears.

▶ **She is picky with food.** 她對食物很吹毛求疵。
▶ **She is bossy to her employees.** 她對員工很跋扈。
▶ **I can't stand such an overbearing supervisor.** 我無法忍受一個如此專橫的主管。

 性 格

Track 0127

他是一個你可以信賴的人。
He is someone you can rely on.

▶ **His opinions are trustworthy.** 他的建議是可靠的。
▶ **He is faithful to his friends.** 他對朋友很忠實。

Track 0128

如果你往好的一面看，你會高興一點。
You will be happier if you look on the brighter side.

▶ **Try to be optimistic and make yourself a happier person.** 試著樂觀一點，讓自己成為一個更快樂的人。
▶ **Maintain your positive attitude towards life.** 保持你對生命正面積極的態度。
▶ **Don't be so pessimistic.** 不要這麼悲觀嘛。
▶ **Susan is pessimistic about her chances of finding her Mr. Right.** 蘇珊對於要找到她真命天子的機率感到悲觀。

▶ **Just get rid of all your negative thoughts!** 捨棄你所有負面的想法就對了！

(對話相關單字)
• optimistic（樂觀的）之相反詞是 pessimistic（悲觀的）。
• positive（正面的、積極的）的相反詞是 negative（負面的、消極的）。

◀ *Track 0129*

她太天真了。
She's too naïve.

▶ **Don't pretend you are innocent.** 你不要再裝無辜了。

(對話相關單字)
• 使用 naïve 來形容一個成人時，有表示「天真到愚蠢」的程度，使用上要小心。
• innocent 可當「無罪的」解釋，也可表示「天真的」意思，但當用來形容成人 innocent 時，通常是負面的涵義。

◀ *Track 0130*

他對於每件事都有強烈的好奇心。
He has a strong sense of curiosity toward everything.

▶ **She's curious about everything.** 她對每件事情都很好奇。
▶ **Obviously she has a competitive spirit.** 很明顯的，她的好勝心很強。
▶ **He's a man with a generous heart.** 他是個心胸寬大的人。
▶ **He is very open-handed to his friends.** 他對朋友是很豪爽的。

(補充單字) 形容豪爽慷慨還可以用 generous 此單字。

◀ *Track 0131*

大衛是個傲慢的人。
David is an arrogant person.

▶ **He's so arrogant that he thinks he's better than everyone else.** 他傲慢地以為他比任何人都優秀。
▶ **I find him very arrogant.** 我覺得他很傲慢。
▶ **What makes him think his opinion matters the most?** 他何以認為他的意見最重要？

◀ *Track 0132*

我無法信任一個虛假的人。
I can't trust a deceitful person.

Part 1

Ch 1

Ch 2

Ch 3

內
外
特
質

Ch 4

Ch 5

▶ **He'd regret he played this underhanded trick on me.** 他會後悔他跟我耍這種卑劣花招的。
▶ **He's very hypocritical.** 他很虛偽。
▶ **I'm sick of his pretentiousness.** 他道貌岸然的樣子讓我覺得噁心。

 個 性

◀ *Track 0133*

他是個自私的人。
He's a selfish person.

▶ **He's very self-centered.** 他很以自我為中心。
▶ **He is very possessive toward his girlfriend.** 他對女朋友佔有慾很強。
▶ **It's difficult to get along with a stingy person.** 和小氣的人相處起來很辛苦。
▶ **His jokey personality makes him popular among girls.** 他好開玩笑的個性，讓他在女生當中非常吃得開。
▶ **He is very confident in himself.** 他很有自信。

對話相關單字 difficult 原意為「困難」，這裡翻成「辛苦」。

◀ *Track 0134*

她的親切讓她交到許多朋友。
Her friendliness helped her make a lot of friends.

▶ **She is friendly and easy to get along with.** 她很友善，很好相處。
▶ **She's very easygoing and everyone likes to make friends with her.** 她很隨和，所以大家都喜歡和她做朋友。
▶ **Jimmy pays no attention to details.** 吉米很大而化之。
▶ **Don't make a fuss on such details.** 不要在這種問題上小題大作。
▶ **You should blame your own carelessness.** 這要怪你自己粗心大意。
▶ **He's a happy-go-lucky person.** 他是個隨遇而安的人。

◀ *Track 0135*

你真是糊塗耶。
You're so muddle-headed.

▶ **Try not to be so absent-minded, will you?** 麻煩你不要那麼心不在焉，好嗎？
▶ **I'm so confused.** 我真被搞糊塗了。

我爸爸脾氣很不好。
My father is very grumpy.

▶ **He's bad-tempered.** 他脾氣很不好。
▶ **Sometimes I just can't stand his stubbornness.** 有時候我就是無法忍受他的固執。
▶ **Girls can be very moody sometimes.** 女孩子有時候很情緒化。

對話相關單字
• stubborn 是形容人「倔強、頑固」,字尾加 -ness 就是描述狀態或「具有……的特質」。
• moody 也有「喜怒無常」的意思。

她是個喜歡不受拘束的人。
She is a free-spirited person.

▶ **She's the most energetic girl I've ever seen.** 她是我見過最精力充沛的女孩。
▶ **She's extroverted.** 她很外向。
▶ **She is independent and self reliant.** 她是個獨立自主的人。
▶ **She's very forgetful.** 她很健忘。

對話相關單字 extroverted(外向的)的相反詞為 introverted(內向的)。

習 慣 習 性

不要那麼嚴肅嘛。
Don't be so serious.

▶ **I'm very serious about this.** 我對這件事情是很認真的。
▶ **My father is a very serious person.** 我爸爸是一位很嚴肅的人。

對話相關單字 serious 當「認真」解釋時,意思就是「不是在開玩笑」。

Part

Ch 1

Ch 2

Ch 3

內
外
特
質

Ch 4

Ch 5

Track 0139

誠實為上策。
Honesty is the best policy.

▶ Being an honest person is my code of conduct. 當一個誠實的人是我的行為準則。
▶ My father taught me to be an honest person. 我爸爸教我要當一個誠實的人。

Track 0140

我要為這件事情負責。
I am responsible for this.

▶ She is a responsible person. 她是一個有責任感的人。
▶ Finishing the work on time is my responsibility. 在時間內完成工作內容是我的責任。
▶ Who should be responsible for this mistake? 誰要為這個錯誤負責？

Track 0141

他完全沒有幽默感。
He has no sense of humor.

▶ He's such a humorous person. 他是很有幽默感的人。
▶ He makes me laugh all the time. 他總是能逗我笑。
▶ I'm in no humor to talk to you right now. 我現在沒心情和你講話。

對話相關單字 第三句中的 humor 做「心情」解釋。

Track 0142

她是個守時的人。
She is a punctual person.

▶ He is always punctual. 他總是很準時。
▶ She arrived punctually as usual. 她一如往常地準時到達。
▶ You have to make it to the meeting on time. 你必須要準時參加會議。

Track 0143

謝謝你這麼細心。
Thank you for being so thoughtful.

▶ I appreciate your thoughtfulness. 你的體貼我非常感激。
▶ You should be more thoughtful of your behavior. 你對於你的行為應該要更小心。
▶ It's very thoughtless of you to do that. 你這麼做是非常有欠考慮的。
▶ My boyfriend is a very considerate person. 我的男朋友是一個很體貼的人。

► **Thank you for being so considerate.** 謝謝你這麼貼心。

對話相關單字 thoughtful 的相反詞就是 thoughtless。字尾為 -ful 表示「充滿……、富有……」；字尾為 -less 則表示「缺乏……、不能……」。

◄ *Track 0144*

我的兒子是個天才。
My son is a genius.

► **He is definitely a man of high intelligence.** 他絕對是個聰明的人。
► **My father is a walking dictionary.** 我爸爸是一本行動字典。
► **My grandfather is a living encyclopedia.** 我祖父是一本活百科全書。
► **You are smart.** 你很聰明。
► **He is a bright student.** 他是個很聰明的學生。

對話相關片語 walking dictionary（會走路的字典）及 living encyclopedia（活百科全書）都是比喻一個人很聰明，什麼事都知道的意思。

◄ *Track 0145*

你這樣做是很笨的。
It was very stupid of you to do such a thing.

► **Did you forget to bring your brain?** 你忘了帶腦子出門嗎？
► **Try not to be so dumb, will you?** 試著別那麼笨，好嗎？
► **Hey! Wise up!** 嘿！放聰明點！

◄ *Track 0146*

她對年齡很敏感。
She's very sensitive about age.

► **Gary is sensitive about his failure.** 蓋瑞對於他的失敗很敏感。
► **Rita is a sentimental and clever girl.** 瑞塔是個多愁善感又聰明的女孩。
► **Jessie can be very fussy about minor things sometimes.** 潔西有時候對微不足道的事情會非常愛挑剔。

對話相關單字 sensitive 一字究竟代表正面或是負面的意思，要看前後文而定。

🔊 *Track 0147*

他講話時有一種口音。
He has an accent when he speaks.

▶ **I can't quite understand his accent.** 他的口音我聽不太懂。
▶ **His accent reminds me of my grandparents.** 他的口音讓我想起我的祖父母。
▶ **He's got a royal accent.** 他有著貴族的口音。

 性 別 相 關

🔊 *Track 0148*

他的男子氣概對女孩子來說很有吸引力。
His macho look is very attractive to girls.

▶ **Is that macho man Judy's latest date?** 那個硬漢就是茱蒂最新的約會對象嗎？
▶ **I like boys looking handsome and cool.** 我喜歡看起來又帥又酷的男生。
▶ **He has an athletic feature.** 他具有運動員的特質。

🔊 *Track 0149*

我被他憂鬱的氣質吸引了。
I'm so attracted to his melancholic temperament.

▶ **He is very gentlemanlike to ladies.** 他對女仕很有紳士風度。
▶ **He has a perfect complexion.** 他有完美的外觀。
▶ **Look at his precisely gelled hair.** 看他那完美無暇的髮型。

對話相關單字
• complexion 可指「膚色、氣色、外觀」。
• gel 當名詞是「髮膠」，在這裡當成動詞用，表示頭髮很精心地上了膠，也就是「髮型完美」的意思。

🔊 *Track 0150*

他是個注重生活品味的都會時尚男性。
He's a dandy man.

▶ **You can call him a metrosexual.** 他可以被稱之為都會美型男。
▶ **She is a woman with charisma.** 她是位具有迷人領袖氣質的女性。
▶ **President Obama is known as a charismatic leader.** 歐巴馬總統是一位眾所皆知，具有領袖特質的領導者。

對話相關單字 metrosexual 融合了 metro「都會」與 sexual「性感」二字，意為「型男」或「都會美型男」。

Chapter 04 休閒嗜好

 化 妝 保 養

◀ *Track 0151*

據說每天化妝對皮膚不好。
It's said that wearing makeup everyday is bad for your skin.

▶ **Remember to remove your makeup before you go to bed.** 睡前記得卸妝。
▶ **It's never to late to know the correct skin-care steps.** 知道正確的皮膚保養步驟永遠不嫌晚。
▶ **I never go out without my makeup on!** 我從不素顏出門！
▶ **Can you show me your makeup techniques?** 你可以讓我看看你的上妝技巧嗎？
▶ **Remember to apply sunscreen before you go out.** 出門前記得擦防曬。

> **補充單字** cleansing oil 卸妝油；makeup remover wipes 卸妝棉；cleansing water 卸妝水；cleansing cream 卸妝霜

◀ *Track 0152*

試試這個粉底。它完美地創造了自然的妝容。
Try this foundation. It's perfect to create a natural look.

▶ **You can subscribe some YouTube channels to watch makeup tutorials.** 你可以訂閱一些 YouTube 頻道觀看上妝教學。
▶ **This eyeliner pencil goes well with a light makeup.** 這個眼線筆很搭淡妝。
▶ **I'm in love with this pressed powder. Along with the color correcting concealer, my skin is flawless!** 我愛上這個粉餅了。搭配校色遮瑕，我的肌膚完美無瑕！
▶ **I envy those who have a natural perfect skin and do not need to use cosmetics to enhance their looks.** 我羨慕那些天生膚質好又不需要化妝來加強外表的人。

> **對話相關單字** foundation 粉底；tutorials 教學；eyeliner pencil 眼線筆；pressed powder 粉餅；concealer(stick / cream) 遮瑕（筆、膏）；flawless 毫無缺點的；cosmetics 化妝品；enhance 加強；使提升
> **補充單字** primer 妝前乳；iquid foundation 粉底液；brow pencil 眉筆；eye shadwo 眼影；liquid eyeliner 眼線液；mascara 睫毛膏；loose powder 蜜粉；blush 腮紅；lipstick 口紅；

Track 0153

我的早農保養流程很簡單：上化妝水、精華液，和保濕霜。
My morning beauty routine is pretty simple: apply toner, essence, and moisturizer.

▶ When choosing skin-care products, you should read the ingredient first, and buy the one that does not clog pores. 在選擇保養產品時，你應該要先閱讀成份，然後買不會阻塞毛孔的產品。

▶ First, know your skin type. Second, find out what products work best together for your skin. Third, decide on the order and develop a routine. 第一，先知道你的膚質。第二，找出對你的肌膚一起使用時最效的產品。第三，決定使用順序並建立流程。

▶ This anti-aging night cream delivers instant results in preventing wrinkles and brightening and is suitable for oily skin. 這個抗老晚霜在預防皺紋上很有立即效果，而且適用於油性肌膚。

對話相關單字 routine 流程；toner 化妝水；essence 精華液；moisturizer 保濕霜；ingredient 成份；clog 阻塞；pore 毛孔、孔；skin type 膚質；anti-aging 抗老的；night cream 晚霜；brightening 美白的；提亮的

補充單字 lotion 乳液；eye cream 眼霜；serum 精華液；ampoule 安瓶

Track 0154

不要太常去角質。
Don't exfoliate your skin too often.

▶ Some people use a facial scrub to remove the dead skin cells. 有些人會用臉部磨砂膏來去除死皮。

▶ Sometimes, a cleanser is enough. 有時，用洗面乳就夠了。

▶ If you already have skin-care acids in your beauty routine, you can exfoliate your skin less frequently. 如果你的保養程序裡面已有酸類產品，你可以降低去角質的次數。

對話相關單字 exfoliate 去角質；cleanser 洗面乳；skin-care acids 酸類保養品

Track 0155

在敷面膜的時後，記得要讓它在臉上停留至少十分鐘。
When you apply a face mask, remember to leave it on your skin for at least 10 minutes.

▶ Applied wrong, face masks may lose their benefits. 若使用錯誤，面膜的益處可能就會流失。

▶ As for when to use a face mask, you should know first about your skin type and the primary function of the face mask. 至於面膜要何時使用，你應先了解自己的膚質以及面膜的主要功效。

▶ **Avoid eyes and lips and if possible, extent the mask layer to your neck and ears.** 避開眼唇周圍，且可以的話，將面膜延伸至脖子和耳朵。

〔對話相關單字〕 as for 表「至於……」；primary 主要的

◀ *Track 0156*

身為洋基隊的牆棒，A-Rod 是棒球界的傳奇。
A big slugger in the Yankees, A-Rod is a baseball legend.

▶ **The pitcher pumped his fist after he gave a K.** 那投手投出三振後振臂歡呼。
▶ **All fans cheered up for the starting pitcher and waited for the strikeouts.** 所有球迷為先發投手加油，等待他三振對手。
▶ **The relief pitcher threw a heater and made the hitter fan the air.** 中繼投手投出快速直球讓打擊者會棒落空。

〔對話相關單字〕 big slugger/ best hitter 都可表示「強棒球員」；K / strikeout 三振；starting pitcher先發投手；relief pitcher 中繼投手；heater 快速直球

◀ *Track 0157*

搞什麼！投手暴投了。
What the hell! The pitcher gave a wild pitch.

▶ **The catcher made a big mistake today; he had too many passed-balls.** 捕手今天出了大錯，他漏接太多球了。
▶ **Great! The catcher made very good pitching tactics today.** 太好了！捕手今天的配球很棒！

〔對話相關單字〕 wild pitch 暴投；What the hell! 搞什麼、天啊、怎麼搞的！ What the heck. 為較文雅的說法；passed-ball 捕手漏接球；pitching tactics 捕手配球

◀ *Track 0158*

左外野手接殺了那個高飛球。
The left fielder caught that long fly ball.

▶ **OH! No! The infielder missed the ground ball.** 噢！不！內野手漏接了那個內野滾地球。
▶ **The third baseman threw the ball back to the plate without delay, leading to the runner being forced out.** 三壘手在第一時間將球傳回本壘，成功封殺了跑壘者。

對話相關單字 - left fielder 左外野手；right fielder 右外野手；center fielder 中外野手；first baseman 一壘手；second baseman 二壘手；third baseman 三壘手；force out 封殺；plate / home base 本壘

◀ *Track 0159*

真是精彩的雙殺！
What a nice double play!

▶ **Unfortunately, the runner got a home-out.** 很不幸，跑者在本壘被刺殺出局了。
▶ **He has amazing base-running abilities.** 他有驚人的跑壘能力。
▶ **The player is ready to steal the base.** 那球員準備要盜壘了。

對話相關單字 - double play 雙殺出局；home out 本壘刺殺出局；steal the base 去盜壘；stolen-base 盜壘；be ready to 準備好去做……

◀ *Track 0160*

我在收集 MLB棒球卡。
I'm collecting MLB baseball cards.

▶ **Can we exchange a few baseball cards?** 我們可以交換幾張棒球卡嗎？
▶ **Which baseball card is most valuable?** 最有價值的棒球卡是哪張？

補充單字 - MLB 為 Major League Baseball 美國職棒大聯盟

◀ *Track 0161*

越來越多人享受騎自行車的樂趣。
More and more people enjoy going biking.

▶ **I have a great pleasure in going biking.** 騎腳踏車讓我得到很大的樂趣。
▶ **I've joined a biking club. I go biking with some new friends in my leisure time.** 我參加了一個單車俱樂部。在空閒時就和新朋友去騎單車。

◀ *Track 0162*

我想在這間新開的腳踏車店逛逛。
I'd like to browse in this newly-opened bike shop.

▶ **I want to look around to see if there are bike tights on sale.** 我想逛逛，看看是否有特價車褲。

▶ **I need a bike helmet, half-finger bike gloves and knee guard.** 我需要一頂車帽、半指手套和護膝。

▶ **I'd like to buy a saddle bag, speed meter, reflector, head-light, and tail-light.** 我想買個馬鞍包、速度儀、反光片、頭燈和尾燈。

放下停車腳架，在這停好你的腳踏車。
Pull out the kickstand and park your bike here.

▶ **There's a bicycle stand here; you can park your bike in.** 這裡有個腳踏車架，你可以停進去。

▶ **Pull your bike out of the stand; we're ready to start off.** 把你的腳踏車從停車架拉出來，我們準備要走了。

對話相關單字 bicycle stand 腳踏車停車架

◀ *Track 0164*

出發前記得檢查剎車以確保途中安全。
Remember to check your brake before you set off to make sure your safety on the way.

▶ **No matter what kind of saddle you're using, the comfort of a bike depends on your riding position.** 不管你使用哪種坐墊，腳踏車的舒適度決定於你的騎乘坐姿。

▶ **Bicycle suspensions are mostly assembled on mountain bikes.** 避震器大多安裝在登山車上。

▶ **A suitable bicycle frame is very important for a biker.** 一個合適的腳踏車架對騎士來說非常重要。

對話相關單字 brake 剎車；saddle 坐墊；bicycle suspension 避震器；bicycle frame 車架

◀ *Track 0165*

唉唷！我的小折爆胎了。
Ouch! My folding bike got a flat tire!

▶ **It's not my day today; my bicycle chain slipped when I was riding down from the mountain road.** 今天真倒楣，我的腳踏車在我騎下山路時脫鏈了。

對話相關單字 folding bike 小折；got / have a flat tire 爆胎
補充用法 脫鏈可以用 the bicycle chain slips/have a slipped bicycle chain等用法。

閱讀創作

◀ Track 0166

書本是我的精神糧食。
Books are my spiritual inspiration.

▶ **Reading makes me feel fulfilled** . 閱讀讓我感到充實。
▶ **I feed myself** by reading. 我藉閱讀充實自己。
▶ **I've enjoyed reading since my childhood.** 我從小時候就喜歡閱讀。

對話相關單字
• spiritua / mental 都可表示「精神上的、內在上的」。
• inspiration 為「激勵」，spiritual inspiration 精神上的激勵，可延伸為「精神糧食」。
對話相關片語 feed myself 餵我自己，可延伸為「自我充實」。

◀ Track 0167

我每個月起碼會讀一本書。
I read at least a book every month.

▶ **I read several** business journals per **week.** 我每周會看好幾本商業雜誌。
▶ **I enjoy reading novels on holidays.** 我喜歡在休假時讀小說。

對話相關單字 business journal 商業雜誌；novel 小說
對話相關用法 per＋一段時間表是「每……」，如：per month 每個月

◀ Track 0168

我丈夫是個書蟲。
My husband is a bookworm.

▶ **Reading detective novels is my hobby.** 我的興趣是讀偵探小說。
▶ **I'm a bookaholic so I spend much of my time in bookstores and libraries.** 我是個愛書成癮的人，所以我花許多時間在書店和圖書館裡。

對話相關用法 -holic 為字尾，表示成癮、成癮，如：bookaholic 愛書成癮者、workaholic 工作狂、alcoholic 酒鬼、shopaholic 購物狂、sexholic 性成癮者。

◀ Track 0169

我超迷奇幻小說的。
I'm crazy about fantasy novels.

▶ **I'm a super fan of The Twilight Saga.** 我是《暮光之城》的超級書迷。
▶ **I'm addicted to the Harry Potter series.** 我對哈利波特系列小說入迷了。

▶ I was wild about science fictions when I was a high school student. 我高中時超熱愛科幻小説的。

◀ *Track 0170*

我想嘗試寫個網路小説。
I'd like to try to write an Internet novel.

▶ I hope I will become a **novelist** someday. 我希望有一天能成為一位小説家。
▶ I'm used to writing travel journals to record every moment of my trip. 我習慣寫遊記來記錄我旅程中的每一刻。
▶ Writing **essays** is a very good way to express myself. 寫散文是一個表達自我的好方法。

對話相關單字 novel 小説；novelist 小説家；essay 散文

◀ *Track 0171*

我對寫詩很有興趣。
I'm very interested in writing poetry.

▶ I would try my best to become a creative poet. 我會努力成為有創造力的詩人。
▶ I hope I can write more poems about my love stories. 我希望我能寫出更多關於我愛情故事的詩。
▶ Some people think that poetry is really hard to understand. 有些人認為詩很難懂。

對話相關單字 poetry 詩詞的通稱，為集合名詞不可數；poem 詩，一首詩為 a poem；poet 則為「詩人」。

◀ *Track 0172*

你認為我的寫作風格如何？
How do you think of my writing style?

▶ I hope my writing style is simple, clear, and affecting. 我希望我的文風是簡單、明瞭，且動人的。
▶ Some friends of mine said I'm good at writing with **metaphors**. 我的一些朋友説我擅於以隱喻修辭寫作。

對話相關單字 writing style 寫作風格、文風；metaphor 寫作修辭中的隱喻法。

Part

Ch 1
Ch 2
Ch 3
Ch 4
休閒嗜好
Ch 5

 音 樂 電 影

Track 0173

我花了很多時間、金錢在電影收藏上。
I have spent lots of money and time on the collection of films.

▶ **I learned how to get alone well with my family through family movies.** 我從家庭電影中學習如何與家人好好相處。

▶ **I never get tired of horror films.** 恐怖片我永遠看不膩。

▶ **Kids love animation and science fiction a lot.** 小孩子很喜歡動畫片和科幻片。

對話相關片語 get tired of 對……感到厭煩

Track 0174

你喜歡哪種音樂類型？
What type of music do you prefer?

▶ **I prefer Reggae and R&B.** 我偏愛雷鬼和節奏藍調。

▶ **Heavy metal music is my favorite and I've collected most of the albums of Iron Maiden.** 重金屬樂是我的最愛，我已經收藏了鐵娘子大部分的專輯。

▶ **Do you like Rap?** 你喜歡饒舌樂嗎？

▶ **I only listen to Pop music.** 我只聽流行樂。

▶ **Independent music is the best!** 獨立音樂最棒！

Track 0175

你喜歡輕音樂嗎？
Do you like light music?

▶ **New age music can always smooth my mood.** 新世紀音樂總是能舒緩我的情緒。

▶ **Enya is my favorite new age music singer.** 恩雅是我最喜歡的新世紀音樂歌手。

▶ **I love classical music very much and the composer I like the most is Mozart.** 我非常喜歡古典樂，莫札特是我最喜歡的作曲家。

Track 0176

我是超級搖滾樂迷。
I'm a super rock n' roll fan.

▶ **I can't wait to go to the hip-hop concert tomorrow.** 我等不及去明天的嘻哈演唱會了。

▶ **Many young people are avid for trance music.** 很多年輕人熱衷於傳思音樂。

▶ **This venue holds amazing techno gigs.** 這個場地舉辦很多超棒的鐵克諾電子樂演出。

對話相關片語 be avid for... 熱衷於……

◀ *Track 0177*

我有一大堆爵士樂唱片。
I have tons of Jazz CDs.

▶ **Listening to Jazz music is really relaxing.** 聽爵士樂真的非常令人感到輕鬆愉快。
▶ **Can you tell the difference between Bossa Nova and Lounge music?** 你能分辨巴西輕爵士和沙發音樂的差別嗎？

◀ *Track 0178*

你喜歡哪種電影類型？
What kind of movies do you like?

▶ **Comedy is always my first choice.** 喜劇片永遠是我的第一選擇。
▶ **We girls prefer romance movies, don't we?** 我們女生喜歡浪漫愛情片，不是嗎？
▶ **I don't really like action movies.** 我不太喜歡看動作片。

補充新知 genre / type / kind 都為類別、類型；一般電影或音樂分類多使用 genre 這個字。

◀ *Track 0179*

我聽說你很有電影品味。
I heard that you have great taste in movies.

▶ **I prefer artsy and documentary movies.** 我從偏好藝術類的電影和紀錄片。
▶ **I like tragedy and drama better.** 我比較喜歡悲劇和劇情片。
▶ **I always feel sorrowful when I watch war movies.** 看戰爭片時我總感到悲痛。

 居家興致

◀ *Track 0180*

我對居家布置很感興趣。
I'm interested in home decoration.

Part

Ch 1

Ch 2

Ch 3

Ch 4

休閒嗜好

Ch 5

▶ I think I have good a concept of color schemes, so I paint my house very often.
我想我對配色概念很有品味，所以我很常粉刷家裡。

▶ I tried to remodel my room with some **DIY** furniture last week. 我上個禮拜試著以 DIY 家具改造我的房間。

▶ **Re-arranging furniture is really fun.** 重新擺設家具真的很有趣。

▶ **I have a lot of interior design ideas in mind.** 對於室內設計我很有想法。

對話相關單字 DIY＝do-it-yourself 自己動手製作

◀ *Track 0181*

園藝對我來說非常有吸引力。
I am really attracted to gardening.

▶ I'm planning to **plant** some herbs in my balcony. 我打算在陽台種些香草植物。

▶ **Are mint and lavender easy to grow?** 薄荷和薰衣草好種嗎？

▶ **Gardening my balcony takes me a lot of time.** 在陽台養花弄草花去我不少時間。

▶ I'm satisfied with the flourishing **flower pots** on my balcony. 我對陽台茂盛的花草盆栽感到滿意。

對話相關單字 grow / plant 種植；flower pot 盆栽、花盆

◀ *Track 0182*

我媽在我們的花園裡種了很多蔬菜。
My mom plants a lot of vegetables in our garden.

▶ **She grows many red peppers.** 她種了很多辣椒。

▶ **I suggested my mom to raise some carrots and eggplants.** 我建議我媽種些紅蘿蔔和茄子。

▶ **The sweet potatoes are going to ripe.** 番薯快要成熟了。

▶ We're planning to grow some radishes and cabbages. 我們打算種些白蘿蔔和大白菜。

◀ *Track 0183*

假日時我盡量陪伴寵物。
I try my best to accompany my pets during holidays.

▶ **Keeping a pet seems like a good idea.** 養寵物似乎是不錯的主意。

▶ **I walk my dog and pet his belly every day.** 我每天都會溜我的狗和拍拍牠肚皮。

▶ My dog is my best friend and he's so faithful to me. 我的狗是我最好的朋友，他對我真的很忠心。

▶ I'm interested in **pet training** and **grooming**. 我對寵物訓練和美容很感興趣。

◀ *Track 0184*

我是愛貓人士。
I'm a cat person.

▶ **I keep three long-hair cats.** 我養了三隻長毛貓。

▶ **Although my cats mess up my room very often, I still love them.** 雖然我的貓經常弄亂我的房間，但我還是很愛他們。

▶ **I couldn't stop buying toys for my cat.** 我無法停止買玩具給我的貓。

▶ **Most pet owners make efforts to take care of their pets.** 大部分養寵物的人都花很多心力照顧寵物。

◀ *Track 0185*

我想養隻烏龜當寵物。
I'd like to get a turtle as my pet.

▶ **Some people like to keep rare pets.** 有些人喜歡養稀有寵物。

▶ **Keeping a hamster is a lot of fun.** 養倉鼠很好玩。

▶ **Have you ever thought of raising a hedgehog or iguana?** 你曾想過養隻刺蝟或蜥蜴嗎？

▶ **How do you think of having a snake as a pet?** 你覺得養蛇當寵物怎麼樣？

 舞 蹈 戶 外

◀ *Track 0186*

我要去上西班牙舞課程。
I'm going to take a Spanish dance class.

▶ **I'd like to make good use of the flexibility of my body.** 我想好好運用我身體的柔軟度。

▶ **I guess I'm really good at Latin dance.** 我想我蠻擅長跳拉丁舞的。

▶ **My teacher said I have great dancing talent.** 我的老師說我很有舞蹈天分。

◀ *Track 0187*

跳舞讓我充滿女人味。
Dancing makes me feel very feminine.

Part

Ch 1

Ch 2

Ch 3

Ch 4

休
閒
嗜
好

Ch 5

▶ **The postures of Salsa look very appealing to me.** 我覺得騷莎舞的姿勢很吸引人。
▶ **You have very good team chemistry with your tango partner.** 你和你的探戈舞伴默契很好。
▶ **My mom enjoys folk dancing with her friends every morning.** 我媽喜歡在早上和朋友跳民俗舞蹈。
▶ **I enjoy dancing Waltz.** 我很喜歡跳華爾滋。

◀ *Track 0188*

你真的好會跳街舞。
You are really good at street dancing.

▶ **I hope I'll be a professional Samba dancer someday.** 我希望有一天能成為專業的森巴舞者。
▶ **I've made lots of efforts on ballroom dance.** 我在國標舞上花了很多心血。
▶ **You're such a great ballet dancer.** 你真的是很棒的芭蕾舞者。
▶ **Learning tap dance makes me exhausted.** 學跳踢踏舞快讓我累死了。

◀ *Track 0189*

我想試試極限運動。
I'd like to try extreme sports.

▶ **I fulfilled my self-challenge in extreme sports.** 在極限運動中我完成了自我挑戰。
▶ **I get closer to the natural environment from X-Game.** 從極限運動中我更接近大自然了。
▶ **I've gained more courage and sense of achievement while doing extreme sports.** 從事極限運動讓我獲得更多勇氣和成就感。

對話相關單字 - extreme sports/ X-Game 極限運動

◀ *Track 0190*

你曾試過攀岩嗎？
Have you ever tried rock climbing before?

▶ **You really have to try roller-skating and skateboard.** 你真的應該試試直排輪和滑板的。
▶ **I go skydiving every month.** 我每個月都會去跳傘。
▶ **Bungee-jumping is the most exciting sport for me and I can't stop doing it.** 高空彈跳對我來說是最刺激的運動，我無法停止玩這個運動。
▶ **I'm crazy about mountain motorcycle riding.** 我超愛騎越野機車的。

我參加釣魚俱樂部兩年了。
I've been in a fishing club for two years.

▶ **I go biking with my family every weekend.** 我每周都會和家人去騎腳踏車。
▶ **Camping is a very good outdoor activity.** 露營是很好的戶外活動。
▶ **Backpacking brings me a lot of fun and I'll keep being a happy backpacker.** 背包
旅遊給我很多樂趣，我會繼續當一名快樂的背包客。

 美食美酒

你真是個美食至上者。
You're such a foodie.

▶ **My dad is a sea-food gourmet.** 我爸是個海鮮饕客。
▶ **I guess I'm kind of a Japanese food gourmet.** 我想我算是個日本料理美食家吧！

我喜歡在餐廳享用大餐。
I enjoy having a great meal in nice restaurants.

▶ **I write for a gourmet magazine.** 我為美食雜誌撰文。
▶ **I enjoy savoring delicacies with friends in gourmet restaurants.** 我喜歡和朋友在
美食餐廳中享用美食。
▶ **Have you ever dined in a Michelin-guide restaurant?** 你曾在米其林評鑑餐廳用過
餐嗎？
▶ **I hope I could be a full-time professional restaurants inspectors for Michelin
Guide someday.** 我希望有天能成為米其林專業全職餐廳評鑑員。

你偏好哪一類食物？
What kind of food do you prefer?

▶ **I like Chinese and Taiwanese food the most.** 我最喜歡中式和台式美食。
▶ **I visit French food restaurants frequently.** 我經常造訪法式餐廳。
▶ **Mexican food is my favorite.** 墨西哥美食是我的最愛。
▶ **I love Mediterranean cuisines a lot.** 我很愛地中海美食。

Track 0195

你看起來對品酒很在行。
You look like you are good at wine tasting.

▶ **I've learned a lot from a superb wine taster.** 我從一位一流品酒專家那學了不少。
▶ **I studied wine-tasting in France to become a sommelier.** 我曾赴法國學習品酒，是為了要成為一位品酒師。
▶ **Can you recommend me a red wine with a good year?** 你能為我推薦年份不錯的紅酒嗎？
▶ **What's the varietal and vintage of this bottle?** 這支酒的葡萄品種和收成年份是什麼？
▶ **Which country produces the best red wine?** 哪個國家出產的紅酒最好呢？

Track 0196

品酒有哪些步驟呢？
What are the steps in tasting wine?

▶ **First, you have to observe the color.** 首先你必須觀察色澤。
▶ **And then swirl your red wine glass.** 然後搖晃你的紅酒杯。
▶ **The next step is to smell the red wine.** 下一個步驟是聞嗅紅酒。
▶ **Finally, taste and savor it.** 最後，品嚐和回味。

 收 藏 玩 味

Track 0197

我集郵已經很多年了。
I've been collecting stamps for many years.

▶ **I have more than 1000 stamps.** 我有超過一千張郵票。
▶ **I cherish the limited-edition stamps very much because they are difficult to collect.** 我很珍惜限量版郵票，因為它們很難收集。
▶ **Which year was the stamp issued?** 這張郵票是哪一年發行的？
▶ **How many commemorative stamps haved you collected?** 你蒐集了多少紀念郵票？

對話相關單字 ▸ issue 發行

我爺爺蒐集古董很多年了。
My grandpa has been collecting antiques for many years.

▶ He used to be a famous antique-collector in his time. 當年他曾是一位非常知名的古董收藏家。

▶ There's a lot of antique furniture in our house. 我們家有很多古董家具。

▶ I prefer Chinese antiques. 我偏愛中式古董。

▶ You have to know more about history if you want to collect antiques. 如果你想收藏古董的話，你必須多了解一點歷史。

▶ Go to a flea market. Maybe you can find some antiques there. 去跳蚤市場。也許你能在那找到一些古董。

對話相關單字 antique(s) 古董；collector 收藏家；flea market 跳蚤市場

我在蒐集奧運紀念幣。
I'm collecting Olympic commemorative coins.

▶ My dad owns a coin issued in 1889. 我爸有一枚1889年發行的硬幣。

▶ We really want to know how much face value this coin worths. 我們真的很想知道這枚硬幣的面額是多少。

▶ My mom prefers collecting money bills. 我媽偏好蒐集紙鈔。

▶ She enjoys the different styles of printing on bills. 她喜歡不同印刷風格的紙鈔。

我聽說你是紀念品收藏家。
I heard that you're a souvenir collector.

▶ I've bought about 100 wooden seals as my souvenirs. 我已買了大概一百個木頭章當紀念品了。

▶ When I travel abroad, I always love to buy traditional souvenirs. 當我出國旅遊，我總是喜歡買傳統紀念品。

▶ I used to collect Brad Pitt's pictures when I was a high school student. 我高中時曾收集布萊德彼特的照片。

▶ I've collected all photo albums of Angelina Jolie. 我已經蒐集了安吉莉納裘莉的所有寫真集。

▶ I'm collecting the drawing portfolio of this up-and-coming artist. 我正在蒐集這位新銳藝術家的畫作作品集。

對話相關單字 up-and-coming 新銳的、有前途的、嶄露頭角的。

Part 1

Ch 1

Ch 2

Ch 3

Ch 4

休閒嗜好

Ch 5

 籃球高手

Track 0201

史蒂芬是籃球隊長。
Steven is the school basketball team leader.

▶ He has joined the school basketball team for two years. 他進籃球校隊兩年了。
▶ He is the tallest player in the basketball team. 他是籃球隊裡最高的球員。
▶ He's a veteran in his basketball team. 他是籃球隊裡的資深球員了。

對話相關單字 veteran 老球員、資深球員、老鳥

Track 0202

麥克是一位相當靈活刁鑽的得分後衛。
Mike is a very nimble shooting guard.

▶ He is tall and strong, so he is a suitable center in the basketball team. 他的身材又高又壯，是球隊裡稱職的中鋒。
▶ As a shooting guard, he not only has to do nothing but the net, but also helps defense with point guard. 得分後衛不但投球要準，還得協助控球後衛防守。

對話相關單字 shooting guard/ two-guard 控球後衛；point guard/ one-guard 控球後衛
對話相關片語 nothing but the net/ make a good shot 投球很準
補充片語 have a high rate of shot/ have high shooting rate 命中率高

Track 0203

教練下達犯規戰術指令。
The coach gave an order of foul strategy.

▶ After the halftime, the guest team started the one-on-one defense. 中場過後，客場採取盯人防守。
▶ We took the strategy of eat-up-the-clock. 我們用連續傳切和運球戰術把比賽時間耗完。
▶ To be a good point guard is not easy at all. 當好得分後衛一點都不簡單。

對話相關片語 foul strategy 犯規戰術；one-on-one defense 盯人防守；eat up the clock / milk the time away 進攻球隊以運球、傳球耗去即將到來的終場結束時間。

Track 0204

威爾森努力在籃下卡位。
Wilson was trying his best for box-out.

▶ They are the best **starting lineup** of our basketball team. 他們是我們球隊最佳五人先發。

▶ Although I'm still a **bench player**, I'm confident that I'll be a **starter** in the future. 雖然我現在還是板凳球員，但我有信心未來我會成為先發。

對話相關單字 box-out / jockey for position 籃下卡位；starting lineup 先發五人；bench player 板凳球員；starter 先發球員

補充單字 backup 替補球員

◀ *Track 0205*

控球後衛眨眼暗示我們發動快攻。
The point guard blinked his eyes as a hint for a fast break.

▶ The coach indicated us to play with **zone defense**. 教練指示我們這一節採取區域聯防。

▶ What a nice **pick-and-roll**! 這個擋人切入實在太精采了！

▶ The center got **a baseball pass** from his team member and suddenly gave a **slam dunk**. 中鋒接到長傳後，突然灌籃。

對話相關片語 fast break 快攻；zone defense 區域聯防；pick-and-roll 擋人切入戰術；a baseball-pass 長傳；slam dunk 灌籃

 游 泳 健 將

◀ *Track 0206*

我正在學游泳。
I'm taking a swimming class.

▶ My advanced swimming class has just started. 我的進階游泳課才剛開始。

▶ I've learned how to swim **backstroke** and **freestyle** in the recent two weeks. 最近兩周我已經學會仰式和自由式了。

▶ I wish I could learn to swim **butterfly stroke** before the swimming classes finish. 希望在游泳課程結束前，我能學會蝶式。

對話相關單字 backstroke 仰式；freestyle自由式；butterfly（stroke）蝶式

補充單字 breaststroke 蛙式；dog paddle 狗爬式

◀ *Track 0207*

走吧！我們去游泳。
Let's go swimming.

Part

Ch 1

Ch 2

Ch 3

Ch 4

休閒嗜好

Ch 5

▶ **Cool! A sunny day is exactly a swimming day.** 太好了！艷陽天就是游泳天。

▶ **Great! I'm eager to slim my abs down and get my hips in shape.** 太棒了！我正急著瘦小腹和塑臀呢！

▶ **I'm just thinking of burning up the calories!** 我正想燃燒一下卡洛里呢！

▶ **Don't forget your swimsuit and swim cap.** 別忘了帶你的泳裝和泳帽。

▶ **I don't know where my goggles are.** 我不知道我的蛙鏡放在哪。

> **對話相關片語** slim down 瘦下來；get... in shape 使有型

◀ Track 0208

下個周末去海邊游泳怎麼樣？
How about going swimming at the beach next weekend?

▶ **Remember to put on the sunscreen over your entire body against UV.** 記得全身塗上防曬乳來防紫外線。

▶ **Stop flirting with hot chicks in bikinis; you haven't even changed into your swimming trunks!** 別再和比基尼辣妹眉來眼去了，你還沒換上泳褲呢！

> **對話相關單字** sunscreen/ UV cream/ sunblock lotion/ sun protection lotion 防曬乳（油）；乳狀為 cream，若是液狀則為 lotion。
> **對話相關片語** flirt with 眉來眼去、送秋波、調情
> **補充用法** 塗抹防曬油的動詞可用 put on/ rub / spread / apply。

◀ Track 0209

我想改善我的游泳姿勢。
I'd like to make my swimming strokes better.

▶ **OK! Just kick off from the wall and let me see your swimming stroke.** 好！蹬出牆邊，我來看看你的游泳姿勢。

▶ **How was my stroke? Please give me some advice.** 我的泳姿如何？請給我一些建議。

◀ Track 0210

游泳對心臟及肺部有益。
Swimming does good to your heart and lungs.

▶ **I do at least ten laps every day to stay fit and healthy.** 我每天至少遊十圈來保持苗條和健康。

▶ **I only did five laps and I already felt worn out.** 我才遊五圈就筋疲力盡了。

> **對話相關片語** stay fit 維持體態苗條；do a lap 游一圈；worn out 筋疲力盡、累壞了

桌球羽球

◀ *Track 0211*

我的球拍差不多要壞了。
My racket is almost worn out.

▶ I feel uncomfortable when I grip this new racket. 握這支新球拍時我覺得不舒服。
▶ Table tennis players have their own way to grip their rackets. 桌球員有他們自己握球拍的方式。

◀ *Track 0212*

她的發球都很有威力。
All her serves are very powerful.

▶ It's unbelievable that he served 20 aces. 他發了 20 個得分球，真讓人難以置信。
▶ Jack got a bad cold, so his serves became much weaker than usual. 傑克得了重感冒，所以發球比平常弱許多。

> 補充單字- table tennis＝ping-pong 桌球、乒乓球

◀ *Track 0213*

漢克今天不斷切球給對手。
Hank kept slicing balls to his opponent today.

▶ His forehand attacks and smashes are very strong. 他的正手拍攻擊和殺球非常強勁。
▶ He successfully scored on his sudden sidespin attack. 他突然使出側旋球，成功得分。

> 對話相關單字- slice切球；forehand attack 正手拍攻擊；smash 殺球
> 補充片語- backhand attack 反手拍攻擊

◀ *Track 0214*

我非常喜歡打羽球。
I enjoy playing badminton very much.

▶ I prefer playing with a plastic shuttlecock because it's much lighter than a feather one. 我比較喜歡打塑膠製的球因為它比羽毛製的球輕多了。
▶ I play badminton after work every day to sweat away my weight. 我每天下班後都會打羽球，藉出汗來減輕體重。

> 對話相關單字- shuttlecock＝cock 羽球球體；bird 則為口語用法。

Part 1

Ch 1

Ch 2

Ch 3

Ch 4

休閒嗜好

Ch 5

他擊出一個網前吊球。
He struck a drop shot.

▶**He served a high clear.** 他發了一個高遠球。

▶**John is the captain of the badminton team and he has great wrist power.** 約翰是羽球隊隊長，他的手腕很有力。

▶**He's really good at push shot and net shot.** 他非常擅長推搓球和網前球。

🗨️ 健 身 運 動

我下班後要去健身房，要一起來嗎？
I'm going to the gym after work. Are you coming along?

▶**I just registered for the fitness club near our office.** 我報名了公司附近的健身中心。

▶**I guess we signed up for the same sports club.** 我想我們報名了同一家健身俱樂部。

▶**I got a nice discount because I applied for the yearly membership in this fitness center.** 我在這家健身中心申請了年費會員，所以拿到不錯的折扣。

(對話相關單字) gym/ fitness club/ sports club/ fitness center 都表示「健身房」；club 為「俱樂部」；center 則為「中心」。

(對話相關片語) register for/ sign up for 報名

運動前我們先做伸展操吧！
Let's stretch before work out.

▶**The trainer always reminds us to warm up before exercising.** 教練總是提醒我們，運動前要先暖身。

▶**I stretched my body on the mat to relax my muscle.** 我在墊子上伸展全身來放鬆我的肌肉。

▶**I'd like to build muscles.** 我想鍛鍊肌肉。

▶**My muscles are sore and aching.** 我的肌肉又痠又痛。

(對話相關單字) stretch 伸展

健身俱樂部眾多健身器材讓我眼花撩亂。
I'm dazzled by the various sporting equipment in the fitness club.

▶ **Which one do you usually start with?** 通常你會從哪一樣開始？

▶ **I usually go run on the treadmill to burn off my calories at the first thirty minutes.** 我通常會在前半小時在跑步機上跑步來燃燒脂肪。

▶ **I begin with lifting the dumbbell and barbell to strengthen my arms.** 我從舉啞鈴和槓鈴鍛鍊手臂開始。

對話相關片語 be dazzled by 感到眼花撩亂、目不暇給

我去的這間健身中心有室內游泳池。
The sports center I go to has an indoor swimming pool.

▶ **Does it have a sauna and steam room?** 它有三溫暖和蒸氣室嗎？

▶ **Do they offer yoga classes?** 他們有開瑜珈課程嗎？

▶ **Are there any aerobics classes in your fitness center?** 你們的健身中心有任何有氧班嗎？

我們可以一起重訊嗎？
Can we do weight training together?

▶ **How many set do you usually do at a time?** 你通常一次練幾組？

▶ **It's too light for me. Would you add a little more weight for me, please?** 這對我來說太輕了。能否請你幫我加點重量？

▶ **How's my posture? Is it right?** 我的姿勢怎麼樣？正確嗎？

我今晚要去上一堂槓鈴有氧的課程。
I'm going to a body pump class tonight.

▶ **I like to sweat myself in aerobics classes.** 我喜歡在有氧課程中盡情地流汗。

▶ **The spin class this morning was so exciting.** 今早的飛輪課程真是太刺激了。

Part 1

Part 1

Ch 1

Ch 2

Ch 3

Ch 4

Ch 5

情緒表達

Chapter 05 情緒表達

 真心讚美

Track 0222

好漂亮的洋裝啊！
What a nice dress!

▶ **What a beautiful tie!** 好漂亮的領帶啊！
▶ **What a wonderful day!** 多麼美好的一天啊！

對話相關用法 What 通常為疑問詞，此處是感嘆句用法，表「多麼」，非問句，故不必使用問號。

Track 0223

你做得真好！
You did a very great job!

▶ **You did an excellent job!** 你做得真好！
▶ **Wonderful job!** 幹得好！
▶ **Well done!** 幹得好！

對話相關用法 job 有「工作」的意思，但以上的用法並不是指平常的工作，而是一件特定的事情。

Track 0224

那真是酷斃了！
That is so cool!

▶ **It's gorgeous!** 那真是美極了！
▶ **It's just brilliant!** 這真的是太棒了！
▶ **This is fantastic!** 這太棒了！

Track 0225

你是世界上最棒的朋友。
You're the best friend in the world.

▶ **You're the best Mom in the world.** 你是世界上最棒的媽媽

▶ **He's the best teacher in the world.** 他是世界上最棒的老師。

▶ **You're the most beautiful woman I've ever seen.** 你是我見過最漂亮的女孩子。

▶ **You are my angel.** 你真是我的天使。

▶ **This is the best car I've ever had.** 它是我擁有過最棒的車子。

▶ **This is the best cell phone I've ever used.** 它是我用過最棒的手機。

◀ *Track 0226*

你真是個天才！
You're such a genius!

▶ **You're so sweet.** 你真貼心！

▶ **You're the best.** 你最棒了。

對話相關用法▶ such 與 so 皆常用在表示「這麼」，不同點在於 such接名詞，so 直接接形容詞。

◀ *Track 0227*

真是不可思議！
That was incredible!

▶ **Unbelievable!** 真是不可思議！

▶ **I can't believe it!** 我不敢相信！

▶ **Oh, my god.** 哦，我的天啊！

▶ **My goodness!** 我的天啊！

▶ **Gosh!** 天啊！

▶ **Jesus!** 上帝！

對話相關單字▶ Jesus 即耶穌的意思，表示「天啊！」也可以用 Jesus Christ。

◀ *Track 0228*

謝謝你的讚美！
Thank you for your compliment.

▶ **You made my day.** 你讓我有快樂的一天。

▶ **It was very sweet of you to say that.** 你這樣說真的很貼心。

▶ **Today is the happiest day of my life.** 今天是我有生以來最開心的一天。

 生 氣 不 滿

情緒表達

真是傻！
How silly!

▶ **How stupid!** 真是笨！
▶ **How ridiculous!** 真可笑！
▶ **You stupid jerk!** 你這愚蠢的混蛋！
▶ **What a stupid idiot!** 真是個白癡！

你瘋了嗎？
Are you crazy?

▶ **Are you nuts?** 你是神經病嗎？
▶ **Are you insane?** 你瘋了嗎？
▶ **Are you out of your mind?** 你瘋了嗎？
▶ **What were you thinking?** 你腦袋是在想什麼？
▶ **You are out of your mind.** 你腦袋有問題。

那又如何？
So what?

▶ **Then what?** 然後呢？
▶ **What do you want?** 你想怎麼樣？

這一點都不合邏輯。
It doesn't make any sense.

▶ **It's not reasonable.** 這是不合理的。
▶ **It's illogical.** 這不合邏輯。
▶ **I hate this.** 我討厭這樣。
▶ **I'm tired of this.** 我厭倦了這件事。
▶ **I'm sick of this.** 我對這事很反感。

食物爛透了。
The food sucks.

▶ **That's terrible.** 真是糟糕。
▶ **That's awful.** 真是噁心。

補充單字 - disgusting / yucky 也可表示「噁心」的意思。

我再也受不了了。
I can't take this anymore.

▶ **That's enough.** 夠了。
▶ **Not again.** 別再來了。
▶ **It's none of your business.** 與你無關。
▶ **You're a pain in the ass.** 你是個討厭鬼。

那是你的錯。
That's your fault.

▶ **That's your problem.** 那是你的問題。
▶ **You piss me off.** 你把我氣死了。
▶ **Stop making excuses.** 別再找藉口了。

你以為你是誰？
Who do you think you are?

▶ **Who do you think you are talking to?** 你以為你在和誰說話？
▶ **Don't talk to me like that!** 別那樣和我說話！
▶ **Don't waste my time.** 別再浪費我的時間了！
▶ **You're not telling the truth.** 你沒說實話。
▶ **Nonsense!** 胡說八道。

別打擾我。
Don't bother me.

▶ **Leave me alone.** 別煩我。
▶ **You'd better stay away from me.** 你最好離我遠一點。

▶ **Drop dead.** 去死吧。
▶ **Get lost.** 滾遠一點。
▶ **Cut it out.** 省省吧。
▶ **Knock if off.** 別鬧了。

對話相關用法 You'd better 是 You had better 的縮寫，表「你最好……」。

◀ *Track 0238*

我不想再看到你！
I don't want to see your face!

▶ **Get out of my face.** 從我眼前消失！
▶ **Get out of my life.** 從我的生活中消失吧。
▶ **Don't you dare come back again!** 你敢再回來就試試看。
▶ **Get away from me!** 離我遠一點。

◀ *Track 0239*

看你做的好事。
Look at the mess you've made!

▶ **You've ruined everything.** 全都讓你搞砸了。
▶ **What do you think you are doing?** 你知道你在做什麼嗎？
▶ **Can you do anything right?** 你有什麼事做得好？

◀ *Track 0240*

感謝你為我做的一切。
Thanks for everything you did for me.

▶ **Thanks for help.** 謝謝幫忙。
▶ **Thank you for being helpful.** 感謝你的協助。
▶ **Thanks for all your assistance.** 感謝你的幫忙。

◀ *Track 0241*

非常感謝。
Many thanks.

- ▶ **Thanks a million.** 感激不盡。
- ▶ **I really appreciate your time.** 我真的很感謝你的時間。
- ▶ **I really appreciate your coming.** 我真的很感謝你的光臨。
- ▶ **Your time and consideration are greatly appreciated.** 我深深感謝你的時間及體諒。
- ▶ **I deeply appreciate your kindness.** 我深深地感激你的好意。
- ▶ **I thank you from the bottom of my heart.** 我打從心底感謝你。
- ▶ **You have my undying gratitude.** 我對你有無盡的感謝。

> **對話相關單字** deeply 表「深深地」，亦可代換為 truly 或 sincerely 表「真心誠意地」。
> **對話相關片語** from the bottom of my heart 表示「打從心底」。

◀ *Track 0242*

不客氣。
You're welcome.

- ▶ **Sure.** 不客氣。
- ▶ **No problem.** 不客氣。
- ▶ **It's my pleasure.** 我的榮幸。
- ▶ **Don't mention it.** 不用放在心上。
- ▶ **Oh, it's nothing.** 這沒什麼。
- ▶ **No big deal.** 小事一樁。
- ▶ **Glad to help.** 很高興幫上忙。

> **對話相關用法** 上述幾句，都是在幫完人家，對方表示感謝時，可以回答的話。

◀ *Track 0243*

你的支持對我意義重大。
Your support means a lot to me.

- ▶ **Your help means so much to me.** 你的幫助對我意義重大。
- ▶ **I don't know how to express my appreciation.** 我不知如何表達我的感謝。
- ▶ **My gratitude for you is endless.** 我對你的感激永無止盡。

◀ *Track 0244*

在眾多我感謝的事物中，有你作為我的媽媽是最令我感謝的。
Amongst the many things I have to be grateful for, having you as my mom is at the top.

- ▶ **Let me show my greatest appreciation with these flowers.** 僅以這些花獻上我崇高的感謝之意。

▶ **Let this song present my deepest gratitude for you.** 僅以這首歌獻上我對你深切的感謝。

 表 達 歉 意

◀ *Track 0245*

我不是故意的。
I didn't mean to.

▶ **I didn't mean to do that.** 我不是故意要那樣做。
▶ **I didn't do it on purpose.** 我不是故意那樣做的。

> **對話相關單字** mean 當名詞為「方法」；動名詞 meaning 表「意思」；當形容詞表「壞心的」；而作動詞時表「故意」或「意指」，如：What do you mean?（你的意思是？）

◀ *Track 0246*

我道歉。
I apologize.

▶ **I'm so sorry about it.** 我很抱歉。
▶ **He owes me an apology.** 他欠我一個道歉。

> **對話相關單字** apology 為 apologize 的名詞變化。

◀ *Track 0247*

都是我的錯。
It's all my fault.

▶ **I made a mistake.** 我犯了個錯。
▶ **I was wrong.** 我錯了。
▶ **I'll never do that again.** 我不會再那樣做了。
▶ **I won't do it anymore.** 我不會再這樣了。
▶ **It was an accident.** 那是個意外。
▶ **I didn't want it to happen.** 我並不希望它發生。

◀ *Track 0248*

我很遺憾。
I feel so sorry.

▶ I feel very sad. 我感到很難過。
▶ I'm sorry for being late. 很抱歉我遲到了。
▶ I'm sorry for yelling at you. 很抱歉我對你大吼。

對話相關片語 be sorry for 後面可接感到抱歉的原因，動詞需加 ing。

◀ *Track 0249*

我不應該這麼做的。
I shouldn't have done this.

▶ I should have listened to you. 我應該聽你的。
▶ I would never say anything like that to you again. 我絕對不會再對你這麼說了。
▶ Do you know what you are doing? 你知道你在幹什麼嗎？

◀ *Track 0250*

我請求你的原諒。
I ask for your forgiveness.

▶ Please forgive me. 請原諒我。
▶ Would you forgive me? 你願意原諒我嗎？
▶ Please forgive his rudeness. 你原諒他的魯莽。
▶ Please give me one more chance. 請再給我一次機會。
▶ I'll do whatever you want me to. 你要我做什麼我都願意。
▶ Is there anything I can do to express my remorse? 我能夠做什麼來達我的懊悔？

 由衷祝福

◀ *Track 0251*

祝你事事順心。
Wish you all the best.

▶ Wish you a bright future ahead. 祝你前程似錦。
▶ Best wishes to you in whatever you do. 祝你萬事如意。
▶ Best wishes for the year to come. 祝新的一年事事順心。
▶ Good luck to the coming year. 祝新的一年事事順心。
▶ Keep up the good work. 繼續加油。

對話相關單字 whatever 在這裡是「不論……」的意思。

Part

Ch 1

Ch 2

Ch 3

Ch 4

Ch 5

情緒表達

Track 0252

畢業快樂！
Happy graduation!

▶ **Happy anniversary!** 週年快樂！
▶ **Happy wedding!** 結婚快樂！
▶ **Be a happy couple forever!** 做一對永遠快樂的夫妻！

Track 0253

祝所有珍貴的時刻永遠都能溫暖你的心。
May all the precious moments warm your heart forever.

▶ **May life be especially sweet for you.** 祝你的生命格外美好。
▶ **May all your dreams come true.** 祝美夢成真。
▶ **May success shine on you always.** 祝成功之神永遠眷顧你。
▶ **May you be blessed with peace and safety wherever you are.** 願你不論身在何處都能平安順心。
▶ **May wealth come generously to you.** 祝財源廣進。

對話相關單字 May 為助動詞，表示「祝福」的意思，後面的動詞應為原形。

Track 0254

恭喜你找到新工作！
Congratulations on your new job!

▶ **Congratulations on your promotion!** 恭喜你升遷！
▶ **Congratulations on your pregnancy!** 恭喜你懷孕！
▶ **Congratulations on your engagement!** 恭喜你訂婚！
▶ **Congratulations for passing the exam!** 恭喜你通過考試！
▶ **Congrats on your big leap.** 恭喜你的大進步。

對話相關單字 congratulations 是「恭喜」的意思，也可單獨使用；congrats 是口語的説法。

Track 0255

祝你與剛出生的孩子永遠快樂。
Wish you lots of happiness with your new baby.

▶ **Many blessings to your new born baby.** 對你剛出生的孩子寄予無限祝福。
▶ **Wish you lots of luck and happiness in your new house.** 祝你在新家能幸運快樂。
▶ **Wish you warmth and happiness in your future.** 祝你的未來充滿溫暖與快樂。

Track 0256

他說的話讓我很不舒服。
I feel very uncomfortable with what he said.

▶ **His words pissed me off.** 他的話令我很生氣。
▶ **Your speech was really impressive.** 你的談話令我印象深刻。
▶ **You're getting on my nerves.** 你令我很生氣。
▶ **His boss makes him see red.** 他的老闆令他很生氣。

對話相關片語 see red 生氣、發怒

Track 0257

她對沒通過考試感到很難過。
She's very sad about failing the exam.

▶ **Please don't feel guilty.** 請不用感到愧疚。
▶ **You don't have to blame yourself.** 你不需要自責。
▶ **I'm in a black mood today.** 我今天感到痛苦絕望。
▶ **Today is not my day.** 今天我的運氣很不好。

對話相關片語 fail the exam 考試未通過
補充單字 depressed/ upset/ unhappy/ blue 皆能表達「傷心難過」。

Track 0258

我對你很失望。
I'm so disappointed in you.

▶ **Life is not really that disappointing.** 生命不是真的那麼令人失望。
▶ **You always let me down.** 你總是令我失望。
▶ **I know you can do better.** 我知道你可以做得更好。
▶ **I'm not that good.** 我並沒有那麼好。
▶ **I'm exhausted.** 我感到精疲力盡。

補充單字 dog-tired/ tired out/ dead tired 皆能表示「精疲力盡」「累斃了」

Track 0259

我完蛋了。
I'm a dead man.

▶**I'm finished.** 我完蛋了。

▶**I screwed up.** 我搞砸了。

▶**We're over.** 我們結束（完蛋）了。

▶**You are doomed.** 你完蛋了。

◀ Track 0260

我沒有預期會這樣。
I didn't expect this.

▶**This is beyond my expectation.** 這超乎我的預期。

▶**I don't understand.** 我不了解。

▶**Who can tell me what is going on?** 誰可以告訴我現在是什麼情況？

▶**It has gotten out of control.** 這已失去控制了。

▶**Everything's under control.** 一切都在控制中。

◀ Track 0261

他過得很不好。
He's having a hard time.

▶**He's got some problems with his relationship.** 他的感情出了點問題。

▶**I have trouble falling asleep.** 我有睡眠的問題。

對話相關用法
- have a hard time 表「有困難」時，後需接動名詞。例如：I had a hard time finishing the job.（我無法順利完成這項工作。）
- have trouble 後面需加動名詞。

補充片語 to give a hard time 找麻煩

◀ Track 0262

我很高興我加薪了。
I'm delighted that I got my pay raise.

▶**I'm pleased that I got my job promotion.** 我很高興我獲得工作升遷。

▶**I'm glad that my son got his first job.** 我很開心我兒子得到他第一份工作。

對話相關片語 be delighted/ be pleased/ be glad to 都可表達高興、開心之意。

Track 0263

很高興能在這裡再見到你。
It's so nice to see you again here.

▶ **It's very nice to meet you.** 非常高興認識你。

▶ **It's really nice that we become co-workers again in this company.** 能在這間公司再度與你成為同事真好。

▶ **It's so nice to hear Susan got married.** 很高興聽到蘇珊結婚的消息。

Track 0264

祖父母被孫子們逗得好樂。
The grandparents were amused by their grandchildren.

▶ **The birth of my new-born twins is such a blessed event to our family.** 新生雙胞胎的誕生真是我們家喜事。

▶ **I'm happy that my new-born baby is very healthy.** 我很高興我的新生兒非常健康。

▶ **I'm delighted that my baby has learned how to walk.** 我很高興我的寶寶已經學會走路。

Track 0265

與你共舞真讓我感到榮幸。
It's my pleasure to dance with you.

▶ **It's my pleasure to introduce myself to all of you.** 很榮幸能向各位介紹我自己。

▶ **It's my pleasure, lady.** 女士，這是我的榮幸。

▶ **It's a pleasure to chat with you.** 和你聊天真開心。

▶ **It' my pleasure to have such a friend like you.** 有像你這樣的朋友真是我的榮幸。

對話相關用法 my pleasure 用於正式場合時，有「榮幸」之意；而 pleasure 這個字本身亦有「愉快、高興」之意。

Track 0266

她高興得唱起歌來了。
She's singing for joy.

▶ **What can I do to entertain you?** 我能做什麼來讓你開心？

▶ **My improvement brought my mom joy.** 我的進步為我媽媽帶來喜悅。

▶ **It was really a joyful moment that Ken popped the question.** 肯求婚當時真是個令人喜悅的時刻。

▶ **Jane burst into tears with joy.** 珍喜極而泣。

補充單字 shed tears 流淚

◀ *Track 0267*

你在嗨 (High) 什麼啊？
Why are you so hyped?

▶ **I'm so hyper because my wife is pregnant!** 我超嗨的，因為我老婆懷孕了！

▶ **I was so excited when I met Jolin in a movie theater!** 我在戲院遇到蔡依林時超興奮的！

▶ **My heart was almost pumping out with excitement at the first date with my girlfriend.** 和我女友第一次約會時，我興奮到心臟快跳出來了。

▶ **I'm really excited about the extra-bonus.** 我為額外獎金感到興奮不已。

對話相關單字 hyper超興奮、過度亢奮的、過於激動的

幸福滿足

◀ *Track 0268*

擁有快樂的家庭真是種眷顧。
Having a happy family is such a bliss.

▶ **When will the happiness come to me?** 我何時才能得到幸福呢？

▶ **I can't forget about the bliss during my honeymoon.** 我無法忘記蜜月期間的幸福。

▶ **All of us should pursue our own happiness.** 我們每個人都該追求屬於自己的幸福。

對話相關單字 pursue 追求

◀ *Track 0269*

寶貝孩子的健康就是我的幸福。
The health of my sweet baby is my happiness.

▶ **I feel happy that everybody in my family is healthy.** 家人健康讓我感到很幸福。

▶ **The family reunion makes me happy.** 家族聚會讓我感到幸福。

▶ **Spending time with family is happy and precious.** 和家人共度時光是幸福而珍貴的。

◀ *Track 0270*

我很滿意你的表現。
I'm satisfied with your performance.

▶ **Your performance meets my satisfaction.** 你的表現讓我很滿意。

▶ **I'm satisfied with your improvement.** 我對你的進步感到滿意。

▶ **I'm satisfied that your grade improves.** 我很滿意你的成績進步了。

▶ **I'm satisfied with your food and service.** 我很滿意你們的餐點和服務。

對話相關片語
- be satisfied with 感到滿意；satisfaction 為「滿意」的名詞。
- meet 表示「達成、完成」；meet someone's satisfaction 為讓某人感到滿意。

Track 0271

到目前為止，我對我的工作很滿意。
I'm content with my job so far.

▶ **My wife seems content with our marriage.** 我太太似乎對我們的婚姻很滿意。

▶ **I'm content with my life.** 我對我的生活很滿意。

▶ **I'm content to live a frugal life.** 我樂於生活節儉。

對話相關片語 - be content with 對……感到滿意

Track 0272

我的生命因你而完美。
You complete me.

▶ **I'm not completed without you.** 沒有你，我的生命就不完整。

▶ **You complete my life.** 我的生命因你而完美。

▶ **You light up my life.** 你點亮了我的生命。

▶ **You make me want to be a better man.** 你讓我想要當一個更好的男人。

 尊 敬 驕 傲

Track 0273

兒子，我真以你為榮。
I'm so proud of you, my son.

▶ **We truly feel proud to be your parents.** 身為你的父母真讓我們感到驕傲。

▶ **You're such a credit to our family.** 你真是為家族增光的人。

▶ **You did an excellent job and we took pride in you.** 做得真好！你真是我們的驕傲。

對話相關片語 - be proud of... 為……感到驕傲

◀ *Track 0274*

我祖父是高尚的人。
My grandfather is an honorable person.

▶ **My daughter honors her teachers very much.** 我女兒非常敬重她的老師們。

▶ **My mom is an honor to our family.** 我媽媽是我們家族的榮耀。

▶ **We were honored that you showed up in our wedding party.** 你蒞臨我們的結婚舞會真是我們的榮幸。

對話相關單字 honor 敬重、敬意或榮幸；敬重、光榮

◀ *Track 0275*

我非常尊敬我的父母親。
I respect my parents very much.

▶ **His honesty is highly respected.** 他的清廉受高度尊重。

▶ **An honest person deserves our respect.** 一位誠實的人值得我們尊敬。

▶ **I look up to her devotion to social welfare and charity.** 我尊敬她對社會公益的奉獻。

對話相關片語 look up to 尊敬、景仰

◀ *Track 0276*

我欽佩像你這樣多才多藝的人。
I admire a versatile person like you.

▶ **I admire your courage.** 我佩服你的勇氣。

▶ **I admire his intellect.** 我欣賞他的才智。

▶ **I admire her literary talent.** 我欣賞她的文學天賦。

▶ **I admire the way you are.** 我欣賞你做人處事的方式。

對話相關用法 the way you are 表示「你現在的樣子、這樣的你」，可延伸為「做人做事的方式」。

◀ *Track 0277*

我討厭這女孩的傲慢。
I hate this girl's arrogance.

▶ **I dislike Jim because he's an arrogant person.** 我不喜歡吉姆，因為他是個自大的人。

▶ **She's far too arrogant.** 她實在是太自負了。

▶ **What makes you so conceited?** 是什麼讓你變得如此驕傲自滿？

▶ You've gone too far! Don't be so conceited of yourself. 你太超過了！不要這麼自誇。

對話相關單字 conceited 自負的、自誇的、自滿的

🔊 *Track 0278*

我需要建立多點自信。
I need to build up more self-confidence.

▶ I need more confidence. 我需要多點信心。
▶ I'm not confident enough. 我不夠自信。
▶ She seems to lack confidence. 她似乎缺乏自信。

對話相關單字 confidence 信心；self-confidence 自信；confident 自信的、有信心的；lack 缺少

 後 悔 羨 慕

🔊 *Track 0279*

你現在後悔已經太晚了。
It's now too late for regrets.

▶ Nothing can make up for my regrets. 任何事都無法彌補我的遺憾。
▶ I should have listened to your advice. 我早該聽你的建議的。
▶ You're right! I should make things right, not just making up for them. 你說得對！我應該做對的事，不是只是事後彌補。
▶ I'm suffering from my regrets. 我因遺憾而痛苦。

🔊 *Track 0280*

三思而後行，不然你會後悔。
Walk before you leap, or you'll regret.

▶ I regret that I didn't do my best. 我後悔我沒有盡力去做。
▶ I regret that I didn't listen to you. 我後悔我沒聽你的話。
▶ I regret that I gave up too soon. 我後悔我太快放棄了。
▶ I regret what I've done. 我為我所做的事感到後悔。

對話相關片語 give up 放棄

Part

Ch 1
Ch 2
Ch 3
Ch 4
Ch 5

◀ Track 0281

你仍然沒有遺憾嗎？
You still have no regrets?

▶ **I have deep regrets for my mistakes.** 我的錯誤讓我有深深的遺憾。
▶ **Your regrets won't change anything.** 你的遺憾無法改變任何事。

◀ Track 0282

別忌妒他長得好看。
Don't be jealous of his good looks.

▶ **Are you jealous of her beauty?** 你羨慕她的美貌嗎？
▶ **I am jealous of his good fortune.** 我忌妒他的好運。
▶ **You can't be jealous of people's success.** 你不能忌妒人們的成功。
▶ **She's a jealous lover.** 她是個愛吃醋的情人。

對話相關片語 be jealous of 忌妒、羨慕、吃醋

◀ Track 0283

女人的忌妒心是很常見的。
Women's jealousy is very common.

▶ **Why are you always full of jealousy?** 你為什麼總是充滿忌妒心？
▶ **I won't become an envious person like you.** 我才不會變成像你這樣充滿忌妒心的人。
▶ **I'm full of envy for your great working ability.** 我對你良好的工作能力充滿羨慕。
▶ **Don't go green with envy for other's success.** 別羨慕他人的成功。
▶ **I'm green with envy for her happiness.** 我對她的幸福忌妒得要命。

對話相關單字 jealousy 為 jealous 的名詞。envy 可同時為動詞和名詞；envious 則為形容詞。
對話相關片語 be (go) green with envy 可表達「充滿羨慕、忌妒得要命」或「妒火中燒」。
對話相關用法 envy 可指羨慕與忌妒，但羨慕成分多些；而 jealous 則多有既羨慕又忌妒、酸溜溜之意。

◀ Track 0284

我羨慕他的好運氣。
I envy his good luck.

▶ **I envy your good skin.** 我羨慕你的好肌膚。
▶ **I envy people with good English.** 我羨慕英文好的人。
▶ **I envy your success in career.** 我羨慕你事業上的成功。

▶ I envy that you're going to study abroad. 我羨慕你即將出國留學。

 擔 心 害 怕

◀⟪Track 0285

我擔心我不能做好。
I'm worried that I can't do it well.

▶ I'm worried about your disease. 我很擔心你的病。
▶ I'm worry about your debts. 我很擔心你的債務。
▶ I'm worry about your health. 我很擔心你的健康。
▶ I'm worry about your learning progress. 我很擔心你的學習進度。

對話相關片語 be worried about... 擔心……

◀⟪Track 0286

我媽總是在擔心我。
My mom always worries about me.

▶ I worry about my promotion project. 我很擔心我的促銷企劃。
▶ Don't worry that much; I believe you can make it. 別擔心那麼多；我相信你會辦到的。
▶ Don't worry about your children all day long. 別整天都在擔心你的孩子。
▶ Your English teacher worried that you can't pass the mid-term exam. 你的英文老師擔心你的期中考會不及格。

◀⟪Track 0287

我兒子總是讓我擔心。
My son always worries me.

▶ It seems that nothing worries you. 看起來沒什麼事是讓你擔心的。
▶ I don't know why everything worries me. 我不知道為什麼每件事都讓我擔心。
▶ Tell me why nothing worries you. 告訴我為何沒什麼事可讓你擔心。
▶ My parents' health worries me. 我父母的健康讓我擔心。

◀⟪Track 0288

我們很擔心你的安全。
We're anxious about your safety.

▶ **I'm anxious about my children's grades.** 我很擔心孩子們的成績。
▶ **I'm anxious about my daughter's behavior.** 我很擔心我女兒的行為舉止。
▶ **Don't be so anxious about my performance.** 別那麼擔心我的表現。

對話相關片語 be anxious about... 為⋯⋯擔心

◀ *Track 0289*

我害怕毛茸茸的動物。
I'm afraid of hairy animals.

▶ **I'm afraid of cockroaches.** 我很怕蟑螂。
▶ **I'm afraid of mice and spiders.** 我很怕老鼠和蜘蛛。
▶ **I'm afraid of house lizards.** 我很怕壁虎。

對話相關片語 be afraid of＋名詞

◀ *Track 0290*

我害怕我會丟了工作。
I'm afraid that I might lose my job.

▶ **I'm afraid of the cold current strikes.** 我害怕寒流來襲。
▶ **I'm afraid that my dad might be angry.** 我害怕我爸可能會生氣。
▶ **I'm afraid that I can't afford my home mortgage.** 我害怕我付不起房貸。

對話相關片語 be afraid that＋子句

◀ *Track 0291*

孩子害怕打雷。
The children are scared of the thunder.

▶ **I'm scared of ghost stories.** 我害怕聽鬼故事。
▶ **I'm scared of horror movies.** 我怕看恐怖片。
▶ **I'm kind of scared of big dogs.** 我有點害怕大狗。
▶ **I'm sort of scared of taking a flight.** 我有點怕搭飛機。

對話相關片語 be scared of... 害怕⋯⋯

◀ *Track 0292*

我被那場大火嚇到了。
I was frightened by the big fire.

▶ **I was frightened by the car accident.** 我被那場車禍嚇到了。

▶ I was totally frightened by the earthquake. 我完全被地震嚇到了。
▶ Scary movies always frighten me. 恐怖片永遠讓我害怕。

◀ *Track 0293*

我對你的恭維感到難為情。
I was embarrassed by your compliments.

▶ I felt embarrassed when my boyfriend kissed me in public. 我男友當眾親我時，我覺得很尷尬。
▶ I was embarrassed when the guy bought me a drink. 那男人請我喝酒時，我覺得很難為情。

對話相關片語 be embarrassed about... 感到尷尬、難為情、窘迫

◀ *Track 0294*

在電梯裡放屁真的很糗。
Farting in the elevator is really embarrassing.

▶ It's really embarrassing if someone has bad breath. 如果某人有口臭，那真的很尷尬。
▶ It's so embarrassing to make such a stupid mistake. 犯這麼愚蠢的錯誤很難為情。
▶ Please don't ask such an embarrassing question. 請別問這麼尷尬的問題。

◀ *Track 0295*

停止凡事抱怨吧！
Stop complaining about everything!

▶ Why do you always complain to me? 你為什麼總是向我發牢騷？
▶ I'd like to complain about your service. 我想抱怨你們的服務。
▶ Actually, complaints won't change anything. 事實上，抱怨不會改變任何事。

對話相關用法 complain about... 抱怨某事；complain to＋人=向……抱怨；complaint 抱怨、牢騷。

◀ *Track 0296*

我很容易緊張。
I get nervous easily.

Part

Ch 1
Ch 2
Ch 3
Ch 4
Ch 5

情緒表達

▶ **I get nervous easily after I quitted smoking.** 自從戒菸後，我容易變得很容易緊張。
▶ **Her hysterical personality almost** got on my nerve. 她的神經質差點把我惹毛。
▶ **You need to learn how to control your emotions.** 你必須學會如何控制情緒。

對話相關片語 get on someone's nerves 把某人惹毛

◀ *Track 0297*

別驚慌，先深呼吸。
Don't panic; take a deep breath first.

▶ **Don't panic and watch out your steps.** 別驚慌並注意你的步伐。
▶ **There began a panic when we heard that our company might close down.** 當我們聽說公司可能會倒閉時，大家開始驚慌起來。

◀ *Track 0298*

我自己住，所以我總是感到寂寞。
I feel lonely all the time because I live alone.

▶ **Loneliness almost drives me crazy.** 寂寞快要使我瘋狂。
▶ **I feel lonely because of homesickness.** 思鄉情切讓我感到孤寂。
▶ **I feel lonesome especially at late night.** 深夜時，我特別感到寂寥。

◀ *Track 0299*

你沒拿到第一名真可惜。
It's a pity that you didn't get the first prize.

▶ **It's a pity that you missed the opportunity of this job promotion.** 真可惜你錯過了這次升遷的機會。
▶ **I'm** sorry **that you lost your job.** 我很遺憾你丟了工作。
▶ **I'm** sorry **for your divorce.** 我很遺憾你離婚了。

對話相關單字 sorry 除了抱歉之外，也可表達「可惜、遺憾」。

◀ *Track 0300*

你真丟臉！
Shame on you!

▶ **Don't you** feel ashamed **when you tell a lie?** 你說謊的時候不覺得丟臉嗎？
▶ **I'm ashamed because I flunked the English class.** 我覺得好丟臉，因為我英文課被當了。

對話相關片語 be (feel) ashamed 感到丟臉
補充單字 blush 臉紅

Part2

與他人零距離，
交際時可以這麼說

Chapter 01 親子教養

Track 0301

我們一起來讀這本故事書吧！
Let's read the story book together.

▶ **What do you learn from the story of _Three Little Pigs_?** 你從《三隻小豬》故事中學到什麼？

▶ **Can you read this paragraph for me?** 你可以唸這一段給我聽嗎？

▶ **Les's make a play for _The Little Red Riding Hood_.** 我們來替《小紅帽》做齣戲吧！

Track 0302

別擔心你的作文功課。
Don't worry about your composition assignment.

▶ **I won't write it for you, but I'll give you some composition examples.** 我不會幫你寫，但我會給你一些作文範例。

▶ **Think of what happens in your story and how it ends.** 想想你的故事裡發生了什麼事，又是如何結束的呢？

▶ **See? It's not so difficult, right?** 看吧！沒那麼難對吧？

對話相關單字 ▸ composition 作文

Track 0303

我正計畫帶你去博物館。
I'm planning to take you to the museum.

▶ **If you behave well, we'll go to see the latest animation movie this weekend.** 如果你表現好，這周末我們就去看最新的動畫電影。

▶ **Please follow me and don't walk around while we go to the night market.** 當我們逛夜市時，請跟著我，不要四處亂走。

▶ **If you're going to the restroom, please tell me in advance.** 如果你要去洗手間，請先告訴我。

對話相關單字 ▸ animation 卡通動畫
對話相關片語 ▸ night market 夜市；in advance 事先

◀ *Track 0304*

在書店時你應該怎麼做呢？
What should you do if you're in a bookstore?

▶ **Pick a book you like and read quietly.** 挑一本你喜歡的書然後安靜讀書。

▶ **Don't make any noises when you're in a library.** 在圖書館裡，不要發出噪音。

▶ **When we go to a museum, we should keep quiet and listen to the museum guide carefully.** 當我們在博物館時，我們應該保持安靜並仔細聽導覽員解說。

對話相關單字 bookstore/ bookshop 書店
對話相關片語
• keep quiet 保持安靜
• museum guide 博物館導覽員

◀ *Track 0305*

讓我們來看看你今天有多少作業。
Let us check how much homework you have today.

▶ **Any questions about math, you can go to your dad.** 有任何數學問題，可以去問爸爸。

▶ **Read the question again and tell me what it means.** 再念一次這一題然後告訴我它的意思。

▶ **You spend too much time on online games.** 你花太多時間在打線上遊戲了。

◀ *Track 0306*

別氣餒，放輕鬆。
Don't be upset and take it easy.

▶ **You're just a little bit confused about the numbers.** 你只是對數字有點困惑。

▶ **Think of what your teacher said in class.** 想想老師上課時說的。

對話相關片語 be confused about ＋ 名詞／動詞 ing 對……感到困惑

 溝 通 成 長

◀ *Track 0307*

我想我應該改變和孩子說話的方式。
I think I should change the way I talk with my children.

▶ **Exactly, they are not young kids any more.** 沒錯，他們不再是小朋友了。

- ▶ **They've become teenagers.** 他們已經是青少年了。
- ▶ **You'd better not give too many orders; you need to respect them.** 你最好不要下太多命令，他們需要尊重。

◀ *Track 0308*

為什麼我的孩子不再和我聊天了？
How come my children don't chat with me any more?

- ▶ **Do you act impatiently when they want to share things with you?** 當他們和你分享時，你曾表現出不耐煩嗎？
- ▶ **Have you ever interrupted your children?** 你曾打斷過孩子們說話嗎？

◀ *Track 0309*

說話時，眼神接觸非常重要。
Eye contact is very important when you talk.

- ▶ **I advise you to listen carefully to your children.** 我建議你認真聽聽孩子們的話。
- ▶ **Or you can share some of your childhood experiences with them.** 或是你可以和孩子們分享你的童年經驗。

◀ *Track 0310*

為什麼我的孩子這麼常和我頂嘴？
Why do my children talk back to me so often?

- ▶ **Try to lower your voice when you talk to them.** 和他們說話時，試著降低音量。
- ▶ **Think of it. Maybe that was a kind of communication.** 想想，也許那是溝通方式的一種。
- ▶ **You can tell them that they can express their own thoughts.** 你可以告訴他們，他們可以表達自己的想法。

◀ *Track 0311*

我擔心我那兩個青春期的女兒。
I'm worried about my two adolescent daughters.

- ▶ **They talk on the phone too much.** 她們電話講太多了。
- ▶ **They hang out with boys too much.** 她們太常和男生出遊了。
- ▶ **Just let them know your worries and remind them to protect themselves.** 只要告訴她們你的憂慮，然後提醒她們保護自己。

對話相關單字 ➤ hang out 出遊、和朋友們一起出去
補充單字 ➤ adolescence 青春期

Track 0312

我珍惜和孩子們在睡前的小小談天。
I cherish the little chats before my children go to bed.

▶ **We often share what happened today during the dinner time.** 我們經常在晚餐時間分享今天發生的事。

▶ **Having a joyful table talk is the best way to communicate with your children.** 愉快的餐桌談話是和孩子們溝通的最佳方式。

 生活作息

Track 0313

該醒囉！
It's time to wake up!

▶ **It's time for breakfast.** 早餐時間到了。
▶ **Stop saying ten more minutes.** 別再說多睡十分鐘了。
▶ **You'd better get out of your bed now, or you'll be late for school.** 你最好現在起床，不然上學會遲到。

對話相關用語
• It's time to＋動詞 = 做某事的時間到了
• It's time for＋名詞／動詞ing= 做某事的時間到了

Track 0314

接著請進洗手間吧！
Then go to the bathroom, please.

▶ **This way, baby!** 這邊才對，寶貝！
▶ **Don't forget to flush the toilet.** 別忘了沖馬桶。
▶ **Go wash your face and brush your teeth.** 去洗臉和刷牙。
▶ **I think you can squeeze more toothpaste.** 我想你可以多擠一點牙膏。

對話相關片語 flush the toilet 沖馬桶；squeeze the toothpaste 擠牙膏

Track 0315

快！換上制服！
Quick! Put on your uniform!

▶ **You have P.E. today; please wear sportswear.** 你今天要上體育課，請穿上運動服。
▶ **Oh, no! Your sportswear is still wet.** 糟了！你的運動服還是濕的。

▶ **Remember to comb your hair.** 記得梳頭髮。

對話相關單字 - uniform 制服;sportswear 運動服

Track 0316

早餐想喝什麼?
What do you want to drink for breakfast?

▶ **Juice, milk, or soybean milk?** 果汁、牛奶還是豆漿?
▶ **Do you want some cereal?** 你想來點麥片嗎?
▶ **Bring the bread with you or we'll be late.** 麵包帶著吧!不然我們會遲到。

Track 0317

在安親班寫完作業了嗎?
Have you finished your homework at the after-school child care center?

▶ **Your after-school child care center teacher called me today.** 你的安親班老師今天打給我。
▶ **She told me you didn't behave well today.** 她說你今天表現不好。

Track 0318

今天上學如何?
How was school today?

▶ **Did you have fun at school today?** 今天在學校開心嗎?
▶ **Anything new at school today?** 今天學校有新鮮事嗎?
▶ **How did the quiz go?** 考試考得如何?

Track 0319

記得放些衛生紙在書包裡。
Remember to put some tissue in your bookbag.

▶ **Hey, your communication book is still on your desk.** 嘿!你的聯絡本還在你桌上。
▶ **Please check your school bag again to see if you forget anything.** 請再檢查一次你的書包,看看是否你忘了什麼。
▶ **Say goodbye to your grandparents.** 向爺爺奶奶說再見。

對話相關片語 - bookbag/ school bag 書包;communication book 聯絡簿(或者 contact book)

Part

Ch 1

親子教養

Ch 2

Ch 3

Ch 4

Ch 5

Ch 6

Ch 7

Ch 8

◀ *Track 0320*

電視時間結束了。
TV time is over.

▶ **Please turn off your computer in five minutes.** 請在五分鐘內將電腦關機。
▶ **Please put your communication book on the desk before going to bed.** 上床睡覺前請將聯絡本放在書桌上。
▶ **You should go to bed before nine-thirty.** 你該在九點半前上床睡覺。
▶ **You should have gone to bed at nine.** 你本來該在九點上床睡覺的。

 校園學習

◀ *Track 0321*

你最喜歡的科目是什麼？
What's your favorite subject?

▶ **My favorite subject is English.** 我最喜歡的科目是英文。
▶ **I like geography the most.** 我最喜歡地理。
▶ **Math is my favorite.** 數學是我的最愛。

對話相關單字 favorite 最喜愛的（形容詞）；最愛（名詞）

◀ *Track 0322*

我今天忘了帶作業到學校了。
I forgot to bring my homework to school today.

▶ **I didn't finish my homework.** 我功課沒做完。
▶ **I didn't have enough time to finish my homework.** 我時間不夠，功課做不完。
▶ **My teacher punished me to make copies of the new lesson twice.** 老師罰我抄新課文兩次。

對話相關片語 make a copy / make copies 抄寫

◀ *Track 0323*

今天學校裡有發生什麼事嗎？
Did anything happen at school today?

▶ **I was chosen to be the class leader.** 我被選為班長了。
▶ **There's a transfer student in our class.** 我們班上來了一個轉學生。

▶ **Judy missed the class and our teacher found her in the Internet café.** 茱蒂翹課，我們老師在網咖裡找到她。

對話相關片語 - class leader 班長；transfer student 轉學生；miss the class 翹課；Internet café 網咖

Track 0324

班長應該要做些什麼呢？
What does a class leader have to do?

▶ **Call roll every morning.** 每天早上點名。
▶ **I have to collect everyone's homework and deliver teacher's announcement.** 我必須收大家的作業和傳達老師要公布的事。
▶ **I think you can do a very good job.** 我想你可以做得很好的。

對話相關片語 - call (the) roll 點名；homework/ assignment 作業、回家功課

Track 0325

自然課好玩嗎？
Is your science class fun?

▶ **Yeah! We took an experiment on light reflection.** 好玩！我們進行了一個光線折射的實驗。
▶ **We went to a park to observe the plants.** 我們去公園觀察植物。
▶ **Our teacher showed us lots of insect specimens.** 老師向我們展示好多昆蟲標本。

對話相關單字 - science 自然科
對話相關片語 - take (have) a experiment 做實驗；specimen 標本

Track 0326

你的期中考是什麼時候？
When's your mid-term exam?

▶ **I'll have my mid-term exam two weeks later.** 兩個禮拜後就是期中考了。
▶ **The final exam is coming and I'm very nervous about it.** 期末考快到了，我好緊張。
▶ **Just take it easy and make a thorough review.** 放輕鬆，然後徹底地複習吧！

對話相關片語 - mid-term exam 期中考；final exam 期末考

 **常規禮儀**

Part

Ch 1

親子教養

Ch 2

Ch 3

Ch 4

Ch 5

Ch 6

Ch 7

Ch 8

◀ *Track 0327*

孩子們，請注意你們的餐桌禮儀。
Please watch out your table manners, kids.

▶ **Eat quietly, please. We're having dinner in a restaurant.** 請安靜地吃，我們是在餐廳裡享用晚餐。

▶ **Is it you that make the noise?** 是你發出聲音嗎？

▶ **It's rude to talk with your mouth full.** 滿口食物講話是很沒禮貌的。

▶ **Didn't I tell you to eat slowly?** 我之前要你吃東西時細嚼慢嚥，不是嗎？

對話相關片語 table manners 餐桌禮儀

◀ *Track 0328*

等公車時別忘了排隊。
Don't forget to line up when you are waiting for a bus.

▶ **It's great that you know you should be in line.** 非常好，你知道你應該要排隊。

▶ **Jack, I need to talk to you. Why did you cut in line this afternoon?** 傑克，我必須和你談談。你今天下午為什麼插隊？

▶ **Cutting the line is a very impolite behavior.** 插隊是非常不禮貌的行為。

對話相關片語 line up/ wait in line/ be in line/ queue 排隊

◀ *Track 0329*

當你要我買玩具給你時，請不要大哭大鬧。
Please don't cry like a baby when you ask me to buy a toy for you.

▶ **Behave yourself or I won't buy you any toys.** 請守規矩，否則我不會買任何禮物給你。

▶ **If you don't stop crying now, we'll head home right away.** 如果你不停止哭鬧，我們就馬上回家。

▶ **I told you that there's only one toy you can pick, right?** 我說過你只能挑一樣玩具，對嗎？

▶ **Behave well while we go shopping.** 我們去購物時請好好表現。

對話相關單字 behave 行為、舉止

你不覺得你的房間太亂了嗎？
Don't you think your room is too messy?

▶ **Please clean up your room in the weekend.** 請在週末收拾你的房間。
▶ **Can you tidy up your desk?** 可以收拾一下書桌嗎？

對話相關片語 - clean up/ tidy up 收拾、整理

我希望你能幫我做點家事。
I hope you can help me do some chores.

▶ **Can you wash the dishes this week for me?** 這禮拜可以請你幫我洗碗嗎？
▶ **It's your turn to mop the floor this week.** 這禮拜輪到你拖地了。
▶ **You promised me you would feed the dog every day, didn't you?** 你答應我要每天餵狗的，不是嗎？

對話相關單字 - chores 家事
對話相關片語 - do chores 做家事；wash the dishes 洗碗；mop the floor 拖地；sweep the floor 掃地；feed the dog 餵狗

你們為什麼吵架？
Why did you have a fight with each other?

▶ **Can't you just listen to each other?** 你們不能好好聽對方說話嗎？
▶ **Is talking back to your mom and dad allowed in our family?** 和爸媽頂嘴在我們家是允許的嗎？

對話相關片語 - have a fight 吵架；talk back to＋人=向……頂嘴

才藝學習

你想去上英文課嗎？
Do you want to take the English class?

▶ **I'm glad that you had fun in the learning center.** 我很高興你在補習班玩得很開心。
▶ **Do you remember that you have to review your English lessons?** 你記得你該複習英文嗎？

Part
Ch 1
親子教養
Ch 2
Ch 3
Ch 4
Ch 5
Ch 6
Ch 7
Ch 8

▶ **What game did the foreign teacher play with you in the English class?** 外籍老師在英文課和你們玩了什麼遊戲？

◀ *Track 0334*

我想你應該去補習班上課。
I think you should go to a cram school.

▶ **Your math is not as good as before.** 你的數學不像從前那麼好了。
▶ **Your math becomes rusty.** 你的數學變糟了。

對話相關單字 rusty 糟、荒廢，原意為「生鏽的」

◀ *Track 0335*

你確定你想上美術課？
Are you sure you want to take an art class?

▶ **Wow! It's a very lovely handcraft.** 哇！這是個很可愛的美勞作品。
▶ **I really like your sketch of our family.** 我真的很喜歡你替我們家畫的素描。
▶ **Excellent! I admire your self- portrait.** 太棒了！我很欣賞你的自畫像。

對話相關單字 handcraft 勞作、手作作品；sketch 素描；self-portrait 自畫像

◀ *Track 0336*

考慮一下去上跆拳道課如何？
How about taking the taekwondo class?

▶ **After you go to the karate class, I found that you're getting stronger.** 你去上空手道課後，我發現你變得越來越強壯了。
▶ **It seems that you make lots of new friends in the swimming class.** 看來你在游泳班交到不少新朋友呢！

對話相關單字 taekwondo 跆拳道；karate 柔道

◀ *Track 0337*

你想學什麼樂器呢？
What kind of instrument do you want to learn?

▶ **Cool! Learning the piano is a good choice.** 很棒！學彈鋼琴是好選擇。
▶ **Do you have any problems in the violin class?** 你上小提琴課時有什麼問題嗎？
▶ **How about going to the percussion music class?** 去上打擊樂課怎麼樣？

對話相關單字 instrument 樂器；piano 鋼琴；violin 小提琴；percussion music 打擊樂
補充用法 彈奏樂器使用的動詞為 play。

Chapter 02 交友戀愛

招 呼 用 語

◀ *Track 0338*

好久不見。
Long time no see.

▶ **Where have you been?** 你跑哪裡去了？
▶ **I haven't seen you for ages.** 我幾百年沒看到你了。

對話相關用語
- Long time no see. 是「好久不見」直接翻成英文，在文法上來說是一個錯誤的句子，但時間久了連外國人也這樣用，已經變成俗語，因此也沒有人會去追究文法的正確性了。正確的用法應為 I haven't seen you for a long time.
- where have you been 現在完成式，意指「過去到現在這段時間你跑哪裡去了？」，表示「一段時間不見，你在忙什麼？」

◀ *Track 0339*

很高興認識你。
Nice to meet you.

▶ **I'm glad to talk to you.** 很高興和你聊天。
▶ **Have you met my friend, Mark?** 你見過我的朋友馬克嗎？

◀ *Track 0340*

你好嗎？
What's up?

▶ **How are you doing?** 你好嗎？
▶ **Ciao.** 哈囉！

對話相關用語 What's up? 雖為問句，但亦可以 What's up? 回答，或回答 Fine. / Not bad. / Not so good.
對話相關單字 Ciao 來自義大利文，用於見面時的招呼語同時也作為「再見」。

◀ *Track 0341*

再見。
See you later.

Part 2

Ch 1

Ch 2

交友戀愛

Ch 3

Ch 4

Ch 5

Ch 6

Ch 7

Ch 8

▶ **See you around.** 再見。
▶ **See ya.** 再見。
▶ **Later.** 再見。

對話相關單字 ya 是 you 的口語用法。
對話相關用語 第三句的 later 即使不是待會兒見也可以用來道別。

◀ *Track 0342*

原來是這樣。
That's why.

▶ **Now I see.** 現在我了解了。
▶ **Gotcha.** 我懂你的意思了。

對話相關單字 see 有「看」的意思，但此句意指「了解」。
對話相關用語 Gotcha. 有兩種意思，一種是 I've got you. 意為「我抓到你了。」通常是小朋友在玩捉迷藏時的用語。另一種涵義為「I get it.」也就是 I get what you're talking about. 為「我知道你在說什麼了。」的意思。

◀ *Track 0343*

發生什麼事？
What's going on?

▶ **What's the matter?** 發生什麼事？
▶ **What's wrong?** 怎麼了？
▶ **What' happened?** 發生什麼事？

◀ *Track 0344*

祝你好運。
Break a leg.

▶ **Good luck.** 祝你好運。
▶ **Bless you.** 上帝保祐你。

對話相關用語
• Break a leg. 這是一句「反話」，常用在他人正準備上場表演或比賽時，給予的祝福語。究其原因有各種千奇百怪的說法，但普遍認為認為祝人好運會帶來相反的結果，故曰。
• 常用在他人打噴嚏之後，給予的祝福語。

◀ *Track 0345*

你可以幫我一個忙嗎？
Can you give me a hand?

▶ **Would you do me a favor?** 你可以幫我一個忙嗎？
▶ **I need your help.** 我需要你的幫忙。

◀ *Track 0346*

我搞砸了。
I blew it.

▶ **I screwed it up.** 我搞砸了。
▶ **I messed it up.** 我搞砸了。

◀ *Track 0347*

當然。
Of course.

▶ **Certainly.** 當然。
▶ **Sure.** 當然。
▶ **Definitely.** 當然。

◀ *Track 0348*

你決定。
It's up to you.

▶ **It's your call.** 你決定。

◀ *Track 0349*

他很有幽默感。
He's got a good sense of humor.

▶ **Franco is a boring guy.** 法藍柯是個很無趣的人。
▶ **Benny is a hard-working guy.** 班尼是個很認真的人。
▶ **He's a control freak.** 他是個控制狂。
▶ **Linda always gives herself too much stress.** 琳達總是給自己太大的壓力。

Part

Ch

Ch 2

交友戀愛

Ch 3

Ch 4

Ch 5

Ch 6

Ch 7

Ch 8

對話相關單字
- bored 是無聊的意思，指「狀態」；I'm bored. 我感到很無聊；I'm a boring person. 我是個無趣的人。
- freak 可解釋為「怪胎」，亦可解釋為「沉迷於某件事的」如，shoe freak 鞋子狂 、 shopping freak 購物狂 。

Track 0350

我們處得很好。
We get along quite well.

▶ **We enjoy hanging out with Jack.** 我們很喜歡和傑克在一起。
▶ **I'm very stressed.** 我壓力很大。
▶ **He's under huge pressure for his financial problems.** 他的經濟問題帶給他很大的壓力。
▶ **Don't give yourself too much pressure.** 不要給你自己太大的壓力。

Track 0351

你認識班森嗎？
Do you know Benson?

▶ **What do you know about Benson?** 你對班森了解多少？
▶ **I know him really well.** 我和他很熟。
▶ **I never heard of him.** 我從沒聽過這個人。
▶ **Never heard of this guy.** 從沒聽過此人。

Track 0352

文森是個值得信賴的人。
Vincent is very trustworthy.

▶ **You can always count on Brian.** 你永遠可以信賴布萊恩。
▶ **Rose is very reliable.** 蘿絲是個可以依靠的人。
▶ **I'm a big fan of Harry Potter.** 我是哈利波特的大粉絲。
▶ **He's one of Andy's fans.** 他是安迪的粉絲之一。

對話相關用法 count 是「數數」的意思；count on 是「依靠」。

Track 0353

我對園藝很有興趣。
I'm very interested in gardening.

▶ **He's an expert of cooking.** 他是廚藝專家。

▶ **Jane's got a talent for language.** 珍在語言方面很有天賦。
▶ **Tom's good at math.** 湯姆的數學很好。

◀ *Track 0354*

購物是我喜歡的休閒活動。
Shopping is my favorite leisure activity.

▶ **I've been watching TV all day long.** 我已經看了一整天的電視了。
▶ **He goes fishing once a month.** 他一個月去釣一次魚。
▶ **How often do you go traveling?** 你多久去旅遊一次？

對話相關用法 How often... 是問一件事發生的頻率。

◀ *Track 0355*

我週末都在打籃球。
I play basketball on weekends.

▶ **I go bike riding during holidays.** 我放假都去騎腳踏車。
▶ **You should try skiing some day.** 你有天應試試滑雪。

 結 伴 出 遊

◀ *Track 0356*

他們邀請我參加今晚約翰的派對。
They invited me to John's party tonight.

▶ **I was invited.** 我被邀請了。
▶ **Are you coming?** 你要來嗎？
▶ **Do you want to join us?** 你要加入我們嗎？
▶ **Who else will go?** 還有誰會去？
▶ **He's a party animal.** 他是個派對狂。

對話相關用語 party animal 是指「很愛參加派對的人」。這種人在派對上常有瘋狂的舉動，戲稱為 party animal。

◀ *Track 0357*

別放我鴿子。
Don't stand me up.

▶ **I was stood up.** 我被放鴿子了。

▶ **Don't be late.** 不要遲到。

▶ **Be on time.** 請準時。

▶ **Do bring some beer.** 記得帶點啤酒。

▶ **Don't forget to bring a gift.** 別忘了要帶禮物。

◀ *Track 0358*

那是一個歡送派對。
It's a farewell party.

▶ **It's a BYOB party.** 這是一個「請自備酒瓶」的派對。

補充新知 BYOB 最早的使用是 Bring Your Own Bag 請自備環保袋，後來在國外有許多派對，主人會事先告知 BYOB，延伸為 Bring Your Own Bottle 的意思，也就是主人不主動提供酒精飲料，賓客請自備。末尾的 B 可替換成不同的意思，例 BBQ 派對的 BYOB 可表示 Bring Your OwnBeef，或 Bring Your Own Beer。

補充單字 welcome party 歡迎派對；barbecue party 烤肉派對。

◀ *Track 0359*

這週末誰要去健行？
Who wants to go hiking this weekend?

▶ **I'm in.** 我要參加。

▶ **Count me in.** 算我一份。

▶ **I'm not interested.** 我沒有興趣。

▶ **I'll think about it.** 我會考慮一下。

◀ *Track 0360*

我們玩得很愉快。
We had a great time

▶ **Have a nice trip.** 祝旅途愉快。

▶ **Do you need a ride?** 你需要搭便車嗎？

▶ **Where should I drop you?** 我該在哪裡放你下車？

▶ **Do you want to hang out with us?** 你想和我們出去嗎？

▶ **Let's have a drink.** 我們來喝點酒。

◀ *Track 0361*

週末要去哪兒玩？
Where are we going on the weekend?

▶ **Are we going to the beach?** 我們要去海邊嗎？

▶ **I'd rather stay at home with you.** 我比較想和你待在家裡。

▶ **Would you like to go to the movies with me?** 想和我去看電影嗎？

Track 0362

讓我們著裝準備。
Let's get ready.

▶ **We're about to leave.** 我們準備要走了。

▶ **They're ready to go.** 他們準備好了。

▶ **Where are you heading for?** 你們要去哪裡？

▶ **Let's hit the road.** 咱們上路吧！

▶ **Let's move on.** 咱們上路吧！

Track 0363

最快的路是哪一條？
Which way is the fastest?

▶ **Do you know the shortcut?** 你知道捷徑嗎？

▶ **Do you know any shortcuts?** 你知道有什麼捷徑嗎？

Track 0364

我愛你，親愛的。
I love you, sweetie.

▶ **I can't live without you.** 我沒有活不下去。

▶ **You mean so much to me.** 你對我很重要。

▶ **I miss you terribly.** 我超級想念你。

▶ **I want you to be here so bad.** 我真希望你就在這裡。

▶ **I love you without reasons.** 我沒有理由地愛著你。

▶ **I love you forever and a day.** 我愛你直到永遠。

補充單字 darling / sweet heart / baby / dear / honey 皆表示「親愛的」、「寶貝」等親暱的稱呼。

Part 2

Ch 1

Ch 2

交友戀愛

Ch 3

Ch 4

Ch 5

Ch 6

Ch 7

Ch 8

Track 0365

我會一直陪著你。
I'll always be there for you.

▶ **I won't leave you, I promise.** 我保證我不會離開你。
▶ **I'll follow you to the moon and back, I swear.** 我會追隨你到天涯海角，我發誓。

Track 0366

你是我的整個世界。
You are my whole world.

▶ **You are my everything.** 你是我所有的一切。
▶ **You are the love of my life.** 你是我的最愛。
▶ **You are mine.** 你是我的。

Track 0367

我想知道你的一切。
I want to know everything about you.

▶ **Tell me something about you.** 告訴我一些關於你的事。
▶ **I am not your type.** 我不是你喜歡的類型。
▶ **We are not a good fit.** 我們不適合。
▶ **There is just no chemistry between us.** 我們之間就是沒有什麼火花。
▶ **They clicked from the first time they met each other.** 他們第一次遇見彼此就情投意合。

Track 0368

就是他了。
He's the one.

▶ **He's my Mr. Right.** 他是我的真命天子。
▶ **He's my Prince Charming.** 他是我的白馬王子。
▶ **She's my destiny.** 她是命中註定的情人。
▶ **You're my princess.** 你是我的公主。

Track 0369

他是我一見鍾情的對象。
He's my first-sight love.

▶ **We fell in love at the first sight.** 我們一見鍾情。
▶ **I have a crush on her.** 我喜歡她。
▶ **I'm in love.** 我戀愛了。

看看那邊的女孩。
Look at that chick over there.

▶ **Here comes a cute guy.** 這兒來了個可愛的男生。
▶ **She's so hot/ sexy.** 她好辣／性感。

> 對話相關單字 chick 是「小雞」的意思，亦可指「女孩」」；hottie 和cutie 分別是「漂亮女生」和「可愛女生」的口語用法。

我為她瘋狂。
I'm crazy about her.

▶ **He's so mad about her.** 他對她很迷戀。
▶ **I can't help loving you.** 我無法自拔地愛著你。
▶ **I can't stop loving you.** 我無法停止愛你。

我可以跟你做朋友嗎？
Can I make friends with you?

▶ **May I know your name?** 我可以知道你的名字嗎？
▶ **Can I have your phone number?** 我可以要你的電話號碼嗎？
▶ **Do you live around here?** 你住在附近嗎？
▶ **Do you live nearby?** 你住在附近嗎？

> 對話相關片語 around here 和 nearby 表示「附近」的意思。

你一個人嗎？
Are you here by yourself?

▶ **Are you alone?** 你一個人嗎？
▶ **Do you come here by yourself?** 你一個人來嗎？

> 對話相關片語 by yourself 表示「你自己單獨一人」的意思。

你今天看起來不一樣。
You look different today.

▶ **I like your hairstyle today.** 我喜歡你今天的髮型。

Part 2

Ch 1

Ch 2

交友戀愛

Ch 3

Ch 4

Ch 5

Ch 6

Ch 7

Ch 8

▶ **Did you do something to your hair today?** 你今天有弄頭髮嗎？
▶ **This skirt fits you well.** 這件裙子很適合妳。
▶ **Your outfit is gorgeous.** 你的衣服真漂亮。

 感 情 聚 散

🔊 *Track 0375*

我們分手吧。
I think we should break up.

▶ **Let's stop seeing each other.** 我們不要再見面了。
▶ **I think it's time to put a full stop to this relationship.** 我覺得該是時候結束我們的關係了。
▶ **I am sorry, but I really don't think we are meant to be.** 很抱歉，但我覺得我們不是命中注定要在一起。

對話相關片語
• full stop 是「句點」的意思，用在這裡表示感情要劃下句點。
• meant to be 命中註定

🔊 *Track 0376*

我被甩了。
I was dumped.

▶ **We broke up.** 我們分手了。
▶ **She left me.** 她離開我了。
▶ **She broke up with me.** 她和我分手了。
▶ **The relationship has come to an end.** 這段關係結束了。
▶ **It's all over.** 一切都結束了。

🔊 *Track 0377*

你這個大騙子。
You're such a liar.

▶ **He cheated on me.** 他背叛我。
▶ **He's not loyal to the relationship.** 他對這段感情不忠誠。
▶ **He's a dishonest man.** 他是個不誠實的男人。

你傷了我的心。
You broke my heart.

▶ **I'm broken-hearted.** 我傷透心了。
▶ **My heart hurts very much.** 我的心好痛。
▶ **Your words hurt.** 你的話很傷人。
▶ **You hurt me so much.** 你傷我很重。

我們需要分開一段時間。
We need to separate for a while.

▶ **I need some space.** 我需要一點空間。
▶ **Please give me some time to think about it.** 請給我一些時間好好想一想。
▶ **I think we both need some alone time in our relationship.** 我覺得在這段關係中我們都需要一點個人時間。

我單身。
I'm single.

▶ **I am married.** 我已婚。
▶ **I'm not in a relationship now.** 我現在單身。
▶ **I don't have a crush.** 我沒有喜歡的人。
▶ **She's taken.** 她有伴侶了。

那是我的前男友（前女友）。
That's my ex.

▶ **It's been a nightmare.** 那是一個夢魘。
▶ **I wish it never happened.** 我希望這一切不曾發生。
▶ **We fight a lot.** 我們很常吵架。

> **對話相關單字** ex- 為 ex-boyfriend / ex-girlfriend 的簡稱。
> **補充單字** fight / argue / quarrel 皆能表示「爭吵」的意思。

他不值得。
He is not worth it.

Part 2

Ch 1

Ch 2

交友戀愛

Ch 3

Ch 4

Ch 5

Ch 6

Ch 7

Ch 8

▶ **You deserve it.** 你活該。

▶ **It serves you right.** 你活該。

▶ **Move on. He doesn't worth all the tears.** 往前看，這些眼淚不值得。

 戀 愛 婚 姻

🔊 *Track 0383*

我和某人在約會。
I am seeing someone.

▶ **I'm dating him.** 我正和他交往。

▶ **He asked me out tonight.** 他今晚約我出去。

▶ **We're now boyfriend and girlfriend.** 我們現在是男女朋友。

🔊 *Track 0384*

我最近談戀愛了。
I have been in love lately.

▶ **I am seeing someone lately.** 我最近正在和別人交往中。

▶ **I'm in love.** 我談戀愛了。

▶ **I think I'm in love with you.** 我想我愛上你了。

🔊 *Track 0385*

妳男朋友長得怎麼樣？
What does your boyfriend look like?

▶ **How does your boyfriend look?** 你的男朋友長得如何？

▶ **What is your girlfriend like?** 你的女朋友是個怎麼樣的人？

▶ **How is your girlfriend?** 你的女朋友最近如何？

> **對話相關用法** 後兩句 what ...like 和 how 在此都是偏重問「個性」上的。

🔊 *Track 0386*

他昨晚向我求婚了。
He popped the question last night.

▶ **He proposed to me last night.** 他昨晚向我求婚。

▶ **Will you marry me?** 嫁給我好嗎？

▶ **Yes, I do.** 我願意。

▶ **Now I announce you husband and wife.** 我現在宣佈你們是夫妻。

◀ *Track 0387*

我們想要共組家庭。
We want to start a family together.

▶ **We want to settle down.** 我們想定下來了。
▶ **I'm ready for a life-long commitment.** 我決定要與你共度餘生。
▶ **I'm married.** 我結婚了。
▶ **They're getting married soon.** 他們快結婚了。

◀ *Track 0388*

我們訂婚了。
We are engaged.

▶ **He's my fiancé.** 他是我的未婚夫。
▶ **They finally decided to tie the knot.** 他們終於決定要結婚了。
▶ **We are getting hitched.** 我們要結婚了。

◀ *Track 0389*

你們的婚紗照拍了嗎？
Have you taken your wedding photos?

▶ **The shooting was tiring.** 拍攝真是累人。
▶ **I enjoyed the shooting a lot.** 我很享受拍攝過程。
▶ **Your bridal dress is really amazing.** 你的婚紗真是太美了。
▶ **You look like a princess in that bridal dress.** 你穿那件婚紗就像個公主。

◀ *Track 0390*

你們去哪裡度蜜月？
Where did you go for your honeymoon?

▶ **France is a nice place for a honeymoon trip.** 法國是個適合度蜜月的地方。
▶ **How was your second honeymoon?** 你們的二度蜜月如何？

Part

Ch 1
Ch 2
交友戀愛

Ch 3
Ch 4
Ch 5
Ch 6
Ch 7
Ch 8

◀ *Track 0391*

我決定要退出單身俱樂部。
I've decided to quit the bachelor's club.

▶ **I'm tired of being single.** 我厭倦了單身生活。
▶ **Let's throw him a bachelor party!** 我們為他辦個告別單身派對吧！
▶ **Can you be my best man?** 你可以當我的伴郎嗎？

對話相關用法— bachelor party 是指男生的告別單身派對，女生的告別單身派對是 wedding shower 或 bridal shower，通常會在婚前與好友一同慶祝。
補充單字— bridesmaid / maid of honor 伴娘

◀ *Track 0392*

那是個奉子成婚的婚禮。
It's a shotgun wedding.

▶ **I'll walk you down the aisle.** 我會陪你走紅地毯。

對話相關單字— aisle 是走道的意思，紅地毯通常是由新娘的父親陪伴。
補充片語— arranged marriage 被安排的婚姻。亦即「父母之命」或「媒妁之言」。

◀ *Track 0393*

我們預計二年內生小孩。
We plan to have a baby in two years.

▶ **They are a DINK couple.** 他們是頂客族
▶ **Mr. Carson adopted a child last month.** 卡森先生上個月領養了一個孩子。

對話相關用法— 頂客族意指「沒有小孩的雙薪家庭」(Double Income No Kids)。

◀ *Track 0394*

我們離婚了。
We're divorced.

▶ **She's a widow.** 她是個寡婦。
▶ **He's a widower.** 他是個鰥夫。
▶ **Peter has an affair.** 彼得有外遇。
▶ **I will take a marriage leave in July.** 我七月份將休婚假。
▶ **How long is your marriage leave?** 你的婚假放多久？

補充片語— sick leave 病假；maternity leave 產假；nursery leave 育嬰假；personal leave 事假

Chapter 03 青春校園

 申請入學

Track 0395

如何申請一間學校？
How do I apply for a school?

▶ **I have to take a placement exam to enter this school.** 我必須接受分班考試來申請進入這個學校

▶ **This placement exam is very important to me.** 這個分班考試對我來說很重要。

> **對話相關片語** placement exam 指「學生分班考試」的意思。

Track 0396

申請這間學校要繳多少錢？
How much is the application fee for this school?

▶ **The application fee has to be paid first before you can get the application form.** 先繳交申請費才能拿到申請表格。

▶ **The placement exam fee is included in the application fee.** 申請費用包含分班考試費用。

Track 0397

分班測驗將於下週一舉行。
The placement exam will be held on next Monday.

▶ **What time will the placement exam be held?** 分班考試測驗在什麼時候舉行？
▶ **What date will the placement exam be held?** 分班考試測驗在哪一天舉行？

> **補充片語** hold an exam 表示「舉辦考試」的意思。

Track 0398

你可以參閱學校手冊來更了解這間學校。
You can know more about the school from the school brochure.

▶ **Read the school brochure first and you might find solutions.** 有任何問題可先參閱學校手冊。

▶ **The teacher will also help new students.** 老師也會幫助新同學。

▶ **I look forward to the new semester.** 我期待新的學期到來。

▶ **I look forward to making new friends in the school.** 我期待可以在學校交新朋友。

▶ **I look forward to meeting new teachers in the school.** 我期待在學校可以見到新老師。

對話相關用法 look forward to 表示「期待」的意思。

◀ *Track 0399*

上網參閱學校地圖。
Check the school map online.

▶ **I can use the school map to be familiar with the school area.** 我可以使用學校地圖來熟悉校區。

▶ **We have a school map to guide us in this big school.** 我們在這個大學校裡有學校地圖來引導我們。

▶ **Do you need a school map when you are in the school?** 你在學校時需要一個校區地圖嗎？

◀ *Track 0400*

學校快開學了。
School will begin soon.

▶ **My school will start on 1st of September.** 我學校將在九月一號開學。

▶ **Summer vacation will end soon.** 暑假快接近尾聲了。

▶ **Happy time always ends fast.** 快樂的時光總是很快就結束。

▶ **How many days are left for the school to begin?** 還有幾天要開學了？

◀ *Track 0401*

我有一些暑假作業要完成。
I have some summer vacation homework to finish.

▶ **Do you have summer vacation homework to finish?** 你有暑假作業要完成嗎？

▶ **There are still a few assignments to be finished for this summer vacation.** 還有一些暑期作業要完成。

我們今天晚上要討論功課。
We are going to discuss our school work this evening.

▶ **Our group will use a projector and computer to do our oral presentation today.** 我們的組別今天會使用投影機和電腦來呈現口頭報告。

▶ **Our group found some reference sources to our assignment.** 我們組找到一些作業的參考資料。

▶ **The teacher is going to assign some homework today.** 老師今天會出一些功課。

對話相關單字 - assign 指「指派」的意思。

我在教科書裡面有標些重點。
I have highlighted some important points in the textbook.

▶ **Your assignment is to highlight the key points of this chapter.** 你們的作業裡是把這個章節的重點標示出來。

▶ **Did you take any notes in math class today?** 你今天在數學課有寫筆記嗎？

▶ **I need to see my notes when I speak in the class.** 在課堂上發言時，我需要看著我的筆記。

▶ **Do you often take notes during class?** 在課堂上時你常記筆記嗎？

▶ **I need to review my notes before taking exams.** 在考試前我都要複習我的筆記。

對話相關用法 - take notes 表示「記筆記」的意思。

我必須準備明天的英文文法考試。
I have to study English grammar for tomorrow's quiz.

▶ **The teacher will announce the date of the geography exam this week.** 老師將會在這週公佈地理考試的日期。

▶ **The biology test this time seems to be more difficult than the last one.** 這次的生物考試似乎比上次的還難。

▶ **The math exam will be held next Monday, the 11th of January.** 數學考試將在一月十一號於下週一舉行。

Part 2

Ch 1

Ch 2

Ch 3

青春校園

Ch 4

Ch 5

Ch 6

Ch 7

Ch 8

◀ *Track 0405*

分組討論前我要讀完我的部份。
I have to finish reading my part before the group discussion.

▶ **Have you done your part of the assignment?** 你完成作業裡你負責的作業了嗎？

▶ **Before group discussions, I always browse through what has to be read in advance.** 在分組討論前，我都會事先瀏覽過應該閱讀的部份。

對話相關單字 browse 是指「瀏覽」的意思。

 社團聯誼

◀ *Track 0406*

加入我們的社團吧！
Come join our club!

▶ **We need to choose a new leader in our club.** 我們社團要選一個新的社長。

▶ **Have you joined any clubs yet?** 你有加入哪些社團了嗎？

▶ **Do you have any favorite clubs to join?** 你有特別想要加入的社團嗎？

▶ **Welcome our new club members in this semester!** 歡迎這學期新加入的社員！

▶ **Everyone is welcome to join our dancing club!** 歡迎大家加入舞蹈社！

對話相關單字 club 可當作「俱樂部」或「學校社團」的意思。

◀ *Track 0407*

我們學校的排球社團很受歡迎。
The volleyball club is very popular in our school.

▶ **I joined a percussion club when I was in school.** 我在學校時有參加打擊樂社團。

▶ **There are over 50 clubs in our college.** 我們大學有超過五十個社團。

▶ **We have club time on every Wednesday afternoon.** 每週三下午是我們的社團時間。

◀ *Track 0408*

今天下午有下棋比賽。
There will be a chess competition this afternoon.

▶ **Our club is going to sing several songs in the school recital hall on Saturday.** 這禮拜六我們社團將要在音樂廳裡演唱幾首歌。

▶ **I will go hiking with the mountain climbing club on Sunday.** 這個禮拜天我要和登山隊一起健行。

▶ **We are going to see a show presented by the drama club tonight.** 今晚我們會去看話劇社的表演。

Track 0409

你有額外的時間練習網球技能嗎？
Do you have any extra time to practice your tennis skills?

▶ **We can practice tennis skills during the weekend.** 我們可以在週末時練習網球技能。

▶ **We have a tight school schedule and so we don't have a lot of time practicing our tennis skills.** 我們學校的行程排很滿 所以我們並沒有很多時間練習網球技能。

Track 0410

參加社團可以交到很多朋友。
You can make a lot of friends by joining a club.

▶ **By joining this club, you will learn a lot of things you can't learn from books.** 參加這個社團，你將會學到很多課本上學不到的東西。

▶ **The teacher will instruct us on how to run a club in this semester.** 老師將會在這學期教我們如何經營一個社團。

對話相關單字 run 在這裡指「經營」的意思。

Track 0411

今晚烹飪社團將會準備大餐。
The cooking club will prepare for us a big meal tonight.

▶ **We will have a big feast tonight at the club reunion.** 今晚我們將於社團同學會享用大餐。

▶ **Our club will celebrate New Year's Eve together this year.** 我們社團今年將聚在一起慶祝新年夜。

對話相關用法 big meal / big feast 皆為「大餐」的意思

打 工 求 職

Part
Ch 1
Ch 2
Ch 3
青春校園
Ch 4
Ch 5
Ch 6
Ch 7
Ch 8

◀ *Track 0412*

我暑期想要打工。
I want to find a summer job during the school break.

▶ **Where can I find the job listing?** 哪裡可以找到工作欄？
▶ **There are tips to find a good part-time job.** 找到好的打工機會是有秘訣的。
▶ **It's not difficult to search for a job online.** 上網搜尋工作其實不難。

對話相關單字 - break休息、暫停；tip 訣竅

◀ *Track 0413*

晚上你也可以兼職家教。
You can also be a tutor at night.

▶ **You have to go to work on time in the school library.** 在學校圖書館你必須準時上班。
▶ **I have to babysit every night to make some money.** 我必須每晚當保母賺些零用錢。
▶ **I work as a teacher's assistant when I have free time in the school.** 在學校有空閒時間時我會兼作教師助理。

◀ *Track 0414*

你可以上網刊登你的履歷。
You can post your resume online.

▶ **A nice resume will help you a lot when you look for a job.** 好的履歷將會大大幫助你找到工作。
▶ **You can read some part-time job ads on the school newspaper every week.** 每個禮拜你都可以在學校報紙上讀到一些打工徵職的廣告。
▶ **There are a lot of job opportunities for you to choose if you know how to find them.** 懂門路的話，你可以找到很多工作機會。
▶ **It's better to dress well when you have a job interview.** 當你有工作面試時最好穿著得當。

◀ *Track 0415*

這個打工適合我的學校時間。
This part time job suits my school schedule.

▶ **The job is hourly-paid, not monthly-paid.** 這個工作是時薪制而不是月薪制。

▶ **The salary of my part-time job is not enough to pay my tuition.** 我的打工薪水還不夠付我的學費。

▶ **The owner of this bookstore offers reasonable salary for part-time job workers.** 這個書店的老闆提供打工者合理的工資。

〈對話相關單字〉 suit 在此當動詞，表示「適合」的意思。

Track 0416

我在工作中學到很多。
I learn a lot from my job.

▶ **I learned a lot when I worked at a coffee shop in the college.** 在大學的咖啡廳裡工作時我學到很多。

▶ **I consider having a part-time job in the school cafeteria.** 我考慮在學校的餐廳裡打工。

▶ **I learned how to cook when I worked in the school cafeteria.** 在學校餐廳打工時我學會如何烹飪。

〈對話相關單字〉 cafeteria 指「學校自助餐廳」的意思。

Track 0417

未來你需要多才多藝。
You need to be versatile in the future.

▶ **It's better to learn more skills in the future.** 在未來最好學習多項技能。

▶ **You can learn anything online simply by typing the keywords.** 你只要輸入關鍵字，就可以在網路上學習任何事情。

▶ **It won't be a waste of time to invest in learning one more skill.** 投資學習另一項技能不會是種浪費。

〈對話相關單字〉 waste 浪費；invest 就是「投資」的意思。

Track 0418

大學可以學到很多課程。
You can take various kinds of courses in college.

124

Part 2

Ch 1

Ch 2

Ch 3

青春校園

Ch 4

Ch 5

Ch 6

Ch 7

Ch 8

▶ **Learning how to maintain a relationship is part of the courses one has to take in college.** 學習戀愛學分也是大學課程之一。

▶ **You should take adventures when you go to college.** 進入大學時,你應該要嘗試各種冒險 。

▶ **You can broaden your knowledge while you study in the college.** 在大學時可以增廣見聞。

對話相關單字 relationship 戀愛關係;broaden 變寬、擴大。

Track 0419

在學校可以學到很多領域。
There are many fields you can learn from in the school.

▶ **I major in interior design but I also like to learn gardening.** 我主修室內設計但我也喜歡學園藝。

▶ **Besides interior design, I also spend my time learning gardening.** 除了室內設計之外,我也花時間在學習園藝。

▶ **I work as an interior designer and I also learn to design beautiful gardens.** 我是室內設計師而且我也學習設計美麗的花園。

▶ **I take a dance class on the weekend.** 週末時我有參加舞蹈課程。

▶ **Besides school courses, I also take dancing courses on the weekend.** 除了學校課程之外,我也在週末上舞蹈課程

Track 0420

我喜歡學習很多種語言。
I like to learn many languages.

▶ **I can speak both Chinese and Japanese.** 我不只會講中文還會説日文。

▶ **I have to take English language course and also French language course in school.** 在學校我必須修英語課程還有修法語課程。

▶ **My French teacher can speak more than 10 languages.** 我的法文老師會説超過十種語言。

 畢業留學

Track 0421

申請助學貸款需要什麼?
What do I need to apply for school loans?

▶ **I need to have a** financial statement **to apply for that school.** 我要提供財力證明來申請那間學校。

▶ **How much is the tuition fee (book fee)?** 學費／書籍費要多少錢？

▶ **Studying abroad will cost you a lot.** 到國外唸書會花你很多錢。

對話相關單字 loans 貸款；financial statement 財力證明

Track 0422

如何計算你的G.P.A.？
How do you calculate your G.P.A.?

▶ **Do you have any ideas about how to write your study plan?** 你對寫讀書計畫有任何想法嗎？

▶ **What score do I have to achieve to apply for that school?** 申請那間學校分數要達到多少？

▶ **I will ask Mr. Lee to write a recommendation letter for me.** 我會請李老師幫我寫推薦信函。

補充新知 G.P.A. 是指 grade pointaver age 又稱 G.P.R.(grade point ratio)，即成績點數與學分的加權平均值。

Track 0423

這間學校裡有宿舍嗎？
Are there any dorms in this school?

▶ **Is this a boarding school?** 這是一間寄宿學校嗎？

▶ **What time will the dorm close at night?** 宿舍晚上幾點關門？

▶ **Male or female visitors can only visit girls' dorm before 9 p.m. on Monday to Sunday.** 男性或女性訪客只能在週一到週日晚間九點前拜訪女生宿舍。

Track 0424

要如何搭公車到學校？
How do I take a bus to the school?

▶ **Is there any** public transportation **near the school?** 學校附近有任何大眾運輸嗎？

▶ **Is there any cafeteria in the school?** 學校裡有餐廳嗎？

▶ **Where is the place for registration at the school tomorrow?** 明天在學校的哪個地方註冊呢？

▶ **There will be a school** shuttle bus **from the train station to school every 2 hours per day during the week.** 學校專車每天每隔兩小時都會從火車站到學校。

對話相關片語 public transportation 大眾運輸；shuttle bus 特定區間來回行駛的巴士

Part

Ch

Ch

Ch 3

青春校園

Ch 4

Ch 5

Ch 6

Ch 7

Ch 8

🔊 *Track 0425*

你會得到一個學生證號碼。
You will get a student identification number.

▶ You will get a student identification number when you enroll at the school. 當你到學校註冊時，你會得到一個學生證號碼。

▶ The picture on the student identification card will be taken in Room 3 on Monday. 學生證照片將在第三教室於禮拜一拍攝。

▶ You can swipe your student identification card to enter into the school library. 你可以用你的學生證刷卡進入學校圖書館。

對話相關單字 enroll註冊、登記

 同 事 與 環 境

Track 0426

這是我們的新同事。
This is our new colleague.

▶ **Mark is going to be part of our team starting from today.** 馬克從今天開始是我們團隊的一份子。

▶ **Let's welcome Mark to our company!** 讓我們歡迎馬克加入我們公司！

▶ **Mark has a lot of experience in the computer industry.** 馬克在電腦業有豐富的經驗。

▶ **Mark is an experienced computer engineer.** 馬克是一位有經驗的電腦工程師。

▶ **Mark has worked in the computer industry for many years.** 馬克已經在電腦業打滾很多年了。

▶ **We will surely learn a lot from Mark.** 我們一定可以從馬克身上學到很多東西。

Track 0427

讓我為你介紹我們的工作環境。
Let me introduce you our workplace.

▶ **Here is the conference room.** 這裡是會議室。

▶ **Lunchtime is from twelve to one.** 午餐是從十二點到一點。

▶ **We have a tea break at three thirty.** 我們在三點半有個午茶時間。

Track 0428

很高興認識大家。
Nice to meet you.

▶ **You can call me Jean.** 你可以叫我珍。

▶ **Please let me know if I'm wrong.** 如果我做錯了請告訴我。

▶ **Please don't hesitate to correct me if I'm wrong.** 如果我做錯了，請不用遲疑馬上指正我。

Part 2

Ch 1
Ch 2
Ch 3
Ch 4
職場生活
Ch 5
Ch 6
Ch 7
Ch 8

◀ Track 0429

請問，影印機在哪裡呢？
Excuse me. Where is the copy machine?

▶ **Can you show me where the HR is?** 可以麻煩你告訴我人力資源部在哪裡嗎？
▶ **Where do you keep the files?** 請問檔案都放在哪裡？

對話相關單字 新進員工通常會需要繳交一些基本資料，這部份通常是由各公司的人力資源部處理。「人力資源部」的英文是 Human Resources，常簡稱為 HR。

◀ Track 0430

午餐通常都在哪裡吃呢？
Where do you usually have lunch?

▶ **What do you usually eat for lunch?** 你們午餐通常都吃什麼呢？
▶ **Where can I find a cafeteria?** 哪裡有自助餐廳？
▶ **Is there anything good to eat around here?** 這附近哪裡有自助餐廳？

◀ Track 0431

放輕鬆，我們都很好相處。
Take it easy. We are all nice people.

▶ **Relax. You'll get used to it in no time.** 輕鬆點。你很快就會適應了。
▶ **Let the new guy do it so he can get his feet wet.** 讓新同事做以便讓他盡快適應。

對話相關片語 in no time 表示「立即、很快」的意思。

遲 到 請 假

◀ Track 0432

很抱歉我今天會晚進二十分鐘。
I'm sorry that I'll be twenty minutes late today.

▶ **I'm sorry for being late.** 對不起，我遲到了。
▶ **I apologize for being late.** 我為我的遲到道歉。
▶ **I will never be late again.** 我再也不會遲到了。

Track 0433

你為什麼這麼晚到？
Why are you so late?

▶ **Do you have a reason for being late?** 你的遲到有什麼理由嗎？

▶ **What held you up this morning?** 是什麼原因讓你今早擔擱了這麼久？

Track 0434

今天的交通狀況很糟。
The traffic is awfully bad today.

▶ **The MRT had a breakdown for thirty minutes this morning.** 今早捷運故障了三十分鐘。

▶ **The train delayed for twenty minutes.** 火車晚到了二十分鐘。

▶ **A bus hit a motorcycle two blocks away from here.** 有一輛公車在距離這裡兩條街的地方撞到一輛機車。

Track 0435

我希望你九點鐘準時開始工作。
I hope you can start working at nine o'clock sharp.

▶ **Is this going to be a continual problem for you?** 這種情況會經常性發生嗎？

▶ **This will never happen again.** 這件事再也不會發生了。

Track 0436

請問我今天可以早點離開嗎？
Can I leave early today?

▶ **Is it ok if I leave early tomorrow?** 請問我明天可以早點離開嗎？

▶ **Will it be ok if I leave at three o'clock this afternoon?** 我今天下午三點鐘離開可以嗎？

Track 0437

我今天必須要請病假。
I have to take a sick day today

▶ **I have a fever and won't be able to come in today.** 我正在發燒，今天沒有辦法進辦公室。

▶ **I feel terrible and can't make it to the office.** 我很不舒服，沒有辦法進公司。

▶ **Is it ok if I use a personal day this Friday?** 請問我本週五可以請假嗎？

▶ **Can I take Thursday and Friday off?** 我星期四、五可以休假嗎？

▶ **Will it be ok if I take the last week of October off?** 我可以十月的最後一週休假嗎？

Part 2

Ch 1

Ch 2

Ch 3

Ch 4

職場生活

Ch 5

Ch 6

Ch 7

Ch 8

Track 0438

家中有緊急事件要處理。
I have some personal urgent matters to deal with.

▶ **The baby all of a sudden got really sick. I have to take him to the hospital.** 嬰兒突然間病得很嚴重。我現在要帶他去醫院。

▶ **My father went into the emergency room. I'm not sure what the problem is.** 我爸爸早上突然去掛急診。我還不確定是什麼問題。

▶ **Everything at home is being taken care of.** 家裡的事都安排好了。

 會 議 簡 報

Track 0439

我今天有一整天的會。
I'll be in meetings all day today.

▶ **I have a meeting to go to right now.** 我現在正好要去開個會。

▶ **I have three meetings in a row.** 我有連續三個會議要開。

▶ **My schedule is clear with no meetings today.** 我今天的行程沒有會議。

Track 0440

會議是從幾點開始？
What time is the meeting?

▶ **How long do you think the meeting will be?** 會議要開多久時間？

▶ **Is the meeting going to last for two hours?** 會議會開兩小時嗎？

Track 0441

今天的議程是什麼？
What's today's agenda?

▶ **What's on the agenda?** 議程有哪些？

▶ **What is this meeting about?** 這個會議要討論什麼？

Track 0442

誰要做會議紀錄？
Who's taking the minutes?

▶ **Who will keep the minutes?** 誰要負責做記錄？

▶**Sandy, would you please take the minutes?** 珊蒂，可以麻煩你做會議紀錄嗎？

對話相關單字 - minute 是「分鐘」，在這裡當「會議紀錄」的意思。

◀ *Track 0443*

會議必須要重新安排時間。
The meeting needs to be rescheduled.

▶**The meeting will be postponed.** 會議要延遲舉行。
▶**Let's postpone the meeting until this afternoon.** 會議延到下午再開。
▶**The meeting is cancelled.** 會議取消了。

對話相關單字 - postpone 與 delay 都有「延遲」的意思。postpone 表示「將原先預定好時間的事情延緩辦理」，delay 則是「將預定要在時限內完成的事情，因為某些不好的原因無法完成而必須延長期限辦理」。

◀ *Track 0444*

我會來安排一個會議時間。
I will set up a time for a meeting.

▶**Can you set up a brainstorming meeting?** 你可以安排個腦力激盪的會議嗎？
▶**Please set up a meeting right away to clarify the current situation.** 請立即安排一個會議來釐清一下目前的狀況。
▶**We should have a review meeting.** 我們應該來開個檢討會議。

◀ *Track 0445*

參加會議對我來說是浪費時間。
Attending meetings is a waste of time for me.

▶**I want to skip the meeting this afternoon.** 我不想參加今天下午的會議。
▶**I wonder if anyone will notice if I skip the meeting.** 如果我不出席會議不知道有沒有人會發現。
▶**I get sleepy at meetings.** 會議總是讓我昏昏欲睡。
▶**I almost fell asleep during the meeting.** 我在會議上幾乎睡著了。

◀ *Track 0446*

會議對你有幫助嗎？
Did you find the meeting useful?

▶**Was the meeting helpful at all?** 會議到底有沒有幫助？
▶**What do you think about Sam's presentation?** 你覺得山姆的報告怎麼樣？

Part 2

Ch 1

Ch 2

Ch 3

Ch 4

職場生活

Ch 5

Ch 6

Ch 7

Ch 8

▶ **Is there any part of the discussion that you didn't understand?** 討論中有沒有哪一部分是你不清楚的？

▶ **I think a few points still need some further clarifications.** 我想有幾點還是需要進一步的說明。

▶ **The presenters didn't have any valid data at all.** 報告的人根本沒有可用的數據。

Track 0447

謝謝你的資料。
Thank you for the information.

▶ **Sorry, could you kindly repeat what you just said?** 不好意思，你可以重複你剛剛所說的嗎？

▶ **I was very impressed by your presentation.** 我對你的報告印象很深刻。

▶ **We made some important decisions during the meeting.** 我們在會議中做了些重要的決定。

▶ **Please proceed/ continue.** 請繼續。

Track 0448

可以麻煩你跟我講一下工作流程嗎？
Would you walk me through the workflow?

▶ **I've been thinking about how to improve the workflow.** 我在思考要如何改進工作流程。

▶ **What are your standard procedures?** 你們的標準程序是什麼？

▶ **Please follow the procedures.** 請依照程序來。

▶ **I'm going to** establish **a procedure to this.** 我會替這個建立一個流程。

對話相關單字 這裡的 establish 也可以用 set up 來替換。

Track 0449

我剛被指派新的工作。
I've just been assigned a new assignment.

▶ **How come I'm always given urgent assignments?** 為何我總是被指派緊急任務？

▶ **I'm running late on my sales report.** 我的業績報告要來不及了。

▶ **I have a report to turn in this afternoon.** 我今天下午要交一個報告。

▶ **The monthly report is due this Friday.** 本週五前要交月報告。

◀ *Track 0450*

這個圓餅圖顯示我們的業績收入占全公司的60%。
This pie chart shows that our sales income occupies sixty percent of the total revenue.

▶ **I have no idea what this chart indicates.** 我不知道這張圖表代表的意義是什麼。
▶ **I think you should make another chart to clarify your points.** 我覺得你需要製作另一張圖表來闡明你的論點。

補充片語 bar chart 條狀圖；flow chart 流程圖；line chart 曲線圖；organization chart 組織圖

◀ *Track 0451*

我想要修改一下這個計畫。
I want to revise this plan.

▶ **The head office will probably terminate this plan.** 總公司也許會終止這個計畫。
▶ **We have been told to proceed with the plan.** 我們被告知要繼續執行這個計畫。

◀ *Track 0452*

我們正在實施一個促銷案以達到業績目標。
We are running a sales promotion to achieve the sales target.

▶ **I haven't reached my sales quota yet.** 我還沒有達到我的銷貨配額。
▶ **Our annual sales have increased two million.** 我們的年銷售額成長了兩百萬元。
▶ **Our department's sales have exceeded the target by 150 percent.** 我們部門的營業額已經超出目標150%。
▶ **After a difficult period, we are finally in the black.** 經過了一段艱辛的日子以後，我們終於有盈餘了。

對話相關片語 in the black 表示「有盈餘」，表示在財務報表上不再有紅字。相反的，in the red 就表示仍在「虧損、負債」。

◀ *Track 0453*

我們的目標是要增加市場佔有率。
Our goal is to increase the market share.

▶ **We will launch more products next year to expand our market share.** 我們明年會增加更多產品以擴大市場佔有率。

Part 2

Ch 1
Ch 2
Ch 3
Ch 4

職場生活

Ch 5
Ch 6
Ch 7
Ch 8

▶ **It is a necessity to run some marketing campaigns to maintain the market share.** 執行一些市場行銷活動以維持市場佔有率是必要的。

交涉協調

◀ *Track 0454*

我了解你的觀點。
I understand your point of view.

▶ **I understand what you're talking about.** 我了解你在說什麼。
▶ **I see your concern.** 我懂你的疑慮。

◀ *Track 0455*

麻煩您再說一次。
Could you say that again?

▶ **What are you really saying here?** 您想表達的是什麼？
▶ **What exactly do you mean?** 你的意思是什麼？

◀ *Track 0456*

關於這點，我同意你的看法。
I agree with you up on that point.

▶ **I only accept under certain conditions.** 我只有在特定條件下同意。
▶ **I would agree but with qualifications.** 我可以有條件地同意。

◀ *Track 0457*

關於這點我們有討論的空間。
We can be flexible over this.

▶ **I can make some concessions.** 我可以做些讓步。
▶ **Please think over about it.** 請再思考一下。
▶ **Could you reconsider this?** 針對這件事你可以再做考慮嗎？

對話相關單字 flexible 是個常用的形容詞，表示人或事是「彈性的、可商量的」。

我反對。
I disagree.

▶ **I don't agree with it.** 我不同意。
▶ **I'm against that.** 我持反對意見。
▶ **I'm not sure I agree with you.** 我不太同意你的看法。

麻煩您說重點。
Please get to the point.

▶ **Would you stick to the point?** 您可以只說重點嗎？
▶ **Please don't get off the point.** 請不要偏離主題。
▶ **Let's get back to the main issue.** 讓我們回到正題。
▶ **Let's stick to the agenda.** 我們繼續討論該議題。
▶ **What are you trying to say?** 你的重點是什麼？

這超出我們的成本範圍了。
This is beyond our cost limits.

▶ **I'm sorry that I can't meet your needs.** 很抱歉我無法滿足你需求。
▶ **It's difficult for me to accept these terms.** 我很難接受這些條件。

我們還有些問題要解決。
We still have some problems to solve.

▶ **We need to go over some details first.** 我們要先討論一些細節。
▶ **We don't have any conclusions at the moment.** 我們目前還沒有結論。
▶ **I can't say for certain/ sure now.** 我現在還無法確定。

我們來做個總結吧。
Let's wrap up the discussion.

▶ **We need to go over some details first.** 我們要先討論一些細節。
▶ **Let's take a vote on this matter.** 針對本案我們來作投票表決。

Part 2

Ch 1

Ch 2

Ch 3

Ch 4

職場生活

Ch 5

Ch 6

Ch 7

Ch 8

Track 0463

請問誰是決策者？
Who is the decision maker?

▶ **Would it be possible to have your boss join us next time?** 下次可以邀請貴公司的決策者一起參加會議嗎？

對話相關片語 decision maker 表示一間公司當中最後做決定的人，通常也就是「老闆」。為避免浪費交涉往返的時間，直接請出「決策者」也是一個好主意。

Track 0464

這提議不錯。
That seems like a reasonable offer.

▶ **I'm afraid this is the best we could do.** 恐怕我們能做到的就是這樣了。
▶ **It's a deal.** 就這麼說定了。

同事之間

Track 0465

海倫幫了我很多忙。
Helen has helped me a lot.

▶ **Helen is very helpful.** 海倫很樂於助人。
▶ **My colleagues are all easy to get along with.** 我的同事都很好相處。
▶ **I get along well with most of my coworkers.** 我跟大部分同事都相處地不錯。

對話相關單字 colleague 及 co-worker 都是「同事」的意思。

Track 0466

我真是受不了珍妮了。
I'm so fed up with Jenny.

▶ **Jenny is so annoying.** 珍妮真的是很讓人討厭。
▶ **Peggy is rather difficult to approach.** 佩姬很難相處。
▶ **You should give her a piece of your mind.** 你應該向她表達你的不滿。

Track 0467

我們來把事情講清楚。
Let's get this straight.

▶ **Stop being a** back seat driver. 請別再愛管閒事了。
▶ **Let's not give each other a hard time.** 我們別跟彼此過不去。

對話相關片語 back seat driver 坐在後座的司機，表示這個人沒有在開車又愛多嘴，就是形容「一個人愛管閒事」。

Track 0468

趕快工作，不要晃來晃去。
Get to work. Don't mess around.

▶ **Stop fooling around.** 別再到處晃來晃去了。

Track 0469

辦公室裡的八卦太多了。
There's too much gossip in the office.

▶ **Rumor says there's going to be a huge layoff.** 流言說會有一波大的裁員。
▶ **I got the tip straight from the horse's mouth.** 我這個消息是千真萬確的！

對話相關單字 tip 是指「消息」。賽馬的時候，什麼內線消息會最準確呢？當然是直接由「馬」的口中得到的第一手消息囉！所以tip straight from the horse's mouth就表示千真萬確的消息。

Track 0470

傑克真是愛拍老闆的馬屁。
Jack likes to brown-nose the boss.

▶ **Mary is such an ass-kisser.** 瑪莉真是個馬屁精。

Track 0471

你介不介意幫我一個忙？
Do you mind helping me with something?

▶ **Can you do me a favor?** 你可以幫我一個忙嗎？
▶ **Could you help me out?** 可以請你幫忙一下嗎？
▶ **Would you please give me a hand?** 可以請你幫忙一下嗎？

Track 0472

你今天的行程如何？
How's your schedule today?

▶ **I have a tight schedule this week.** 我這星期的行程很滿。

▶ **Is your schedule tight today?** 你今天的行程滿嗎？
▶ **I'm completely tied up today.** 我今天的時間已經被佔滿了。

對話相關單字 tight 是形容「緊繃的」，形容時間或空間時，意思為「滿的、緊湊的」意思。

◀ *Track 0473*

我正在尋找其他的工作機會。
I'm looking for some other job opportunities.

▶ **I've been looking for some jobs through human resource agencies.** 我持續透過人力仲介公司找工作。
▶ **I know there are some job vacancies in ABC company.** 我知道 ABC 公司有幾個工作機會。

Chapter 05 人際關係

 家人

Track 0474

我爸爸是個嚴肅的人。
My dad is a serious person.

▶ **My baby sister is outgoing.** 我小妹很外向。
▶ **My mom is a clever woman.** 我媽媽是個聰慧的女人。
▶ **My brother is very naughty.** 我弟弟很淘氣。

Track 0475

我媽跟我長得很像。
My mom and I look alike.

▶ **My father and my brother look like each other.** 我爸和我哥長得一模一樣。
▶ **My sister and I are totally different.** 我和我妹完全不像。

Track 0476

我跟我弟弟感情很好。
My brother and I are very close.

▶ **My grandma and I have a lot in common.** 我奶奶和我有很多共通點。
▶ **I get along with my cousin very well.** 我和我表姊相處很融洽。

對話相關片語 get along with 表示「相處融洽」的意思。

Track 0477

我表哥是電腦程式設計師。
My cousin is a computer engineer.

▶ **My niece is a ballet dancer.** 我姪女是位芭蕾舞者。
▶ **My sister-in-law works in a bank.** 我嫂嫂在銀行上班。
▶ **My uncle owns an Italian restaurant.** 我叔叔開一家義大利餐廳。

Track 0478

爺爺喜歡種花。
Grandpa likes to plant flowers.

Part

Ch

Ch 2

Ch 3

Ch 4

Ch 5

人
際
關
係

Ch 6

Ch 7

Ch 8

▶ **My aunt likes to travel a lot.** 我姑姑很愛旅遊。

▶ **Watching TV is Mom's favorite pastime.** 看電視是媽媽最愛的消遣。

▶ **My hobby is listening to music.** 我的興趣是聽音樂。

◀ *Track 0479*

我們全家要到巴黎度假。
My family and I are going on a vacation to Paris.

▶ **We are going to have a family trip to Japan.** 我們全家將去日本旅遊。

▶ **It's very interesting to travel with family members.** 和家人一起旅遊很有趣。

◀ *Track 0480*

你家有幾個人？
How many people are there in your family?

▶ **Do you have a big or a small family?** 你家是個大家族還是小家庭？

▶ **Is your family a nuclear family?** 你家是小家庭嗎？

對話相關片語 nuclear family 表示「小家庭 只包括父母和子女」的意思。

◀ *Track 0481*

我和我媽最愛逛街購物。
My mother and I like to go shopping.

▶ **I like to hang out with my cousin on the weekend.** 我喜歡和表妹在週末時一起出門逛逛。

▶ **Spending time with my little nephew is fun.** 和小姪子一起玩很有趣。

◀ *Track 0482*

我跟我婆婆相處得很好。
I get along well with my mother-in-law.

▶ **My in-laws are coming to visit us this weekend.** 我的公婆週末要來看我們。

▶ **I'm lucky to have such friendly in-laws.** 我很幸運有這麼友善的公婆。

▶ **My in-laws are difficult to communicate with.** 我的公婆很難溝通。

對話相關用法 in-law 表示是因「法律」而成為親人，就是「姻親」；in-laws 可指公婆或丈人／丈母娘。

◀ *Track 0483*

我們正在期待新生兒的來臨。
We are looking forward to the birth of the baby.

▶ **I'm eating for two.** 我是一人吃，兩人補。
▶ **When is the due date?** 預產期是什麼時候？
▶ **The baby is due in two weeks.** 小孩再兩星期就要出生了。
▶ **We are expecting our first child.** 我們準備要迎接我們的第一個小孩。

對話相關單字 due 當形容詞是「到期的」意思，例：The report is due this Friday. 報告這星期五到期。也就是「本週五要交報告的意思。」due date 則有「寶寶到期的日子」，也就是「預產期」。

Track 0484

孩子出生了。
The baby has arrived.

▶ **My daughter has my husband's eyes.** 我女兒有我先生的眼睛。
▶ **Congratulations on your sweet little delivery.** 恭喜你喜獲麟兒。

Track 0485

我兒子今年要上小學了。
My son is going to elementary school this year.

▶ **My son is studying in high school now.** 我兒子正在讀高中。
▶ **My daughter is graduating from university next year.** 我女兒明年要大學畢業了。

 朋 友

Track 0486

你週末要做什麼？
What are you going to do on the weekend?

▶ **Do you want to go to the movies on Friday night?** 你星期五晚上想去看電影嗎？
▶ **Do you have any plans for the weekend?** 你週末有任何計畫嗎？
▶ **Do you want to play golf on Sunday?** 你星期天要去打高爾夫球嗎？

Track 0487

你平時喜歡做什麼消遣？
What do you like to do during your free time?

▶ **What do you do when you are free?** 你有空時喜歡做什麼？
▶ **What do you do at your leisure?** 有空時你都做何消遣？

Part 2

Ch 1

Ch 2

Ch 3

Ch 4

Ch 5

Ch 6

Ch 7

Ch 8

人際關係

對話相關片語 at your leisure 表示「有空閒」的意思。

Track 0488

星期天一起去吃早午餐吧！
Let's eat brunch together on Sunday!

▶ **Why don't you drop by and have afternoon tea with us?** 你要不要順道過來一起喝下午茶呢？

▶ **Would you like a cup of tea?** 想喝杯茶嗎？

▶ **I'd like some spicy hot pot for dinner.** 我晚上想吃麻辣鍋。

對話相關單字 brunch 是 breakfast 加 lunch。周末時不用早起，起床時間可能已經過了早餐時間，接近午餐時間，乾脆早餐跟午餐一起用，故有 brunch 這個字的產生。

Track 0489

你覺得我最近有變胖嗎？
Do you think that I gain weight lately?

▶ **Do I look like I put on some weight recently?** 我最近看起來有變胖嗎？

▶ **Should I lose some weight?** 我該減肥了嗎？

▶ **I think I should go on a diet.** 我想我該節食了。

對話相關片語
• gain weight 和 put on weight 都可表示「增加體重」的意思。
• go on a diet 表示「節食」的意思。

Track 0490

我今晚想去逛夜市。
I want to go to the night market tonight.

▶ **I am going to the beach this Saturday.** 我星期六要去海邊。

▶ **I am thinking of getting my hair cut.** 我想去剪頭髮。

▶ **I need to do some laundry tonight.** 我今晚必須要洗衣服。

Track 0491

你最近在忙什麼？
What have you been doing lately?

▶ **What are you up to?** 最近在忙什麼？

▶ **Where have you been lately?** 最近你跑到哪裡去啦？

▶ **What's up?** 你好嗎？

你喜歡看喜劇片嗎？
Do you like to watch comedies?

▶ I dread watching horror movies. 我怕看恐怖片。
▶ I am not a big **fan** of romantic movies. 我不愛看浪漫的電影。

對話相關單字 fan 表示「粉絲」或「影迷」的意思。

我應何時打電話給你？
When should I give you a call?

▶ When is a convenient time to reach you? 什麼時候方便找你？
▶ Give me a ring when you hear this message. 聽到留言時請回電。

對話相關片語 give a ring 及 give a call 為口語用法，表示「打電話」的意思。

我喜歡這門課。
I like this subject.

▶ I like English. 我喜歡英文。
▶ I hate math. 我討厭數學。
▶ I don't like social studies. 我不喜歡社會。
▶ Science is my favorite subject. 自然科學是我最喜歡的科目。

我忘記帶課本了。
I forgot to bring my books.

▶ I left my laptop home. 我把筆記型電腦放在家了。
▶ I couldn't find my **paper**. 我找不到我要交的報告。

對話相關單字 paper 在此表示「報告」的意思。

你放學後要做什麼？
What are you going to do after school?

Part 2

Ch 1

Ch 2

Ch 3

Ch 4

Ch 5

人際關係

Ch 6

Ch 7

Ch 8

▶ **Where are you going after school?** 你放學後要去哪？
▶ **How about going to the library?** 去圖書館如何？

Track 0497

我今天的功課超多的！
I have tons of homework today!

▶ **I need to burn the midnight oil to finish the report.** 我晚上要熬夜寫報告了。
▶ **I hate staying up late.** 我討厭熬夜。

對話相關片語 - burn the midnight oil 及 stay up 在此表示「熬夜」的意思。

Track 0498

你喜歡新來的歷史老師嗎？
Do you like the new History teacher?

▶ **What do you think of that new classmate?** 你覺得那位新同學怎麼樣？
▶ **Why don't you like going to the field trip?** 你為何不喜歡去戶外教學？
▶ **Are we going on an outing to the zoo this spring?** 我們春季要去動物園遠足嗎？

Track 0499

我期末考考得很不好。
I got a bad grade on the final exam.

▶ **I got straight A's on my report card.** 我的成績單全是優等。
▶ **I got full marks on my English test.** 我英文考滿分。
▶ **I didn't pass my calculus test.** 我的微積分不及格。

Track 0500

我可以借你的筆記嗎？
Can I borrow your notes?

▶ **Would you lend me your pen?** 可以借我你的筆嗎？
▶ **Can I use your computer?** 我可以用你的電腦嗎？
▶ **Could you kindly teach me how to solve this math question?** 可以請你好心地教我如何解這題數學題嗎？

Track 0501

會議將在十分鐘後開始。
The meeting will start in ten minutes.

▶ **I'll be in the meeting all morning.** 我一整個早上都會在會議中。
▶ **When is the meeting?** 會議幾點開始？

Track 0502

我想申請一些文具用品。
I'd like to apply for some stationery.

▶ **Where can I get the leave application form?** 我要去哪裡拿到請假單？
▶ **Where did they move the punch clock?** 打卡機搬到哪去了？

Track 0503

可以幫我看這份文件嗎？
Would you please take a look at this report for me?

▶ **Can you help me fix this line?** 可以幫我修改這一句嗎？
▶ **Do you think I need to re-type the whole section of this paper?** 你覺得我該重打報告的這個部份嗎？
▶ **Could you give me some time to work on this?** 可以給我多點時間讓我完成這份工作嗎？

Track 0504

他今天沒來。
He is taking a day off today.

▶ **She's taking her maternity leave.** 她請產假。
▶ **My boss is going on a business trip to France.** 我老闆去法國出差。
▶ **I am taking my annual holidays off for 1 week.** 我休一星期的年假。
▶ **I think he sneaked out.** 我想他溜班了。

> 對話相關單字 - sneak 是「偷偷溜走」的意思。

Track 0505

A4紙用完了。
We've run out of A4 paper.

Part

Ch 1

Ch 2

Ch 3

Ch 4

Ch 5

人
際
關
係

Ch 6

Ch 7

Ch 8

▶ **We need to buy some toilet paper.** 我們要買衛生紙了。

▶ **Would you please pass me the marker?** 麻煩你把白板筆拿給我好嗎？

▶ **We're short on staples.** 目前訂書釘短缺。

對話相關單字 short 除了形容外觀上的矮或短，也有「短少／不足」的意思。

◀ *Track 0506*

請幫我接一下電話。
Please answer the phone for me.

▶ **Please fax this file for me.** 請幫我傳真這份文件。

▶ **Please email me your weekly report.** 請把週報告用電子郵件寄給我。

▶ **Please type this file for me.** 請幫我打這份文件。

◀ *Track 0507*

可以幫個忙嗎？
Can you give me a hand?

▶ **Would you help me for a second?** 可以幫我一下嗎？

▶ **Do you have a minute?** 你有空嗎？

▶ **Can you leave a message?** 你可以留言嗎？

◀ *Track 0508*

真是麻煩呀！
What a big hassle!

▶ **What a crummy day.** 真是倒楣的一天。

▶ **Don't be so fussy.** 別那麼挑剔嘛。

▶ **Don't take everything for granted.** 別把所有事情都看的那麼理所當然。

▶ **Don't get on my nerves.** 別把我惹毛了！

◀ *Track 0509*

慶生會幾點開始？
When is the birthday party?

▶ **What time does the farewell party start?** 歡送會是幾點開始的？

▶ **Where is the annual party this year?** 今年尾牙在哪舉行？

▶ **Do you want to join the Christmas party?** 你要參加聖誕派對嗎？

恐怕今晚我們又要加班了。
I'm afraid we need to work over time today.

▶ **I need to hand in this project in time.** 這件案子我要準時提交。
▶ **The deadline for that case is this Friday.** 那個案子的截止日期是本週五。

今天是我們二週年紀念日。
Today is our second anniversary.

▶ **This is our third valentine's day together.** 這是我們一起度過的第三個情人節。
▶ **This is our first time to travel together.** 這是我們第一次一起旅行。

我們現在要去逛街嗎？
Are we going shopping now?

▶ **Let's watch movies tonight.** 我們今晚一起去看電影。
▶ **We should come to this restaurant more often.** 我們應該常來這家餐廳。
▶ **I like the atmosphere here.** 我喜歡這裡的氣氛。
▶ **The music here is great!** 這裡播放的音樂很棒！

你喜歡這道菜嗎？
Do you like this dish?

▶ **I like the food very much.** 我非常喜歡這裡的食物。
▶ **I am fond of the spaghetti here.** 我愛吃這裡的義大利麵。
▶ **I love the cheese cake here.** 我喜愛這裡的起司蛋糕。

這是我最愛的顏色。
This is my favorite color.

▶ **I love your bag.** 我喜歡你的包包。
▶ **The dress looks great on you.** 你穿這件洋裝很好看。

Part 2

Ch 1
Ch 2
Ch 3
Ch 4
Ch 5
人際關係
Ch 6
Ch 7
Ch 8

▶ **The color of your lipstick is very beautiful.** 你的口紅顏色很美。
▶ **The color suits you.** 這個顏色很適合你。

Track 0515

今晚要去哪吃飯？
Where are we going for dinner tonight?

▶ **Where shall we meet tonight?** 今晚要在哪碰面？
▶ **What time shall we meet?** 我們幾點鐘碰面？

Track 0516

我要給你一個驚喜。
I have a surprise for you.

▶ **This is a secret.** 這是個秘密。
▶ **Be patient.** 要有耐心。
▶ **Later you'll see.** 待會你就會知道了。

Track 0517

我討厭等人。
I hate waiting.

▶ **Please be on time.** 請準時。
▶ **Don't be late!** 不要遲到！
▶ **I'll see you there.** 待會兒見。
▶ **Meet me at the same place.** 老地方見。

Track 0518

我很在乎你。
I care about you.

▶ **I am the one who cares.** 我是那個在乎的人。
▶ **I'll be there for you.** 我會在你身邊守護著你。
▶ **Tell me if you need anything.** 有什麼需要儘管告訴我。
▶ **I don't care.** 我不在乎。

Track 0519

我需要個擁抱。
I need a hug.

▶ **Hug me.** 抱我。

▶**Give me a hug.** 抱我。

▶**I need some time for myself.** 我需要時間獨處。

▶**I hate to be alone.** 我討厭獨處。

 網 友

◀ *Track 0520*

你好。
Hello!

▶**Nice to meet you.** 很高興認識你。

▶**How do you do?** 你好。

> **對話相關用法** How do you do? 為向不認識的人第一次打招呼的慣用語，引申為「你好」的意思。

◀ *Track 0521*

你是哪裡人？
Where are you from?

▶**Where do you come from?** 你從哪裡來的？

▶**Are you from Canada?** 你是加拿大人嗎？

▶**Where do you live?** 你住在哪裡？

▶**Where's your hometown?** 你老家在哪裡？

◀ *Track 0522*

那裡天氣如何？
How's the weather there?

▶**What's the weather like there?** 那裡的天氣如何？

▶**Do you have snow in winter?** 你那裡冬天下雪嗎？

▶**Does it rain a lot in spring?** 你那裡春天多雨嗎？

▶**Do you have typhoon in summer?** 你那裡夏天有颱風嗎？

◀ *Track 0523*

你多久上一次網？
How often do you surf on the Internet?

▶**When will you go online?** 你何時上線？

▶**Can we chat on Friday?** 我們星期五可以聊聊嗎？

Part 2

Ch 1

Ch 2

Ch 3

Ch 4

Ch 5

人際關係

Ch 6

Ch 7

Ch 8

Track 0524

向我多聊聊你自己。
Tell me more about yourself.

▶ **What do you like to do?** 你喜歡做什麼？
▶ **What do you want to know?** 你想知道什麼事呢？
▶ **What do you think of me?** 你覺得我如何？
▶ **Do you like reading books?** 你喜歡讀書嗎？
▶ **Do you like symphony?** 你喜歡交響樂嗎？
▶ **What is your favorite sport?** 你喜歡何種的運動？
▶ **Which singer do you like best?** 你喜歡哪個歌星？

Track 0525

我喜歡你的頻道。
I like your channel.

▶ **I like reading your articles.** 我喜歡讀你的文章。
▶ **I love the design of your website.** 我喜歡你的網頁設計風格。
▶ **Your videos are really fun to watch.** 你的影片真的很好看。

Track 0526

可以告訴我你的電郵地址嗎？
Would you please tell me your email address?

▶ **What is your email address?** 你的電郵地址是什麼？
▶ **Can you send me the link of your blog?** 可以給我你的部落格連結嗎？
▶ **Did you get my email?** 你有收到我的電郵嗎？

Track 0527

待會兒見。
See you later.

▶ **Nice talking to you.** 很高興和你聊天。
▶ **Speak/ talk soon.** 之後聊。
▶ **Be right back.** 等等回來。
▶ **Let's chat some other time.** 有空再和你聊聊。
▶ **Keep in touch.** 保持聯絡。
▶ **Talk to you later.** 有空再聊囉。
▶ **Got to go!** 必須要離開囉！
▶ **Have to run now!** 我必須要走囉！

Chapter 06 應對進退

 表 達 情 感

Track 0528

你很優秀！
You are brilliant!

▶ **You are marvelous!** 你很棒！
▶ **You did a good job.** 你做的很好。
▶ **We're happy to have you with us.** 很高興有你加入。
▶ **Welcome on board!** 歡迎你加入我們！

Track 0529

我很欣賞你的管理能力。
I appreciate your talent for management.

▶ **What you did impressed me a lot.** 你讓我印象很深刻。
▶ **You are an accountant of great skill.** 你是位專業能力很強的會計師。

Track 0530

你要學會控制脾氣。
You need to learn how to control your temper.

▶ **You are too moody.** 你太情緒化了。
▶ **My supervisor was in a temper in the meeting.** 我的主管在會議中發脾氣。

> **對話相關片語** in a temper 是「發脾氣」的意思。

Track 0531

我討厭這種風格。
I hate this style.

▶ **It won't be a welcomed style.** 這種風格很不討喜。
▶ **Who will possibly like the style?** 這種風格有誰會喜歡？
▶ **It's easy to tell that it's not an artistic production of great originality.** 很輕易就可以看出這不是一件具有原創性的藝術作品。

Part 2

Ch 1

Ch 2

Ch 3

Ch 4

Ch 5

Ch 6

應對進退

Ch 7

Ch 8

Track 0532

我愛死了這個東西！
I love this!

▶ **I'm attracted to this project.** 這個案子很吸引我。

▶ **This is the most beautiful necklace I've ever seen.** 這是我見過最漂亮的項鍊。

Track 0533

不要吵我。
Don't bother me.

▶ **Would you please be quiet?** 可以安靜一點嗎？

▶ **Shut up, please.** 請閉嘴。

▶ **Leave me alone.** 滾開。

> **對話相關片語** be quiet 是「保持安靜」的意思；shut up 是「閉嘴」的意思，但是 shut up 是比較不禮貌的用法。

Track 0534

我非常感激你所做的一切。
I deeply appreciate what you have done for me.

▶ **This case wouldn't be completed if you didn't show up.** 如果沒有你，這個案子不會完成。

▶ **I'll be doomed without you.** 如果沒有你，我就慘了。

> **對話相關片語** show up 是「出現；現身」的意思。

Track 0535

你好像不高興？
Are you unhappy?

▶ **Is anything bothering you?** 有什麼事讓你心煩？

▶ **You look depressed.** 你看起來很沮喪。

▶ **Don't worry. Be happy.** 不要擔心，開心一點。

Track 0536

什麼事情值得慶祝？
What is there to celebrate?

▶ **What is everyone so excited about?** 什麼事大家這麼興奮？

▶ **We're excited about winning the lottery.** 我們為了中樂透而興奮不已。

贊 成 反 對

Track 0537

算我一份。
Count me in.

▶ **May I play a part in?** 我可以參與嗎？
▶ **Can I go with you?** 我可以一起去嗎？
▶ **Am I welcome?** 歡迎我參加嗎？
▶ **May I join you?** 可以讓我一起去嗎？

對話相關片語 play a part in 是「參與」的意思。

Track 0538

我不想去。
I'm not willing to go.

▶ **I can't go because I've got something important to do.** 我有重要的事，所以不能去。
▶ **I've got an appointment already.** 我已經有約了。

對話相關片語 be willing to 是「樂意、願意經常」的意思。

Track 0539

晚餐後我就得先離開。
I'll have to leave right after dinner.

▶ **I can only stay for a while.** 我只能去一下下。
▶ **I have to leave earlier.** 我要提前離開。

Track 0540

我不贊成這個計畫。
I do not favor this plan.

▶ **I have different thoughts from you guys.** 我和大家看法不同。
▶ **I am opposed to the plan.** 我反對這個計畫。

對話相關片語 different from 是「和……不同」的意思。

Track 0541

我同意你的看法。
I agree with you.

Part 2

Ch 1

Ch 2

Ch 3

Ch 4

Ch 5

Ch 6

應對進退

Ch 7

Ch 8

▶ **I have the same opinion.** 我和你意見一樣。

▶ **My sister and I see eye to eye on everything.** 我和我姊姊對所有的事情看法都一致。

對話相關片語 see eye to eye on 表示「看法一致」的意思。

◀ *Track 0542*

我不認為這個案子會順利進行。
I don't think this project will run smoothly.

▶ **Am I allowed to stay away from this project?** 我是否能不參加這個案子？

▶ **Don't come to me with this project.** 這個案子不要找我。

▶ **I don't want to get involved.** 我不想參與。

對話相關片語 stay away from 是「遠離」的意思。

◀ *Track 0543*

我附議這個提案。
I support this proposal.

▶ **We have passed a resolution to start the plan.** 我們決議開始執行這個計劃。

▶ **Proposal is easier than performance.** 計畫容易，執行難。

對話相關片語 pass a resolution 表示「決議」的意思。

◀ *Track 0544*

我不同意大家用投票表決。
I don't think we should vote by ballot.

▶ **To vote by ballot can't solve all problems.** 投票不能解決所有問題。

▶ **I think we should discuss more.** 我想還是再討論一下。

 討 論 要 求

◀ *Track 0545*

這個週末要開同學會。
We have a class reunion party this weekend.

▶ **Do you want to hang out with our classmates?** 你要和同學聚一聚嗎？

▶ **Do you want to participate in the class reunion party?** 你會想去同學會嗎？

> 對話相關片語 hang out 是「閒晃、消磨時間」的意思。

Track 0546

讓我們仔細考慮。
Let's think it over.

▶ **Think twice before you decide.** 多思量再做決定。
▶ **Don't rush into making decisions.** 不要急著做決定。

> 對話相關片語 rush into 是「倉促行事」的意思。

Track 0547

我們等一下再決定。
We'll make a decision later.

▶ **It is not easy to make a decision.** 做決定不是件容易的事。
▶ **May I have a second chance?** 我有第二次機會嗎？

> 對話相關句型 It is not easy to... 是「對……而言是不容易的」的意思。

Track 0548

主管們將再進行一次討論。
The directors are going to discuss the matter again.

▶ **We must spend some time to think over.** 我們還要花點時間思考。
▶ **We need to talk about this.** 我們需要談談這件事。

Track 0549

要不要表決？
Should we vote?

▶ **Let's vote!** 我們來投票吧！
▶ **Let's make a decision by majority.** 多數意見決定。
▶ **What's your opinion?** 你的看法呢？

Track 0550

有任何的意見嗎？
Are there any suggestions?

Part 2

Ch 1

Ch 2

Ch 3

Ch 4

Ch 5

Ch 6

應
對
進
退

Ch 7

Ch 8

▶ **We disagreed with our boss about running a new branch.** 我們反對老闆經營新的分支機構。
▶ **Is there anyone who disagrees?** 有人不同意嗎？
▶ **Please allow me to say something.** 請讓我説一下。
▶ **Don't you have any suggestions?** 你都沒有意見嗎？

◀ *Track 0551*

請大家踴躍發言。
Please comment enthusiastically.

▶ **We really need to collect the suggestions from all of you.** 我們真的很需要搜集大家的意見。
▶ **I have some suggestions.** 我有一些建議。
▶ **I would like to speak.** 我要求發言。

◀ *Track 0552*

讓我們下決定吧。
Let's make up our mind.

▶ **Please make a final confirmation with our CEO.** 請與我們執行長做最後的確認。
▶ **We are running out of time.** 我們沒有時間了。

對話相關片語 make up one's mind 表示「決定」的意思。

◀ *Track 0553*

還有沒有補充意見？
Does anyone have any additional remarks?

▶ **Does anyone have different opinions?** 有沒有人有不同看法？
▶ **Please grab the final opportunity.** 請把握最後的機會。

 表 示 意 見

◀ *Track 0554*

他提供了一個全新的點子。
He offered a brand-new idea.

▶ **We would like to hear your viewpoint on this seminar.** 我們想聽聽你對這場研討會的觀點

▶ **Please think through this issue** from another angle. 換個角度仔細想想吧！

(對話相關片語) from another angle 表示「換個角度」的意思。

Track 0555

我們決定退出會議。
We decided to sign off of the meeting.

▶ **We will not attend the workshop tomorrow.** 我們明天不參加研討會了。
▶ **It is a waste of time to take part in this kind of meeting.** 參加這樣的會議等於浪費時間。

(對話相關片語) sign off 表示「退出」的意思。

Track 0556

我們將尊重所有人的看法。
We will value all the suggestions from everyone.

▶ **You didn't** place importance on **my existence.** 你們不重視我的存在。
▶ **His opinion was ignored.** 他的意見被忽略了。

(對話相關片語) place importance on 重視

Track 0557

我覺得你說的很對。
I think what you just said is right.

▶ **I agree with your claim.** 我同意你的主張。
▶ **I** identify with **your viewpoint.** 我認同你的意見。

(對話相關片語) identify with 表示「認同」的意思。

Track 0558

沒有人重視我的看法！
No one values my opinions!

▶ **I'm afraid that no one will approve my conception.** 我怕沒有人會認同我的構想。
▶ **Nobody responded to me.** 沒人理我。

Track 0559

我們必須重新討論這件事。
We must discuss this matter all over again.

Part 2

Ch 1

Ch 2

Ch 3

Ch 4

Ch 5

Ch 6

應對進退

Ch 7

Ch 8

▶ **The original method doesn't work.** 原來的方法行不通。
▶ **Do we have any new strategy?** 有沒有新的策略？

Track 0560

發表意見不要有情緒。
Do not deliver a speech with anger.

▶ **Please talk calmly.** 冷靜一點説。
▶ **Don't lose your temper.** 不要發脾氣。

對話相關片語 deliver a speech 表示「發表演説」的意思。

Track 0561

慢慢來，不要急。
Take your time.

▶ **We have plenty of time.** 我們有的是時間。
▶ **Make the long story short.** 長話短説。
▶ **Please get to the point.** 請講重點。
▶ **Don't stray from the main subject.** 不要離題。
▶ **Please focus on the topic.** 請你針對主題。

Track 0562

讓我們結束吧！
Let's end it here.

▶ **Stop discussing and now make a decision.** 停止討論，現在做決定吧。
▶ **Stop stalling.** 不要再拖時間

 提 醒 忠 告

Track 0563

請注意禮貌。
Please take heed of your manners.

▶ **We visited her for a courtesy call.** 我們對她做了一次禮貌性的拜訪。
▶ **Politeness represents our attitude.** 禮貌展現了我們的態度。

Track 0564

我們應該要聽別人的意見。
We should listen to others.

▶ **It's better to listen to the others more often.** 多聽聽別人的看法比較好。

▶ **Maybe we'll get some different point of views from others.** 或許我們可以從其他人身上得到不同的看法。

Track 0565

朋友的建議不一定都對。
Suggestions from friends are not always right.

▶ **You should have your own judgment.** 你要有自己的判斷能力。

▶ **It's good to keep important suggestions in mind.** 重要的意見要多放在心上。

Track 0566

不要遲到。
Don't be late.

▶ **Being on time will leave a good impression on others.** 準時才能給人好的印象。

▶ **Don't be late to an appointment.** 和人約好不要遲到。

Track 0567

提攜後進是主管重要的責任之一。
To help and guide a new hand is one of the most important responsibilities of a director.

▶ **As a director, you need to manage time well.** 身為主管，你應該要做好時間管理。

▶ **Management isn't an easy thing to do.** 管理不是件容易的事。

Track 0568

不要這麼急躁。
Don't be so impatient.

▶ **You need to slow down.** 你要慢慢來。

Part 2

Ch 1

Ch 2

Ch 3

Ch 4

Ch 5

Ch 6

應對進退

Ch 7

Ch 8

▶ **Slow down the pace or you won't have enough time to think.** 步調放慢，否則你不會有足夠的時間思考。

 答應拒絕

◀ *Track 0569*

我接受你的邀請。
I accept your invitation.

▶ **When are you coming to pick me up?** 幾點來接我？
▶ **Where should we meet?** 我們要在哪裡碰面？

對話相關片語 pick up 表示「接」的意思。

◀ *Track 0570*

你同意了嗎？
Did you approve?

▶ **Have you made up your mind?** 你決定了嗎？
▶ **Do you have different ideas?** 你有不同的意見嗎？

◀ *Track 0571*

我會幫你。
I'll help you.

▶ **I'll try my best to reach your needs.** 我會努力達到你的要求。
▶ **I'll try my best.** 我會盡力。
▶ **I'll lend a hand.** 我會幫忙。

對話相關片語 try one's best 表示「盡力」的意思。

◀ *Track 0572*

我無法幫你。
I can't help you.

▶ **Your requests are very hard to reach.** 你的要求太難。
▶ **I don't know how to help you!** 我不知道該怎麼幫你！

你的要求太過份了。
Your request is unreasonable.

▶ **Don't ask too much.** 不要要求太多。

▶ **I'm not going to say yes to all of these.** 我不可能答應這麼多。

▶ **I don't think I will agree to your request.** 我不會答應你的請求。

對話相關單字 - reasonable 表示「合理」的意思；相反詞是 unreasonable「不合理」。

你的要求很合理。
Your requests are reasonable.

▶ **Fair enough.** 合理。

▶ **I agree with these terms.** 我可以同意這樣的條件。

▶ **I gave my consent to the give-and-take conditions.** 我向此交換條件予以同意。

對話相關單字 - consent 同意； give-and-take conditions 交換條件

Part 2

Part 2

Ch 1

Ch 2

Ch 3

Ch 4

Ch 5

Ch 6

Ch 7

Ch 8

Chapter 07 醫院診所

 傷 風 感 冒

◀ *Track 0575*

你還好嗎？
Are you OK?

▶ **Is everything alright?** 一切都還好嗎？
▶ **What's wrong with you?** 你怎麼了？
▶ **Do you need to see a doctor?** 你需要看醫生嗎？
▶ **Do you need some rest?** 你需要休息一下嗎？

◀ *Track 0576*

我感冒了。
I caught a cold.

▶ **It's freezing outside.** 外面好冷喔。
▶ **Her body temperature is around 38 ℃.** 她的體溫大約三十八度。

> **對話相關用法** - cold 除了「冷的」的意思，還可以當「感冒」，但多指受風寒之類的。如果要說「流行性感冒」，就要用 flu 這個字。

◀ *Track 0577*

流感和一般感冒有何不同？
What's the difference between a flu and a common cold?

▶ **Generally, the common cold can be cured in a few days.** 通常，一般感冒幾天內就會治癒。
▶ **The symptoms of a flu are more serious and could sometimes be fatal.** 流感的症狀較為嚴重，而且有時可能致命。

> **對話相關單字** - infect 感染、傳染（動詞）；infection 感染、傳染（名詞）；flu 流行性感冒；cold、common cold 感冒

◀ *Track 0578*

你看起來不太好。
You don't look good.

▶ **I don't feel well.** 我覺得不太舒服。

▶ **Are you feeling better now?** 你現在覺得好點了嗎？
▶ **I feel weak and lethargic.** 我覺得虛弱和倦怠。
▶ **I felt dizzy and fatigue from this morning.** 今早開始我感到頭暈和疲倦。
▶ **I feel aching all over my body.** 我感覺全身痠痛。
▶ **I broke out in a skin rash and got a fever.** 我身上起了疹子而且發燒。

對話相關單字 dizzy 暈眩的；fatigue 疲倦的；skin rash 皮膚起疹；broke out 起、長

◀ *Track 0579*

我喉嚨痛。
I have a sore throat.

▶ **I have a fever and a running nose.** 我發燒流鼻水。
▶ **My headache is killing me.** 我的頭痛死了。

對話相關用法 ache 表示「疼痛」的意思，通常和疼痛部位合成一個單字來表來。例如：toothache 牙痛。

◀ *Track 0580*

附近有診所嗎？
Is there a clinic nearby?

▶ **I need to go to the hospital.** 我需要去醫院。
▶ **Should I call an ambulance for you?** 需要替你叫救護車嗎？

補充用法 hospital 是「大醫院」，一般的「診所」是 clinic；「醫生」是 doctor，「牙醫」則是 dentist。

◀ *Track 0581*

轉角有家不錯的診所。
The clinic around the corner has a fine reputation.

▶ **I should go to an ENT clinic.** 我得去看一下耳鼻喉科。
▶ **She's afraid to go to a doctor.** 她害怕看醫生。

對話相關單字 ENT是 ear, nose, and throat 的簡稱。

◀ *Track 0582*

我先幫你掛號。
I'll help you make an appointment.

▶ **How much is the registration fee?** 掛號費多少錢？

Part 2

Ch 1

Ch 2

Ch 3

Ch 4

Ch 5

Ch 6

Ch 7

醫院診所

Ch 8

▶ **I can call the hospital and make an appiontment for you.** 我可以替你打電話掛號。

Track 0583

你的孩子得到急性呼吸道感染。
Your child is suffering from the acute respiratory infection.

▶ **How serious is it? He has respiratory allergy since he was born.** 有多嚴重？他出生後就有呼吸道過敏。

▶ **He was infected by flu viruses.** 他流感了流感病毒。

對話相關單字 acute 急性的；respiratory 呼吸道；allergy 過敏症

Track 0584

如果情況惡化，可能會轉變成肺炎。
If the condition gets worse, the flu would transform into pneumonia.

▶ **I feel difficult to breathe.** 我覺得呼吸困難。

▶ **I feel wheezy.** 我覺得氣喘。

對話相關單字 pneumonia 肺炎；wheezy 氣喘的（形容詞）；wheezy 氣喘的

Track 0585

請多喝水、多休息。
Please drink more water and get some rest.

▶ **Vegetables are good for our health.** 蔬菜水果對身體有益。

▶ **An apple a day keeps the doctor away.** 一日一蘋果，醫生遠離我。

Track 0586

我不喜歡吃中藥。
I don't like to take Chinese medicine.

▶ **Bitter pills may have wholesome effects.** 良藥苦口。

▶ **Chinese medicine is usually made from herbs.** 中藥通常是由藥草製成。

Track 0587

祝你早日康復。
Get well soon.

▶ **Take care.** 保重。

▶ **May God bless you.** 願主保佑你

補充用法▸ 如果聽到有人打噴嚏時，也可以對他說 Bless you.

身 體 不 適

◀ *Track 0588*

你有止痛藥嗎？
Do you have a painkiller?

▶ **I need to take some aspirins.** 我要吃一些阿斯匹靈。
▶ **Where can I get the medicine?** 我可以去哪買這些藥？

對話相關單字▸ killer 原意是「殺手」，painkiller 即為疼痛殺手，也可以解釋成「止痛藥」。

對話相關用法▸ medicine 泛指所有的藥品，pill 是「藥丸」。

◀ *Track 0589*

我需要休息一下。
I need to take a rest.

▶ **Let's take a break.** 我們休息一下。
▶ **I need to go to a restroom.** 我得去一下洗手間。

◀ *Track 0590*

可以幫我請病假嗎？
Can you help me ask for a sick leave?

▶ **I'm thinking of taking a leave of absence for personal reasons.** 我正在想要不要請個事假。
▶ **You shouldn't be absent so often.** 你不該這麼常請假。

◀ *Track 0591*

我整天都覺得噁心想吐。
I felt nauseous all day long.

▶ **I've been suffering from diarrhea for a couple of days.** 我已經腹瀉好幾天了。
▶ **Go to see a doctor as soon as possible; you probably have a stomach flu.** 盡快去看醫生，你可能得了腸胃炎。

Part 2

Ch 1
Ch 2
Ch 3
Ch 4
Ch 5
Ch 6
Ch 7
Ch 8

醫
院
診
所

對話相關單字 diarrhea 腹瀉、拉肚子；stomach flu 腸胃炎、腸胃型感冒

◀ *Track 0592*

他最近很無精打采。
He has been quite lethargic recently.

▶ **A good pillow benefits our sleeping quality.** 好的枕頭對睡眠品質有益。
▶ **He began to snore after falling asleep.** 他一睡著就打鼾。

◀ *Track 0593*

我頭好暈喔。
I feel dizzy.

▶ **I feel as if the sky and ground are spinning round.** 我感覺一陣天旋地轉。
▶ **Are you going to vomit?** 你要吐了嗎？

◀ *Track 0594*

他午餐過後就一直肚子痛。
He has a stomachache after having lunch.

▶ **When did the stomachache start?** 你什麼時候開始覺得肚子痛？
▶ **Do you feel painful when I push here?** 我按壓這裡你會痛嗎？

◀ *Track 0595*

我已經失眠三個晚上了。
I have been sleepless for three nights.

▶ **I envy those who are easy to fall asleep.** 我好羨幕那些能倒頭就睡的人。
▶ **He had a nightmare.** 他做了個惡夢。

對話相關用法 easy to 是「易於……」的意思。

◀ *Track 0596*

快！撥一一九。
Hurry! Call 119.

▶ **Give me a hand, please.** 請幫我一個忙。
▶ **Can I use your phone to make an emergency call?** 我可以借用你的電話打個緊急電話嗎？

慢 性 疾 病

我爺爺已經罹患糖尿病超過十年了。
My grandpa has been suffering from diabetes for more than ten years.

▶ He has to get a shot of insulin three times a day. 他必須每天注射胰島素三次。
▶ He has to measure his blood sugar after meals. 他必須在飯後測量血糖。
▶ He has insulin injection before meals. 他在飯前注射胰島素。

對話相關單字 ▶ diabetes 糖尿病
對話相關片語 ▶ blood sugar 血糖；measure the blood sugar 量血糖

我婆婆上個月中風了。
My mother-in-law got a stroke last month.

▶ We ignored the signs of the stroke. 我們忽略了中風的前兆。
▶ Her left-side of body became totally numb due to the stroke. 她身體的左半側因中風完全麻痺。
▶ The symptoms of a left-sided stroke include loss of sight, right-sided hemiplegia, and oral disorder. 左半側中風的症狀包括：視力損害、右半側麻痺和口語失調。

對話相關片語 ▶ husband's mom/ mother-in-law 婆婆；have/ get a stroke 中風；numb 麻痺的；left-sided stroke 左側中風；hemiplegia 半身不遂、半身麻痺

吃太多肉和抽菸容易引起心臟病。
Eating too much meat and smoking can easily cause heart diseases.

▶ My boss had a heart attack this morning. 我老闆今天早上心臟病發了。
▶ My mom has only a minor heart disease. 我媽的心臟病是輕微的。
▶ Don't make your dad mad; he has heart problems. 別惹你爸生氣，他心臟有毛病。
▶ He died of myocardial infarction(MI). 他死於心肌梗塞。

對話相關片語 ▶ have a heart attack 心臟病發；myocardial infarction（MI）心肌梗塞

Part 2

Ch 1
Ch 2
Ch 3
Ch 4
Ch 5
Ch 6
Ch 7
醫院診所
Ch 8

◀ *Track 0600*

你有高血壓，所以不能坐雲霄飛車。
You have hypertension so you can't ride on the rollercoaster.

▶ **The doctor diagnosed that my grandmother has a high blood pressure.** 醫生診斷我奶奶患有高血壓。

▶ **You'd better reduce the salt ingestion if you have a high blood pressure.** 如果你有高血壓，最好減少鹽分攝取。

▶ **High blood pressure is a common chronic disease.** 高血壓是常見慢性疾病。

對話相關單字 hypertension/ high blood pressure 高血壓；diagnose 診斷（動詞）；diagnosis 診斷（名詞）；chronic disease 慢性病

◀ *Track 0601*

你的肝腎功能報告看起來不太理想。
Your liver and kidney functions medical report does not look good.

▶ **You stay up too often.** 你太常熬夜了。

▶ **If the condition gets worse, it's possible to become liver cirrhosis.** 如果情況惡化，可能會變成肝硬化。

▶ **He's a Hepatitis B carrier.** 他是 B 型肝炎帶原者。

對話相關單字 liver 肝臟；kidney 腎臟；medical report 醫學報告；liver cirrhosis 肝硬化；Hepatitis B B 型肝炎；carrier 帶原者

◀ *Track 0602*

我聽說你姐最近經常暴飲暴食？
I heard that your sister has been overeating very often recently?

▶ **She's not good because she hasn't eaten for two days.** 她情況不太好，因為她已經兩天沒吃東西了。

▶ **She's undertaking much stress from her job.** 她承受很大的工作壓力。

◀ *Track 0603*

她覺得壓力大已經很久了。
She has been feeling stressful for a very long time.

▶ **She is under a lot of pressure because of the deadline.** 她正為截稿承受著壓力。

▶ **As a real estate agent, she works under a lot of pressure.** 身為房屋仲介，她工作上很有壓力。

對話相關片語- under pressure 在壓力下、承受著壓力

◀ Track 0604

我該如何擺脫壓力？
How can I get rid of my stress?

▶ **Taking a vacation will help relieve your stress.** 度假能幫你減輕壓力。
▶ **How about going abroad for a break?** 出國休息一下如何？
▶ **Talking to your friends also can ease your tension.** 和朋友聊聊也能平緩你的緊繃。
▶ **Doing exercise is also good for reducing stress.** 運動也對降低壓力很好。

對話相關用法- relieve/ ease 都有「緩和、減緩」之意，而 reduce 則有「減輕、降低」之意。
對話相關單字- tension 指精神上的「緊繃」，亦有「壓力」之意。

◀ Track 0605

工作過度造成他的憂鬱症。
Overworking causes his depression.

▶ **He seemed to get the blues after he divorced with his wife.** 他和妻子離婚後似乎得了憂鬱症。
▶ **I have not just the Monday blues but the everyday blues.** 不只是周一憂鬱，我每天都感到憂鬱。
▶ **Laura is suffering from the baby blues.** 羅拉正為產後憂鬱症所苦。

對話相關單字- blues/ depression 憂鬱症；feel blue 感到憂鬱、沮喪；baby blues 產後憂鬱

◀ Track 0606

她正在嘗試一連串憂鬱症治療。
She's trying a series of treatment for her depression.

▶ **She's started to take the depression medicine.** 她已經開始服用憂鬱症藥物。
▶ **She goes to see a psychiatrist twice a week.** 她一周去看精神科醫師兩次。
▶ **After consulting with a shrink about her problems, she felt better.** 向心理醫生諮詢過後她的問題之後，她覺得好多了。

對話相關單字- treatment 治療；consult 諮詢、會診；psychiatrist 精神科醫師（shrink 為俗稱）

◀ Track 0607

我弟患有躁鬱症。
My brother suffers from Bipolar Disorder.

Part 2

Ch 1
Ch 2
Ch 3
Ch 4
Ch 5
Ch 6
Ch 7
Ch 8

醫院診所

▶ **His son is hyperactive.** 他兒子是個過動兒。
▶ **The doctor said that most mental diseases can be cured.** 醫生説大部份的精神疾病都可被治癒。

對話相關單字 Bipolar Disorder 躁鬱症；hyperactive（ADHD）過動兒；mental disease 精神疾病

 開 刀 住 院

◀ *Track 0608*

我舅舅上週住院了。
My uncle has been in hospital since last week.

▶ **My grandpa was injured in a car accident.** 我爺爺在一場車禍中受傷了。
▶ **He has worked in the hospital for three years.** 他已經在這家醫院工作達三年了。

對話相關用法 since 是「自從……的時候」後面要接一個時間點；for 有「達……、計……」的含意，後面要接一段時間。

◀ *Track 0609*

我弟弟的腳可能需要開刀。
My brother may need an operation on his leg.

▶ **His right leg was fractured.** 他的右腿骨折了。
▶ **The doctor used a plaster cast to protect my leg.** 醫生用石膏繃帶保護我的腳。

◀ *Track 0610*

這家醫院的伙食不太好。
The meals in this hospital aren't very good.

▶ **The nurses in this hospital are very professional.** 這家醫院的護士非常專業。
▶ **The medical equipments in this hospital are new.** 這家醫院的醫療設備很新。

補充單字 「早餐」是 breakfast；「午餐」是 lunch；「晚餐」是 dinner；「點心」則是 snack。

◀ *Track 0611*

請問健保有給付所有費用嗎？
Will the National Health Insurance cover all these expenses?

▶ **How much is the registration fee?** 掛號費多少錢？
▶ **How much should I pay in total?** 我總共要付多少錢？

對話相關用法 money 是不可數名詞，所以用 How much...? 來問；如果是可數名詞的問法則是 How many...?

◀ *Track 0612*

請給我健保卡。
Please show me the Health Insurance Card.

▶ **I don't have my Health Insurance Card with me.** 我沒有帶健保卡。
▶ **I need to see your Health Insurance Card.** 我必須要看一下你的健保卡。

◀ *Track 0613*

我可以和醫生談一談嗎？
Can I talk to the doctor?

▶ **Don't forget to take your medicine on time.** 別忘了要準時吃藥。
▶ **There are so many patients tonight.** 今晚的病人好多。
▶ **I'll call your name if it's your turn.** 輪到你時我會喊你的名字。

◀ *Track 0614*

醫生幫她做了腫瘤切除手術。
The doctor operated on her to remove the tumor.

▶ **The nurse helped me take my blood pressure.** 護士幫我量血壓。
▶ **Is everything OK so far?** 到目前為止都還順利嗎？

◀ *Track 0615*

我明天就會出院了。
I'll check out of the hospital tomorrow.

▶ **I really want to go home.** 我真的好想回家。
▶ **Get well soon.** 祝你早日康復。
▶ **He had already been discharged from the hospital.** 他早出院了。

◀ *Track 0616*

請問急診室在哪？
Could you please tell me where the emergency room is?

▶ **Where is the operation room?** 手術室在哪兒？

▶ **Please go to the medicine counter to get your medicine.** 請到領藥處領藥。

 健 康 檢 查

Track 0617

我想要來做個健康檢查。
I feel like doing a health examination.

▶ **We should do a health examination regularly.** 我們應該定期做健康檢查。
▶ **My parents usually do a health examination once a year.** 我爸媽通常每年做一次健康檢查。

Track 0618

我的血型是O型。
My blood type is O.

▶ **What is your blood type?** 你的血型是哪一種？
▶ **You need to fill in your blood type in the form.** 你需要在表格內填入血型。

對話相關片語 fill in 表示「填入」的意思。

Track 0619

我預約的是二天的健康檢查。
I made a reservation of a two-day package for health examination.

▶ **I don't have time to do a two-day examination.** 我沒有時間做二天的檢查。
▶ **What are the basic items of a health examination?** 健康檢查的基本項目有哪些？
▶ **I've heard that nurses in this hospital are very attentive when doing the health examinations.** 我聽說這家醫院的護士在做健康檢查時很細心。
▶ **Most hospitals provide health examinations.** 大部分醫院都有提供健檢。

Track 0620

下周二我要陪太太去醫院產檢。
I'm going to the hospital with my wife for her prenatal examination next Tuesday.

▶ **When is the estimated date of delivery?** 預產期是什麼時候？

▶ I have my prenatal examination taken once a month. 我每個月做一次產檢。

Track 0621

我們一週內將報告寄給你。
We will mail the report to you in a week.

▶ When will I get my report? 我什麼時候可以收到報告。
▶ She already received her report. 她已經收到報告了。

對話相關用法 in a week 表示「一週之內」的意思。

Track 0622

這是你的驗血報告。
This is your report of the blood test.

▶ Is everything OK on my report of the blood test? 我的驗血結果正常嗎？
▶ We need to wait for the report of your blood test. 我們必須等你的驗血報告。

Track 0623

肝功能是重要的項目之一。
Liver function is one of the most important items.

▶ Is my liver function OK? 我的肝功能還好嗎？
▶ You have to do some further examinations. 你必須要做一些進一步的檢查。

Track 0624

醫生建議我做胃鏡檢查。
My doctor suggested me to have a gastroscopy.

▶ Will I feel uncomfortable when doing the gastroscopy? 做胃鏡的時候會不舒服嗎？
▶ You can't eat anything before the surgery for 30 minutes. 手術前三十分鐘之內不能吃任何東西

 美 容 整 形

Track 0625

飛梭是一項新的美容技術。
Fraxel Laser is one of the new skills for beauty treatment.

Part

Ch
Ch 2
Ch 3
Ch 4
Ch 5
Ch 6
Ch 7

醫院診所

Ch 8

▶Will I get hurt when doing Fraxel Laser? 做飛梭的時候我會受傷嗎？
▶How long will my inflamed skin recover? 我的皮膚紅腫多久會恢復？

◀ *Track 0626*

我想要割雙眼皮。
I want to do a double-fold eyelid operation.

▶I don't like my flat nose. 我不喜歡我的塌鼻子。
▶I hope I can make my eyes bigger. 我希望把眼睛變大一點。

◀ *Track 0627*

這些年微整形非常受歡迎。
Micro-plastic surgeries are very popular these years.

▶I have been to a very good plastic surgery hospital. 我去過一家很棒的整形外科醫院。
▶Which plastic surgery hospital is the most famous in Taiwan? 台灣哪一家整形外科醫院最有名？
▶Have you ever been to a plastic surgery hospital? 你有去過整形美容醫院嗎？

◀ *Track 0628*

我妹妹是一位合格的美容師。
My sister is a licensed cosmetologist.

▶It is hard to get a license of cosmetologist. 美容師的證照很難拿。
▶I'll try my best to get the license. 我會盡全力考張執照。

◀ *Track 0629*

我想參加美容協會的課程。
I'd like to take some courses at the Cosmetology Association.

▶I need to take some related courses. 我應該要上一些相關的課程。
▶Which course will you recommend? 你推薦哪個課程。

◀ *Track 0630*

青春期臉上容易長粉刺。
It is easy to have acnes on the face in the age of puberty.

▶The pimple is getting bigger and bigger. 青春痘愈來愈大了。
▶The pimple has disappeared. 那顆青春痘消失了。

在陽光下待太久會傷害皮膚。
Being under the sun for a long time will injure our skin.

▶ **I spent a lot of money on skin whitening.** 我花了好多錢在皮膚美白上。

▶ **We'd better stay indoors when the sun is bright outside.** 陽光很強的時候最好待在室內。

注射肉毒桿菌一次要多少錢？
How much does it cost to get a botox injection?

▶ **How much does it cost to do a bone reduction?** 削骨要多少錢？

▶ **I need to do a scar removal.** 我需要做去疤。

充足的睡眠可以讓皮膚看起來更美。
Getting enough sleep will make our skin look better.

▶ **Having lots of vegetables and fruits will make us prettier.** 多吃蔬菜水果會讓我們更美麗。

▶ **Doing exercise daily will make us healthier.** 每天做運動會讓我們更健康。

Part 2

Part 2

Ch 1

Ch 2

Ch 3

Ch 4

Ch 5

Ch 6

Ch 7

Ch 8

婚喪喜慶

Chapter 08 婚喪喜慶

 生 日

◀ *Track 0634*

我媽媽的生日快到了。
My mother's birthday is coming.

▶ **My mother's birthday is around the corner.** 我媽媽的生日要到了。

▶ **My mother's birthday is on next Sunday.** 我媽媽的生日是下個星期天。

◀ *Track 0635*

你要怎麼慶祝？
How are you going to celebrate?

▶ **How do you plan to celebrate?** 你想如何慶祝？

▶ **What do you have in mind about the celebration?** 你打算怎麼慶祝？

▶ **Do you have any party plans?** 有沒有任何派對的計畫呢？

對話相關片語 have in mind 表示「打算」的意思。

◀ *Track 0636*

我要幫她辦個生日派對。
I am going to hold a birthday party for her.

▶ **I am thinking of buying her a fancy dress.** 我想買件高級洋裝給她。

▶ **We're going to celebrate her birthday in Japan.** 我們要帶她去日本慶生。

▶ **Let's give her a surprise party!** 我們來給她一個驚喜派對！

◀ *Track 0637*

你訂生日蛋糕了嗎？
Have you ordered a birthday cake?

▶ **Have you ordered a cake?** 你有預定蛋糕了嗎？

▶ **Did you buy a cake for her birthday?** 你有幫她買生日蛋糕了嗎？

對話相關單字 order 在此表示「預定」的意思。

你的生日在什麼時候？
When is your birthday?

▶ **When were you born?** 你何時出生的？
▶ **Which year were you born in?** 你是哪一年出生的？

你要來我的生日派對嗎？
Do you want to come to my birthday party?

▶ **I want to invite you to my birthday party.** 我想邀請你來我的生日派對。
▶ **You're coming to my birthday party, aren't you?** 你會來我的生日派對，對吧？

這個生日派對真棒！
This birthday party is really cool!

▶ **This is the best birthday party I've ever been to.** 這是我參加過最棒的一次生日派對。
▶ **I had a great time at your birthday party.** 在你的生日派對上，我玩得很開心。

他們很相配。
They are made for each other.

▶ **They are a perfect match.** 他們很相配。
▶ **They're meant to be together.** 他們注定要在一起的。
▶ **I finally found my other half.** 我終於找到我的另一半了。

新郎好帥！
The groom is so handsome!

▶ **The groom is so charming.** 新郎好迷人。
▶ **The groom is very good-looking.** 新郎好帥。
▶ **The bride is amazingly gorgeous.** 新娘好美麗。

Part 2

Ch 1
Ch 2
Ch 3
Ch 4
Ch 5
Ch 6
Ch 7
Ch 8

婚喪喜慶

▶ **The bride is stunning.** 新娘美極了。

Track 0643

歡迎來參加我們的婚禮。
Welcome to our wedding.

▶ **Thanks for coming to our wedding.** 謝謝來參加我們的婚禮。
▶ **Please enjoy our wedding.** 請盡情地享受我們的婚禮。

Track 0644

你的伴郎是誰？
Who is your best man?

▶ **Who is your bridesmaid?** 你的伴娘是誰？
▶ **Can you be my maid of honor?** 你可以當我的伴娘嗎？
▶ **My nephew is my pageboy.** 我的姪子是我的花童。

Track 0645

我想要個浪漫的婚禮。
I want to have a romantic wedding.

▶ **This is my dream wedding.** 這是我夢想中的婚禮。
▶ **This is the wedding I want.** 這是我想要的婚禮。

Track 0646

你想要什麼結婚禮物？
What do you want for your wedding?

▶ **What kind of gift do you want for your wedding?** 你想要什麼結婚禮物？
▶ **I am going to give them a gift card as a wedding gift.** 我要給他們禮券當作結婚禮物。

補充新知 在歐美國家，結婚不是包紅包而是送禮物。禮物的大小，依據跟新人的交情而定。但近年來，也開始送禮券或現金了。

Track 0647

你們要去哪裡度蜜月？
Where are you going for your honeymoon?

▶ **We aren't having a honeymoon.** 我們沒有要去度蜜月。

179

▶ **We are going to a fancy resort for our honeymoon.** 我們要去一個高級的度假村度蜜月。

Track 0648

你們的婚紗照在哪裡拍的？
Where did you take your wedding photos?

▶ **You look great in your wedding photos.** 你的婚紗照照的很美。
▶ **I like your wedding photos very much.** 我很喜歡你們的婚紗照。

Track 0649

永浴愛河。
May you two always be in love.

▶ **True love lasts eternally.** 真愛永久。
▶ **I wish you happiness for the rest of your lives.** 百年好合。
▶ **Hope you two have a shining future.** 祝你們的未來燦爛美好。

 紀 念 日

Track 0650

生日快樂！
Happy birthday!

▶ **I can't believe I'm turning 30.** 我不敢相信我要 30 歲了。
▶ **Today is my 30th birthday.** 今天是我 30 歲生日。

Track 0651

結婚紀念日快樂！
Happy anniversary!

▶ **Today is our first wedding anniversary.** 今天是我們結婚一週年紀念日。
▶ **Today is my grandparents' 50th wedding anniversary.** 今天是我祖父母結婚 50 週年紀念日。

Track 0652

情人節快樂！
Happy Valentine's Day!

Part 2

Ch 1
Ch 2
Ch 3
Ch 4
Ch 5
Ch 6
Ch 7
Ch 8

婚喪喜慶

▶ **Happy Lover's Day.** 情人節快樂！
▶ **Enjoy your Valentine's Day!** 好好的享受你的情人節吧！

Track 0653

他買了一枚戒指給我。
He bought me a ring.

▶ **He bought a gold ring for me.** 他買了一枚金戒指給我。
▶ **He gave me a diamond ring as a gift.** 他給我一枚鑽戒當禮物。

Track 0654

我老公要帶我去旅遊。
My husband is taking me on a trip.

▶ **My husband is going to travel with me.** 我老公要和我一起去旅行。
▶ **We are going on a road trip.** 我們要開車去旅行。

對話相關片語 road trip 指的是「開車旅行」的意思。

Track 0655

你想要什麼禮物嗎？
What do you want as a gift?

▶ **Do you want anything as a gift?** 你想要什麼東西當作禮物？
▶ **Just surprise me!** 就給我個驚喜吧！

Track 0656

我們去慶祝周年紀念日吧！
Let's celebrate our first anniversary!

▶ **He bought me a bunch of red roses.** 他買了一束紅玫瑰給我。
▶ **Let's have a romantic night together.** 讓我們有個浪漫的夜晚吧！

Track 0657

我們要舉辦婚禮紀念派對。
We are going to hold an anniversary party.

▶ **Will you come to my grandfather's 80th birthday party today?** 你今天會來我爺爺的 80 歲生日宴會嗎？
▶ **Today is the 5th anniversary since we got married.** 今天是我們結婚 5 週年紀念。

 喪 禮

◀ Track 0658

他生前是個好人。
He was a good man.

▶ **He was an honest man.** 他生平是個老實人。
▶ **He was too young to die.** 他英年早逝。

◀ Track 0659

我不敢相信他走了。
I couldn't believe that he's gone.

▶ **It can't be possible that he's no longer with us!** 他死了，不是真的吧！
▶ **I can't accept that he passed away.** 我無法接受他的離世。

對話相關片語 pass away 死亡

◀ Track 0660

他的死，令人遺憾。
I am sorry to hear about his death.

▶ **I am sorry for your loss.** 你的損失令人惋惜。
▶ **Sorry for your loss.** 你的損失令人遺憾。

◀ Track 0661

他有留下遺書嗎？
Did he leave a will?

▶ **We're going to read his will after his funeral.** 他的喪禮之後，我們就要宣讀他的遺書。
▶ **He didn't leave a will.** 他沒有留下遺書。

對話相關單字 will 表示「遺書」或「遺願」的意思。

◀ Track 0662

她很平靜地走了。
She died peacefully.

▶ **She died without pain.** 她死時沒有很痛苦。
▶ **She died in her sleep.** 她在睡夢中走了。

Part

Ch 1
Ch 2
Ch 3
Ch 4
Ch 5
Ch 6
Ch 7
Ch 8

婚喪喜慶

Track 0663

堅強點！
Be strong!

▶ **Don't weep!** 別哭了！
▶ **Don't cry!** 別哭了！

Track 0664

要幫忙的話，打電話給我。
Call me if you need any help.

▶ **I'll call you to see if you need anything.** 我會打電話問你是否有任何需要。
▶ **Can I do anything for you?** 我可以幫你忙嗎？
▶ **I will be there for you.** 我將會在你的旁邊支持。
▶ **I am here if you need any help.** 我來這裡幫忙。

Track 0665

願美好的回憶留在心中。
May those good memories be in your heart.

▶ **May you always remember the good times you had.** 願你留下美好的回憶。
▶ **She'll always be on your mind.** 她會一直與你們同在。

Track 0666

讓她安息。
May she rest in peace.

▶ **Rest in peace.** 安息。
▶ **She'll go to heaven.** 她會上天堂的。

 其他事故

Track 0667

發生什麼事了？
What happened?

▶ **What's wrong?** 怎麼了？
▶ **How did this happen?** 這怎麼發生的？

183

Track 0668

發生車禍了。
There's a car accident.

▶ **Two trucks collided into each other.** 兩台卡車對撞。

▶ **There was an airplane crash.** 發生空難了。

▶ **There's a sinking boat in the lake and the police is on the way.** 湖裡有一條船正在下沉，警方已在路上。

Track 0669

打電話叫救護車。
Somebody call the ambulance.

▶ **Please call the ambulance.** 請叫救護車。

▶ **Dial 911.** 請打 119 急救電話.

▶ **Call the police.** 打電話給警察。

▶ **Call the fire department.** 打電話給消防隊。

Track 0670

我爸住院了。
My father is in the hospital now.

▶ **My father was sent to the hospital.** 我爸被送到醫院了。

▶ **My daughter broke her rib.** 我女兒的肋骨斷了。

▶ **My water broke.** 我的羊水破了。

對話相關單字 water 在此表示孕婦的「羊水」的意思。

Track 0671

房子失火了。
The house is on fire.

▶ **Put out the fire!** 快滅火！

▶ **Get the fire extinguisher!** 快拿滅火器！

Track 0672

我的錢包掉了。
I lost my wallet.

▶ **I can't find my purse.** 我找不到我的皮包。

▶ **Somebody took my wallet.** 有人拿走我的錢包。

Part 2

Ch 1

Ch 2

Ch 3

Ch 4

Ch 5

Ch 6

Ch 7

Ch 8

婚喪喜慶

Track 0673

我得癌症了。
I have cancer.

▶ **I have a tumor in my brain.** 我的腦長腫瘤了。

▶ **He has hemorrhoids.** 他有痔瘡。

▶ **He needs to have surgery right away.** 他需要馬上動手術。

Track 0674

我們沒有足夠的血。
We don't have enough blood.

▶ **We've run out of blood.** 我們的血用完了。

▶ **We need someone to donate blood type A.** 我們需要人捐 A 型的血。

Track 0675

我家遭小偷了。
Someone broke into my house.

▶ **My house was robbed.** 我家被搶了。

▶ **The burglar took away my new TV.** 小偷把我的新電視偷走了。

對話相關片語 break into 非法闖入

Part 3

與社會連結，
生活大小事可以這麼說

Chapter 01 食

 外 食 討 論

◀ *Track 0676*

我餓極了。
I'm starving.

▶ **I can eat a horse.** 我真的很餓。

◀ *Track 0677*

今晚去外面用餐如何？
How about eating out tonight?

▶ **Let's not cook today.** 今天別煮飯了吧！
▶ **There's a new restaurant around the shopping mall.** 在購物中心附近有一家新開的餐廳。
▶ **I prefer a quiet place.** 我比較喜歡安靜的地方。

◀ *Track 0678*

營業時間是？
When are the opening hours?

▶ **Is there a parking lot?** 那兒有停車場嗎？
▶ **Is it easy to find a parking space around there?** 那附近停車方便嗎？
▶ **Is it convenient to drive there?** 那裡開車過去方便嗎？
▶ **Which is the nearest MRT station?** 那裡最近的捷運站是哪一站？
▶ **Is there a nursery room?** 那裡有育嬰室嗎？

對話相關片語- parking lot 停車場；parkings pace 停車位
補充片語- parking fee 停車費

◀ *Track 0679*

我需要一些低脂和低咖啡因的。
I need something low fat and low caffeine.

▶ **I gained a lot of weight recently.** 我最近胖了不少。
▶ **I'm putting on weights.** 我正在發胖。
▶ **You're slim enough.** 你夠瘦了。

Part 3

Ch 1

食

Ch 2

Ch 3

Ch 4

Ch 5

Ch 6

▶ **I'm on a diet.** 我在節食中。
▶ **Stop eating junk food.** 不要再吃那些垃圾食物了。
▶ **I'm a vegetarian.** 我吃素。

補充片語 lose weight 減重；sugar free 無糖

◀ *Track 0680*

我今天想吃日本料理。
I feel like having Japanese food today.

▶ **Does anyone want to eat Korean food?** 有人想吃韓國菜嗎？
▶ **Who would like to have Indian food?** 誰想吃印度菜？
▶ **Would you like to try the new Italian restaurant next to the supermarket?** 你想去超市旁新開的義大利餐館吃吃看嗎？

◀ *Track 0681*

拜託，那家餐廳評價很差。
Come on, the restaurant has a bad reputation.

▶ **You don't really want to go there, do you?** 你不是真的想去那裡吃，對吧？
▶ **Their lemon fish is very famous.** 那家餐廳的檸檬魚很有名。
▶ **You can't miss the milkshake here.** 你非嚐嚐這裡的奶昔不可。
▶ **I heard it's a nice place.** 我聽說那是個不錯的地方。
▶ **I heard they have a great live band.** 我聽說他們有個很棒的現場樂團表演。

 餐廳用餐

◀ *Track 0682*

我想要訂位。
I'd like to make a reservation.

▶ **I'd like to cancel my reservation.** 我想要取消我的訂位。
▶ **Table for three, please.** 請給我三人的位子。
▶ **Is there any table by the window?** 請問有靠窗的位子嗎？
▶ **I need a child seat, please.** 我需要一張兒童椅。
▶ **Can I have a plastic spoon?** 可以給我塑膠湯匙嗎？

Track 0683

請問需要吸菸區或非吸菸區？
Would you prefer a smoking or a non-smoking area?

▶ **This table is reserved.** 這桌有人訂位了。
▶ **Would you prefer an indoor or an outdoor area?** 請問需要室內或室外的位置？
▶ **This way, please.** 這邊請。
▶ **I'm afraid you might need to wait for a few minutes.** 恐怕你要等幾分鐘。

Track 0684

我可以為您點餐了嗎？
May I take your order?

▶ **Are you ready to order?** 您準備好要點餐了嗎？
▶ **What would you like for dessert?** 您的甜點想要什麼？
▶ **How would you like your steak?** 您的牛排需要幾分熟？
▶ **How would you like your egg?** 您的蛋要怎麼做？
▶ **Anything else?** 還需要什麼其它的嗎？
▶ **What else do you need?** 你還需要些什麼？
▶ **Let me repeat your order.** 讓我重複一次餐點。
▶ **Please enjoy your meal.** 請慢慢享用。

補充單字 appetizer 開胃菜；main course 主餐；side dish 附餐；well done 全熟；well medium 七分熟；medium 五分熟；rare 三分熟；scrambled egg 炒蛋；boiled egg 水煮蛋；sunny-side up egg 荷包蛋

Track 0685

你有任何推薦的餐點嗎？
What do you recommend?

▶ **What's the specialty of the restaurant?** 這家餐廳的招牌菜是什麼？
▶ **What's today's special?** 今日特餐是什麼？
▶ **The banana split is one of our hot sale items.** 香蕉船也是本店的人氣商品之一。
▶ **No, thanks. I'm allergic to shrimp.** 不，謝謝。我對蝦子過敏。

補充單字 best-selling 最暢銷的

Track 0686

請問有中文菜單嗎？
Do you have a Chinese menu?

▶ **I need a English menu, please.** 請給我英文菜單。
▶ **Do you have a vegetarian menu?** 請問有素食菜單嗎？

Part 3

Ch 1

食

Ch 2

Ch 3

Ch 4

Ch 5

Ch 6

▶ **Where's the beverage list?** 飲料清單在哪裡？

Track 0687

我要搭配蘑菇醬。
I'll have mushroom sauce.

▶ **You should try their cream sauce.** 你該嚐嚐他們的奶油醬。

補充單字 pepper sauce 黑胡椒醬；ketchup 蕃茄醬

 速 食 餐 廳

Track 0688

我要點一份大薯條和一杯小可樂。
I want a large French fries and a small coke, please.

▶ **Apple pies will be ready in a minute.** 蘋果派馬上就好。
▶ **Can I refill the coke?** 我的可樂可以續杯嗎？
▶ **What flavor of milkshake?** 什麼口味的奶昔？

補充用法
• large / medium / small 分別表示餐點的大份、中份及小份。
• in a minute 可代換為 right away，immediately 或 soon。

Track 0689

抱歉，起司漢堡賣完了。
Sorry, the cheese burger is sold out.

▶ **Sorry, we don't have any more cheese burger.** 抱歉，起司漢堡賣完了。
▶ **Fish burger is also a good choice.** 魚堡也是個不錯的選擇。
▶ **Maybe you can try some fried chicken.** 也許您可以試試炸雞。

Track 0690

請給我一份漢堡。
One hamburger, please.

▶ **One chicken burger, please.** 請給我一份香雞堡。
▶ **Two veggie burgers.** 兩個素食漢堡。
▶ **Sorry, we don't have any more cheese burger.** 抱歉，起司漢堡賣完了。

▶ **Fish burger is also a good choice.** 魚堡也是個不錯的選擇。
▶ **Maybe you can try some fried chicken.** 也許您可以試試炸雞。

補充用法- 漢堡的種類有很多，在burger前面加上肉的種類就可以表示要吃的漢堡，如：fish burger「魚堡」/ chickenburger「雞肉堡」或cheese burger「起士堡」等。

◀ *Track 0691*

我要一個二號餐。
I'll have a Meal 2.

▶ **One Meal 2 and one Meal 5.** 一個二號餐和一個五號餐。
▶ **Two Set A, please.** 請給我們兩個A套餐。
▶ **Do you have any set meals?** 請問有沒有套餐？

對話相關片語- set meal 就是已經搭配好的「套餐」。

◀ *Track 0692*

我想要一份大份薯條。
I'd like a large serving of French fries.

▶ **Two large fries, please.** 兩份大份薯條。
▶ **Where is the ketchup?** 蕃茄醬在哪裡？
▶ **Please give me two packages of ketchup.** 請給我兩包蕃茄醬。

◀ *Track 0693*

內用或外帶？
For here or to go?

▶ **Is this for here, or to go?** 內用或外帶？
▶ **To go.** 要外帶的。
▶ **Please wait over there.** 請你在那邊等。
▶ **Here's your receipt.** 這是您的收據。
▶ **Next, please.** 下一位。

◀ *Track 0694*

別忘了拿吸管。
Don't forget the straws.

▶ **The straws are over there.** 吸管在那邊
▶ **Please help yourself.** 麻煩自行取用。
▶ **You'll find what you want on that counter.** 你可以在那個餐枱上找到你需要的東西。

Part 3

Ch 1

食

Ch 2

Ch 3

Ch 4

Ch 5

Ch 6

▶ **Water is free.** 開水是免費的。
▶ **Can I have some napkins?** 給我一些餐巾紙好嗎？
▶ **Where can I find napkins?** 哪裡有餐巾紙？

Track 0695

請問哪裡可以拿蕃茄醬？
Where can I get some ketchup?

▶ **I need some mustard, please.** 我需要一些芥末醬。
▶ **How many packs do you need?** 你需要幾包？
▶ **Can I have some more black pepper?** 我可以再要一些黑胡椒嗎？

Track 0696

這位子有人坐嗎？
Is this seat taken?

▶ **Is anybody sitting here?** 這裡有人坐嗎？
▶ **Do you still need the newspaper?** 請問你還需要這報紙嗎？
▶ **Does the restaurant have a drive-thru?** 那餐廳有車道點餐服務嗎？
▶ **Where is the drive-thru?** 這餐廳的車道點餐服務在哪？
▶ **Is there a delivery service?** 它有外送服務嗎？
▶ **Is the WIFI for free?** 請問無線網路是免費的嗎？
▶ **We ordered a fruit salad but haven't got it.** 我們點了一個水果沙拉但是還沒來。
▶ **Can you check with the kitchen for our fish burger?** 請跟廚房確認一下我們的魚排堡。

補充用法 若要表示座位已有人坐，亦可用 occupied。

Track 0697

抱歉，我剛打翻了可樂。
Sorry, I just spilt my coke.

▶ **Excuse me, would you please clean the table?** 不好意思，可以幫我清潔一下桌面嗎？

 親 子 餐 廳

Track 0698

你知道這附近有哪些親子餐廳嗎？
Do you know any kid-friendly restaurants around here?

▶ **Going out to dine with kids can sometiems be a hassle.** 帶小孩出去吃飯有時很麻煩。

▶ **Trust me. This kid-friendly restaurant has been approved by many parents.** 相信我，這間親子餐廳已經被很多家長們認證過了。

▶ **There aren't so many options of family restaurants for parents with kids in this area.** 帶著小孩的家長們在這個區域沒有太多家庭餐廳的選擇。

(對話相關單字)- hassle 麻煩、煩擾

◀ *Track 0699*

有些親子餐廳其實大人們也會喜歡。
Some kid-friendly restaurants are actually enjoyable for adults too.

▶ **This family-friendly restaurant can accommodate up to 100 people.** 這間家庭餐廳可以容納一百個人。

▶ **The elegant surroundings of this kid-friendly restaurant can somehow calm kids down. That's why adults can actually enjoy their meals here.** 這間親子餐廳的雅緻環境莫名地能讓孩子們冷靜下來。這就是為什麼大人們確實可以在這裡享用餐點。

(對話相關單字)- accommodate 容納

◀ *Track 0700*

這間親子餐廳備有娛樂設施，如此一來家長們也可以放鬆並享受美食。
This kid-friendly restaurant has entertainment facilities for kids so that parents can relax and enjoy the delicious dishes.

▶ **Wow! This kid-friendly restaurant also has a large play area for kids to let off some steams!** 哇！這間親子餐廳還有一個大型娛樂區讓孩子們發洩精力！

▶ **This kid-friendly restaurant is located near to the community park, so kids can go have some fun free time when their parents are still eating.** 這間親子餐廳就座落在社區公園旁，所以孩子們可以在爸媽們還在吃飯時去享受自由娛樂時間。

(對話補充片語)- let off steams 發洩精力

◀ *Track 0701*

這間家庭式餐廳不僅提供給孩童的特別菜單，也把食物價格定在相當經濟實惠的範圍。
This family restaurant not only provides special menu for kids, but also set the food price at a very affordable range.

Part 3

Ch 1
食

Ch 2

Ch 3

Ch 4

Ch 5

Ch 6

▶ This one is pretty famous. Make sure to call first. Some kid-friendly restaurants don't accept reservations. 這間很有名。記得先打電話。有些親子餐廳是不接受預先訂位的。

▶ Not only is the kid-friendly restaurant over there themed, but it also hold interesting parent-child activities from time to time. 那間親子餐廳不僅有主題，它還會時不時舉辦親子活動。

對話相關單字 reservation 預約、預訂

◀ *Track 0702*

就算是在親子餐廳，家長們也應仍注意孩子們的餐桌禮儀。
Even in a kid-friendly restaurant, parents should still watch out for their kids' table manners.

▶ While people in a kid-friendly restaurant are usually okay with kids making loud noises, it is still better to let others have a nice dining experience by telling your kids some dos and don'ts beforehand. 雖然在親子餐廳的人們大多都能接受小孩製造的噪音，但是透過預先告訴孩子們什麼可以做以及什麼不可以做，讓其他人能擁有好的用餐體驗還是比較好的

▶ You should still teach your kids some basic dining manners before you bring them to a kid-friendly restaurant. 在你帶孩子們去親子餐廳前，你仍應先教他們一些基本的用餐禮儀。

對話相關單字 manners 禮儀、禮貌；dos and don'ts 什麼可以做以及什麼不可以做；beforehand 事先、預先

 寵 物 餐 廳

◀ *Track 0703*

你知道這個社區有哪些對狗友善的餐廳嗎？
Do you know any dog-friendly restaurants in this neighborhood?

▶ I'm looking for a pet-friendly restaurant. Do you know any? 我正在找寵物友善餐廳，你有知道的嗎？

▶ There's a famous dog-friendly restaurant in that district. You can go check it out. 那一區有間有名的狗狗友善餐廳。你可以去看看。

我推薦你去街角那間。他們有特別為狗狗設計的菜單。
I recommend you to the one at the corner of the street. They have a special menu designed for dogs.

▶ **Don't you know that they have their menu specifically designed for pets?** 你不知道他們有特別為寵物設計的菜單嗎？

▶ **You can tell by the menu content that the owner of this pet-friendly restaurant really invests a lot of energy in the running of it.** 你可以從菜單的內容得知，這間寵物友善餐廳的老闆真的對營運投注了很大的心力。

你必須確認你去的寵物友善餐廳是不是只讓狗狗在戶外用餐區用餐，還是你真的可以把狗狗帶進去。
You must make sure if the pet-friendly restaurant you're going to has only an outside dining area for dogs or you can really bring dogs inside.

▶ **Different pet-friendly restaurants have different protocols.**不同的寵物友善餐廳有不同的規定。

▶ **I know that some pet-friendly restaurants hold parties for animals!** 我知道有些寵物友善餐廳會幫動物辦派對！

▶ **Sometimes, it may be better to dine in outdoor areas because dogs can have more space.** 有時候，在戶外用餐更好，因為這樣狗狗也可以有更多空間。

這間寵物友善餐廳在網路上有很高的評價。
This pet-friendly restaurant has high reviews on the Internet.

▶ **This pet restaurant ranks top on the list.** 這間寵物友善餐廳在名單上是第一名。

▶ **Let me tell you a secret: the reviews of this pet-friendly restaurant on the Internet are faked.** 讓我跟你說個秘密：這間寵物友善餐廳在網路上的評價是造假出來的。

記住，帶著寵物是有許多禮儀規則要遵守的。我們必須尊重他人。
Remember, there are etiquette rules for you and your pet. We must respect others.

▶ **It's always better to leash your dog when dining.** 用餐時繫著狗狗總是比較好。

Part 3

Ch 1
食

Ch 2

Ch 3

Ch 4

Ch 5

Ch 6

▶ **Make sure that your pet doesn't interfere other people.** 確保你的寵物不會影響他人。

▶ **For sanitary reasons, it's better to bring the pet's own food dish along with you.** 基於衛生因素，帶著自己寵物的食物盤會比較好。

 用餐禮儀

◀ *Track 0708*

用餐前先洗手。
Wash your hands before you eat.

▶ **Dry your hands before you leave.** 手乾了再離開。
▶ **Stop playing with your knife and fork.** 不要再玩你的刀叉了。
▶ **Don't wipe your face with the napkin.** 不要用餐巾擦臉。
▶ **Place the napkin on your lap.** 將餐巾放在大腿上。
▶ **Your bread is on the left. Your water is on the right.** 你的麵包在左邊，你的水在右邊。
▶ **You should eat with chopsticks.** 你應該用筷子吃。

◀ *Track 0709*

請將胡椒遞給我。
Would you pass me the pepper?

▶ **Please pass the salt to Jenny.** 請將鹽遞給珍妮。
▶ **I can't reach the potatoes.** 我拿不到馬鈴薯。

◀ *Track 0710*

嘴裡有食物不要說話。
Don't talk with your mouth full.

▶ **You shouldn't eat and talk at the same time.** 你不應一邊吃東西一邊講話。
▶ **No running around in the restaurant.** 不可以在餐廳裡奔跑。
▶ **Never pick your teeth in front of others.** 不要當眾剔牙。
▶ **It's very rude to do that.** 那樣是很無禮的。
▶ **It's not appropriate to speak so loud here.** 這裡不適合這麼大聲說話。

補充片語 「當眾」亦可使用 in public，表示「在公共場合」。in private 則是「私下」的意思。

乾杯！
Bottoms up!

▶ **Cheers!** 乾杯！

補充用法 make a toast 為敬酒，正式的西方聚會常有此禮儀，即賓客或主人舉起酒杯和大家說話。

你看到那裡的禁菸標誌了嗎？
Do you see the no-smoking sign over there?

▶ **We sit in a non-smoking area.** 我們坐在非吸菸區。
▶ **Let's wait in line.** 我們來排隊吧。
▶ **You need to dress formally.** 你必須著正式服裝。
▶ **Jeans are not allowed.** 不能穿牛仔褲進入。
▶ **No pets, please.** 寵物不許進入。
▶ **I'm afraid you can't take photos here.** 這裡恐怕不能拍照。

請給我帳單。
Check, please.

▶ **Where's the cashier?** 請問結帳櫃枱在哪裡？
▶ **Where should I pay the bill?** 我該去哪裡付帳？

補充用法 bill 亦可作為帳單的意思，如：Can I have the bill, please? 請問可以給我帳單嗎？

我們要分開付。
We want separate checks.

▶ **Let's go Dutch.** 讓我們各付各的吧。
▶ **The total will be 1500.** 一共是一千五百元。
▶ **Does it include the service charge?** 是否含服務費？
▶ **Do you have a special offer?** 請問有什麼優惠活動嗎？

Part

Ch 1

食

Ch 2

Ch 3

Ch 4

Ch 5

Ch 6

Track 0715

我請客。
It's my treat.

▶ **I'll take care of it.** 我來買單。
▶ **The dinner is on me.** 這頓晚餐算我的。

Track 0716

刷卡或付現？
Cash or charge?

▶ **I'll pay in cash.** 我付現金。
▶ **Sorry, the credit card is not available.** 抱歉，這張信用卡無法使用。
▶ **Where's the nearest ATM?** 最近的提款機在哪？

補充片語 「現金不足」可用 short on cash 表示。

Track 0717

這雞肉太鹹了。
The chicken was too salty.

▶ **We didn't order the lobster.** 我們沒點龍蝦。
▶ **I think you are serving the wrong order.** 我想你送錯餐了。
▶ **We ordered a strawberry cake, not a chocolate one.** 我們點的是草莓蛋糕，不是巧克力的。
▶ **I said no spicy in my noodles.** 我說過我的麵不要辣。

補充單字 over-cooked 煮太熟；under-cooked 沒煮熟；rotten 壞掉的；spoiled 壞掉的

Track 0718

我們已經等了半個小時。
We've been waiting for half an hour.

▶ **How much longer do we need to wait?** 我們還要等多久？
▶ **What is taking it so long?** 為什麼那麼久？
▶ **We don't want to wait any longer.** 我們不願意再等下去了。
▶ **We've been waiting for hours.** 我們已經等幾個小時了。
▶ **We've been wasting so much time here.** 我們已經在這裡浪費了很多時間。

Track 0719

你送錯餐了。
You are serving the wrong order.

▶ **How come my order is not here yet?** 為什麼我的餐點還沒來？
▶ **What happened to my order?** 我點的餐怎麼了？
▶ **I need to talk to your manager.** 我需要和你們經理談一談。

烹飪趣味

◀ *Track 0720*

將烤箱預熱至二百度。
Preheat the oven to 200 degrees.

▶ **Mix the eggs and the flour.** 將雞蛋和麵粉混合。
▶ **Add some baking soda and butter.** 加入小蘇打和奶油。
▶ **Peel the potatoes and rinse all the vegetables.** 將馬鈴薯削皮然後沖洗蔬菜。
▶ **Boil the cauliflower until cooked.** 把花椰菜煮到熟。
▶ **Bake for 40 minutes, and a delicious cheese cake will be done.** 烤四十分鐘，美味的起司蛋糕就好了。

補充單字- boil 為「燒開」的意思；boiled water 是「煮沸的水」。

◀ *Track 0721*

試試這些手工餅乾。
Try these homemade cookies.

▶ **Vanilla flavor is my favorite.** 香草口味是我最喜歡的。
▶ **It goes so well with milk.** 它和牛奶是絕配。

◀ *Track 0722*

這食譜看來挺簡單的。
The recipe seems easy.

▶ **Let's follow the steps on the recipe.** 我們照著食譜上的步驟做吧！
▶ **This is my signature dish.** 這是我的招牌菜。
▶ **I am not good at cooking at all.** 我一點也不擅長烹飪。
▶ **I'm good at Italian food.** 我擅長義大利菜。
▶ **You're so talented.** 你真有天份。
▶ **The chicken tastes funny.** 這雞肉味道怪怪的。

對話相關單字- dish 可作為「盤子」，此處表「菜餚」的意思。

Part
Ch 1
食
Ch 2
Ch 3
Ch 4
Ch 5
Ch 6

◀ *Track 0723*

這裡有烹飪學校嗎？
Are there any cooking schools here?

▶ **I'd like to register for a weekly course.** 我想報名一週的課程。
▶ **I'd like to register for a three-day course.** 我想報名三天的課程。
▶ **We want to join the half-day course.** 我們想參加半日的課程。
▶ **Do you still take students for the one-day course?** 一日課程還在收學生嗎？

◀ *Track 0724*

學費多少？
What's the tuition?

▶ **How much does the course cost?** 這個課程多少錢？
▶ **How much is it?** 多少錢呢？

對話相關單字 - tuition 或是 tuition fee 皆表示「學費」的意思。

◀ *Track 0725*

可以請你示範嗎？
Could you show us how to do it?

▶ **Please give us a demo.** 請示範給我們看。
▶ **Please demonstrate for me.** 請示範給我看。
▶ **Can you do it again?** 可以重複再做一次嗎？

◀ *Track 0726*

可以麻煩你再講一次嗎？
Could you please repeat that?

▶ **Sorry I missed what you said.** 抱歉我沒聽到你剛才講的。
▶ **Can you say it again?** 可以再說一次嗎？
▶ **Can you explain the procedure again?** 可以請你再解釋一次做法嗎？

對話相關單字 - procedure 步驟、做法

◀ *Track 0727*

菜刀在哪裡？
Where is the chopping knife?

▶ **Where is the chopping board?** 砧板在哪裡？
▶ **I need a big pot.** 我需要一個大鍋子。

▶ I can't find the peeler. 我找不到削皮刀。
▶ Could you pass me the plate? 請把盤子遞給我好嗎？

Track 0728

我想學習如何使用香料。
I want to learn how to use different spices.

▶ I want to learn about herbs. 我想認識香草植物。
▶ I want to learn to bake. 我想學會烘焙。
▶ I always want to learn about wine tasting. 我一直想學品酒。

Track 0729

成份有什麼？
What are the ingredients?

▶ Mind the expiration date. 注意有效期限。
▶ The milk is expired. 這牛奶過期了。

Track 0730

吃吧！
Let's dig in!

▶ Enjoy it! 享受它吧！
▶ Enjoy the meal. 用餐愉快。
▶ Bon appetit! 用餐愉快！
▶ Take your time. 慢慢來。

對話相關用法 Bon appetit! 原為法文，用來祝人「胃口大開」的意思。

Part 3

Ch 1

Ch 2

衣

Ch 3

Ch 4

Ch 5

Ch 6

Chapter 02 衣

新品上市

◀ Track 0731

這是我們的新產品。
This is the new addition to our line.

▶ **This is our new product.** 這是我們的新產品。
▶ **The new product has just arrived.** 這新產品才剛到。
▶ **That's brand new.** 這是全新的。

◀ Track 0732

它有許多顏色。
It comes in several colors.

▶ **I'll show you some other colors if you want.** 如果你想要的話，我可以給你看其它顏色。
▶ **There are a few other colors to choose from.** 還有其他幾種顏色可以選擇。
▶ **I don't think the color suits me.** 我覺得這種顏色不適合我。
▶ **It is made in Germany.** 它是德國製的。
▶ **It's from Italy.** 這是義大利進口的。

◀ Track 0733

你也可以網路訂購。
You can order it online too.

▶ **Do you have an online store?** 你們有網路店面嗎？
▶ **Would you prefer express delivery?** 你偏好用宅配嗎？

◀ Track 0734

它們能當做很棒的禮物。
They make great gifts.

▶ **This will be a great gift for Valentine's Day.** 這是很棒的情人節禮物。
▶ **Do you think they are good Christmas gifts?** 你覺得它們是很棒的聖誕禮物嗎？
▶ **I wish I had one.** 我希望我有一個。

對話相關用法 與現在事實相反，wish 後面用過去式，表示現在並沒擁有。

Track 0735

這是最新的款式。
It's the latest style.

▶ **It's very fashionable.** 這非常流行。
▶ **The store now has a special offer for its new products.** 這間店現在有新品優惠。
▶ **Are there any promotions for the new product?** 這個新品有任何的促銷活動嗎？

對話相關單字 promotion 可指「促銷活動」，同時也表示「工作上的升遷」。
補充單字 out of date / old-fashioned 過時的；stylish 流行時尚的

Track 0736

這是新的仕女精品店。
This is a new ladies' boutique.

▶ **Have you been to the new supermarket next to the park?** 你去過公園旁新開的那家超市了嗎？
▶ **Let's see if there's anything good in the gift shop.** 我們去看看那禮品店有沒有什麼好東西可以買。

Track 0737

我們可以搭公車到那裡。
We can get there by bus.

▶ **We can take a bus to get there.** 我們可以搭公車到那裡。
▶ **Is the subway nearby?** 地鐵在附近嗎？
▶ **Don't worry about the parking.** 不用擔心停車的問題。
▶ **It takes almost an hour to drive there.** 開車到那裡幾乎要一個小時。
▶ **I spent only a few minutes to walk there.** 我只花幾分鐘的時間走到那裡。
▶ **Let's meet at the train station.** 我們火車站見吧！
▶ **I'll see you there.** 我們那裡見吧！
▶ **I'll see you then.** 我們到時見吧！

補充新知 subway（美國）地鐵；MRT（台灣）捷運，全名為 Mass Rapid Transit 大眾捷運系統。

◀ *Track 0738*

那裡總是很擁擠。
It's always very crowded there.

▶ **It's too far away from Mark's home.** 那裡離馬克家太遠了。
▶ **Do they open late on weekends?** 它們週末開得很晚嗎？

◀ *Track 0739*

你通常在哪裡逛街？
Where do you usually go shopping?

▶ **Where can I buy some nice baby stuff?** 哪裡可以買到不錯的嬰兒用品？
▶ **I do all my shopping here now.** 我現在都來這裡買東西。
▶ **My new suit is from a second-hand store.** 我的新西裝是在二手店買的。
▶ **You can only buy beer in a liquor store.** 你只能在賣酒的店買啤酒。
▶ **There's a garage sale this weekend.** 週末有個車庫拍賣。

◀ *Track 0740*

我找不到我的皮夾。
I can't find my wallet.

▶ **My purse is gone.** 我的皮包不見了。
▶ **Did you leave it in the restroom?** 你忘在廁所了嗎？
▶ **Go ask the lost-and-found center.** 去失物招領問問。

 挑 選 款 式

◀ *Track 0741*

你喜歡這款還是那款？
Do you like this one or that one?

▶ **Which one do you prefer?** 你較喜歡哪一個？
▶ **Do you like any of these?** 這裡有任何你喜歡的嗎？
▶ **Which one looks better on me?** 哪一件我穿起來較好看？

我可以也試那件嗎？
Can I try that one on too?

▶ **Where's the fitting room?** 更衣間在哪裡？

▶ **You should try them both.** 你應該兩件都試穿。

▶ **They both look good on you.** 二件都很適合你。

▶ **I've been looking for this kind of hat for a long time.** 我找這種款式的帽子找了很久。

補充單字 「更衣間」亦可使用 dressing room。

它會讓我看起來胖嗎？
Does it make me look fat?

▶ **This one is very flattering.** 這件很討人喜歡。

▶ **I think that one suits you better.** 我認為那件比較適合你。

▶ **That color looks good on you.** 那個顏色很適合你。

▶ **Is this too bright for me?** 這顏色對我來說會不會太亮了？

▶ **This one is more elegant.** 這件比較有氣質。

▶ **The dress and the shoes don't match.** 這洋裝和鞋並不搭。

對話相關單字 suit 當名詞表示「西裝」，當動詞表示「適合」。

補充用法 look 看起來、smell 聞起來、taste 嚐起來、feel 感覺起來，以上皆為感官動詞，後接形容詞。如：The flowers smell good.（花兒聞起來很香）；或是 I feel dizzy.（我覺得頭暈）。

我們可以修改尺寸。
We can fix the size.

▶ **What's your size?** 你的尺吋是？

▶ **I don't think this one will fit me.** 我不認為我穿得下。

▶ **It's too tight.** 它太緊了。

▶ **It's a bit loose around the waist.** 它在腰部的地方有點鬆了。

▶ **The quality is very good.** 這品質非常好。

▶ **The wool one feels warm and soft.** 羊毛的那件感覺溫暖又柔軟。

對話相關單字 tight 也可以指「勢均力敵的」。如：It was a tight game. 它是個勢均力敵的比賽。

Part

Ch 1

Ch 2

衣

Ch 3

Ch 4

Ch 5

Ch 6

Track 0745

我無法做決定。
I can't make up my mind.

▶ **It's a hard choice.** 那是個困難的決定。
▶ **It's hard to decide.** 那很難抉擇。

Track 0746

我強烈推薦這個。
I strongly recommend this one.

▶ **I guess I'll leave it.** 我想我不帶這件了。
▶ **I decide to take this one.** 我決定要買這個。

Track 0747

請幫我挑件外套。
Please help me pick a jacket.

▶ **What color do you have in mind?** 你有想要什麼顏色嗎？
▶ **What's your ideal style?** 你理想的款式是？
▶ **Would your mom like one?** 你媽媽會想要一個嗎？

詢 價 議 價

Track 0748

這個多少錢？
How much is this?

▶ **How much does it cost?** 這個多少錢？
▶ **Is that the best price?** 這是最好的價格嗎？
▶ **There are no price tags.** 上面沒有標價。
▶ **Can you scan the bar code of this sweater for me?** 你可以幫我刷一下這件毛衣的價錢嗎？

Track 0749

我知道哪裡賣的比較便宜。
I know where to get a cheaper one.

▶ **It's still too much.** 還是太貴了。

▶ **You're trying to rip me off.** 你在敲竹槓吧！

▶ **Please show me something cheaper.** 請給我看些比較便宜的。

▶ **It's no doubt the cheapest.** 這毫無疑問是最值宜的。

▶ **The prices are quite reasonable.** 價錢相當合理。

▶ **It saves more money.** 這個比省錢。

▶ **What's your budget?** 你的預算多少？

▶ **It's out of budget.** 那超出預算。

▶ **It's expensive, for it is customized.** 因為它是量身訂做的所以比較貴。

▶ **What if I buy two?** 如果我買二個呢？

▶ **It's worth that much.** 它有那個價值。

▶ **I spent too much money buying that shirt.** 我花太多錢買那件襯衫了。

對話相關片語 rip off 是「偷竊」的俚語用法。

◀ *Track 0750*

它們有很棒的折扣。
They offer fantastic discounts.

▶ **Can you give me a discount?** 你可以給我一些折扣嗎？

▶ **Do you give seniors' discount?** 你們有給老年人優惠價嗎？

▶ **Do you offer a cash discount?** 付現金能享有折扣嗎？

補充單字 fantastic 表「極好的」，也可用 great/ fabulous/ awesome/ amazing/ wicked 表示。

◀ *Track 0751*

我要考慮一下。
I'll have to think about it.

▶ **I can't afford it.** 我負擔不了。

▶ **I can't pay that much.** 我付不出這麼多。

▶ **I really want it.** 我真的想要它。

▶ **Is that the only color?** 這是唯一的顏色嗎？

▶ **I'll take this.** 我要買這個。

▶ **This one, please.** 我要買這個。

◀ *Track 0752*

運費多少呢？
How much is the shipping?

▶ **I don't have a credit card.** 我沒有信用卡。

Part 3

Ch 1

Ch 2

衣

Ch 3

Ch 4

Ch 5

Ch 6

▶ **Cash will be more convenient for me.** 現金對來說比較方便。

▶ **I choose "cash on delivery" as my payment option.** 我選擇貨到付款方式付費。

▶ **What are the membership benefits?** 會員有什麼優惠？

 退 換 商 品

◀ *Track 0753*

我能為您效勞嗎？
What can I do for you?

▶ **May I help you?** 我能為你效勞嗎？

▶ **Do you need any help?** 你需要幫忙嗎？

▶ **Are you looking for anything particular?** 你有特別在找什麼嗎？

▶ **I'm just browsing.** 我只是隨便看看。

◀ *Track 0754*

我想要退還這個。
I'd like to return this.

▶ **Did you bring the receipt?** 你帶收據來了嗎？

▶ **Here is my receipt.** 這是我的發票。

▶ **Did you bring back all the accessories?** 你把所有配件都帶來了嗎？

▶ **I'll refund your money.** 我將會把錢退還給你。

◀ *Track 0755*

它不合身。
It doesn't fit.

▶ **I changed my mind.** 我改變心意了。

▶ **She already has one.** 她已經有一件了。

▶ **Did you try it on first?** 你之前有試穿過嗎？

◀ *Track 0756*

這商品有什麼問題呢？
Is there anything wrong with the item?

▶ **Is there any problem with this jacket?** 這件外套有什麼問題嗎？

▶ **What seems to be the problem with this dress?** 這件洋裝的問題是什麼呢？

▶ **I'm sorry those items are non-returnable.** 對不起這些商品是不能退的。

◀ *Track 0757*

你們退換貨的規定是什麼？
What is your return policy?

▶ **Did you check their return policy?** 你看過他們的退換貨規定了嗎？
▶ **All orders can be cancelled within 24 hours free of charge.** 所有的訂單皆能於二十四小時內免費取消。
▶ **You can return your purchased item within 7 days.** 你購買的商品可以在七日內退換。
▶ **When did you buy it?** 你何時買的？
▶ **How much did you pay for it?** 你買多少錢？
▶ **Shipping fees will be charged for any exchange or return of products.** 因退換貨造成的郵寄費用將予以酌收。
▶ **Damaged goods can't be returned.** 損壞的商品是不能退換的。

 用 折 價 券

◀ *Track 0758*

還在有效期內嗎？
Is this still valid?

▶ **Is this still good?** 還在有效期內嗎？
▶ **The coupon has expired.** 這折價券過期了。
▶ **The coupon has past the due date.** 這折價券過期了。
▶ **We no longer accept that coupon.** 我們不再收那個折價券了。
▶ **We don't accept that coupon any more.** 我們不再收那個折價券了。

◀ *Track 0759*

你們的折價券使用規定是什麼？
What's your coupon policy?

▶ **Only one coupon is permitted for each item.** 一件商品只能用一張折價券。
▶ **You can only use one coupon at a time.** 你一次只能使用一張折價券。
▶ **Coupons should have an expiration date.** 折價券應該有期限。
▶ **Coupons should be used within the valid date.** 折價券應要在有效期間內使用。

Part

Ch

Ch 2

衣

Ch 3

Ch 4

Ch 5

Ch 6

▶ **I'm low on change. I can only pay in bills to make up the difference.** 我零錢不夠，只能付鈔票補差價。

▶ **Purchased items must match with the coupon exactly.** 折價券與購買商品需完全相符。

補充單字 exactly 為「完全地」，亦可使用 entirely/ totally/ completely/ certainly/ wholly。

◀ *Track 0760*

上面寫打八折。
It says twenty percent off.

▶ **Sorry, these are already bargains.** 抱歉，這些已經是特價品了。

▶ **You can't use this coupon on sale items.** 特價商品不能使用折價券。

◀ *Track 0761*

我有這個折價券。
I have this coupon.

▶ **Can I use this coupon?** 我可以用這個折價券嗎？

▶ **Let's buy some milk with this coupon.** 我們用這張折價券來買些牛奶吧！

補充單字 voucher 亦可作為「折價券」、「禮券」。

家電傢俱

Track 0762

它壞了。
It's broken.

▶ It is not working. 它壞了。
▶ We need a new computer. 我們需要一台新電腦。
▶ A used computer will be fine. 二手的電腦也不錯。
▶ Let's find one in the garage sale this weekend. 我們可去這週末的車庫拍賣找一找。

對話相關單字 used 指使用過的，也就是二手之意。

Track 0763

我夏天可以不開沒有冷氣。
I can live without an air conditioner in summer.

▶ Can you check if the fan is working? 你可以檢查一下電扇有在動嗎？
▶ I think there are some problems with the remote control. 我覺得遙控器有問題。
▶ Who can fix the telephone? 誰會修這電話？
▶ The laundry machine needs repair. 這洗衣機該修理了。

Track 0764

那超出我的預算。
That will be out of my budget.

▶ We can't afford such an expensive sofa. 我們買不起這麼貴的沙發椅。
▶ This one is much cheaper. 這個便宜多了。
▶ The TV is on sale. 電視正在特價。
▶ It's 35% off. 這個打65折。
▶ How much does the shipping cost? 運費怎麼算？

Track 0765

保固期有多久？
How long is the warranty period?

Part 3

Ch 1

Ch 2

Ch 3

住

Ch 4

Ch 5

Ch 6

▶ **It offers two years of warranty.** 這提供兩年保固。
▶ **It has two years of warranty.** 它有兩年保固。
▶ **The warranty period for this TV is two years.** 這台電視機的保固有兩年。

◀ *Track 0766*

看看說明書上的使用方法。
Check the instructions on the manual.

▶ **This brand is trustworthy.** 這個牌子很可靠
▶ **I want to pay by installments.** 我要分期付款。

◀ *Track 0767*

這椅子真的很舒服。
The chair is really comfortable.

▶ **Is it big enough?** 這個夠大嗎？
▶ **I prefer the black one.** 我比較喜歡黑色的。
▶ **I like the one in red.** 我喜歡紅色的那個。
▶ **Did you check the size?** 你看過尺寸了嗎？
▶ **We offer a very wide selection.** 我們提供十分多樣的選擇。

◀ *Track 0768*

這沙發該放哪？
Where should we put the sofa?

▶ **It looks nice by the window.** 它很適合放在窗戶旁邊。
▶ **Let's move it away.** 我們把它搬走吧！
▶ **The sofa doesn't match with the table.** 這沙發和茶几不搭。
▶ **The table is kind of small in the living room.** 這茶几在客廳裡有點小。
▶ **How about moving the table there?** 把茶几搬過去如何？

 房 屋 修 繕

◀ *Track 0769*

請把它關掉。
Turn it off, please.

▶ **Would you please turn down the voice?** 你可以把音量轉小一點嗎？

Track 0770

快沒電了。
The power is running low.

▶ **The power is off.** 停電了。
▶ **The battery is dead.** 電池沒電了。
▶ **The power is gone.** 沒電了。
▶ **The power is back on.** 復電了。

Track 0771

水槽在漏水。
The sink is leaking.

▶ **There's a big hole in the roof.** 屋頂破了個大洞。
▶ **The paint of the wall is peeling.** 牆上的漆漸漸掉落。
▶ **Did you replace the batteries?** 你換過電池了嗎？
▶ **The toilet is stuck.** 我的馬桶塞住了。
▶ **Can you get me a plumber?** 你可以幫我找個水管工人嗎？

Track 0772

我還沒找到消滅蟑螂的辦法。
I haven't got a solution to kill the cockroaches.

▶ **High humidity in one's house can lead to a variety of health problems.** 過於潮濕的房子會引發各種疾病
▶ **Mold is a big problem of this house.** 霉菌是這間房子的大問題。
▶ **I feel like there are fleas everywhere in the house.** 我感覺這房子到處都是跳蚤。
▶ **Our house has a termite problem.** 我們的房子有白蟻的問題。

Track 0773

我忘了付帳單。
I forgot to pay the bill.

▶ **I always have high utility bills, especially in summer.** 我總是有昂貴的水電帳單，尤其是夏天。
▶ **Did you see the power cut notice?** 你有看到停電通知嗎？

Part 3

Ch 1

Ch 2

Ch 3

住

Ch 4

Ch 5

Ch 6

◀ *Track 0774*

我的屋頂被颱風吹走了。
The typhoon blew off my roof.

▶ **Dad wants to redecorate the house.** 爸爸要將房子重新裝潢。
▶ **Mom wants to change the flooring.** 媽媽想換地板。
▶ **The house has got great interior design.** 這房子的室內設計非常棒。
▶ **My balcony got flooded because of the storm.** 我的陽台因暴風雨淹水了。

 環 境 清 潔

◀ *Track 0775*

我想把老舊的傢俱丟掉。
I want to get rid of the old furniture.

▶ **Be careful with the wet floor.** 小心濕地板。
▶ **The detergent is running out.** 清潔劑快用完了。
▶ **The stains on the curtain are very hard to remove.** 這窗簾上的污漬很難去掉。
▶ **A dishwasher can do all the dishes for you.** 洗碗機可以幫你清洗所有的碗盤。
▶ **Do you know toothpaste help remove stains?** 你知道牙膏可以去污嗎？

◀ *Track 0776*

你能幫忙掃地嗎？
Can you help sweep the floor?

▶ **I always help mom do the laundry.** 我總是幫媽媽洗衣服。
▶ **I don't have time to do all the chores after work.** 我下班後沒有時間做家事。
▶ **My husband and I share the housework.** 我和我先生一起分擔家事。

補充片語 mop the floor 拖地；vacuum the carpet 吸地毯

◀ *Track 0777*

我花了一整天打掃房子。
I spent all day cleaning up the house.

▶ **We hire an old lady to do all the cleaning.** 我們雇了一個老太太幫我們打掃。
▶ **We do a big cleaning at the end of the year.** 我們在年底進行大掃除。

對話相關用法 以人為主詞的「花費」用 spend，可用在花費時間或金錢。

Track 0778

垃圾車來了。
Here comes the garbage truck.

▶ **The garbage truck comes at around 8 o'clock.** 垃圾車大約八點到。
▶ **The dustmen are collecting the rubbish.** 清潔人員正在收垃圾。

Track 0779

不要亂丟垃圾！
No littering!

▶ **Please throw the garbage into the trash can.** 請把垃圾丟到垃圾筒內。
▶ **Clean up your table.** 把桌子收拾乾淨。
▶ **Put away your toys.** 把你的書收好。
▶ **Please sort the trash.** 請做好垃圾分類。
▶ **Paper must be recycled.** 紙類要回收。

補充單字 dustbin/ garbage can 垃圾桶；non-recyclable 不可回收的

Track 0780

工廠附近的污染太嚴重了。
There is too much pollution from the factory nearby.

▶ **It's not good to live there because of the noise pollution.** 那裡有噪音污染不適合居住。
▶ **Planting trees will help decrease the air pollution.** 種樹可以幫助降低空氣污染。
▶ **We should use public transportation instead of driving.** 我們應該用搭乘公共交通工具取代開車。
▶ **Excuse me, smoking is not allowed here.** 不好意思，這裡禁止吸菸。

 社 區 環 境

Track 0781

新的購物中心有開幕優惠。
The new mall has an opening sale.

▶ **There's a new Japanese restaurant next to the bakery.** 在麵包店隔壁新開了一間日本料理店。
▶ **Do you need me to get anything for you from the convenient store?** 你需要我從便利商店幫你買些什麼嗎？

Part

Ch 1

Ch 2

Ch 3

住

Ch 4

Ch 5

Ch 6

▶ **My mom always does her hair at Mrs. Brown's hair salon.** 我媽都在布朗太太的美容院弄頭髮。

補充片語 flower shop 花店；toy store 玩具店；department store 百貨公司；hardware store 五金行；police station 警察局；coffee shop 咖啡廳；hotel 飯店

◀ *Track 0782*

隔壁的狗整天都在叫。
The dog next door has been barking all day long.

▶ **They make lots of noise every night.** 他們每晚都製造很多噪音。
▶ **There's always too much traffic here.** 這裡的交通總是壅塞。
▶ **The traffic here is always heavy.** 這裡的交通總是壅塞。

◀ *Track 0783*

王家今早失火了。
The Wang's house was on fire early this morning.

▶ **The flood caused a big damage in our community.** 水災對我們社區帶來嚴重的傷害。
▶ **You should prepare some food for the coming typhoon.** 你應該要準備一些食物因應將到來的颱風。
▶ **Have you got a flashlight?** 你有手電筒嗎？

◀ *Track 0784*

嗨，我是辛蒂。
Hi! This is Cindy.

▶ **Hello, Jennifer speaking.** 嗨。我就是珍妮佛。
▶ **Who do you want to speak to?** 你要找誰？
▶ **Who would you like to speak with?** 你要跟誰說話？

◀ *Track 0785*

我可以和琳達說話嗎？
May I speak to Linda?

▶ **Is Mr. Lee there?** 李先生在嗎？
▶ **One moment, please.** 等一下。
▶ **Just one second.** 等一下。
▶ **Hold on.** 等一下。
▶ **Sorry, wrong number.** 抱歉，打錯了。
▶ **This is he.** 我就是。

> **補充用法** 接電話者為女性：This is she.
> **補充片語** hang up the phone 掛掉電話；pick up the phone 拿起電話

◀ *Track 0786*

我另一支電話正電話中。
I have a call on the other line now.

▶ **Let me call you back ten minutes later.** 我十分鐘後打給你。
▶ **I'm afraid I can't talk to you right now.** 我恐怕現在不能和你說話。
▶ **Jack is not in.** 傑克現在不在。
▶ **Ricky is not available.** 瑞奇現在不方便說話。
▶ **Dennis has some visitors now.** 丹尼斯現在有訪客。
▶ **I'm cooking dinner. Let me get back to you.** 我現在煮晚餐，等會兒打給你。
▶ **Somebody is at the door.** 有人在門口。
▶ **She'll be back next Tuesday.** 她下星期二會回來。
▶ **How can I reach him?** 我怎麼可以找到他？

◀ *Track 0787*

你可以大聲一點嗎？
Would you speak a little louder?

▶ **Would you lower your voice?** 你可以小聲一點嗎？
▶ **Pardon me?** 再說一次？
▶ **I can't hear you.** 我聽不到你。
▶ **Your voice is breaking up.** 你的聲音斷斷續續的。

◀ *Track 0788*

我可以幫你留言嗎？
Can I take a message?

▶ **Would you like to leave a message?** 你想要留言嗎？
▶ **Could you leave your name and phone number?** 可以請你留下大名和電話嗎？
▶ **Would you please call her later?** 你可以等一下再打給她嗎？
▶ **Please tell her to call me back.** 請告訴她回我電話。

Part 3

Ch 1

Ch 2

Ch 3

住

Ch 4

Ch 5

Ch 6

◀ *Track 0789*

打電話給我。
Give me a call.

▶ **I gave you a call the other day, but nobody answered.** 我前幾天有打電話給你，但沒人接。

補充片語 ring up 打電話給我

 房屋租售

◀ *Track 0790*

我新的公寓離火車站不遠。
My new apartment is not far from the train station.

▶ **Is there a three-bedroom apartment for rent?** 有三房的公寓要租嗎？
▶ **I need a place with great location.** 我需要一個地點很好的地方。
▶ **I like the place because the neighborhood is quiet and clean.** 我喜歡這附近的安靜和整潔。
▶ **Is the kitchen fully-equipped?** 那廚房有附全部的設備嗎？
▶ **How long is the contract?** 合約要簽多久？

◀ *Track 0791*

讓我帶你們到處看看。
Let me show you around.

▶ **One month's deposit of 5000 is required.** 需要一個月五千的保證金。
▶ **It's on the third floor of a seven-floor building with elevator.** 那在一個有電梯的七樓公寓中的三樓。
▶ **The house is available from July to September.** 這房子從七月到九月是可以住的。
▶ **I suggest you to find a real estate agent to help you.** 我建議你找個房屋仲介幫你。
▶ **The house is fully furnished.** 這房子是附全套傢俱的。

◀ *Track 0792*

這房租包含水費和上網費。
The rent includes water and the Internet fee.

▶ **The cable fee is also included.** 有線電視的費用也包含在內。
▶ **The rent is 9000 per month.** 房租每個月九千塊。

夜晚的派對是不被允許的。
Late-night parties are not allowed.

▶ **It's not permitted to raise pets here.** 這裡不能養寵物。

▶ **It's not convenient to keep a dog here.** 這裡不方便養狗。

我在找一名女室友。
I'm looking for a female roommate.

▶ **My landlord is a nice person.** 我的房東是個好人。

▶ **Is the house for rent or sell?** 這房子要租或是要賣？

▶ **Bob and I share a flat.** 鮑伯和我一起租公寓。

▶ **We'll be moving soon.** 我們很快會搬走。

補充單字 - male 男性的；landlady 女房東；tenant 房客
補充用法 - flat 和 apartment 皆為「公寓」的意思，flat 是英式用法。

Part 3

Part 3

Ch 1

Ch 2

Ch 3

Ch 4

行

Ch 5

Ch 6

Chapter 04 行

自行駕車

◀ Track 0795

我無法發動引擎。
I can't start the engine.

▶ **The battery is out of juice.** 電瓶沒電了。

▶ **What can I do to restart the engine?** 我要怎麼樣重新啟動引擎？

▶ **I need to call for roadside service.** 我得找道路救援。

▶ **I have a dead battery. Can you jump start my car?** 我的電瓶沒電了。你可以幫我接電嗎？

> **補充新知** juice 在俚語中有「電」的意思。也可以說My battery is dead.。no juice in the batter = a dead battery。

> **補充新知** jump start 是在國外開車一定要會的句子。當自己的車沒電的時候，要拿一條接電線（jumper）從別台車接電過來，這個動作就是 jump start。

◀ Track 0796

我收到一張超速罰單。
I got a ticket for speeding.

▶ **I didn't see the traffic signal change.** 我沒有看到紅綠燈變換。

▶ **Please drive within speed limit.** 請在速限內駕駛。

▶ **I was fined three thousand dollars.** 我被開了張三千元的罰單。

> **對話相關單字**
> • speed 一般當成名詞使用，表示「速度」。speeding 中的 speed 是動詞，表示「超速駕駛」時通常以動名詞表示。
> • fine 在這裡當動詞，表示「處以……罰金」。

◀ Track 0797

我們從下一個交流道下去。
Let's get off at the next exit.

▶ **Oh, no. I think I just missed the exit.** 糟糕。我好像我錯過出口了。

▶ **We need to transfer to Highway 1 at the next exit.** 我們要從下一個交流道轉到一號高速公路。

▶ **Take the express. It's much faster.** 走快速道路吧。快多了。

Track 0798

這附近有停車場嗎？
Is there a parking lot around here?

▶ **There is no place to park.** 沒有地方停車。
▶ **It's very difficult to park in downtown.** 在市中心很難停車。
▶ **You can't park here.** 你不能把車停在這裡。

Track 0799

我的車被拖吊了。
My car was towed.

▶ **I have a flat tire.** 我的車子爆胎了。
▶ **Don't worry. We have a spare tire.** 別擔心。我們有備胎。

Track 0800

車子快要沒油了。
I'm almost out of gas.

▶ **Do you know where the nearest gas station is?** 你知道最近的加油站在哪裡嗎？
▶ **Is there a gas station nearby?** 這附近有加油站嗎？
▶ **Gas up your car before we get on the highway.** 上高速公路以前把油箱加滿。
▶ **Please fill up the tank.** 請把油箱加滿。

對話相關片語 gas up 也可用 fuel up 代替，gas 及 fuel 當名詞時都是表示「燃料」的意思，在這裡都是當動詞用。

Track 0801

我們開車去兜風吧！
Let's go for a ride!

▶ **Fasten your seatbelt!** 繫上安全帶！
▶ **My boyfriend likes to go street racing.** 我男朋友喜歡飆車。

Track 0802

你認識往動物園的路嗎？
Do you know the way to the zoo?

▶ **Take a right turn at the next intersection.** 在下個紅綠燈右轉。

Part 3

Ch 1

Ch 2

Ch 3

Ch 4

行

Ch 5

Ch 6

▶ **It looks like we're stuck in a traffic jam.** 看來我們被塞在車陣中了。

對話相關單字 jam 當成名詞還有「果醬」的意思。這裡是做「擁擠、堵塞」解。

大眾運輸

Track 0803

在台北搭乘捷運非常方便。
It is very convenient to take the MRT in Taipei.

▶ **You can get an IC token from the vending machine.** 可以從販賣機購買IC代幣。

▶ **IC tokens are for single journeys only.** IC代幣僅供單程使用。

▶ **With a one-day pass you can take unlimited rides within the service day.** 一日票在營業當日可無限次乘坐。

▶ **There's also a single journey ticket for cyclists.** 騎腳踏車的人也可以購買自行車單程票。

Track 0804

這輛公車是往哪個方向？
Where does this bus go?

▶ **Which bus should we take?** 我們應該搭幾號公車？

▶ **I think I'm going the wrong direction.** 我覺得我搭錯方向了。

▶ **Which direction is this bus heading?** 這輛公車是開往哪個方向？

▶ **The trains are always jammed in the morning.** 早上火車總是塞得滿滿的。

▶ **I have to rush for the first train every day.** 我每天都要趕著搭第一班火車。

Track 0805

我們搭計程車吧。
Let's take a taxi.

▶ **How long does it take to go to the City Hall?** 到市政府需要多久時間？

▶ **Please drop me off at the second traffic light.** 請在第二個紅綠燈的地方放我下來。

▶ **Does this bus stop at the City Library?** 這輛公車有到市立圖書館嗎？

▶ **Which stop should I get off?** 我應該在哪一站下車？

▶ **How much is the fare?** 車資多少？

▶ **Do I pay now or when I get off?** 我是現在付錢，還是下車時付？

▶ **Is this my stop?** 這是我要下車的站嗎？

▶ **Where should I transfer?** 我應該在哪裡換車？

Track 0806

台北市的大眾運輸系統非常方便。
Public transit in Taipei is very convenient.

▶ **It saves a lot of time to go from places to places.** 為兩地之間的交通節省不少時間。

▶ **Many business people travel back and forth by HSR every day.** 很多商務人士每天利用高鐵南來北往。

▶ **HSR shortens the distance between Taipei and Kaohsiung.** 高鐵縮短了台北與高雄間的距離。

▶ **My husband takes the first train to Kaohsiung in the morning for a meeting, and he's back in Taipei by dinner time.** 我先生早上搭第一班高鐵到高雄開會，晚餐時間已回到台北。

對話相關單字 HSR 是台灣高鐵的簡稱，全名為 Taiwan High Speed Rail，因此也稱 THSR。

Track 0807

我要上網訂一張高鐵票。
I want to book an HSR ticket online.

▶ **You'll need the number to pick up the tickets.** 你需要訂位代號來取票。

▶ **Have you completed the payment procedures?** 你已經完成付款流程了嗎？

▶ **Did you know that you can get an additional five percent discount for online payment?** 你知道線上付款可以有多百分之五的折扣嗎？

▶ **You can book a ticket 15 days prior to the travel date.** 你可以預定乘車日前 15 天的車票。

 指 路 問 路

Track 0808

最近的郵局在哪裡？
Where's the nearest post office?

▶ **Do you know any convenient stores around here?** 你知不知道這附近有沒有便利商店呢？

▶ **Can you tell me how to get to the City Hall?** 你可以告訴我要怎麼到市政府嗎？

▶ **How can I get to the Taipei Railway Station?** 台北車站要怎麼去？

Part 3

Ch 1

Ch 2

Ch 3

Ch 4

行

Ch 5

Ch 6

▶ **Could you point out the right direction for me?** 你可以告訴我正向的方向是哪邊嗎？

Track 0809

沿這條街走下去。
Walk down this road.

▶ **Go straight ahead for three blocks.** 直走三條街。
▶ **Turn left at the post office.** 在郵局那邊左轉。
▶ **You'll see the bank on the right.** 你就會看到銀行在右手邊。
▶ **You won't miss it.** 你不會錯過的。

Track 0810

我要怎麼到你家去？
How do I get to your place?

▶ **What is the fastest way to get to your office?** 到你辦公室最快的路怎麼走？
▶ **Do you know any short cuts to the highway?** 你知道通往高速公路的捷徑嗎？
▶ **Do you have any idea where the entrance is?** 你知不知道入口在哪裡呢？

Track 0811

書店在超市的對面。
The bookstore is across from the supermarket.

▶ **It's next to the pharmacy.** 在藥局的旁邊。
▶ **It's between the restaurant and the fruit stand.** 它在水餐廳和水果攤的中間。
▶ **Go past the police station and you'll see it.** 走過警察局你就會看到了。

Track 0812

對不起。我不知道路。
I'm sorry. I don't know the way.

▶ **I'm a stranger here myself.** 我對這邊也不熟。
▶ **I'm new here as well.** 我也剛到這裡。

Track 0813

那附近有沒有明顯的地標？
Are there any landmarks around?

▶ **There's a large roundabout nearby.** 旁邊有個很大的圓環。

▶ **It's about a one-minute walk from the night market.** 從夜市走過去大約一分鐘的時間。

▶ **You can see a large sign.** 你會看到一個大招牌。

Track 0814

搭計程車要多久？
How long will it take by taxi?

▶ **How long will it take me to walk there?** 走過去要多久的時間？
▶ **Can I get there by bus?** 我可以搭公車過去嗎？
▶ **Is there a bus that I can take?** 有沒有公車可以搭？
▶ **Actually you can take the MRT.** 其實你可以搭捷運過去。

 安全駕駛

Track 0815

你後面的車子一直緊跟著你。
The car behind you keeps tailgating you.

▶ **Be careful of the car behind you.** 注意你後面的車子。
▶ **Are we running out of gas?** 我們是不是快沒油了？
▶ **Don't change lanes. We're in a tunnel.** 不要變換車道。我們在隧道裡。
▶ **Pull over here.** 在這裡靠邊停車。

Track 0816

把窗戶打開。我需要一些新鮮空氣來保持清醒。
Open the window. I need some fresh air to stop me from falling asleep.

▶ **You look tired. Let's take a rest at the next service area.** 你看起來很累。我們在下一個休息區休息一下。
▶ **Do you want to have a caffeinated drink?** 你要不要喝點有咖啡因的飲料？
▶ **Some cold drink or coffee will refresh me.** 冷飲或咖啡可以讓我消除疲勞。
▶ **I think I need a short nap.** 我覺得我需要小睡一下。

Part 3

Ch 1

Ch 2

Ch 3

Ch 4

行

Ch 5

Ch 6

Track 0817

注意這附近的測速照相。
Watch out for speed traps around here.

▶ Slow down! There's a speed camera ahead! 慢一點！前面有測速照相機。
▶ Some police officers are standing by the road checking speed with a hand-held radar device. 有些警察站在路邊用手持雷達裝置來測速。
▶ I don't want to pay for another speeding ticket. 我可不想再付超速罰單了。

對話補充單字 trap 是「陷阱」，抓測速的陷阱，也就是「測速照相」。

Track 0818

天快黑了。把頭燈打開吧。
It's getting dark. Turn on the headlights.

▶ It's raining. Watch out for the slippery road. 在下雨呢。小心路滑。
▶ I think you should turn off the radio and concentrate on driving. 我覺得你應該把收音機關掉，專心開車。
▶ Watch out for the road signs. 注意號誌。
▶ You forgot to signal. 你忘了打方向燈了。
▶ It is very important to follow the traffic rules. 遵守交通規則是非常重要的。
▶ Hey, did you just ignore that red light? 嘿，你剛才闖紅燈是嗎？
▶ Can you do a reverse parking from here? 你可以從這裡倒車入庫嗎？

Track 0819

告示牌說你不能在這邊迴轉。
The sign says you can't make a U turn here.

▶ This road is closed to all vehicles. 這條路禁止所有車輛通行。
▶ Can you overtake that green car? 你可以超過那輛綠色的車子嗎？
▶ Take the inner lane. 走內線車道。
▶ You have to give way here. 你在這裡要讓一下。

補充新知 車子迴轉就像是字母 U 的寫法一樣，來個 180 度大轉彎，因此「迴轉」就叫 U turn。

修理保養

◀ *Track 0820*

我想把雨刷換掉。
I want to replace the windshield wipers.

▶ **How much would the repair cost?** 維修要多少錢？
▶ **I think the navigation needs some adjustment.** 我覺得衛星導航需要校正一下。
▶ **I want to wax my car this weekend.** 我這週末想要來將車子打蠟。
▶ **Do you wax the car yourself?** 你的車是自己打蠟的嗎？
▶ **I helped my father wax his car yesterday.** 我昨天幫我爸的車子打蠟。
▶ **Waxing the car is a tiring job.** 打蠟車子是個累人的工作。
▶ **Do you know the correct procedures to wax a car?** 你知道車子打蠟的正確順序嗎？

◀ *Track 0821*

你知不知道要怎麼去除車裡的菸味？
Do you know how to remove the smell of cigarette in a car?

▶ **Sprinkle some baking soda on the dry carpet. Wait for a week and then vacuum.** 灑些小蘇打粉在乾的地毯上。放一星期，然後用吸塵器吸掉。
▶ **Baking soda helps to absorb the odors.** 小蘇打粉可吸收臭味。

◀ *Track 0822*

我的車需要保養了。
My car needs a maintenance check.

▶ **I would like to make the reservation for my car's maintenance.** 我要預約車子保養的時間。
▶ **It's time for my car's regular check.** 我的車定期保養的時間到了。

◀ *Track 0823*

請你幫我檢查一下煞車好嗎？
Could you check the brakes for me?

▶ **I think the hand brake needs to be adjusted.** 我覺得手煞車需要調整了。
▶ **It's about time to change the brake fluid.** 差不多該換煞車油了。
▶ **The brake light is not working.** 煞車燈故障了。

Part 3

Ch 1

Ch 2

Ch 3

Ch 4

行

Ch 5

Ch 6

Track 0824

我覺得車子的變速箱有問題。
I think there's something wrong with the transmission.

▶ **Did you check the ATF in your regular check?** 你定期保養時有檢查變速箱油嗎？

對話相關單字 ATF 是 automatic transmission fluid「自動變速器用油」的簡稱。

Track 0825

你有定期檢查胎壓嗎？
Do you check the tire pressure regularly?

▶ **Do you know how to check tire pressure?** 你知道怎麼測胎壓嗎？
▶ **How does a tire pressure gauge work?** 輪胎測壓要怎麼使用？
▶ **Please pump up my spare tire.** 請幫我把備胎打氣。

對話相關單字 gauge 是「測、量」的意思。

 馬 路 如 虎 口

Track 0826

行人過馬路應該走行人穿越道。
Pedestrians should take the crosswalk when crossing streets.

▶ **Jaywalking is dangerous.** 隨意穿越馬路是危險的。
▶ **Be careful when you cross the streets.** 過馬路的時候要小心。
▶ **You should look at both directions before crossing the street.** 過馬路前應該兩邊方向都要看。

對話相關單字
• crosswalk 可泛指所有的「行人穿越道」；「斑馬線」的英文是 zebra crossing，
• jaywalk 是指「不遵守交通規則，任意穿越馬路」。

Track 0827

你不該那樣闖紅燈的。
You shouldn't run the red light like that.

▶ **You were almost hit by the car!** 你差點被車撞了！
▶ **Watch out for careless drivers.** 小心粗心的駕駛。

229

▶ **Let's take the overpass.** 我們走天橋吧。

▶ **A lot of people are watching fireworks on the overpass.** 天橋上有很多人在看煙火。

Track 0828

騎樓擠滿了攤販。
The arcade is full of street vendors.

▶ **Arcades should be for pedestrians, but look at all the motorcycles here.** 騎樓應該是給行人使用的，但看看這裡的摩托車。

▶ **Hey, this is for pedestrian use only.** 嘿，這裡是行人專用道。

Track 0829

我覺得我們應該走地下道。
I think we should take the underground pass.

▶ **There are many fortunetelling stands in this underground pass.** 這裡的地下道裡有很多算命的攤子。

▶ **Sometimes, you can also see street performers in the underground pass.** 有時候地下道裡也會有街頭藝人。

▶ **I don't like to take the underground pass when I'm alone.** 當我一個人的時候我不喜歡走地下道。

▶ **I'm scared to take the underground pass by myself.** 我很怕一個人走地下道。

Track 0830

有聲號誌是為了盲人及年長者設立的。
The audible traffic signals are set up for the blind people and elderly people.

▶ **The new mayor is dedicated to creating an** accessible environment **for the handicapped.** 新市長致力於為行動不便者設立無障礙空間。

▶ **Some sidewalks are reconstructed with** tactile tiles. 許多人行道重建時都設立了導盲磚。

對話相關片語 accessible environment 無障礙空間；tactile tiles 導盲磚

Part 3

Part 3

Ch 1

Ch 2

Ch 3

Ch 4

Ch 5
育

Ch 6

Chapter 05 育

Track 0831

學習永不嫌晚。
It is never too late to learn.

▶ **Education can enrich your life.** 教育可以豐富你的生命。
▶ **I need to study hard to pass the college entrance exam.** 我必須用功讀書通過大學入學考試。
▶ **Have you studied enough to pass the exam?** 你已經讀夠到可以通過考試了嗎？
▶ **What are the date to take the college entrance exam?** 大學入學考試是哪天？

對話相關單字 enrich 充實
對話相關片語 take exam 考試

Track 0832

我為了通過考試唸書唸到很晚。
I study until late night to pass the exam.

▶ **I feel very stressed to prepare for the college entrance exam.** 準備大學入學考試我感到壓力很大。
▶ **I have many exams on this coming week.** 下禮拜我有很多考試。
▶ **My goal this year is to pass the college entrance exam.** 我今年的目標是通過大學入學考試。

Track 0833

未來你想唸什麼科系？
What major do you want to choose in the future?

▶ **My mother wishes me to study in that famous college.** 我媽希望我能夠唸那所有名的學校。
▶ **I plan to study at graduate school after college.** 我計畫唸完大學後讀研究所。
▶ **Choose your major based on your interest.** 依照你的興趣來選主修。

我的數學考試分數最近有進步。
My math scores have improved lately.

▶ Besides studying in the school, I also have to go to the cram school on the weekends. 除了在學校上課 我周末還得去補習班。

▶ Library is a good place to prepare for exams. 圖書館是準備考試的好地方。

對話相關單字 cram 指「填鴨」的意思。cramschool 指「補習班」。

我需要再多買一些參考書來讀。
I need to buy some more reference books to study.

▶ Our teacher will take more time today to review every chapter. 我們老師今天將會多花時間複習每個章節。

▶ Spending more time at study will improve your score. 你的分數會進步如果你花多點時間唸書的話。

▶ I spend less time playing basketball lately so I can study. 最近我比較少在打籃球，如此我才可以唸多點書。

 在 職 進 修

平衡工作、家庭和課業是一件很難的事。
It's really difficult to balance among job, family, and studies.

▶ Normally we have class at night or the weekends for on-the-job training. 通常我們在職進修的課都在晚上或周末。

▶ Part-time education is also an option if you can't commit to be a full-time student. 如你不能夠當全職學生，在職進修也是種選擇。

接受專業訓練是一個能夠生存在職場的方法。
It's a way to survive in the job market by having more professional training.

▶ The most popular programs provided from continuing education would be the ones related to jobs that are needed in the job market now. 最受歡迎的推廣教育課程與現在職場上需求的工作相關。

Part

Ch 1

Ch 2

Ch 3

Ch 4

Ch 5

育

Ch 6

▶ It may take many years of working experience to be qualified for EMBA programs. 能夠有資格唸EMBA都需要有很多年的工作經驗。

▶ The best reason to go for continuing education is that you can use what you learn at work. 繼續深造最好的理由是你可以把所學運用在工作上。

▶ Continuing education is held in most colleges. 很多大學都有舉辦推廣教育。

◀ Track 0838

我發現我可能工作多年後需要提升我的程度。
I find I might need to upgrade myself after a few years of working.

▶ When you go back to school after years of working, you would find a lot more to learn. 在工作多年之後回到學校，你會發現有很多還需要學習。

▶ The good thing for continuing education is that you can use what you learn at work. 推廣教育的好處是你可以把你學到的運用到工作上。

認 證 檢 定

◀ Track 0839

有些證照可在網路上申請。
Some certificates are available for application online.

▶ The examination to get the advanced chef certificate is difficult. 通過高級廚師認證的考試很難。

▶ It has taken me a long time to get my qualified certificate in hair design. 拿到美髮設計證照花了我很長時間。

▶ A single certificate can't guarantee you a job. 一張證照並不能保證你有工作。

◀ Track 0840

我有美髮設計的認證。
I'm certified in hair design.

▶ I'm qualified to be a hair dresser. 我是個合格的美髮師。

▶ I have acquired a certificate in pet grooming. 我獲得了寵物美容師認證。

▶ I'm a certified caregiver. 我有看護的證照。

▶ I'm now a certified technician. 我現在是有證照的工程師。

▶ Do you need any certification or license to be a dog groomer? 你需要任何認證或執照來當狗兒美容師嗎？

Track 0841

我通過了所有測驗，所以我現在可以拿到我的證書了。
I've passed all the tests and now I can get my certificate.

▶ **The certification program provides you with the trainings required to be a qualified hotel manager.** 這個認證課程提供你成為合格旅館經理所需的訓練。

▶ **You still need a license to open a business after you got a certificate.** 在拿到證書之後，你仍要有一張執照來經營事業。

Track 0842

這個證照的年紀限制是多大？
What are the age limits to get the certificate?

▶ **How long will this course take?** 這個課程要花多少時間？

▶ **I have a certificate to prove that I'm a qualified nurse.** 我有證照證明我是合格的護士。

▶ **My certificate is issued by the government.** 我的證照是政府發行的。

Track 0843

打工渡假是深刻體驗當地文化的方法。
Working holidays is a way to deeply experience local cultures.

▶ **It's very popular to experience working and traveling in foreign countries now.** 現在體驗國外工作和旅行很受歡迎。

▶ **Normally you can stay in one city for 2 to 3 months.** 通常你可在一個城市待二到三個月。

▶ **You will need a working holiday visa to travel and work abroad.** 你需要一個打工渡假簽證才能到國外旅行和工作。

▶ **Choosing a homestay is a great method to learn colloquial English.** 選擇當地住宿是個學習口語英文的好方法。

對話相關單字 local當地的；homestay 指「在當地居民家居住的時期」；colloquial 口語的

◀◁ *Track 0844*

在你到達前，最好學當地的語言。
Before you arrive, it's better to learn the local language.

▶ Before going to another foreign country, you should bring enough money with you. 到國外錢你應該先備夠錢。

▶ In that way, you can supply yourself while you travel. 如此一來，旅行時你就可以維持生活。

▶ You might save some money there on your return. 你也可能存到錢回來。

對話相關單字 supply 供給供應

◀◁ *Track 0845*

如你找到洗碗盤的工作，不要太驚訝。
Don't be surprised if you find a job washing dishes.

▶ While you travel, you may meet other backpackers during your tour. 當你旅行時你可能會遇到其他的背包客。

▶ Your job might possibly be working in a hotel or picking fruits on a farm. 你的工作可能會是在旅館工作或者在農場摘水果。。

▶ Always be cautious when you are in a foreign country. 在國外都要小心任何事情。

◀◁ *Track 0846*

你的工作選擇會被你的語言能力限制。
Your job choices would be limited by your language ability.

▶ It's nice to experience foreign cultures while you are young. 年輕時體驗國外文化是很棒的。

▶ Grab your chance to apply for a working holiday! 抓住機會申請打工渡假吧！

▶ When you come back home, you would have made more international friends than you'd expected. 當你回來時，你會交到比你預期中更多的外國朋友。

▶ Most probably you will speak better English when you return. 當你回來時，你的英文有八九成會說得更好。

對話相關單字 limited 限制的；有限的；grab 抓取；抓住

網路生態

◀ Track 0847

我最近一直在拍影片，並試著當一名影音部落客。
I've been filming videos and trying to establish myself as a vlogger.

▶ **I'm trying to build a blog to share my life with my friends.** 我試著設一個部落格來跟我朋友分享我的生活。

▶ **I just found a wonderful site about the latest techonological trends.** 我剛找到一個很好的和最新科技趨勢相關的網站。

▶ **My hobby is doing shopping online.** 我的興趣是上網購物。

▶ **This is my favoriate e-commerce platform.** 這是我最喜歡的網拍平台。

◀ Track 0848

老師要求我們禮拜五前要考線上測試。
Our teacher asked us to have a test online by Friday.

▶ **Our teacher asked us to build our own website online.** 老師要求我們上網架設我們自己的網站。

▶ **You can look up new words through an online dictionary.** 你可以用網路字典查新字。

▶ **Sally is building a database online for our classmates.** 莎莉設了一個網上資料庫給我們同學。

▶ **Long-distance education is an option for you if you have a computer at home.** 如果你在家有部電腦，遠距教學也是個選擇。

◀ Track 0849

維基百科是網路百科資源的其中之一。
Wikipedia is one of the Internet encyclopedia sources.

▶ **Computer virus can pose serious threats.** 電腦病毒可以是嚴重的威脅。

▶ **It's a good way to keep in touch with your friends constantly by Internet.** 藉由網路常跟你的朋友保持聯絡是很好的方法。

▶ **It's a basic skill to be able to write and send e-mails online nowadays.** 現今，能夠寫和寄電子信件是基本能力。

對話相關單字 encyclopedia百科全書；pose threat 威脅

Part

Ch

Ch 2

Ch 3

Ch 4

Ch 5

育

Ch 6

◀ *Track 0850*

這裡可以收到無線網路嗎？
Is WiFi available here?

▶ Can anyone share his/her WiFi hotspot? 有人可以分享熱點嗎？

▶ Is there any Internet café around here? 這附近有網咖嗎？

▶ Our company just set up public WiFi at our office. 我們公司剛在辦公室裝了無線網路。

Chapter 06 樂

 節 慶 活 動

Track 0851

聖誕節要去哪狂歡？
Where are we going to celebrate Christmas?

▶ **I've already planed to do something special for Christmas Eve.** 我已經計畫好聖誕夜要做點特別的。

▶ **What's you plan for Christmas?** 聖誕節你有什麼節目？

Track 0852

農曆新年你要回家嗎？
Are you going home for Chinese New Year?

▶ **It's hard to get a train ticket.** 火車票好難買。

▶ **Will you get together with you family during New Year holiday?** 過年會和家人一起嗎？

對話相關片語 get together 表示「聚在一起」的意思。

Track 0853

你要去一起看煙火嗎？
Are you going to watch the fireworks?

▶ **I'm about to go for the fireworks.** 我正要去看煙火。

▶ **Where are you going for the New Year's party?** 你要去哪裡參加跨年晚會？

對話相關片語 about to 表示「正要……」，不是「大約」的意思。

Track 0854

我要去看遊行。
I'm going to enjoy the sight of the parade.

▶ **Are you invited to the celebration?** 你有被邀請去參加慶典嗎？

▶ **I like to watch the parade of Double-Tenth Day on TV.** 我喜歡看電視播出的國慶日慶典。

Part 3

Ch 1

Ch 2

Ch 3

Ch 4

Ch 5

Ch 6

樂

Track 0855

我吃太多月餅了。
I ate too many moon cakes.

▶ **What kind of flavor do you like?** 你吃什麼口味？
▶ **Did you get any moon cake gifts?** 你有收到月餅禮盒嗎？

Track 0856

清明節我通常和家人去掃墓。
I usually go tomb sweeping with my family on Tomb Sweeping Day.

▶ **Will you go tomb sweeping this year?** 你今年會去掃墓嗎？。
▶ **Do you usually go home on Tomb Sweeping Day?** 你清明節通常會回家嗎？

Track 0857

勞動節你有放假嗎？
Do you have a day off on Labor Day?

▶ **I have to go to work on Labor Day.** 我勞動節要上班。
▶ **Do you work on Labor Day?** 勞動節需要上班嗎？

Track 0858

我已經買了一些情人節巧克力。
I already bought some chocolate for Valentine's Day.

▶ **Did you receive any chocolate on Valentine's Day?** 情人節有收到巧克力嗎？
▶ **I like red roses.** 我喜歡紅玫瑰。

Track 0859

我喜歡化妝舞會。
I enjoy costume parties.

▶ **Did you rent a costume for Halloween?** 你有去租萬聖節戲服嗎？
▶ **Trick or treat!** 不給糖就搗蛋！

Track 0860

我媽媽今年端午節包了一些粽子。
My mom made some rice cakes on Dragon Boat Festival this year.

239

▶ **I ate too much rice cakes.** 我吃粽子了。
▶ **Do you know how to make rice cakes?** 你會包粽子嗎？

◀ *Track 0861*

我要去釣魚。
I'm going fishing.

▶ **You need to be quiet when you're fishing.** 釣魚的時候要安靜。
▶ **We need to be patient when fishing.** 釣魚需要耐心。

對話相關單字 patient 在句子中是「耐心」的意思。當名詞時，則為「病人」的意思。

◀ *Track 0862*

我透過閱讀增加知識。
I expand my knowledge by reading.

▶ **I have a huge bookshelf.** 我有一座很大的書櫃。
▶ **I go to libraries very often.** 我常去圖書館。

◀ *Track 0863*

聽音樂能讓我平靜。
I feel peaceful when I listen to music.

▶ **I collect a lot of CDs.** 我收集很多CD。
▶ **I joined a fans club of a famous singer.** 我參加了一位知名歌手的粉絲俱樂部。
▶ **When it comes to buying a vinyl of my favorite singer, I don't hesitate.** 要買我喜歡的歌手的黑膠時，我從不猶豫。
▶ **Watching movies makes me relaxed.** 看電影能讓我放鬆。

◀ *Track 0864*

種菜讓我保持活力。
Growing vegetables makes me energetic.

▶ **I have grown different kinds of vegetables.** 我種了不同蔬菜。
▶ **I bought some seeds yesterday.** 我昨天買了一些種子。
▶ **Farming actually involves many physical works.** 耕種事實上是個勞力活。

Part 3

Ch 1

Ch 2

Ch 3

Ch 4

Ch 5

Ch 6

樂

Track 0865

打籃球能培養團隊精神。
Playing basketball can build up team spirit.

▶ **Let's make a basketball team.** 我們組個籃球隊吧。
▶ **Let's go play basketball this afternoon!** 我們下午去打籃球！

Track 0866

烹飪讓我有成就感。
Cooking gives me a sense of accomplishment.

▶ **I cherish my own recipes.** 我很珍藏我的食譜。
▶ **I'm good at cooking.** 我很會料理。

Track 0867

睡前看書通常會幫助我入睡。
Reading in bed usually helps me fall asleep.

▶ **Taking notes when you read is a good habit.** 閱讀時做筆記是個好習慣。
▶ **Be sure to read with sufficient lighting.** 切記看書燈光要充足。

Track 0868

下棋是一種藝術。
Playing chess is a form of art.

▶ **Don't forget to tidy up after playing chess.** 下完棋要收拾好。
▶ **You should be quiet when you watch the game.** 看棋要安靜。

Track 0869

讓我們去KTV唱歌吧！
Let's go to karaoke!

▶ **Have you made a reservation?** 你有訂位嗎？
▶ **Which song are you going to sing?** 你要唱什麼歌？
▶ **I'd rather not. I'm tone-deaf.** 還是別了。我五音不全。

Track 0870

拼圖要很專心。
Doing puzzles needs a lot of concentration.

▶ It's difficult to figure out the last few pieces. 拼出最後幾塊是很困難的一件事。

▶ It takes time to finish a puzzle. 拼圖要花很多時間。

對話相關片語 figure out 表示「想出、算出」的意思。

Track 0871

插花需要美感。
Doing flower arrangement requires a sense of aesthetics.

▶ I have a gorgeous vase. 我有個很漂亮的花瓶。

▶ My flower arrangement teacher is as beautiful as the flowers. 我的插花老師像花一樣美麗。

對話相關單字 aesthetics 美學；審美；美感

Track 0872

繪畫是我最擅長的事。
I'm good at drawing.

▶ Drawing comic books is my favorite job. 我最喜歡的工作是畫漫畫。

▶ I have some nice drawing tools. 我有很好的畫具。

Track 0873

你想跟我們去爬山嗎？
Would you like to go mountain climbing with us?

▶ We probably need a guide to lead us. 我們可能需要嚮導帶領我們。

▶ He'll provide us with all we need. 他會提供所有我們需要的一切。

Track 0874

一大早去慢跑是件好事，因為空氣很新鮮。
It's good to go jogging in the early morning because the air is fresh.

Part 3

Ch 1
Ch 2
Ch 3
Ch 4
Ch 5
Ch 6

樂

▶ **I love to go jogging with my boyfriend.** 我喜歡和男朋友一起慢跑。
▶ **We can't go jogging today because it's rainy.** 今天下雨不能去跑步了。

Track 0875

老闆約我和他去打高爾夫球。
My boss invited me to play golf with him.

▶ **The golf club is very expensive.** 高爾夫球具好貴。
▶ **The golf range looks marvelous.** 高爾夫球場好漂亮。

Track 0876

棒球比賽要有十八個人。
We need eighteen people to start a baseball game.

▶ **You need to take good care of the baseball equipment.** 棒球護具要保管好。
▶ **Let's go enjoy the baseball game.** 我們去看棒球賽吧！

Track 0877

我要和我同學去露營。
I'm going camping with my classmates.

▶ **Let me start the campfire.** 我來升營火。
▶ **Come and put up the tent quickly.** 快來把帳篷搭好！

Track 0878

溜冰場在施工。
The skating rink is under construction.

▶ **Your roller skates are very fashionable!** 你的溜冰鞋很新潮！
▶ **You look elegant while you're skating.** 你溜冰的時候看起來好美喔。

Track 0879

划船是情侶最浪漫的活動之一。
Rowing a boat is one romantic activity for lovers.

▶ **Don't row too far.** 不要划太遠。
▶ **Don't stand up on the boat. Keep its balance.** 在船上不要站起來。要保持平衡。

Track 0880

游泳時要注意安全問題。
You need to be aware of your safety when swimming.

▶ **The swimming pool hasn't opened yet.** 游泳池還沒開放。
▶ **We should watch out for the waves when we go to the beach.** 去海邊要小心大浪。

> **補充片語** keep an eye on＋something 和 watch out for＋something 都表示「注意……」的意思。

◀ *Track 0881*

騎腳踏車現在十分流行。
Riding bikes is very popular nowadays.

▶ **You should watch out for other vehicles when riding bikes.** 騎腳踏車要注意其他車輛。
▶ **Don't ride too fast.** 不要騎太快。
▶ **I want to buy a folding bicycle.** 我想要買一輛小摺。

 寵物園藝

◀ *Track 0882*

你有養寵物嗎？
Do you have a pet?

▶ **Do you have a puppy?** 你有養小狗嗎？
▶ **I have a kitten.** 我有養小貓。

◀ *Track 0883*

你的狗在對誰狂吠？
Whom is your dog barking at?

▶ **My cat likes to scratch the sofa.** 我的貓愛亂抓沙發。
▶ **My neighbor's dog likes to relieve the bowls everywhere.** 我鄰居的狗會到處大小便。
▶ **Have you fed the dog?** 狗餵了嗎？
▶ **The vet is examining my dog carefully.** 這位獸醫很仔細地在檢查我的狗。
▶ **My dog needs to see a vet.** 我的狗需要看獸醫。

> **對話相關片語**
> • bark at 對……吠叫
> • relieve the bowla 便溺

Part 3

Ch 1

Ch 2

Ch 3

Ch 4

Ch 5

Ch 6

樂

◀ *Track 0884*

你的狗胃口很好。
Your dog has a good appetite.

▶ **My cat only likes canned food.** 我的貓只喜歡吃罐頭食品。
▶ **Your guinea pig is very timid.** 你的天竺鼠很膽小。
▶ **There are so many goldfish in the fish tank.** 水族箱裡有好多金魚。
▶ **How many fish do you have in your fishbowl?** 你的魚缸裡有幾條魚？

◀ *Track 0885*

導盲犬是盲人的好朋友。
Guide dogs are good friends to blind people.

▶ **Do you need a guide dog?** 你需要導盲犬嗎？
▶ **My neighbors's dog brings newspapers to them every morning.** 我鄰居的狗每天早上會幫他們拿報紙。

◀ *Track 0886*

養多肉植物現在很流行。
Growing succulents has become a trend now.

▶ **It's time to fertilize the crops.** 要施肥了。
▶ **We need to weed now.** 我們現在該除草囉。
▶ **The flowers I grew have blossomed.** 我種的花開花了。
▶ **My brother is good at growing pot plants.** 我哥哥很擅長種植盆栽。
▶ **I bought some mini pot plants.** 我買了一些迷你盆栽。

 攝 影 畫 展

◀ *Track 0887*

照相機不要摔到。
Don't drop the camera.

▶ **This is a brand-new camera.** 這是一台全新的相機。
▶ **My father doesn't know how to operate this new camera.** 我爸爸不知道怎麼操作這台新相機。

當你在拍照時，陽光太強就不應對著太陽。
When taking pictures, you shouldn't face the sun when the sunshine is too bright.

▶ **We can't take a nice photo with insufficient light.** 光線不足就照不出美照。
▶ **The battery of the camera is worn out.** 照相機的電池沒電了。
▶ **To compose and frame a shot is the first step to take a photo.** 構圖是拍攝照片的第一步。

對話相關片語 worn out 表示「耗盡」的意思。

我幫你們拍照。
Let me help you take pictures.

▶ **Stay closer.** 大家靠緊一點。
▶ **Say CHEESE.** 大家笑一個。
▶ **We can choose the best one out of these photos.** 我們可以從中選出一張最好的照片。
▶ **We can take pictures with camera stand.** 我們可以用腳架拍幾張照片。
▶ **I'll mail the photos to all of you.** 我把照片寄給大家。
▶ **The file of the photo is too big.** 照片檔案太大。

補充新知 外國人在照相時，經常會要大家說 cheese，因為 cheese 的發音會讓嘴角自然上揚，好像在笑的樣子。

去看畫展吧！
Let's go to the art exhibition!

▶ **I try to perceive the meaning behind these paintings.** 我試著猜想這些畫作的涵義。
▶ **These paintings are priceless.** 這些畫作是無價的。
▶ **This exhibition is curated by an internationally famous art director.** 這場展覽是由一名享譽國際的藝術總監策劃的。

對話相關單字 curate 策劃；art director 藝術總監

音樂廳好豪華。
The concert hall is so luxurious.

▶ **This live show is spectacular.** 現場演出非常精采。

Part 3

Ch 1
Ch 2
Ch 3
Ch 4
Ch 5
Ch 6
樂

▶ **The voice of the lead singer is so sweet.** 主唱歌聲很甜美。
▶ **This play moved me deeply.** 這齣戲深深地觸動了我。

補充單字 lead singer、lead vocal 主唱

 電 影 演 唱 會

◀ *Track 0892*

我想去看電影。
I want to go see a movie.

▶ **Where is the theater?** 電影院在哪裡？
▶ **Where are they screening this movie?** 電影在哪裡上映？

◀ *Track 0893*

這部電影有字幕嗎？
Is this movie subtitled?

▶ **Is this movie subtitled in Chinese?** 這部電影有中文字幕嗎？
▶ **Is this movie subtitled in English?** 這部電影有英文字幕嗎？

對話相關單字 subtitle 當名詞表示「字幕」，在這裡是當動詞表示「配上字幕」的意思。

◀ *Track 0894*

這部電影有配音嗎？
Is this movie dubbed?

▶ **Is this French movie dubbed into Chinese?** 這部法文電影有用中文配音嗎？
▶ **The movie will be dubbed into Spanish.** 這部電影會有西班牙文配音。

對話相關單字 dub 表示「配音」的意思。

◀ *Track 0895*

這是成人電影嗎？
Is this an adult movie?

▶ **Is this movie suitable for families?** 這部電影適合全家觀賞嗎？
▶ **I don't want to see a horror movie.** 我不想看恐怖片。
▶ **I want to see a comedy.** 我想看喜劇片。

▶ **I love animations.** 我超愛動畫片。

對話相關單字 - suitable 表示「適合」的意思。

◀ Track 0896

我想去邦喬飛的演唱會。
I want to go to Bon Jovi's concert.

▶ **I want to see FKJ's live performance.** 我想去看 FKJ 的現場表演
▶ **I don't want to miss their concert.** 我不想錯過他們的演場會。
▶ **It would be a shame to miss out on Lady Ga Ga.** 錯過女神卡卡就太可惜了。

對話相關片語 - It would be a shame 表示「太可惜」的意思。

◀ Track 0897

我們去看看還有沒有票。
Let's go see if there are any tickets left.

▶ **I'll go get tickets.** 我去買票。
▶ **You can only buy tickets on the spot.** 你只能現場買票。
▶ **Can I get two pre-sale tickets?** 我能買兩張預售票嗎？

◀ Track 0898

我可以退票嗎？
Can I refund this ticket?

▶ **I'd like to cancel the tickets.** 我想要取消訂票。
▶ **Can I change the date of my tickets?** 我的票可以改期嗎？

 精 彩 表 演

◀ Track 0899

這部歌舞劇還在上演中嗎？
Is this musical still on?

▶ **Is the musical "Cats" still playing?** 歌舞劇「貓」還在演嗎？
▶ **I can't get a ticket for any Broadway shows.** 百老匯的票都買不到。
▶ **All tickets are sold out.** 所有的票都賣光了。

Part 3

Ch 1

Ch 2

Ch 3

Ch 4

Ch 5

Ch 6

樂

▶ **Today's tickets are sold out.** 今天的票都賣光光了。

(對話相關片語) sold out 表示「賣光」的意思。

Track 0900

哪裡可以看舞台劇？
Where can I see a play?

▶ **Are there any theaters?** 這裡有舞台劇場嗎？
▶ **Where can I find a theater?** 哪裡有舞台劇場？
▶ **If you want to see a high-quality play, go check the website of Taipei Art Festival for reference.** 如果你想要觀賞一齣高品質的戲，你可以去台北藝術節的網站參考看。看
▶ **Do you have a brochure for current performances?** 你們有目前各種表演的藝文手冊嗎？
▶ **Can you tell me more about this installation art?** 你可以多向我介紹一下這個裝置藝術嗎？

(對話相關單字) brochure 是介紹性的「小冊子」。

Track 0901

我們必須穿著正式。
We need to dress formally.

▶ **I dressed up for today's concert.** 我為了今天的音樂會盛裝打扮。
▶ **She really dressed up for today's event.** 為了今天的盛會，她特別盛裝打扮。

(對話相關片語) dress up 表示「盛裝打扮」的意思。

Track 0902

表演全長多長？
How long is the performance?

▶ **What time will it start?** 什麼時候開始？
▶ **What time will it finish?** 什麼時候結束？

Track 0903

有中場休息嗎？
Is there a break?

▶ **Is there an interval?** 中間有休息時間嗎？
▶ **How long is the interval?** 中場休息時間有多久？

◀ *Track 0904*

再來一曲！
Encore!

▶ **Bravo!** 太棒了！
▶ **Excellent!** 棒極了！

◀ *Track 0905*

我真高興我們來了。
I'm so glad we came.

▶ **I'm so glad we came for this performance.** 我真高興我們來看這場表演。
▶ **I really enjoyed it.** 我真的很喜歡。
▶ **It's so worth it.** 太值得了。

 酒 吧 夜 店

◀ *Track 0906*

附近有酒吧嗎？
Is there a bar near here?

▶ **Is there a pub nearby?** 附近有酒吧嗎？
▶ **I saw a couple of bars on the way here.** 我來的時候有看到幾家酒吧。

◀ *Track 0907*

我想去喝一杯。
I'd like to go for a drink.

▶ **I feel like a drink.** 我想去小酌。
▶ **I need to** unwind**.** 我需要放鬆一下。

Part 3

Ch 1

Ch 2

Ch 3

Ch 4

Ch 5

Ch 6

樂

◀ *Track 0908*

要收入場費嗎？
Is there an entrance fee?

▶ **How much is the admission fee?** 入場費多少錢？
▶ **How much is it to go in?** 進去要花多少錢？

◀ *Track 0909*

今晚是淑女之夜。
Tonight is lady's night.

▶ **Ladies are free.** 女性免費。
▶ **Do you offer a discount for ladies?** 女性入場有優待嗎？

◀ *Track 0910*

乾杯！
Cheers!

▶ **Toast!** 乾杯！
▶ **Here's to you!** 敬你一杯！

◀ *Track 0911*

今天有現場演奏嗎？
Is there a live band today?

▶ **Is there a live band playing?** 有現場演奏嗎？
▶ **What time does the band play?** 樂團幾點演奏？
▶ **How long is the live music?** 現場演奏有多久？

對話相關單字 live band 指的是「現場演奏的樂團」。

◀ *Track 0912*

我聽不到你說什麼。
I can't hear you.

▶ **The music is too loud.** 音樂太大聲了。
▶ **This place is too crowded.** 這裡人太多了。

◀ *Track 0913*

我們去點杯飲料。
Let's go get a drink.

▶ **I'd like a gin tonic.** 我要一杯琴東尼。
▶ **I'll have a beer.** 我要一瓶啤酒。
▶ **Irish coffee for me.** 我要一杯愛爾蘭咖啡。

◀ *Track 0914*

你願意和我跳舞嗎？
Would you like to dance with me?

▶ **Do you want to dance?** 你想跳舞嗎？
▶ **May I?** 我可以邀請你嗎？

◀ *Track 0915*

讓我請妳喝一杯。
Let me buy you a drink.

▶ **What would you like to drink?** 妳想喝什麼？
▶ **What kinds of drinks do you want?** 你想要喝什麼？
▶ **I'll buy you the next round.** 下一輪換我請。

 欣 賞 夜 景

◀ *Track 0916*

你覺得夜晚的台北如何？
What do you think of Taipei at night?

▶ **Where is the best place to see the nightscape of Taiwan?** 哪裡是台灣看夜景最棒的地方？
▶ **Where to go for the nightscape?** 要去哪裡看夜景呢？

> 對話相關單字 nightscape 就是我們常說「萬家燈火、霓紅閃爍的夜景」
> 補充片語 而另一種常見的說法 night scene 則表示「夜生活的樣貌」。

◀ *Track 0917*

也許會看到很多星星喔。
Maybe we'll see a lot of stars.

▶ **We should be able to see a lot of stars.** 應該看的到很多星星。
▶ **There are so many stars.** 好多星星喔。
▶ **I can see the Milky Way!** 我看見銀河了！

Part 3

Ch 1

Ch 2

Ch 3

Ch 4

Ch 5

Ch 6

樂

▶ **We are lucky with the weather to see so many stars.** 我們運氣好碰到好天氣，才看的到那麼多星星。

▶ **We were lucky to see the fireworks.** 我們運氣真好還看到煙火。

對話相關片語 Milky Way 就是「銀河」的意思。

Track 0918

月亮太亮了。
The moon is too bright.

▶ **It's full moon today.** 今天是滿月。

▶ **Stars are so dim.** 星光好黯淡喔。

對話相關單字 dim 表示「朦朧、黯淡、模糊」的意思。

Track 0919

你有帶地圖嗎？
Do you have the map with you?

▶ **I got the map.** 地圖在我這裡。

▶ **Have you got a compass?** 你有指南針嗎？

▶ **Which direction is Tower Bridge at?** 倫敦塔橋在哪一個方向啊？

▶ **Can you see our hotel?** 看的到我們的旅館嗎？

▶ **Is that the harbor?** 那是港口嗎？

對話相關單字 compass 就是「指南針、羅盤」的意思。

Track 0920

纜車休息了。
The cable car is closed.

▶ **There is no more bus running.** 也沒有公車了。

▶ **We can either walk or hitchhike.** 我們可以走路或是招便車。

對話相關單字 hitchhike 是「舉手招便車、搭便車」的意思。

Track 0921

別忘了帶手電筒。
Don't forget the flashlight.

▶ **Don't forget your jacket.** 別忘了帶外套。

▶ **Remember to bring your jacket. It can get really chilly at night in the mountain.** 記得要帶外套喔。山上入夜會變得很冷。

Part 4

漫步跨日線，
旅遊時可以這麼說

Chapter 01 旅遊計畫

◀ Track 0922

你想去哪裡？
Where do you want to go?

▶ **Any ideas?** 有什麼想法？
▶ **Name me some places.** 隨便說幾個地點。

> **對話相關單字** — name 一般是當名詞，表示「姓名、名稱」。在這裡是當動詞，表示「為……命名、列舉」的意思。

◀ Track 0923

我想去滑雪。
I want to go skiing.

▶ **I'm dying for a ski trip.** 我超想去滑雪的。
▶ **She is dying to go to Egypt.** 她超想去埃及。

> **對話相關片語** — be dying for/ to 極為想要

◀ Track 0924

你覺得去海島度假如何？
What do you think about taking a beach holiday?

▶ **How about a shopping holiday?** 來個血拼之旅怎樣？
▶ **Shopping holiday is nice, too.** 血拼之旅也不錯啊。

> **對話相關用法** — 要詢問他人意願時，可以用 How about... 做開頭。

◀ Track 0925

五天太短了啦。
Five days are too short.

▶ **Can we make the trip longer?** 可不可以把行程拉長？
▶ **Can we make the trip shorter?** 可不可以把行程縮短？

Part 4

Ch 1

旅
遊
計
畫

Ch 2

Ch 3

Ch 4

Ch 5

Ch 6

Ch 7

Ch 8

Ch 9

◀ *Track 0926*

巴黎值得去嗎？
Is Paris worth visiting?

▶ **What to see in Paris?** 巴黎有什麼好看的？
▶ **Is it really that good?** 真的有那麼好玩嗎？

◀ *Track 0927*

我的預算不多。
My budget is limited.

▶ **I don't have much money.** 我的錢不多。
▶ **I'll travel with budget.** 我的旅行有預算。
▶ **I want to try backpacking.** 我想試著自助旅行。
▶ **I'd like to be a backpacker.** 我想當背包客看看。
▶ **I want to go without a tour group.** 我不想跟團。

◀ *Track 0928*

還是跟團比較簡單。
It's easier to go with a tour group.

▶ **It's more convenient to join a tour group.** 跟團比較方便。
▶ **It's more fun to travel with a tour group.** 跟團比較好玩。
▶ **Joining a tour group saves us trouble.** 跟團省麻煩。

對話相關片語 save someone trouble 表示「省麻煩」的意思。

◀ *Track 0929*

我需要請假。
I have to take some days off.

▶ **I'll need permission for the holiday.** 我需要公司准假。
▶ **I still have five days this year.** 我今年還有五天假。

對話相關片語 take days off 表示請假的意思，可在 days 前面加上數字，說明請假的天數。

補充片語 take sick days 表示請病假的意思

◀ *Track 0930*

我想帶我媽一起去。
I want to take my mom with us.

257

► **Can my mom come along?** 我媽也能一起來嗎？
► **Can my sister join us too?** 我妹可不可以一起參加？
► **Is it ok for my sister to join us?** 我妹方便加入我們嗎？

 洽 詢 旅 行 社

◄ *Track 0931*

所有的套裝行程都額滿了。
All of the package tours are fully booked.

► **All the tours are booked.** 所有的團都滿了。
► **There are no more seats.** 沒有名額了。

對話相關片語 ► package tour 套裝行程

◄ *Track 0932*

加拿大十日遊團費多少？
How much is the 10-day tour to Canada?

► **How much does it cost for each person?** 每個人團費多少？
► **How much is the tour?** 團費多少？

◄ *Track 0933*

團費不包括簽證費。
The visa fee is excluded.

► **The visa fee is extra.** 簽證費要另外付。
► **The insurance fee is additionally charged.** 保險費要另外付。

◄ *Track 0934*

一團有幾個人？
How many people are there in the group?

► **How many people altogether?** 總共有多少人？
► **How many adults and how many kids?** 有幾位大人跟幾位小孩？

Part 4

Ch 1

旅遊計畫

Ch 2

Ch 3

Ch 4

Ch 5

Ch 6

Ch 7

Ch 8

Ch 9

◀ *Track 0935*

我們有四個人。
There are four of us.

▶ I'd like **to book for two.** 我要報名共兩位。

▶ I'd like **to book for two adults and two kids.** 我要報名兩大兩小。

對話相關用法 I'd like 是 I would like 的縮寫與口語用法，表示禮貌性的請求。

◀ *Track 0936*

能不能打折？
Can we have a discount?

▶ **Any discounts?** 有沒有折扣？

▶ **Is it cheaper for four?** 四人同行有沒有便宜一點？

◀ *Track 0937*

我把護照影本傳真過去。
I'll fax my passport copy to you.

▶ **I'll fax you my passport copy.** 我把護照影本傳真給你。

▶ **I'll fax you my ID copy.** 我把身份證影本傳真給你。

▶ **Please fax me the itinerary.** 請把行程傳真給我。

對話相關用法 fax＋某物＋to＋某人，表示傳真某物給某人的意思；而替代用法 fax＋某人＋某物時，不需加 to。

◀ *Track 0938*

有說中文的導遊嗎？
Is there a Chinese speaking guide?

▶ **Does our guide speak Chinese?** 我們的導遊會說中文嗎？

▶ **Does our leader speak good English?** 我們的領隊英文好嗎？

◀ *Track 0939*

可以用信用卡付團費嗎？
Can I pay the tour fee with a credit card?

▶ **Do you accept credit cards?** 你們收信用卡嗎？

▶ **I don't have enough cash.** 我現金帶的不夠。

▶ **I can transfer the fee to your account.** 我可以用轉帳付費給你。

我有問題可以找誰？
Who should I talk to if I have any problems?

▶ **Who can help me if I have any problems?** 若我有問題能找誰幫忙？
▶ **What's the name of my agent?** 我的業務人員貴姓大名？

 預 訂 機 票

我想訂去紐約的機位。
I'd like to book a flight to New York.

▶ **I'd like to reserve a seat to New York.** 我要訂一個去紐約的位子。
▶ **I'd like to book a flight to London via Hong Kong.** 我想訂經由香港飛往倫敦的機位。

對話相關單字 via 表示「經過、取道某地」的意思。

我是在台北訂位的。
I made the reservation in Taipei.

▶ **I booked my flight in L.A.** 我在洛杉磯訂位的。
▶ **I booked my flight through my agent.** 我是透過旅行社業務訂位。

去紐約的經濟艙票價多少？
What's the fare for economy class to New York?

▶ **How much is the economy class fare to Tokyo?** 去東京的經濟艙票價多少？
▶ **How much is the business class fare to Toronto?** 去多倫多的商務艙票價多少？
▶ **How much is the first class fare to Paris?** 去巴黎的頭等艙票價多少？

禮拜天的機票比較便宜嗎？
Is it cheaper to fly on a Sunday?

▶ **What day of the week is cheaper to fly?** 哪一天的機票比較便宜？

Part 4

Ch 1

旅遊計畫

Ch 2

Ch 3

Ch 4

Ch 5

Ch 6

Ch 7

Ch 8

Ch 9

▶ **When is the cheapest time to fly?** 哪時候的機票最便宜？
▶ **Can you check for a cheaper flight?** 可以幫我查便宜一點的班機嗎？

◀ *Track 0945*

我要訂單程票。
I'd like to book a one-way ticket.

▶ **I'd like a round trip ticket.** 我要訂來回票。
▶ **I'd like a return ticket, please.** 請給我來回票。

對話相關用法 – round trip ticket 和 return ticket 皆表示「來回票」的意思，後者乃英式英語常見說法。

◀ *Track 0946*

我的訂位號碼是 AZ6768。
My reservation number is AZ6768.

▶ **I have a reservation number; it is WA5000.** 我有訂位號碼，是 WA5000。
▶ **I'd like to reconfirm my flight.** 我要再次確認我的班機。
▶ **I'd like to reconfirm my flight from Taipei to Vancouver.** 我要再次確認我從台北到溫哥華的班機。
▶ **I'm calling to reconfirm my flight.** 我打電話來再次確認班機。

◀ *Track 0947*

有直飛的班機嗎？
Is there any direct flight?

▶ **I'd like to book a seat for a direct flight to Taipei.** 我要訂直飛台北的班機。
▶ **All direct flights are full.** 所有直飛的班機都客滿了。

◀ *Track 0948*

我可以坐靠窗的位子嗎？
Can I get a window seat?

▶ **Can I get an aisle seat?** 我可以要靠走道的位子嗎？
▶ **I'd like to sit next to my friend.** 我想坐在我朋友旁邊。

◀ *Track 0949*

我需要訂特殊餐點。
I need to make a reservation for special meals.

▶ **I'm a vegetarian.** 我吃奶蛋素。
▶ **I'm a vegan.** 我吃全素。
▶ **I'm allergic to nuts.** 我對堅果類過敏。

對話相關單字 vegan 為不吃魚、肉、蛋、乳製品的嚴格「素食者」。

◀ *Track 0950*

我可以用累積哩程數升等座位嗎？
Can I use my miles to upgrade my seat?

▶ **Can I use my husband's miles to upgrade my seat?** 我可以用我先生的哩程數來升等座位嗎？
▶ **What can I do with my current miles?** 我現有的哩程數有哪些用途？

 護 照 簽 證

◀ *Track 0951*

我的護照過期了。
My passport has expired.

▶ **Your passport is out of date.** 你的護照過期了。
▶ **My passport went invalid.** 我的護照失效了。
▶ **I need to renew my passport.** 我必須申請新的護照。

對話相關片語 go invalid 表示「變為無效」的意思。

◀ *Track 0952*

我要照大頭照。
I want to have my passport photo taken.

▶ **I need a photo taken for my passport.** 我需要辦護照用的照片。
▶ **Please take my passport photo.** 請幫我照大頭照。
▶ **I won't be able to come pick it up.** 我沒辦法來取件。
▶ **Can I have it delivered?** 可以用快遞的嗎？

◀ *Track 0953*

去德國要簽證嗎？
Do I need a visa to go to Germany?

Part
Ch 1
旅
遊
計
畫
Ch 2
Ch 3
Ch 4
Ch 5
Ch 6
Ch 7
Ch 8
Ch 9

▶ **I want to apply for a single entry visa.** 我想辦單次入境簽證。
▶ **She needs a multiple-entry visa.** 她需要多次入境簽證。
▶ **Where can I apply for a landing visa?** 我要到哪裡辦落地簽證？
▶ **Where should I go for a landing visa?** 落地簽證在哪裡辦？
▶ **I already have a visa.** 我已經有簽證了。
▶ **I don't know I need a visa.** 我不知道需要辦簽證。

◀ *Track 0954*

我想申請觀光簽證。
I want to apply for a tourist visa.

▶ **She needs to apply for a student visa.** 她需要申請學生簽證。
▶ **He got a working holiday visa.** 他拿到打工度假簽證。
▶ **You need a business visa for your business trip.** 你去出差需要辦商務簽證。

◀ *Track 0955*

這是我的財力證明。
Here is my official bank/financial statement.

▶ **Here is the copy of my passbook.** 這是我的存簿影本。
▶ **I also have my passbook with me.** 我也有帶存簿。

補充單字 存摺的說法除了 passbook，還有 bankbook 和 deposit book。

行 前 功 課

◀ *Track 0956*

去紐約五天夠嗎？
Will five days be enough for New York?

▶ **How many days do I need for Kyoto?** 去京都應該要玩幾天？
▶ **How much time should I spend in Barcelona?** 在巴塞隆那應該要花多久時間？
▶ **How long do I need for the Louvre?** 看羅浮宮需要多久時間？

◀ *Track 0957*

我想知道平均氣溫是幾度。
I want to know the average temperature.

▶ **What's the temperature now?** 現在溫度大概多少？
▶ **What's the weather like?** 現在天氣怎麼樣？

Track 0958

先買一張地圖吧。
Let's get a map first.

▶ **Where can I get a map of Berlin?** 哪裡買的到柏林的地圖？
▶ **Do you have any London maps?** 你們有賣倫敦的地圖嗎？
▶ **Is the city map for free?** 市區地圖是免費的嗎？

Track 0959

我不知道該選哪一間民宿。
I don't know which Airbnb to choose.

▶ **This hotel looks very nice.** 這間旅館看起來很棒。
▶ **This hotel has a good rating.** 這間旅館的評價不錯。

Track 0960

我們應該搭國內班機節省時間。
We should take the domestic flight to save time.

▶ **Traveling by bus can save us money.** 搭巴士旅行可以省錢。
▶ **Taking train is more comfortable.** 搭火車比較舒適。

對話相關單字 domestic 表示「國內的」，相對於 international「國際的」。

Track 0961

我們應該吃瘧疾預防藥。
We should take malaria pills.

▶ **We should have prevention shots.** 我們應該接受預防注射。
▶ **She already received the prevention shot.** 她已經去做預防注射了。

Track 0962

去之前你應該先讀一點希臘神話。
You should read some Greek mythology stories before we go.

▶ **I want to read the story of Van Gogh first.** 我想先看看梵谷的故事。
▶ **I want to know more about Mozart first.** 我想先多了解莫札特。

 打 包 行 李

Part

Ch 1

旅遊計畫

Ch 2

Ch 3

Ch 4

Ch 5

Ch 6

Ch 7

Ch 8

Ch 9

◀ *Track 0963*

我不知道要帶什麼。
I don't know what to bring with me.

▶ **I don't think I need to bring a scarf.** 我想應該不必帶圍巾吧。
▶ **Don't forget to bring your swimming suit.** 不要忘記帶泳衣。

◀ *Track 0964*

澳洲的電壓多少？
What's the voltage in Australia?

▶ **I'm not sure about the voltage in Japan.** 我不確定日本的電壓是多少。
▶ **I'll look up the voltage in the U.K.** 我會查一下英國的電壓。
▶ **Do I need an adapter?** 需要帶轉接頭嗎？
▶ **What kind of adapter do I need for New Zealand?** 去紐西蘭要用哪一種轉接頭？
▶ **You'll need a converter.** 你需要一個變流器。

補充單字 inverter 逆變器

◀ *Track 0965*

我該不該帶羽絨外套呢？
Should I bring my down jacket?

▶ **I'm going to bring my gloves.** 我會帶手套。
▶ **I'll take my scarf with me.** 我會帶圍巾。
▶ **You should bring some warm clothes.** 妳應該要帶保暖衣物。

對話相關單字 down 除了常見表示「向下的、在下方」的意思，在這裡是當名詞，表示「羽絨」的意思。

◀ *Track 0966*

別忘了帶防蚊液。
Don't forget the mosquito repellent.

▶ **Remember to bring the mosquito repellent.** 記得要帶防蚊液。
▶ **Remember to bring your guide book.** 記得要帶旅遊指南。
▶ **A Swiss knife is very handy.** 瑞士小刀超好用。
▶ **Flashlight is handy for walking at night.** 晚上走路有手電筒很方便。

對話相關單字 handy 為口語用法，表示「好用、實用、方便」的意思。

我會用到漫遊服務。
I'll use the roaming service.

▶ **I'll get a local SIM card.** 我會買一張當地的SIM卡。

你的隨身行李好小喔。
You have a very small carry-on bag.

▶ **I have two carry-on bags.** 我有兩件隨身行李。
▶ **Carry-on bags are limited in size.** 隨身行李有大小限制。
▶ **I can't fit my stuff in the suitcase.** 我的行李裝不下了。
▶ **I packed too much stuff.** 我的東西太多了。
▶ **There is no more space in my suitcase.** 我的行李箱沒位子了。

對話相關片語
- carry-on bag 表示「帶上飛機的隨身行李」。
- fit in 表示「裝入、塞下」的意思。

記得要帶護照和機票。
Make sure you have your passport and ticket with you.

▶ **Remember to bring your passport.** 記得要帶護照。
▶ **Don't forget to bring your ticket.** 不要忘記帶機票。

Part 4

Part 4

Ch 1

Ch 2

出發啟程

Ch 3

Ch 4

Ch 5

Ch 6

Ch 7

Ch 8

Ch 9

Chapter 02 出發啟程

 機 場 報 到

Track 0970

你好，我要辦登機手續。
Hi! I'd like to check in.

▶ **Can we check in here?** 我們可以在這裡辦登機手續嗎？
▶ **Is this the right counter to check in at?** 在這個櫃檯辦登機手續對嗎？
▶ **Where do I check in?** 要到哪裡辦登機手續？
▶ **Where is the check-in counter?** 辦理登機櫃臺在哪裡？
▶ **Where to check in?** 在哪裡辦登機手續？

對話相關片語 check in 表示「辦理登記、報到」，常用於飯店住房登記或是機場櫃臺登機報到。

Track 0971

我要轉機到芝加哥。
I'm transferring to Chicago.

▶ **We're transferring to Sydney.** 我們要轉機到雪梨。
▶ **I'm a transfer passenger.** 我是個要轉機的乘客。
▶ **We're taking a connecting flight at Hong Kong International Airport.** 我們要在香港機場轉機。

Track 0972

這是我的機票。
Here is my ticket.

▶ **Here is my E-ticket number.** 這是我的電子機票號碼。
▶ **Here is my member card.** 這是我的會員卡。
▶ **Let me get my passport.** 我找一下我的護照。

Track 0973

你有幾件行李？
How many pieces of luggage do you have?

▶ **I have one luggage and one hand luggage.** 我有一件托運行李和一件隨身行李。

▶ **I just have one hand luggage.** 我只有一件隨身行李。

▶ **Does my luggage go directly to Taipei?** 我的行李會直接運到台北嗎？

▶ **How many bags are allowed?** 能帶幾件行李呢？

▶ **Are three bags ok?** 帶三個袋子可以嗎？

▶ **What should I do with the extra bag?** 多帶的這個袋子怎麼辦？

▶ **How many bags can I take?** 可以帶幾件行李？

> **補充用法** 在機場辦理登機手續時，航空公司人員會詢問行李的件數，baggage 或 luggage 表示「要托運的行李」。
>
> **補充片語** cabin baggage 和 hand luggage 都表示「帶上飛機的隨身行李」，與 carry-on baggage 同意思。

◀ Track 0974

這是你的登機證。
Here is your boarding pass.

▶ **Please give me my boarding pass.** 請給我登機證。

▶ **You forgot to give me my boarding pass.** 你忘了把登機證給我。

> **對話相關單字** boarding 表示「登機」的意思，登機前除了護照還需出示 boarding pass 「登機證」。

◀ Track 0975

請前往五號登機門。
Please go to Gate 5.

▶ **How do I get to Gate 5 from here?** 從這裡要怎麼前往五號登機門？

▶ **How long does it take to walk from here?** 從這裡走過去要多久？

▶ **When is my boarding time?** 我什麼時候要登機？

◀ Track 0976

我可以在機上抽菸嗎？
Can I smoke on the flight?

▶ **It is a non-smoking flight.** 機上全面禁菸。

▶ **Smoking is prohibited in the terminal building.** 機場航廈全面禁菸。

◀ Track 0977

可以改晚一點的班機嗎？
Can I change it to a later flight?

Part

Ch 1

Ch 2

出發啟程

Ch 3

Ch 4

Ch 5

Ch 6

Ch 7

Ch 8

Ch 9

▶ **Can I catch a later flight?** 可以搭晚一點的班機嗎？

▶ **Can I change it to the next flight?** 可以改搭下一班嗎？

Track 0978

預計抵達時間是幾點？
What's the expected arrival time?

▶ **What time does it land?** 幾點會降落？

▶ **When do we get there?** 幾點到啊？

對話相關單字 land 一般是當名詞，表示「土地」的意思，在此是當作動詞，表示「降落」的意思。

補充片語 take off 起飛

 在 飛 機 上

Track 0979

我可以換座位嗎？
May I change seats?

▶ **Can I sit over there?** 我可以坐那裡嗎？

▶ **Can I go sit there instead?** 我可以坐到那裡去嗎？

對話相關單字 instead 表示「替代」的意思，在例句中意指坐到另一個位子替代原位。

Track 0980

有人坐我的位子。
Someone is sitting in my seat.

▶ **Excuse me. Are you sure you are in the right seat?** 不好意思，你確定你坐對座位嗎？

▶ **May I see your boarding pass?** 我可以看一下你的登機證嗎？

對話相關用法 May I... 為禮貌性的請求，表示「我能不能、可不可以」。

Track 0981

我可以把這個放在這裡嗎？
Can I put this here?

▶ **Can I put my bag under my seat?** 我可以把包包放在椅子下嗎？

▶ **Will you put this somewhere for me?** 可不可以幫我把這個放在某個地方？

對話相關用法 Will you... 為另一種表達請求的方式，表示「麻煩你……」。

◀ *Track 0982*

我需要一條毛毯。
I need a blanket.

▶ **I need an extra pillow.** 我需要另一個枕頭。

▶ **I don't have a headset.** 我沒有耳機。

▶ **May I have a glass of water?** 我可以要一杯水嗎？

▶ **Apple juice, please.** 請給我蘋果汁。

▶ **Is the beer free of charge?** 啤酒是免費的嗎？

▶ **Can I have some Coke?** 我能要一些可樂嗎？

◀ *Track 0983*

請把餐桌放下來。
Please put the tray down.

▶ **Would you like the beef or the chicken?** 請問要吃牛肉還是雞肉？

▶ **Beef for me and chicken for my wife.** 請給我牛肉，然後給我太太雞肉。

▶ **Would you like fried rice or pasta?** 請問要吃炒飯還是義大利麵？

▶ **Pasta, please.** 請給我義大利麵。

◀ *Track 0984*

請問要喝咖啡還是茶？
Coffee or tea?

▶ **Tea with milk, please.** 請給我茶加牛奶。

▶ **I'll have coffee.** 我要咖啡。

▶ **Do you have Chinese tea?** 有中國茶嗎？

補充新知 目前機上除了供應咖啡和紅茶之外，也經常會提供中式的茶，此時為了區別，空服人員會稱紅茶為 black tea或 English tea「英國茶」；稱中式的茶為 jasmine tea「茉莉花茶」或 Chinese tea「中國茶」。

◀ *Track 0985*

你們有中文報紙嗎？
Do you have Chinese newspapers?

Part

Ch 1

Ch 2

出發啟程

Ch 3

Ch 4

Ch 5

Ch 6

Ch 7

Ch 8

Ch 9

▶ **Do you have any magazines?** 你們有任何雜誌嗎？
▶ **Do you have the catalogue of duty-free goods?** 有免稅品的目錄嗎？

◀ *Track 0986*

扣緊安全帶的燈號亮了。
The seat belt sign is on.

▶ **Please fasten your seat belt.** 請扣好你的安全帶。
▶ **My seat belt is fastened.** 我的安全帶已經扣好了。

對話相關單字 fasten 表示「扣緊、繫好」的意思。

◀ *Track 0987*

我們幾點會到溫哥華？
What time will we arrive in Vancouver?

▶ **What time is it in L.A. now?** 洛杉磯現在幾點？
▶ **What's the local time now?** 當地時間現在幾點？

◀ *Track 0988*

我可以升等嗎？
Can I get an upgrade?

▶ **Is there any seat with more legroom?** 有沒有空間大一點的位子？
▶ **Is this flight full?** 這班飛機有客滿嗎？

對話相關片語 with more legroom 就是表示「座位有較大讓雙腿伸展的空間」。

◀ *Track 0989*

廁所沒有衛生紙了。
There is no toilet paper in the toilet.

▶ **The toilet is blocked.** 馬桶堵塞了。
▶ **The toilet needs cleaning.** 廁所需要清潔。

補充單字 clogged 堵塞的

◀ *Track 0990*

我的耳機壞了。
My headphones don't work.

▶ **Can I get a new pair?** 請給我一付新的好嗎？

▶ **Please get me a new pair.** 請幫我拿一付新的。

 降 落 入 境

◀ *Track 0991*

這是我第一次來加拿大。
This is my first time to Canada.

▶ **This is my first visit here.** 這是我第一次來這裡。
▶ **This is our first time here.** 這是我們第一次來這裡。

◀ *Track 0992*

我會在這待上兩個星期左右。
I'll be here for about two weeks.

▶ **I'll stay for a month.** 我會待上一個月。
▶ **We plan to stay for ten days.** 我們打算待十天。
▶ **My return flight is in three days.** 我的回程飛機是在三天之後。

◀ *Track 0993*

我此行是為了觀光。
The purpose of my visit is for sightseeing.

▶ **What brought you here?** 你為何而來？
▶ **I'm here to visit some friends.** 我是來拜訪朋友的。
▶ **I'm here to travel.** 我是來旅行的。
▶ **I'm here on business.** 我是來出差的。
▶ **I'm here to attend a wedding.** 我是來參加婚禮的。

> **對話相關單字** ▶ attend 表示「參加某典禮、場合」的意思。

◀ *Track 0994*

我會住在飯店。
I'm going to stay at hotels.

▶ **I'll stay at youth hostels.** 我會住在青年旅館。
▶ **I'm going to stay with my friend. Here is her address.** 我會住在朋友家，這裡是她的地址。

Part 4

Ch 1

Ch 2

出發啟程

Ch 3

Ch 4

Ch 5

Ch 6

Ch 7

Ch 8

Ch 9

Track 0995

你還會去其他國家嗎？
Are you going to visit other countries?

▶ **I'll visit Germany and France during this trip.** 此行我還會去德國和法國。
▶ **This will be the only country I visit.** 我只會去這個國家。
▶ **We'll stay in this country only.** 我們只會待在這個國家。

Track 0996

我忘了填這張表。
I forgot to fill in this form.

▶ **I didn't have this form.** 我沒有這張表格。
▶ **I'll fill it in right now.** 我現在馬上填寫。

Track 0997

這是我太太。
This is my wife.

▶ **This is my kid.** 這是我的小孩。
▶ **We are together.** 我們是一起的。

Track 0998

我從台灣飛來。
I came from Taiwan.

▶ **My flight number is CA501.** 我的班機號碼是 CA501。
▶ **I can't remember my flight number. It is Eva Air from Taipei.** 我不記得我的班機號碼，是從台北飛來的長榮班機。

行李與申報

Track 0999

行李提領區往這邊。
The baggage claim area is this way.

▶ **Where is the baggage claim?** 要到哪裡提領行李？
▶ **How do I get to the baggage claim?** 我要怎麼到行李提領區？

◀ Track 1000

我們的行李轉盤是6A。
Our baggage claim is at 6A.

▶ **We should go to 6A for our baggage.** 我們應該去 6A 領行李。
▶ **Let's meet at baggage claim 6A.** 我們在行李轉盤 6A 碰面。

◀ Track 1001

我認為我沒有東西需要申報。
I don't think I have anything to declare.

▶ **I have something to declare.** 我有東西需要申報。
▶ **I have one carton of cigarettes.** 我有一條香菸。
▶ **This is for personal use.** 這是個人使用的。
▶ **This is for my own use.** 這是個人使用的。
▶ **They are gifts for my family.** 這些是要給家人的禮物。

對話相關單字 - declare 表示「申報、宣稱」的意思。
對話相關片語 - for one's use 表示「給某人使用」的意思。

◀ Track 1002

這是牛肉乾。
It is beef jerky.

▶ **This is a bag of dried shredded squid.** 這是一包魷魚絲。
▶ **These are dried mushrooms.** 這些是乾香菇。

◀ Track 1003

這些是中藥。
These are Chinese herb medicines.

▶ **It's medicine for sore throat.** 這是喉嚨痛的藥。
▶ **That's medicine for the stomach.** 那是胃藥。

◀ Track 1004

這三台相機價值多少？
What's the value of these three cameras?

Part

Ch

Ch 2

出發啟程

Ch 3

Ch 4

Ch 5

Ch 6

Ch 7

Ch 8

Ch 9

▶ **What's the value of this laptop?** 這台筆記型電腦價值多少？
▶ **How much does this worth?** 這東西值多少錢？

◀ *Track 1005*

你有帶水果嗎？
Do you have any fruit with you?

▶ **Do you have any seeds or plants with you?** 你有帶種子或植物嗎？
▶ **Do you have anything illegal?** 你有攜帶非法的東西嗎？

◀ *Track 1006*

我可以走了嗎？
Can I go now?

▶ **May I leave now?** 我可以離開了嗎？
▶ **Is it ok now?** 都好了嗎？

 貨 幣 兌 換

◀ *Track 1007*

這裡可以兌換台幣嗎？
Can I exchange NT dollars here?

▶ **Do you accept NT dollars?** 你們接受台幣嗎？
▶ **Do you take US dollars?** 你們接受美金嗎？
▶ **Do you take Euros?** 你們接受歐元嗎？

◀ *Track 1008*

台幣現在的匯率是多少？
What's the current exchange rate for NT dollars?

▶ **What's the exchange rate?** 匯率是多少？
▶ **What's the rate to exchange NT dollars into Euros?** 台幣換歐元的匯率是多少？

對話相關單字 exchange 表示「交換」，而 exchange rate 則是「匯率」的意思。

我想換三萬元台幣。
I'd like to exchange 30,000 NT dollars.

▶ **I want to exchange 50,000 NT dollars.** 我要換五萬元台幣。

▶ **Let me think how much I should exchange.** 讓我想一下應該要換多少錢。

▶ **I'm not sure if 30,000 is enough.** 我不確定換三萬元夠不夠。

請都給我二十元的紙鈔。
Please give me all twenty dollar bills.

▶ **Please give me one fifty and five tens.** 請給我一張五十和五張十元的紙鈔。

▶ **Two fives and ten one dollar bills, please.** 請給我兩張五元和十張一元的紙鈔。

▶ **I'd like smaller bills.** 請給我小鈔。

請核對一下金額。
Please check the figure.

▶ **Will you check the amount, please?** 可以麻煩你核對一下金額嗎？

▶ **I don't think the figures are correct.** 我覺得金額不正確。

對話相關單字 figure 在此表示「金額的數字、價錢」的意思。

我可以在這裡兌換旅支嗎？
Can I cash my traveler's checks here?

▶ **Is it possible to cash my traveler's checks here?** 我能不能在這裡兌換旅行支票？

▶ **Could you cash my traveler's checks?** 你能將我的旅行支票兌現嗎？

對話相關用法 Is it possible... 為禮貌性詢問「可不可能」的意思。

你們週末有營業嗎？
Are you open on weekends?

▶ **Where can I exchange money on weekends?** 週末哪裡可以換錢？

▶ **Is there a place where I can exchange money on weekends?** 週末期間這裡有可以換錢的地方嗎？

▶ **What time will you close?** 你們幾點休息？

Part 4

Ch 1

Ch 2

出發啟程

Ch 3

Ch 4

Ch 5

Ch 6

Ch 7

Ch 8

Ch 9

▶ **What are your opening hours?** 你們的營業時間是幾點到幾點？
▶ **What are your office hours?** 請問你們的營業時間是什麼時候？

對話相關片語 opening hours 或 office hours 皆表示「營業時間」的意思。

Track 1014

哪裡有行李推車？
Where can I find a baggage cart?

▶ **Please get a trolley for me.** 請幫我推一台推車來。
▶ **Please find me a trolley.** 請幫我找一台推車。

對話相關單字 baggage cart 和 trolley 皆表示「行李推車」的意思，後者乃英式英語常見說法。

Track 1015

請幫我搬行李好嗎？
Will you carry my baggage?

▶ **Can you carry my baggage for me?** 你能幫我搬行李嗎？
▶ **Can you help me with my two bags?** 能請你幫我拿這兩個袋子嗎？
▶ **Can you help me, please?** 能請你幫我嗎？

Track 1016

計程車招呼站在哪裡？
Where is the taxi stand?

▶ **Where can I get a taxi?** 哪裡可以搭計程車？
▶ **Where can I get a bus?** 哪裡可以搭公車？
▶ **Which bus goes to downtown?** 幾號公車有到市中心？
▶ **Where is the nearest subway station?** 最近的地鐵站在哪裡？

Track 1017

我要先買票嗎？
Do I have to get a ticket first?

▶ **Can I pay in cash on the bus?** 可以上公車付現嗎？

▶ **I'll keep the ticket stub.** 我會保留票根。

▶ **Please return the ticket stub when you get off.** 下車時請繳回票根。

對話相關片語 get off 下車、離開

Track 1018

我不知道有機場巴士。
I don't know there is a shuttle bus.

▶ **We should take the shuttle bus.** 我們應該搭機場巴士。

▶ **We can take the shuttle bus next time.** 下一次可以搭機場巴士。

對話相關片語 shuttle bus 為定點接送服務的巴士，包括機場巴士或其他種類的接駁車。

Track 1019

請告訴我何時要下車。
Please tell me when to get off.

▶ **Will you tell us when to get off?** 請告訴我們何時下車好嗎？

▶ **Please let us know when we arrive.** 到的時候請告訴我們。

▶ **Please tell us when we are at the central station.** 到中央車站的時候請告訴我們。

Track 1020

怎麼去那裡最好？
What's the best way to get there?

▶ **Is it easy to take a bus to the hotel?** 搭公車到飯店容易嗎？

▶ **How much will it cost to take a taxi to the hotel?** 搭計程車到飯店要多少錢呢？

Track 1021

我們飯店應該要提供接機服務啊。
Our hotel should provide the pickup service.

▶ **I thought our hotel would send somebody to come pick us up.** 我以為我們的飯店會派人來接我們。

▶ **I saw the mini bus of our hotel.** 我看到我們飯店派來的小巴士了。

▶ **Are you here to pick us up?** 請問你是來接我們的嗎？

Part 4

Part 4

Ch 1

Ch 2

Ch 3

住宿問題

Ch 4

Ch 5

Ch 6

Ch 7

Ch 8

Ch 9

Chapter 03 住宿問題

 預 約 訂 房

◀ *Track 1022*

我要訂房。
I'd like to make a reservation.

▶ **Can I book a room?** 我可以訂房嗎？
▶ **Do you have any rooms available?** 還有空房嗎？
▶ **Do you have any vacancies?** 還有空房嗎？

對話相關單字 - vacancy 表示「空房、缺額」。

◀ *Track 1023*

還有雙人房嗎？
Do you have a double room available?

▶ **Can I reserve a room for two?** 可以訂一間雙人房嗎？
▶ **I need a room for two.** 我需要一間雙人房。
▶ **Do you have a room for both of us?** 有可以讓我們兩個人住的房間嗎？

對話相關片語 - double room 指的是有一張雙人床的「雙人房」。
補充片語 - king room 特大單床雙人房、triple room 三人房

◀ *Track 1024*

有兩人房嗎？
Do you have a twin room?

▶ **We need two separate beds.** 我們需要兩張床。
▶ **Can we add an extra bed?** 可以再加一張床嗎？
▶ **Do you charge for an extra bed?** 加床要加價嗎？

對話相關片語 - twin room 指的是有兩張單人床的「兩人房」。

◀ *Track 1025*

我可以先看房間照片嗎？
May I see the picture of the room first?

▶ **Can I take a look of the room?** 我可以看一下房間嗎？
▶ **Could I have** a look around? 我可以先四處看看嗎？

對話相關片語 a look around 四處看看

Track 1026

住一個晚上要多少錢？
How much does it cost for one night?

▶ **What's the price per night?** 每晚房價多少？
▶ **How much for a room?** 一間房多少錢？
▶ **How much for one night?** 住一晚多少錢？

Track 1027

有停車位嗎？
Do you provide any parking spaces?

▶ **Can I park my car nearby?** 我車子可以停在附近嗎？
▶ **Is there a place to park near the hotel?** 旅館附近有停車的地方嗎？
▶ **Where can I park?** 哪裡可以停車？

Track 1028

有包含早餐嗎？
Is breakfast included?

▶ **Do you provide breakfast?** 有提供早餐嗎？
▶ **How much does breakfast charge?** 早餐多少錢？
▶ **I'd like to order breakfast too.** 我也要點早餐。

Track 1029

可以帶寵物嗎？
May I bring my pet?

▶ **Are dogs allowed?** 可以帶狗嗎？
▶ **What are your rules about pets?** 關於寵物有什麼規則？

Track 1030

是套房嗎？
Is the room en suite?

▶ **Does the room have a shower?** 房間內有淋浴間嗎？

280

Part

Ch 1
Ch 2
Ch 3

住宿問題

Ch 4
Ch 5
Ch 6
Ch 7
Ch 8
Ch 9

▶ **Does the room have a bath?** 房間裡有浴缸嗎？

補充單字 bathtub 浴缸，與bath 同義

◀ *Track 1031*

我有預先訂房。
I had made a booking beforehand.

▶ **We have a reservation.** 我們有訂房。
▶ **I booked under the name of Michael Brown.** 我是用麥克布朗的名字訂房。
▶ **I called earlier to book a room.** 我之前有打電話來訂房。

對話相關片語 under the name of 表示「用什麼名字」的意思。

◀ *Track 1032*

我的名字是范莉莉。
My name is Lily Fan.

▶ **I booked a room under the name of Lily Fan.** 我用范莉莉的名字訂了一間房。
▶ **You should have a room for Mr. Huang.** 你應該會看到黃先生訂的房。

◀ *Track 1033*

有人能幫我提行李嗎？
Can I get some help with my bags?

▶ **Do you have a porter?** 有提行李服務員嗎？
▶ **My bags are in the car.** 我的行李在車子裡。
▶ **I need help with my luggage.** 我需要有人幫我拿行李。

對話相關單字 porter 表示「提行李服務員、挑夫」的意思。

◀ *Track 1034*

這是我的護照資料。
Here are my passport details.

▶ **Do you need to see my ID?** 需要看身份證嗎？
▶ **Shall I fill this in?** 需要填這個嗎？

▶ **Where do I sign?** 要在哪裡簽名？

(**對話相關片語**) fill in 填寫表格

Track 1035

我們可以再住一天嗎？
Can we stay an extra night?

▶ **May I extend my stay?** 可以延長住房嗎？
▶ **I'll leave on Wednesday.** 我禮拜三離開。

Track 1036

幾點要退房？
When should we check out?

▶ **When do we have to leave?** 幾點必須離開？
▶ **We have the room until...?** 可以到幾點退房？

Track 1037

我們房間在幾樓？
Which floor is our room on?

▶ **How do I find the room?** 房間在哪裡？
▶ **Do you have a map of the hotel?** 有旅館的位置圖嗎？
▶ **Can you show me the way?** 你能給我指路嗎？

Track 1038

出去要把鑰匙留在這嗎？
Do I leave the key here when we go out?

▶ **Should I give you the key?** 要把鑰匙給你嗎？
▶ **Do I keep the key?** 我自己保管鑰匙嗎？
▶ **Where can I leave the key?** 鑰匙可以留在哪裡？

Track 1039

有多的鑰匙嗎？
Do you have an extra key?

▶ **Can we have two keys?** 我們可以有兩支鑰匙嗎？
▶ **Can we both have a key?** 我們可以一人有一支鑰匙嗎？

Part 4

Ch 1

Ch 2

Ch 3

住宿問題

Ch 4

Ch 5

Ch 6

Ch 7

Ch 8

Ch 9

 飯 店 設 施

Track 1040

有保險箱嗎？
Do you have a safe?

▶ **Is there somewhere to store valuables?** 這裡有可以放貴重物品的地方嗎？

▶ **Can I leave this with you?** 這可以請你保管嗎？

▶ **Do you have secure lockers?** 你們有安全的寄物櫃嗎？

對話相關單字 valuable 表示「值錢、貴重物品」的意思。

Track 1041

餐廳在哪裡？
Where is the restaurant?

▶ **Where do we eat?** 在哪裡用餐？

▶ **Where is breakfast served?** 早餐在哪裡吃？

▶ **Which way leads to the restaurant?** 餐廳從哪裡走？

Track 1042

有送洗服務嗎？
Is there a laundry service?

▶ **I have some clothes that need to be washed.** 我有衣服需要洗。

▶ **Do you have laundry facilities?** 有洗衣設備嗎？

▶ **Can I get some clothes washed?** 我能洗衣服嗎？

對話相關單字 laundry 表示「洗衣房、待洗衣物」的意思。

Track 1043

有游泳池嗎？
Is there a swimming pool?

▶ **Can I go swimming?** 可以游泳嗎？

▶ **What time is the pool open?** 游泳池的開放時間是幾點？

Track 1044

有健身房嗎？
Is there a gym?

▶ **Do you have a gym?** 這裡有健身房嗎？

▶ **Do I need to bring my own towel?** 我需要自己帶毛巾嗎？

▶ **Is there sauna inside?** 裡面有三溫暖嗎？

對話相關單字 sauna 三溫暖

◀ Track 1045

櫃臺是二十四小時嗎？
Is the reception desk open 24 hours?

▶ **What time do we need to be back at night?** 我們晚上需要在幾點前回來？

▶ **Can we come and go at any time?** 可以自由進出嗎？

▶ **Can I get back in after eleven?** 十一點之後還進的來嗎？

◀ Track 1046

有酒吧嗎？
Is there a bar?

▶ **Do you serve drinks?** 有賣飲料嗎？

▶ **What time does the bar close?** 酒吧幾點休息？

◀ Track 1047

有提供按摩服務媽？
Can I get a massage?

▶ **Can I order a massage session?** 可以預約一個按摩療程嗎？

▶ **May I book the spa?** 可以預約spa嗎？

▶ **Can I have the full body massage in my room?** 全身按摩可以在我的房間內進行嗎？

 客 房 服 務

◀ Track 1048

我可以叫客房服務嗎？
Can I order room service?

▶ **I'd like room service.** 我需要客房服務。

▶ **What's the number for room service?** 客房服務的電話號碼是幾號？

▶ **Room service, please.** 請給我客房服務。

Part 4

Ch 1

Ch 2

Ch 3

住宿問題

Ch 4

Ch 5

Ch 6

Ch 7

Ch 8

Ch 9

對話相關片語 room service 表示飯店內的各式「客房服務」。

◄◄ *Track 1049*

我想吃點心。
I'd like a snack.

▶ **May I order a snack?** 我可以叫點心嗎？
▶ **What kinds of snacks do you serve?** 有供應哪些點心呢？
▶ **I'd like a snack brought to my room.** 請送點心到我的房間。

◄◄ *Track 1050*

我可以在房間用早餐嗎？
Can I have my breakfast served in my room?

▶ **Breakfast for Room 27, please.** 請送早餐到 27 號房。
▶ **I'd like to order breakfast in my room.** 我想在房間裡點早餐。
▶ **Can I get a late breakfast?** 可以晚一點送早餐嗎？

◄◄ *Track 1051*

我需要一條新的毛巾。
I'd like a new towel.

▶ **Can we get some clean towels?** 可以給我們一些乾淨的毛巾嗎？
▶ **Our towels need replacing.** 我們的毛巾需要換了。
▶ **Can you bring up a new towel?** 可以送一條新的毛巾上來嗎？

◄◄ *Track 1052*

服務時間到幾點？
Until what time do you serve?

▶ **How late is room service available?** 客房服務的時間最晚到幾點？
▶ **Is there still room service?** 還有客房服務嗎？
▶ **Are you still serving meals?** 還有供應餐點嗎？

◄◄ *Track 1053*

我需要吹風機。
I need a hair dryer.

▶ **Can you bring me a hair dryer?** 可以幫我送一支吹風機來嗎？
▶ **Do you have any hair dryers?** 請問有吹風機嗎？

▶ **Can you deliver a hair dryer to Room 205?** 可以送一支吹風機到 205 號房？

◀ *Track 1054*

我還需要一個枕頭。
I need an extra pillow.

▶ **Can I get an extra pillow?** 可以多給我一個枕頭嗎？
▶ **I don't have enough pillows.** 我的枕頭不夠。
▶ **May I have an extra pillow brought up?** 可以幫我多送一個枕頭上來嗎？

◀ *Track 1055*

要多久呢？
How long will it take?

▶ **When will it be ready?** 多久會好呢？
▶ **Can you bring it up at 9 a.m.?** 可以在早上九點送上來嗎？
▶ **I'd like it served at 10 o'clock.** 請在十點送來。

◀ *Track 1056*

我可以訂一份早報嗎？
Can I order a morning newspaper?

▶ **Do you supply newspapers?** 有供應報紙嗎？
▶ **Please deliver a newspaper to Room 601.** 請把報紙送到 601 號房。
▶ **Can you slide it under my door?** 可以從門下塞進來嗎？

◀ *Track 1057*

我要客訴。
I'd like to make a complaint.

▶ **Can I talk to the manager?** 我可以找經理談嗎？
▶ **I'm not pleased with my room.** 我對我的房間不滿意。
▶ **This is not what I expected.** 這不是我所期望的。

Part

Ch

Ch 2

Ch 3

住
宿
問
題

Ch 4

Ch 5

Ch 6

Ch 7

Ch 8

Ch 9

Track 1058

根本沒有熱水。
There is no hot water at all.

▶ **I can't get any hot water.** 沒辦法有熱水。
▶ **The water is not hot at all.** 水一點都不熱。
▶ **All we got is cold water.** 出來的都是冷水。

對話相關片語 at all 表示「一點也不」的意思。

Track 1059

空調壞掉了。
The air-conditioner is not working.

▶ **The room is too humid.** 房間太潮濕了。
▶ **The room is too cold.** 房間好冷喔。
▶ **Can you fix the heater?** 可以來修暖氣嗎？
▶ **Can you assign someone to fix it?** 可以派人來修一下嗎？

Track 1060

電視不能用。
The TV is not working.

▶ **The TV doesn't work.** 電視沒辦法看。
▶ **The TV is broken.** 電視壞掉了。
▶ **I can't switch channels.** 沒辦法轉台。

Track 1061

沒辦法上網。
I can't get an access to the Internet.

▶ **How do I log in to the WiFi?** 要怎麼登入網路？
▶ **The Internet connection isn't working.** 網路連不上。
▶ **The WiFi connection is really poor here.** 這裡的網路很弱。

Track 1062

可以來打掃房間嗎？
Can I get my room cleaned?

▶ **My bed is not being made.** 我的床鋪沒有整理。
▶ **The maid has not been to my room.** 客房打掃人員還沒來過。
▶ **The room needs cleaning.** 房間需要打掃。

Track 1063

有失物招領處嗎？
Do you have a lost-and-found counter?

▶ **I lost my glasses.** 我的眼鏡掉了。
▶ **I've left my cell phone behind at the bar.** 我把手機忘在酒吧裡。
▶ **Have you seen my camera?** 有看到我的相機嗎？

對話相關片語 - leave behind 表示「忘了帶、留下」的意思。

Track 1064

我們可以晚一點退房嗎？
Can we check out later?

▶ **Can we keep the room for two more hours?** 房間可以多保留兩小時嗎？
▶ **Can we stay for a bit longer?** 可以待晚一點嗎？
▶ **Is it alright to check out later?** 晚一點退房可以嗎？

對話相關片語 - check out 退房、結帳離開

Track 1065

可以用信用卡嗎？
Can I pay by credit card?

▶ **Here is my card.** 這是我的信用卡。
▶ **Do you accept credit cards?** 你們收信用卡嗎？
▶ **May I use MasterCard?** 可以用萬事達卡嗎？

Track 1066

我沒有用這個。
I didn't use this.

▶ **This shouldn't be on my bill.** 帳單上不應該有這個啊。
▶ **Can you explain this charge?** 可以解釋一下這筆收費嗎？
▶ **What is this cost for?** 這是什麼費用？
▶ **I didn't make this phone call.** 我沒有打這通電話。

Part 4

Ch 1

Ch 2

Ch 3

住
宿
問
題

Ch 4

Ch 5

Ch 6

Ch 7

Ch 8

Ch 9

◀ *Track 1067*

可以給我收據嗎？
Can I have a receipt?

▶ **Can I get a copy of the bill?** 可以給我一份帳單的副本嗎？
▶ **I need an itemized receipt.** 我需要一張收據細目。

對話相關單字 itemize 分條、詳細列舉

◀ *Track 1068*

我把護照忘在保險箱裡。
I forgot my passport in the safe.

▶ **Can I have my passport back?** 可以還我護照嗎？
▶ **Can you help bring my things back from the safe?** 可以幫我把東西從保險箱取出來嗎？

對話相關單字 safe 除了「安全的、沒有危險的」，在此當作名詞，表示「保險箱」的意思。

◀ *Track 1069*

有接駁車到機場嗎？
Do you have shuttle bus service to the airport?

▶ **What time is the next shuttle bus?** 下一班接駁車是幾點？
▶ **How do I get to the airport?** 要怎麼去機場？
▶ **How do I get to the train station?** 要怎麼去火車站？

◀ *Track 1070*

可以幫我預約計程車嗎？
Can you book a cab for me?

▶ **Can you call a taxi for me?** 可以幫我叫計程車嗎？
▶ **Where can I get a taxi?** 哪裡可以叫到計程車？

Chapter 04 逛街購物

詢 問 議 價

◀ *Track 1071*

這是什麼做的？
What is it made of?

▶ **What's the material?** 這是什麼材質？
▶ **What kind of material is this?** 這是哪一種材質？
▶ **Is it durable?** 這耐用嗎？
▶ **There is no price tag.** 這沒有價格標籤。
▶ **Is it waterproof?** 它防水嗎？

對話相關單字 ▶ durable 經久的、耐用的

◀ *Track 1072*

我可以看一下嗎？
Can I have a look?

▶ **Can I open this?** 我可以打開嗎？
▶ **Is it ok to open it?** 可以打開嗎？
▶ **Can I check what's inside?** 我可以看一下裡面是什麼嗎？
▶ **Can I take a closer look?** 我可以看仔細一點嗎？

◀ *Track 1073*

可以給個折扣嗎？
Could I get a discount?

▶ **If I buy more, can I get a discount?** 買多一點有沒有打折？
▶ **What if I buy ten?** 如果我買十個呢？

◀ *Track 1074*

我有看過賣更便宜的。
I've seen this cheaper.

▶ **I've see this cheaper elsewhere.** 我有看過別地方賣比較便宜。
▶ **I found this item cheaper in another shop.** 我發現這個東西在另一間店更便宜。

Part 4

Ch 1

Ch 2

Ch 3

Ch 4

逛街購物

Ch 5

Ch 6

Ch 7

Ch 8

Ch 9

▶ **I've seen something similar.** 我有看過類似的東西。

對話相關單字 elsewhere 在別處的

◀ *Track 1075*

如果付現可以打折嗎？
Do I get a discount if I pay in cash?

▶ **What if I pay in cash?** 如果付現的話呢？
▶ **Can I pay by credit card?** 可以用信用卡付帳嗎？
▶ **Can I use my credit card?** 可以用信用卡嗎？
▶ **Do I still get a discount if I pay by credit card?** 如果用信用卡還有打折嗎？

對話相關片語 pay in cash 表示「用現金付帳」的意思，pay by credit card 表示「用信用卡付帳」的意思。

◀ *Track 1076*

這是當地的價錢嗎？
Is this the local price?

▶ **I think that might be the price for tourists.** 我覺得那可能是賣觀光客的價錢。
▶ **I think you can make it cheaper.** 我覺得可以便宜一點。

◀ *Track 1077*

撿到便宜了。
That's a bargain.

▶ **I think you got a bargain.** 我覺得你賺到了。
▶ **That seems like a good deal.** 看起來滿划算的。

對話相關單字 bargain 表示「便宜貨」的意思。

 規 格 尺 寸

◀ *Track 1078*

這太小了。
This is too small.

▶ **Do you have a bigger one?** 有大一點的嗎？

▶ **This is too big.** 這太大了。
▶ **Do you have a smaller one?** 有小一點的嗎？
▶ **Do you have a bigger size?** 有大號的嗎？
▶ **I need a larger one.** 我需要大一點的。

Track 1079

這有點緊。
It's a bit tight.

▶ **It's a bit tight around the waist.** 腰的地方有點緊。
▶ **I can't squeeze in.** 我穿不下去。
▶ **It's too baggy.** 這太寬鬆了。
▶ **It's way too large.** 這太大了啦。
▶ **It's much too large.** 這大太多了。

對話相關單字 baggy 寬鬆

Track 1080

我不知道我的尺寸。
I don't know my size.

▶ **I'm not sure about my size.** 我不確定我的尺寸。
▶ **Do you know what this is in U.S. sizes?** 你知道這是美國尺碼的幾號嗎？

Track 1081

這算公斤怎麼賣？
How much is it in kilograms?

▶ **How many kilograms is that?** 這樣等於幾公斤？
▶ **What's that weight in kilograms?** 這換成公斤有多重？
▶ **Can I have a kilogram of those?** 我要買一公斤。
▶ **Can I have a pound of those?** 我要買一磅。

Track 1082

我可以買小塊一點的嗎？
Can I buy a smaller piece?

▶ **Can I have only half of it?** 我只要一半可以嗎？
▶ **Can you cut that in half?** 可以幫我切一半嗎？

Part 4

Ch 1

Ch 2

Ch 3

Ch 4

逛街購物

Ch 5

Ch 6

Ch 7

Ch 8

Ch 9

◀ *Track 1083*

這我沒辦法搬回家。
I won't be able to carry this home.

▶ **It won't fit in my bedroom.** 這我的臥室放不下。
▶ **It won't get through the doorway.** 這個過不了門。

對話相關單字 ▶ doorway 門口、門道

◀ *Track 1084*

這有哪些尺寸呢？
What sizes does this come in?

▶ **What sizes do you have?** 你有哪些尺寸？
▶ **Is this your only size?** 只有這個尺寸嗎？
▶ **Are there different sizes?** 有不同的尺寸嗎？
▶ **I need a different size.** 我需要不同的尺寸。

◀ *Track 1085*

可以幫我包裝嗎？
Could you wrap this up for me?

▶ **Please wrap this for me.** 請幫我包裝。
▶ **I'd like to have it wrapped.** 請幫我包裝起來。
▶ **It's a gift.** 是要送人的。

對話相關單字 ▶ wrap 包裝、包裹

◀ *Track 1086*

這可以送貨到台灣嗎？
Could you deliver this to Taiwan?

▶ **Can I have it delivered to Taiwan?** 可以送到台灣嗎？
▶ **I need it delivered.** 我需要送貨。
▶ **Do you provide a delivery service?** 有提供送貨服務嗎？

◀◁ *Track 1087*

有東西能保護這個嗎？
Do you have anything to protect this?

▶ **Be careful! It's fragile.** 小心！物品易碎。
▶ **Please wrap it up carefully.** 請仔細地包裝。
▶ **Please be careful with it.** 請小心！
▶ **Please handle with caution.** 拿取請小心。

◀◁ *Track 1088*

有包含送貨嗎？
Is delivery included?

▶ **Could you send this to my hotel?** 可以幫我送到旅館嗎？
▶ **Is it possible to send it to this address?** 能不能送到這個地址呢？
▶ **Please send the item to this address.** 請將商品送到這個地址。

◀◁ *Track 1089*

寄到英國要多少錢？
How much will it cost to send it to the U.K.?

▶ **How much does the delivery cost?** 送貨要多少錢？
▶ **What's the charge for delivery?** 送貨怎麼收費？
▶ **How much should I pay?** 我要付多少錢？

◀◁ *Track 1090*

我需要簽什麼嗎？
Do I need to sign anything?

▶ **Does it have to be signed for?** 需要簽收嗎？
▶ **I'll sign here.** 我就簽在這裡。
▶ **I'll put my signature here.** 我簽名簽在這裡。

對話相關片語 – sign 當動詞表示「簽名」的意思，而 sign for 則表示「簽收」。

◀◁ *Track 1091*

多久會收到？
How long will it take to arrive?

▶ **Can you tell me the delivery date?** 可以告訴我送貨日嗎？
▶ **When will it be delivered?** 什麼時候會送貨？
▶ **What time of the day will it be delivered?** 早中晚哪個時段會送到？

Part

Ch 1
Ch 2
Ch 3
Ch 4
Ch 5
Ch 6
Ch 7
Ch 8
Ch 9

逛街購物

對話相關用法 What time of the day 就是訊問「在一天之中哪一個時段」的意思。

 退換貨品

◀ *Track 1092*

可以退錢嗎？
Can I get a refund?

▶ **Can I get my money back?** 我能退錢嗎？
▶ **I want my money back.** 我要退錢。
▶ **Is it possible for a refund?** 有可能退錢嗎？
▶ **Where can I get a refund?** 哪裡可以退錢？

對話相關片語 get money back 表示「退費、把錢拿回來」的意思。

◀ *Track 1093*

我要換貨。
I'd like to exchange this.

▶ **May I exchange this?** 我可以換貨嗎？
▶ **I'm here for an exchange.** 我是來換貨的。
▶ **Where can I return this?** 要到哪裡退貨？

◀ *Track 1094*

換貨可以換什麼？
What can I exchange this for?

▶ **Can I exchange the item for something different?** 可以換成不一樣的東西嗎？
▶ **I'd like to exchange it for the same one.** 我要換成同樣的東西。

◀ *Track 1095*

有退換貨相關規定嗎？
Do you have a return policy?

▶ **May I know the return policy?** 我想知道一下退換貨相關規定好嗎？
▶ **Where can I see the return policy?** 哪裡有寫退換貨相關規定？

對話相關片語 return policy 表示「退換貨相關規定」的意思。

這個貨品有損壞。
This item is damaged.

▶ **It's broken.** 東西壞掉了。

▶ **It doesn't work.** 根本不能用。

▶ **There is a fault with it.** 這東西有瑕疵。

對話相關單字 - fault 毛病、缺點、錯誤

這不是我訂的。
This is not what I ordered.

▶ **This is different from what I ordered.** 這跟我訂的不一樣。

▶ **I think you delivered the wrong item.** 我想你們送錯貨了。

▶ **I think you made a mistake.** 我想你們弄錯了。

我沒有發票。
I don't have the receipt.

▶ **I don't have the receipt with me.** 我沒帶發票。

▶ **I can't find the receipt.** 我找不到發票。

我可以找經理談嗎？
Can I talk to the manager?

▶ **Can I talk to your supervisor?** 我可以跟你的主管談嗎？

▶ **Is there someone senior that I can talk to?** 有沒有上司能出來跟我談？

▶ **I want to see your boss.** 我要找你們老闆。

對話相關單字 - supervisor 主管、上司

 採 購 紀 念 品

你有賣明信片嗎？
Do you have postcards?

Part 4

Ch 1

Ch 2

Ch 3

Ch 4

逛街購物

Ch 5

Ch 6

Ch 7

Ch 8

Ch 9

▶ **Do you sell postcards here?** 這裡有賣明信片嗎？
▶ **Where can I find postcards?** 哪裡找的到明信片？
▶ **Do you have any other kinds?** 還有其他的款式嗎？

Track 1101

我在找紀念品。
I'm looking for souvenirs.

▶ **I want to go look for a souvenir.** 我想去找找看有沒有紀念品。
▶ **There is a souvenir shop.** 那裡有一家紀念品店。
▶ **Let's go have a look at the souvenir shop.** 我們去紀念品店看看。

對話相關單字 - souvenir 紀念品

Track 1102

這裡有什麼特產？
What are the specialities here?

▶ **I'm looking for some locally-made souvenirs.** 我在找一些當地製作的紀念品。
▶ **I'm looking for some special souvenirs from this area.** 我在找這裡特產的紀念品。
▶ **Are they made here?** 這些是這邊做的嗎？
▶ **Are they made locally?** 這些是當地製作的嗎？
▶ **Is this handmade?** 這是手工做的嗎？
▶ **Did you make this?** 這是你做的嗎？

Track 1103

哪種禮物最熱門？
What's the most popular gift?

▶ **What do most people buy?** 大部分的人都會買什麼？
▶ **What's the best seller?** 賣最好的是什麼？
▶ **What do you recommend?** 你推薦什麼？
▶ **What would you choose?** 你會挑什麼呢？

對話相關片語 - best seller 銷售冠軍

Track 1104

有適合小朋友的東西嗎？
Do you have anything for kids?

▶ **I'm looking for a gift for my son.** 我在找送我兒子的禮物。

▶ **I'm looking for something for my 5-year-old niece.** 我在找送給我五歲姪女的禮物。

◀ *Track 1105*

可以幫我包起來嗎？
Could you wrap this up for me?

▶ **Could you gift-wrap this?** 請幫我包成禮物好嗎？
▶ **Do you offer free gift wrapping?** 你有提供免費包裝服務嗎？
▶ **I'd like to have them wrapped.** 請幫我包起來。
▶ **They are for my family and friends.** 這是要送家人朋友的。

對話相關單字 gift-wrap 表示「用包裝紙包裝起來」的意思。

◀ *Track 1106*

這會讓我想起這趟旅行。
This will really remind me of this trip.

▶ **I'll think of this trip when seeing this.** 以後看到這個我就會想起這趟旅行。
▶ **This will be a great souvenir.** 這會是很好的紀念品。

對話相關片語 remind someone of something 令某人想起某事

 辦 理 退 稅

◀ *Track 1107*

這免稅嗎？
Is this duty-free?

▶ **Is this duty-free price?** 這是免稅價嗎？
▶ **It is much cheaper here.** 這裡便宜多了。

◀ *Track 1108*

要怎樣辦退購物稅？
How can I get a VAT refund?

▶ **How to apply for a VAT refund?** 要怎麼申請退購物稅？
▶ **What do I need to prepare for a VAT refund?** 辦退稅要準備什麼？
▶ **What should I bring?** 要帶什麼東西？

Part 4

Ch 1

Ch 2

Ch 3

Ch 4

逛街購物

Ch 5

Ch 6

Ch 7

Ch 8

Ch 9

▶ **Will it take a long time?** 要等很久嗎？

對話相關單字 VAT 代表的是 value added tax 就是「附加稅」的意思。

◀ *Track 1109*

要多久呢？
How long will it take?

▶ **How long does the process take?** 退稅程序要多久？
▶ **When will I get the refund?** 我什麼時候可以領到退稅呢？
▶ **How soon will I get the refund?** 多快可以領到退稅呢？

對話相關單字 process 過程、程序

◀ *Track 1110*

我的收據都在這裡。
Here are all my receipts.

▶ **Here are the receipts.** 收據都在這裡。
▶ **I'll show you the receipts.** 我給你看收據。
▶ **Do you need to see the receipts?** 需要看收據嗎？

◀ *Track 1111*

請寄支票給我。
Please send me a check.

▶ **Can you send the refund by check?** 退稅金額可以用支票寄給我嗎？
▶ **Can I get cash?** 可以退現金嗎？
▶ **Can I have it refunded directly to my bank account?** 可以直接退到我的戶頭嗎？

◀ *Track 1112*

這是我的銀行帳戶細節。
Here is my bank account details.

▶ **Here is my address.** 這是我的地址。
▶ **This is my mailing address.** 這是我的郵寄地址。
▶ **Please send the receipt to this address.** 請將收據寄到這個地址。

對話相關片語 mailing address 郵寄地址

◀ *Track 1113*

這可以申請退稅嗎？
Can I claim a VAT refund on this?

▶ **I'd like to claim a VAT refund.** 我要申請退稅。

▶ **How do I claim a VAT refund?** 我要怎麼申請退稅？

▶ **Am I entitled to a VAT refund?** 我符合退稅的資格嗎？

對話相關片語 be entitled to 表示「符合……資格、有……權力」的意思。

◀ *Track 1114*

可以退多少錢？
How much can I get?

▶ **How much is the refund?** 能退多少錢？

▶ **Can you tell me how much I'll get?** 你能告訴我會領到多少錢嗎？

Part 4

Ch 1
Ch 2
Ch 3
Ch 4
Ch 5
Ch 6
Ch 7
Ch 8
Ch 9

外出覓食

Part 4

Chapter 05 外出覓食

 入 境 隨 俗

◀ *Track 1115*

好多東西我都想嚐嚐看。
There are so many things I want to try.

▶ **I want to try everything.** 我什麼都想試試看。
▶ **I want to try the local food.** 我想吃吃看當地的食物。
▶ **Let's try something special tonight.** 我們今晚來吃些特別的。
▶ **I've always wanted to try Moroccan food.** 我一直想要吃吃看摩洛哥菜。
▶ **There are a lot of herbs in this dish.** 這道菜裡面有許多香料。

◀ *Track 1116*

我得自己點一份餐點。
I have to order one for myself.

▶ **They don't share food here.** 這裡的人不會分享彼此的食物。
▶ **They are not used to sharing food.** 他們不習慣大家分食。
▶ **You'd better eat from your own plate.** 你最好吃自己盤子裡的食物就好。

◀ *Track 1117*

我不確定我是否敢吃蟋蟀。
I'm not sure if I dare to try crickets.

▶ **That's not for me.** 敬謝不敏。
▶ **I really can't.** 我真的不敢啦。
▶ **I'll have a small bite.** 我吃一小口。

對話相關片語 have a bite 表示「吃一口」的意思。

◀ *Track 1118*

我試著用手吃飯看看。
I'll try to eat with my hand.

▶ **Can you give me some tips?** 可以告訴我一些訣竅嗎？
▶ **Would you teach me how to eat with my hand?** 請教我怎麼用手吃好嗎？

▶ **Can I use both hands?** 我可以用兩手嗎？
▶ **Can I use my left hand to help?** 我可以用左手幫忙嗎？

對話相關單字 tip 除了指「小費」，在此表示「訣竅」的意思。

◀ *Track 1119*

這裡都沒有豬肉的餐點呢。
There is no pork served here.

▶ **Pork is not sold here.** 這裡沒有賣豬肉。
▶ **I miss pork chops, but well....** 我好想念豬排喔，但是……好吧。
▶ **Muslims don't eat pork.** 回教徒不吃豬肉的。

對話相關單字 Muslim 是「回教」或「回教徒」的意思。

◀ *Track 1120*

我真不習慣用刀叉。
I'm not used to using knives and forks.

▶ **I'm not good at using knives and forks.** 我刀叉用得不太好。
▶ **I should have brought my own chopsticks.** 我應該自己帶筷子的。

對話相關用法 should have 加上過去分詞，表示「原本就應該…」的意思。

◀ *Track 1121*

我們也試試看酥油茶吧。
Let's try some buttered tea.

▶ **I want to try sashimi.** 我要吃生魚片看看。
▶ **The pad thai is so tasty.** 這個泰式炒河粉超好吃。
▶ **What's in Gulasch?** 匈牙利牛肉湯裡有什麼？
▶ **Wow! I love falafel and hummus.** 哇！我超愛炸豆餅和鷹嘴豆泥。

補充新知 falafel 和 hummus 都是常見的中東菜色。

 預 約 餐 館

◀ *Track 1122*

這附近有好吃的餐館嗎？
Are there any good restaurants around here?

Part 4

Ch 1

Ch 2

Ch 3

Ch 4

Ch 5

外出覓食

Ch 6

Ch 7

Ch 8

Ch 9

▶ **Any good restaurants near here?** 附近有好吃的餐館嗎？
▶ **Any nice restaurants nearby?** 附近有不錯的餐館嗎？
▶ **Any nice eateries around?** 附近有不錯的小吃店嗎？

對話相關單字 eatery 表示「小飯館」的意思，類似於國內的小吃店。

Track 1123

我好想念中國菜喔。
I really miss Chinese food.

▶ **Are there any Chinese restaurants here?** 這裡有中國餐館嗎？
▶ **Are there any good Chinese restaurants in the city?** 這座城市有好吃的中國餐館嗎？
▶ **Is the chef Chinese?** 大廚是中國人嗎？

對話相關單字 chef 表示餐館裡的「廚師、大廚」的意思。

Track 1124

可以推薦一家好餐館嗎？
Can you recommend a good restaurant?

▶ **Any restaurants you recommend?** 你有沒有推薦的餐館？
▶ **How's the restaurant across the street?** 對面那家餐館怎麼樣？

Track 1125

我必須先訂位嗎？
Do I need to make a reservation?

▶ **Do I need to book a table?** 我需要訂位嗎？
▶ **Do I need to reserve a table before we go?** 我們去之前需要先訂位嗎？
▶ **Should I book in advance?** 我需不需要事先訂位？

對話相關片語 book/reserve/make a reservation 皆表示「訂位」的意思。

Track 1126

我想要訂位。
I'd like to make a reservation.

▶ **I'd like to reserve a table.** 我想要訂一桌。
▶ **I'd like to reserve for two.** 我想要訂兩個人的位子。
▶ **I'd like to book a table for ten.** 我想要訂一桌十個人的位子。

Track 1127

我想訂今晚七點的位子。
I'd like to book a table at 7 p.m. tonight.

▶ **I'd like to book for two for lunch tomorrow.** 我想訂兩個明天午餐的位子。
▶ **Do you still have seats for Saturday?** 請問禮拜六還有位子嗎？

Track 1128

有穿著上的限制嗎？
Is there any dress code?

▶ **Do I have to wear a tie?** 我一定要打領帶嗎？
▶ **Can I go in T-shirt and jeans?** 我可以穿T恤和牛仔褲去嗎？

補充新知 dress code 表示「穿著的規定和限制」，除了參加派對以前要詢問以外，有些高級餐館或宴會都會有穿著的要求。最好事先詢問，以免到場貽笑大方。

Track 1129

你們晚餐供應到幾點？
When do you serve dinner until?

▶ **What time does the kitchen close?** 廚房幾點休息？
▶ **When do you close?** 你們幾點打烊？

Track 1130

請問有英文的菜單嗎？
Do you have a menu in English?

▶ **Is there an English menu?** 有英文的菜單嗎？
▶ **Is there a menu in Chinese?** 有中文的菜單嗎？
▶ **Do you have a Chinese menu?** 請問有中文的菜單嗎？

Part 4

Ch 1

Ch 2

Ch 3

Ch 4

Ch 5

外出覓食

Ch 6

Ch 7

Ch 8

Ch 9

享受美食

◀ Track 1131

那邊那道菜是什麼？
What's that dish over there?

▶ **What's the name of the dish that lady is having?** 請問那位女士在用的菜叫什麼？

▶ **Would you tell me what it is like?** 請告訴我那道菜是什麼樣的嗎？

▶ **Will you tell me what kind of dish it is?** 可以告訴我那是什麼樣的一道菜嗎？

◀ Track 1132

你推薦什麼？
What do you recommend?

▶ **What's your house special?** 你們的招牌菜是什麼？

▶ **Anything special?** 有沒有特別的？

▶ **What's the specialty here?** 這裡的招牌菜是什麼？

對話相關片語 - house special 或 specialty 表示各餐廳的「招牌菜」。

◀ Track 1133

我要牛排。
I'll have the beefsteak.

▶ **I'll have the same.** 我也一樣。

▶ **Same here.** 一樣。

▶ **I'll have the fish fillet.** 我要魚排。

◀ Track 1134

有隨餐附沙拉嗎？
Does salad come with the dish?

▶ **I'd like to have a side salad.** 我想點附餐沙拉。

▶ **I'd like to have fries on the side.** 附餐我要點薯條。

▶ **I'll have the potato salad.** 我要選洋芋沙拉。

對話相關片語 - come with 表示「伴隨而來」的意思。
補充片語 - side dish 配菜

可以請幫我加水嗎？
Could I have more water, please?

▶ **Would you bring us another glass of water?** 可以再給我們一杯水嗎？

▶ **Would you bring us two spoons, please?** 請幫我們拿兩支湯匙好嗎？

這不是我們點的。
This is not what we ordered.

▶ **I don't think this is what I ordered.** 這應該不是我點的。

▶ **Is this what I ordered?** 這是我點的嗎？

能幫我們拿胡椒嗎？
Would you bring us the pepper, please?

▶ **Please bring us the salt.** 請幫我們拿鹽。

▶ **Please give me some chili powder.** 請給我一些辣椒粉。

▶ **May I have the vinegar?** 可以給我醋嗎？

真的很好吃。
It tastes really good.

▶ **It's so yummy.** 超好吃的。

▶ **This is so delicious.** 好美味喔。

▶ **It's not my type of food.** 這不合我的口味。

▶ **I'm not used to this flavor.** 這個味道我吃不習慣。

> **對話相關片語** be used to 表示「習慣於」的意思。

我想來一瓶啤酒。
I'd like to have a beer.

▶ **Can I have another beer?** 我要再來一瓶啤酒。

▶ **I'd like to have another glass of red wine.** 我想再來一杯紅酒。

▶ **What drinks do you have?** 你們有什麼飲料？

▶ **What kind of soft drinks do you have?** 你們有什麼不含酒精的飲料？

Part 4

Ch 1
Ch 2
Ch 3
Ch 4
Ch 5

外出覓食

Ch 6
Ch 7
Ch 8
Ch 9

對話相關片語 soft drinks 指的是「不含酒精的軟性飲料」。

◀ Track 1140

我想吃甜點。
I feel like a dessert.

▶ **I want to have something sweet.** 我想吃點甜的。
▶ **Let's order some desserts.** 我們來點甜點吧。
▶ **We'd like to take a look at the dessert menu.** 我們想看甜點的菜單。

◀ Track 1141

今天有什麼樣的甜點？
What types of desserts do you have today?

▶ **What are our choices?** 我們有什麼選擇？
▶ **What are the choices of dessert?** 甜點有什麼選擇？
▶ **Do you have any hot desserts?** 有沒有熱的甜點？

◀ Track 1142

我們要分一個起司蛋糕。
We'll share one cheese cake.

▶ **Chocolate brownie for me.** 我要巧克力布朗尼
▶ **I'd like two scoops of ice cream, one strawberry and one vanilla.** 我要兩球冰淇淋，一球草莓和一球香草。
▶ **I'll skip the dessert.** 我不吃甜點了。

對話相關單字 skip 表示「跳過」的意思，跳過食物即為「不吃」或「沒吃」的意思。

◀ Track 1143

我要一杯茶加牛奶。
I'd like a cup of tea with milk.

▶ **Can I have a coffee?** 我要一杯咖啡。
▶ **One espresso, please.** 請給我一杯濃縮咖啡。
▶ **One cappuccino for me and one latte for my wife.** 請給我一杯卡布奇諾，我太太要一杯拿鐵。

我的咖啡不要加糖。
No sugar for my coffee.

▶ **I don't want any sugar.** 我不要加糖。

▶ **I want black coffee, please.** 請給我黑咖啡。

▶ **Please don't put any sugar in my coffee.** 我的咖啡不要加糖。

請幫我們打包剩菜。
Please pack the leftovers for us.

▶ **I'd like to take the leftover home.** 我要把剩菜打包回去。

▶ **Do you have a doggie bag?** 你們有沒有打包剩菜的袋子？

▶ **Can I have a doggie bag?** 請給我一個打包剩菜的袋子好嗎？

對話相關單字 doggie-bag 是餐廳提供客人打包未吃完剩菜回去的袋子。

買單！
Check, please!

▶ **Please give us the bill.** 請給我們帳單。

▶ **Please bring me the check.** 請給我帳單。

▶ **May I have the check, please?** 請給我帳單好嗎？

你們收信用卡嗎？
Do you accept credit cards?

▶ **I'd like to pay by credit card.** 我要用信用卡付帳。

▶ **I'll pay in cash.** 我付現金。

▶ **Please split our bill.** 請幫我們分開算。

▶ **It's on me!** 我請客！

對話相關用法 要說「我請客」除了 It's on me. 也可以說 My treat.

Part 4

Ch 1

Ch 2

Ch 3

Ch 4

Ch 5

Ch 6

交通動線

Ch 7

Ch 8

Ch 9

Chapter 06 交通動線

Track 1148

請問一下！公車站在哪裡？
Excuse me! Where is the bus stop?

▶ **How to get to the bus stop?** 公車站怎麼走？
▶ **Where can I find the nearest bus stop?** 最近的公車站在哪裡？
▶ **Do I have to buy a ticket before getting on the bus?** 要在上車前買票嗎？
▶ **I don't have any change.** 我沒有零錢。

對話相關單字 change 除了常見表示「改變」的意思，在這裡是當名詞，表示「零錢」的意思。

Track 1149

需要有剛好的零錢嗎？
Do I need to have exact change?

▶ **Here is the exact change.** 這裡的零錢剛好。

Track 1150

買一日票有沒有比較便宜？
Is it cheaper to buy a one-day pass?

▶ **Should I get a one-day pass?** 我要不要買一日票？
▶ **May I get a one-day pass?** 請給我一張一日票好嗎？

Track 1151

請告訴我在哪裡下車好嗎？
Can you tell me where to get off?

▶ **Please tell me where to get off.** 請告訴我在哪裡下車。
▶ **Please let me know when we arrive at the train station.** 到火車站時請告訴我。

對話相關片語 get off 下車、下班

需要換線嗎？
Do I need to change lines?

▶ **Do I need to change trains?** 要換車嗎？
▶ **Do I need to change buses?** 要換公車嗎？

對話相關單字- line 除了「線、行列」的意思，在此是表示「路線」的意思。

多久會到？
How long will it take?

▶ **How long is the journey?** 旅程要多久呢？
▶ **When will we arrive?** 什麼時候會到？
▶ **What time will we get there?** 我們什麼時候會到？

要在哪一站轉車？
Which station should I transfer?

▶ **Where can I change to the blue line?** 我可以在哪裡換藍線？
▶ **Where should I get off?** 我要在哪裡下車？
▶ **Should I change at the next station?** 我應該在下一站換車嗎？
▶ **When is the last train?** 最後一班火車是幾點？

 火 車 渡 輪

售票口在哪裡？
Where is the ticket office?

▶ **Where can I get tickets?** 哪裡可以買票？
▶ **Where can I get tickets for today?** 哪裡可以買今日的票？
▶ **Where can I get tickets for next week?** 哪裡可以買下禮拜的票？

我可以買明天的票嗎？
Can I buy a ticket for tomorrow?

Part 4

Ch 1
Ch 2
Ch 3
Ch 4
Ch 5
Ch 6

交通動線

Ch 7
Ch 8
Ch 9

▶ **Two tickets for tomorrow, please.** 請給我兩張明天的票。
▶ **Can I get a ticket for next Monday?** 可以買下禮拜一的票嗎？

Track 1157

可以買一張二等艙的票嗎？
Can I get a second class ticket?

▶ **Can I get a first class ticket?** 可以買一張頭等艙的票嗎？
▶ **Are there still seats for the second class?** 二等艙還有位子嗎？
▶ **Are there any seats available?** 還有位子嗎？

Track 1158

需要先劃位嗎？
Do I have to reserve a seat?

▶ **Do we need to reserve seats?** 我們需要先劃位嗎？
▶ **I'd like to reserve a seat.** 我要劃位。

Track 1159

從哪一個月台出發？
Which platform does it leave from?

▶ **Where is my platform?** 我的月台在哪裡？
▶ **Which platform should I go to?** 我要到哪一個月台？
▶ **Does the train to New York leave from Platform 5?** 去紐約的火車在五號月台嗎？

Track 1160

總共有幾站？
How many stops are there?

▶ **How many stops in total?** 全部一共有幾站？
▶ **How many stops?** 有幾站？

對話相關片語 in total 表示「全部加起來、總共」的意思。

Track 1161

每天有幾班往基隆的渡輪？
How many ferries leave for Keelung per day?

▶ **How often do they leave?** 出發間隔多久？
▶ **When is the next ferry?** 下一班渡輪是幾點？

▶ **Do I have to wait long for the next one?** 要等很久才有下一班嗎？

▶ **We are going to Keelung by ferry.** 我們要搭渡輪去基隆。

補充單字 departure 表示「出發、離開」的意思，也可以當作「下一班離開的公車、火車、渡輪或飛機」。

Track 1162

車子上渡輪要多少錢？
How much is it to take the car onto the ferry?

▶ **How much do you charge for the car?** 帶車子要收多少錢嗎？

▶ **How many cars can you take?** 可以載幾部車子？

Track 1163

渡輪上有餐廳嗎？
Is there a restaurant on board?

▶ **Where can I find the restaurant?** 餐廳在哪裡？

▶ **Do you provide food on the ferry?** 渡輪上有提供食物嗎？

對話相關片語 on board 表示「在船、火車、飛機上」的意思。

Track 1164

幾點要到？
When do I have to arrive?

▶ **How early should I arrive?** 我多早要到？

▶ **What time should I get here?** 我幾點要到這裡？

▶ **When is the boarding time?** 幾點可以開始上船？

 叫計程車

Track 1165

哪裡叫的到計程車？
Where can I find a taxi?

▶ **Where can I get a cab?** 哪裡搭的到計程車？

▶ **Can I order a taxi, please?** 麻煩您我要叫車。

Part 4

Ch 1

Ch 2

Ch 3

Ch 4

Ch 5

Ch 6

交通動線

Ch 7

Ch 8

Ch 9

◀ *Track 1166*

到大英博物館多少錢？
How much does it cost to go to the British Museum?

▶ **Can you take me to the airport?** 可以帶我到機場嗎？
▶ **Can you take me to the bus terminal?** 可以帶我到客運總站嗎？
▶ **How much does it cost to go to the train station?** 到火車站多少錢？
▶ **How much to the airport?** 到機場多少錢？
▶ **When will it arrive?** 幾點會到？
▶ **There are three of us.** 我們有三個人。

◀ *Track 1167*

請跳錶好嗎？
Can you put the meter on?

▶ **Please put the meter on.** 請跳錶。
▶ **Did you put the meter on?** 開始跳錶了嗎？

對話相關單字 meter 表示「儀錶、記量器」的意思。

◀ *Track 1168*

有沒有快一點的路線？
Is there a quicker way?

▶ **Is there a shortcut?** 有沒有捷徑？
▶ **I know a shortcut.** 我知道一條近路。
▶ **I'm in a hurry.** 我在趕時間。

對話相關片語 in a hurry 表示「趕時間、匆忙」的意思。

◀ *Track 1169*

可以讓我在這裡下車嗎？
Can you drop me off here?

▶ **Can I get off here?** 我可以在這裡下車嗎？
▶ **Please stop here.** 請在這裡停車。
▶ **It's here.** 到了。

對話相關片語 drop off 表示「讓……下車」的意思。

◀ *Track 1170*

可以請你明天再來載我嗎？
Can you pick me up again tomorrow?

▶ **Can you collect me at the came spot tomorrow?** 明天可以來同一地點載我嗎？
▶ **Can I order your service again for tomorrow?** 我明天可以再麻煩你嗎？

> 對話相關片語 pick up 表示「載人、撿起」的意思。

◀ *Track 1171*

剩下的當作小費。
Please keep the change.

▶ **Keep the tip.** 小費請留著。

◀ *Track 1172*

哪裡可以租車？
Where can I rent a car?

▶ **Where can I find a car rental?** 哪裡有租車行？
▶ **I saw a couple fo car rental companies outside the airport.** 我在機場外面看到好幾家租車行。

> 對話相關片語 car rental company 表示「租車行、租車的地方」的意思。

◀ *Track 1173*

租金多少？
How much is the rental?

▶ **How much is the rate for five days?** 租五天多少錢？
▶ **How much does it cost to rent a scooter?** 租一台機車要多少錢？

> 對話相關單字 scooter 表示國內常見的「機車」，而 motorcycle 指的是需跨騎的「重型機車」。

◀ *Track 1174*

這是我的駕照。
Here is my driver's license.

▶ **Here is my driving license.** 這是我的駕照。
▶ **Here is a copy of my driver's license.** 這是我的駕照影本。

Part 4

Ch 1
Ch 2
Ch 3
Ch 4
Ch 5
Ch 6

交通動線

Ch 7
Ch 8
Ch 9

▶ **I don't have my driver's license with me now.** 我現在身上沒帶駕照。

對話相關片語 driver's license 或 driving license 都是「駕照」的意思。

Track 1175

我想租一台車。
I'd like to rent a car.

▶ **We'd like to rent a car for three days.** 我們想要租車租三天。
▶ **We'd like to rent this car for a week.** 這台車我們想要租一個禮拜。

Track 1176

可以給我一份地圖嗎？
Can I have a map?

▶ **Please give me a map of this area.** 請給我一份這區的地圖。
▶ **Is this map for free?** 地圖是免費的嗎？

Track 1177

我有保險嗎？
Do I have an insurance?

▶ **Is my own safety included in the insurance?** 保險有保到我的自身安全嗎？
▶ **What's covered by the insurance?** 保險的範圍包括哪些？
▶ **Does my car insurance cover rental cars?** 我的汽車保險有涵蓋到租借用的車子嗎？

Track 1178

我太太也可以開嗎？
Can my wife drive as well?

▶ **Can we both drive?** 我們兩個人都可以開嗎？
▶ **Can he drive too?** 他也可以開嗎？

Track 1179

還車前油要加滿嗎？
Do I need to fill the tank before returning it?

▶ **Is the tank full?** 油箱是滿的嗎？
▶ **Do I need to fill the tank first?** 要先加油嗎？
▶ **Is the tank empty?** 油箱是空的嗎？

要加哪一種油？
What kind of fuel does it take?

▶ **Is it a diesel car?** 這是柴油車嗎？

▶ **It only takes unleaded gasoline.** 只能加無鉛汽油。

> **補充單字** 汽車的燃料分為許多種，包括：diesel「柴油」、unleaded gasoline「無鉛汽油」等。

> **補充單字** petrol「汽油」，與gasoline 同義，前者為英式用法。

有自排車嗎？
Do you have an automatic?

▶ **I prefer automatic.** 我喜歡自排車。

▶ **I'll take a manual transmission one.** 我要租手排車。

> **對話相關單字** automatic 自動的，表示「自排車」的意思；manual transmission 手動換檔，表示「手排車」的意思。

Part 4

Part 4

Ch 1

Ch 2

Ch 3

Ch 4

Ch 5

Ch 6

Ch 7

生活體驗

Ch 8

Ch 9

Chapter 07 生活體驗

 郵 局 銀 行

◀ *Track 1182*

郵局在哪裡？
Where is the post office?

▶ **Where is the closest post office?** 最近的郵局在哪裡？
▶ **Is there a post office nearby?** 附近有郵局嗎？
▶ **Is the post office still open?** 郵局還有開嗎？
▶ **Is the bank still open?** 銀行還有開嗎？
▶ **When will the post office be closed?** 郵局幾點關門？

◀ *Track 1183*

我要寄這張明信片到台灣。
I'd like to send this postcard to Taiwan.

▶ **How much is it to send a postcard to Taiwan?** 寄一張明信片到台灣要多少錢？
▶ **How much does it cost to send this greeting card to New Zealand?** 寄這張賀卡到紐西蘭要多少錢？
▶ **How much is the domestic postage?** 寄國內郵資多少錢？
▶ **How much is the international postage?** 寄國際郵資多少錢？
▶ **How much does it cost to send this letter by air mail?** 這封信寄航空多少錢？

對話相關單字 postage 表示「郵資、郵費」的意思。
補充新知 郵寄信件、包裹有幾種不同的選擇，依送達的方式可分為 by air mail（寄航空）及 by ship（寄海運）等。

 撥 打 電 話

◀ *Track 1184*

我想打電話回台灣。
I want to make a call to Taiwan.

▶ **I want to call my husband.** 我想打電話給我先生。

▶ **Can I make an overseas call with this telephone?** 這台電話能打國際電話嗎？

對話相關片語 make a call to 加上國家表示「撥打電話到某國」的意思。

◀Track 1185

能告訴我台灣的國碼是？
Could you tell me the country code of Taiwan?

▶ **What's the country code of Singapore?** 新加坡的國碼是多少？
▶ **Is 886 the country code of Taiwan?** 台灣的國碼是不是 886？

補充新知 到海外欲撥打電話回國，別忘了在號碼前加上台灣的country code「國碼」886。

◀Track 1186

打到台灣要怎麼撥？
How can I make a call to Taiwan?

▶ **Will you tell me what to dial to make a call to Taiwan?** 可以告訴我打到台灣要撥幾號嗎？
▶ **Please tell me what to dial to make a call to Taipei, Taiwan.** 請告訴我打到台灣台北要撥幾號。
▶ **Why don't you just connect to WiFi and make a call simply through Line?** 你為何不連網路然後從 Line 打電話就好了？

◀Track 1187

打回台灣的費率是多少？
What's the rate to make a call to Taiwan?

▶ **How much per minute to call to France?** 打到法國每分鐘多少錢？
▶ **How much does it cost for a 5-minute call?** 打一通五分鐘的電話要多少錢？

◀Track 1188

我想打對方付費的電話。
I'd like to make a collect call.

▶ **I'd like to make a collect call to Taiwan.** 我想打一通對方付費的電話到台灣。
▶ **I need to make a collect call.** 我必須撥打對方付費的電話。
▶ **Can I make a collect call here?** 這裡可以打對方付費的電話嗎？

補充單字 出門在外欲撥打電話時，若手機沒電，又沒有地方可以借電話時，可尋找 telephone booth（電話亭）或是 public telephone（公共電話）。

Part
Ch 1
Ch 2
Ch 3
Ch 4
Ch 5
Ch 6
Ch 7
生活體驗
Ch 8
Ch 9

 遊 覽 購 票

Track 1189

我想參加溫莎古堡一日遊。
I'd like to take a one-day tour to Windsor Castle.

▶ **Is there a day tour to Oxford?** 有去牛津的一日遊嗎？
▶ **Is it a half-day or full-day tour?** 這是半日遊還是一日遊？
▶ **How long is this full-day tour?** 這個全日遊時間多長？

Track 1190

這個旅遊多少錢？
How much is this tour?

▶ **How much for two?** 兩人同行多少錢？
▶ **Is transportation included?** 有包含交通嗎？
▶ **Are meals included?** 有包含餐食嗎？
▶ **Are all tickets included?** 門票全包嗎？

Track 1191

我要到哪裡集合？
Where is the meeting point?

▶ **Where is the pick-up point?** 遊覽車搭乘地點在哪裡？
▶ **Where should I wait for the tour bus?** 我要到哪裡等遊覽車？
▶ **When will they pick me up?** 幾點會來載我？

對話相關片語 meeting point 表示「碰面、集合的地點」。

Track 1192

我對參觀博物館很有興趣。
I'm interested in visiting museums.

▶ **I'd like to see some more museums.** 我想去看更多間博物館。
▶ **I'd like to see all the famous sights.** 我想看所有知名的觀光景點。
▶ **I don't want to miss the famous art gallery.** 我不想錯過那麼有名的藝廊。

Track 1193

再進場要付費嗎？
Do I have to pay for re-entry?

▶ **Can I come back in?** 我可以再入場嗎？
▶ **Can I come back within the same day?** 我同一天還可以再入場嗎？

◀ *Track 1194*

請給我兩張票。
Two tickets, please.

▶ **Two adult tickets and one child ticket.** 兩張全票，一張兒童票。
▶ **One student ticket, please.** 請給我一張學生票。
▶ **Do you have group tickets?** 你們有團體票嗎？

◀ *Track 1195*

我要參加導覽。
I'd like to join a guided tour.

▶ **I want to sign up for a guided tour.** 我要報告參加導覽。
▶ **We'd like to book for a guided tour.** 我們想預約導覽。

◀ *Track 1196*

我要租借語音導覽。
I'd like to rent an audio guide.

▶ **Renting an audio guide sounds good!** 租語音導覽聽起來不錯！
▶ **I have a guide book to this museum.** 我有這間博物館的導覽書。

補充新知 audio guide 為各大博物館、美術館預先錄製的「語音導覽機」，能協助大眾了解展品。

◀ *Track 1197*

再三十分鐘就要關門了。
It's going to close in thirty minutes.

▶ **We have only one hour left.** 我們只剩下一小時了。
▶ **Should we come back again tomorrow?** 我們要不要明天再來？
▶ **We should have come earlier.** 我們應該早點來的。

Part 4

Ch 1
Ch 2
Ch 3
Ch 4
Ch 5
Ch 6
Ch 7
生活體驗
Ch 8
Ch 9

 拍 照 留 念

Track 1198

請和我一起合照。
Please join me for the picture.

▶ **Would you like to have your picture taken with us?** 你願不願意和我們一起合照？
▶ **Excuse me. Will you take a picture of me and my mom?** 不好意思，請幫我和我媽媽照一張好嗎？
▶ **Will you take a picture for us?** 可以幫我們拍張照嗎？

Track 1199

這裡可以照相嗎？
Can I take pictures here?

▶ **Is it ok to take pictures here?** 這邊可以照相嗎？
▶ **Am I allowed to take photos here?** 這裡允許照相嗎？
▶ **May I take photos here?** 我可以在這裡照相嗎？

Track 1200

這裡可以用閃光燈嗎？
Can I use flash here?

▶ **Is it ok to use flash?** 可以用閃光燈嗎？
▶ **Am I allowed to use flash here?** 這裡准許用閃光燈嗎？
▶ **May I use flash here?** 我可以在這裡用閃光燈嗎？
▶ **Is the flash on?** 閃光燈有開嗎？
▶ **Have you turned the flash on?** 你有把閃光燈打開嗎？

Track 1201

笑一個！
Say "cheese"!

▶ **One, two, three. Smile!** 一二三，笑一個！
▶ **Are you ready? Say "cheese."** 準備好了嗎？笑一個。

補充新知 幫別人照相時，要請對方笑一個，就說「say cheese」，因為起司的發音就會讓人嘴角自然上揚微笑。

我再照一張。
I'll take one more.

▶ **I'll take a couple more so you can choose a better one later.** 我再多照幾張，然後你就可以選出比較好的那一個。

▶ **I'll take one more with the flash.** 我用閃光燈再照一張。

可以把照片用電子郵件寄給我嗎？
Will you e-mail me the photos?

▶ **Let me send the photos to you through Line.** 讓我用 Line 傳照片給你。

▶ **I'll upload the photos to the Cloud and send you guys the link.** 我會把照片上傳到雲端，然後傳連結給你們。

 認 識 新 朋 友

我們是台灣來的。
We are from Taiwan.

▶ **I come from Taiwan.** 我來自台灣。

▶ **I'm Taiwanese.** 我是台灣人。

補充單字 nationality 國籍

你是哪裡人？
Where are you from?

▶ **Where do you come from?** 你從哪裡來的？

▶ **Where is our tour guide from?** 我們的導遊是哪裡人？

▶ **Where do you think she is from?** 你覺得她是哪裡人？

你來這裡多久了？
How long have you been here?

Part 4

Ch 1
Ch 2
Ch 3
Ch 4
Ch 5
Ch 6
Ch 7

生活體驗

Ch 8
Ch 9

▶ **When did you get here?** 你什麼時候來的？
▶ **When did she arrive?** 她什麼時候來的？

◀ *Track 1207*

我們打算要待一個月。
We plan to stay for a month.

▶ **We have been here for two weeks already.** 我們已經來兩個禮拜了。
▶ **We'll leave in two days.** 我們再兩天就要走了。
▶ **We'd like to extend our stay.** 我們想待久一點。

對話相關單字 extend 表示「延長」的意思。

◀ *Track 1208*

你有沒有推薦可去的地方？
Where do you recommend to go?

▶ **Can you recommend some places you've been to?** 可以推薦一些你有去過的地方嗎？
▶ **Where do you think is a must-see?** 你覺得哪裡是不可錯過的景點呢？

對話相關單字 must-see 表示「必看景點」的意思。

◀ *Track 1209*

我可以坐在你旁邊嗎？
May I sit next to you?

▶ **Do you mind if I sit here?** 你介意我坐在這裡嗎？
▶ **Can I join you?** 我可以加入你們嗎？
▶ **Can I come along?** 我可以一起去嗎？

對話相關片語 come along 表示「一起來」的意思。

◀ *Track 1210*

我們正在歐洲旅行。
We are traveling in Europe.

▶ **This is our first time to Europe.** 這是我們第一次來歐洲。
▶ **Where are you going next?** 你們接下來要去哪裡？
▶ **Where are you going after here?** 在這之後你們要去哪裡？
▶ **What's your next destination?** 你們的下一站是哪裡？

真高興認識你。
Nice to meet you.

▶ **It's nice to meet you.** 很高興認識你。
▶ **It's great to know you.** 認識你真棒。
▶ **I'm glad to meet you.** 很榮幸認識你。

我留我的電子郵件帳號給你。
I'll leave you my e-mail.

▶ **Here are my contact details.** 這是我的聯絡方式。
▶ **How can I contact/reach you?** 我要怎麼和你聯絡呢？
▶ **Can I have your Line ID?** 我可以加你的 Line 嗎？
▶ **Can I follow your Instagram?** 我可以追蹤你的 Instagram 嗎？
▶ **Please leave me your contact details.** 請留給我你的聯絡方式。

多保重囉。
Take good care.

▶ **Keep in touch.** 保持聯絡。
▶ **You are always welcome to Taiwan.** 歡迎你來台灣玩。
▶ **I look forward to seeing you again.** 期待再相見。
▶ **Have a nice trip.** 旅途愉快。
▶ **Bon voyage.** 一路順風。

> **對話相關片語** look forward to 表示「期待、盼望」的意思，後面加上期待的事物。

小 賭 怡 情

旅館裡有賭場嗎？
Is there a casino in the hotel?

▶ **Is there a casino here?** 這裡有賭場嗎？
▶ **Are there any casinos in the city?** 這城市內有任何賭場嗎？

Part

Ch 1
Ch 2
Ch 3
Ch 4
Ch 5
Ch 6
Ch 7

生
活
體
驗

Ch 8
Ch 9

◀ *Track 1215*

哪裡有吃角子老虎可以玩？
Where can I play the slot machines?

▶ **Where can I find slot machines?** 哪裡有吃角子老虎機？
▶ **Are there any slot machines in the hotel?** 旅館裡有吃角子老虎機嗎？
▶ **This hotel offers a wide range of free slot machines to the guests.** 這間飯店提供顧客種類廣泛的免費吃角子老虎機。

◀ *Track 1216*

我需要換籌碼嗎？
Do I need to get chips?

▶ **Where can I change chips?** 哪裡可以換籌碼？
▶ **Can I play with real money?** 可以用真錢玩嗎？
▶ **Can I use real money to play this game?** 這個遊戲可以用真錢玩嗎？
▶ **Can you play Black Jack?** 你會玩21點嗎？
▶ **I want to play Texa Hold'em.** 我要去玩德州撲克。
▶ **I'm going to join the all-in club.** 我要去加入「梭哈俱樂部」囉！

對話相關單字 chip 除了「晶片、洋芋片」的意思，在這裡指的是玩牌或賭博時所使用的「籌碼」。

對話相關片語 all in 的意思是「把所有的籌碼全部一次押上」，是梭哈牌局中的用語。

◀ *Track 1217*

我現在可以玩了嗎？
Can I play now?

▶ **Can I bet now?** 我現在可以下注了嗎？
▶ **Can I join now?** 我現在可以加入嗎？
▶ **Is it ok to join now?** 現在可以加入嗎？

◀ *Track 1218*

請幫我解說這個遊戲好嗎？
Could you please explain this game to me?

▶ **Will you tell me the rules?** 請告訴我規則好嗎？
▶ **What are the rules?** 規則是什麼？

◀ *Track 1219*

請再給我一張牌。
One more, please.

▶ **No more, thank you.** 我不要牌了，謝謝。
▶ **He dealt me a really bad hand.** 他發給我一副牌真的很爛的牌。

Track 1220

請幫我換籌碼。
Change, please.

▶ **I'd like to change 20 dollars into chips.** 我要把二十元換成籌碼。
▶ **I want to change these chips into money.** 我想把這些籌碼回成錢。

Track 1221

手氣好嗎？
Did you have any luck?

▶ **How's your luck tonight?** 今晚運氣如何？
▶ **Let's try our luck!** 我們來試試手氣吧。
▶ **I'm winning.** 我贏了。
▶ **I'm losing.** 我輸了。
▶ **I hit the jackpot tonight.** 我今天晚上贏大錢了。

對話相關單字 jackpot 是指「累積獎金」，hit the jackpot 表示「中大獎」的意思。

Track 1222

最好到此為止。
I'd better stop here.

▶ **I'll stop here.** 這樣就好了。
▶ **That was fun.** 真好玩。
▶ **I'll never gamble again.** 我再也不要賭博了。

 自 身 安 全

Track 1223

我應該點一杯新的飲料。
I should get a new drink.

▶ **I'd better get a new drink since we just left our seats.** 我們剛剛離開座位，我最好
點一杯新的飲料。

▶ **I won't drink this drink. Let's get a new one.** 我不會喝這杯飲料了，我們再去買一杯新的。

▶ **To be safe, let's get a new drink.** 為了安全起見，讓我們點一杯新的飲料。

▶ It will be smart to **get a new drink.** 點一杯新的飲料才保險。

> **對話相關用法** It will be smart to... 表示做什麼事「才聰明、保險」。

Track 1224

不要自己一個人坐計程車。
Don't take a taxi by yourself.

▶ **Should we get a taxi together?** 我們要不要一起叫一部計程車？

▶ **Do you want to take a taxi with me?** 你要不要跟我一起坐計程車？

▶ **Do you want to share a cab?** 你要不要跟我一起叫計程車？

▶ **Let's get a cab.** 我們一起叫車。

> **對話相關單字** taxi 和 cab 都是指「計程車」，唯前者是美式用法而後者是英式用法。

Track 1225

我應該隨身帶多少錢？
How much money should I have with me?

▶ **I don't want to bring too much cash with me.** 我不想帶太多現金。

▶ **Don't bring too much cash.** 不要帶太多現金。

▶ **Don't bring all your money.** 不要把錢全部帶出來。

▶ **Put your money in different places.** 把你的錢分開來放。

▶ **Don't put all your money in your wallet.** 不要把錢全部放在皮夾裡。

Track 1226

小心陌生人。
Be careful of strangers.

▶ **Be aware of strangers.** 注意陌生人。

▶ **Be cautious about unusual things.** 對不尋常的事物要特別謹慎。

> **對話相關單字** cautious 表示「小心謹慎」的意思。

Track 1227

擁擠的地方要小心。
Be careful at crowded places.

▶ **Watch out in public places.** 在公共場所要小心。

▶ **I don't like crowded places.** 我不喜歡人多的地方。

▶ **Be attentive to your personal belongings.** 小心隨身物品。

▶ **Take care of your own stuff.** 照顧好自己的東西。

對話相關單字 belongings 表示「攜帶的物品」的意思。

Track 1228

我想找一個旅伴。
I'd like to travel with a partner.

▶ **I'd like to travel with other backpackers.** 我想和其他背包客一起旅行。

▶ **It's safer to travel with a group.** 跟其他人結伴旅行比較安全。

Track 1229

我不會在外面待太晚。
I won't stay out too late.

▶ **I don't like to go out at night.** 我不喜歡晚上出去。

▶ **I won't go out on my own.** 我自己一個人不會出去。

▶ **Can you come with me, please?** 可以請你陪我去嗎？

Part 4

Part 4

Ch 1

Ch 2

Ch 3

Ch 4

Ch 5

Ch 6

Ch 7

Ch 8

緊急求助

Ch 9

Chapter 08 緊急求助

 身 體 不 適

◀ *Track 1230*

我人不舒服。
I'm feeling ill.

▶ **I'm not feeling well.** 我不太舒服。
▶ **I've got a high temperature.** 我發燒了。
▶ **I may need to see a doctor.** 我可能需要看醫生

> 對話相關片語 have/ get a high temperature 有個很高的溫度，表示「發燒」的意思。
> 補充片語 be under the weather 身體不適

◀ *Track 1231*

我的胃不舒服。
My stomach hurts.

▶ **I have a stomachache.** 我胃痛。
▶ **I may have food poisoning.** 我可能食物中毒了。
▶ **I feel a pain here.** 我這裡會痛。
▶ **My head aches.** 我頭痛。
▶ **My arm hurts.** 我的手臂疼痛。

> 對話相關片語 food poisoning 表示「食物中毒」的意思。

◀ *Track 1232*

最近的藥局在哪裡？
Where is the nearest pharmacy?

▶ **Do you know where I can get some medicine?** 你知道哪裡可以買到藥嗎？
▶ **I need some pain killers.** 我需要止痛藥。
▶ **Where can I find medical assistance?** 哪裡可以找到醫療協助？

◀ *Track 1233*

有沒有退燒藥？

Do you have anything for a fever?

▶ **Does this help relieve stomach pains?** 這可以舒緩胃部疼痛嗎？

▶ **I need something to help me sleep.** 我需要助眠的東西。

▶ **I can't sleep at night.** 我晚上睡不著。

▶ **Can you call me a doctor?** 能幫我請醫生嗎？

▶ **Where is the nearest clinic?** 最近的診所在哪裡？

▶ **Where can I find a doctor?** 哪裡找的到醫生？

補充單字 in somnia 失眠

◀ *Track 1234*

她可能需要醫療照護。
She may need some medical care.

▶ **He's had a serious accident.** 他出了嚴重的意外。

▶ **I think you should go get examined.** 我覺得你應該去接受檢查。

◀ *Track 1235*

我牙痛。
I have a toothache.

▶ **I need a dentist.** 我需要看牙醫。

▶ **I have a loose tooth.** 我有一顆牙齒鬆動。

▶ **I have a loose filling.** 我補牙的地方快掉了。

對話相關單字 表示補牙的「填補物」的意思。

◀ *Track 1236*

我起疹子。
I have a rash.

▶ **I have a swelling.** 我有個地方腫起來。

▶ **I was bitten by a snake.** 我被蛇咬了。

▶ **I was stung by an insect.** 我被蚊蟲叮咬。

對話相關單字 swelling 表示「腫脹」的意思。

◀ *Track 1237*

我現在好多了。
I'm feeling much better now.

Part 4

Ch 1
Ch 2
Ch 3
Ch 4
Ch 5
Ch 6
Ch 7
Ch 8
緊
急
求
助
Ch 9

▶ **That helped a lot.** 那個很有幫助。
▶ **The symptoms have gone.** 症狀都消失了。
▶ **I'm alright now.** 我沒事了。

 證 件 遺 失

Track 1238

我找不到我的護照。
I can't find my passport.

▶ **I've lost my ID card.** 我的身份證掉了。
▶ **My credit card is missing.** 我的信用卡不見了。
▶ **Where are my flight tickets?** 我的機票呢？

Track 1239

我要掛失護照。
I need to report a lost passport.

▶ **How can I get a new one?** 要怎樣辦新的？
▶ **I must call my embassy.** 我必須打電話給大使館。

對話相關單字 embassy 是「大使館」的意思。

Track 1240

我需要開新的票。
I need a new set of tickets.

▶ **My plane tickets need replacing.** 我需要補發機票。
▶ **Can you issue me new ones?** 可以幫我重新開票嗎？
▶ **Is there a travel agency nearby?** 附近有旅行社嗎？

對話相關單字 issue 表示「開票、核發、發行」的意思。

Track 1241

我的正本掉了。
I lost the original.

▶ **Here is a copy.** 這裡有影本。

▶ **I'm waiting for a replacement.** 我在等補發。
▶ **My new passport shall arrive soon.** 我的新護照應該快送來了。

Track 1242

我有駕照。
I have my driver's license.

▶ **I have my student card.** 我有學生證。
▶ **I have my passport number.** 我有我的護照號碼。
▶ **I have my itinerary.** 我有行程表。

Track 1243

我要取消我的信用卡。
I need to cancel my credit card.

▶ **I need to report a lost credit card.** 我要掛失信用卡。
▶ **My credit card may have been stolen.** 我的信用卡可能被偷了。
▶ **I need a new credit card.** 我需要一張新的信用卡。
▶ **Can you send a new one to my hotel?** 可以寄一張新卡到我的旅館嗎？

Track 1244

新護照要多久才會寄達？
How long will it be til the new passport arrives?

▶ **When will the replacement arrive?** 補發什麼時候會好？
▶ **Does that mean I can't leave the country for now?** 這是不是表示我暫時不能離開這個國家？
▶ **Can I get it sooner?** 可以快一點辦好嗎？
▶ **Should I pay extra?** 我要另外付費嗎？
▶ **What's the fee?** 費用多少？
▶ **What's the cost?** 費用多少？

 行 程 延 誤

Track 1245

飛機誤點。
The flight is delayed.

Part 4

Ch 1
Ch 2
Ch 3
Ch 4
Ch 5
Ch 6
Ch 7
Ch 8

緊急求助

Ch 9

▶ **The train is cancelled.** 火車取消了。
▶ **The train is diverted.** 火車更改路線。
▶ **We have to take a detour.** 我們必須繞道。
▶ **The bus is not running.** 公車停駛。

對話相關單字 detour 表示「繞道、繞行」的意思。

◀ *Track 1246*

可以幫我安排其他飛機嗎？
Will you put me on another plane?

▶ **Will you arrange another transport for me?** 能幫我安排其他交通工具嗎？
▶ **How will you get me there?** 你要怎麼把我送達目的地？
▶ **What about my connecting flight?** 我的接續班機怎麼辦？
▶ **I have to transfer.** 我必須轉機。
▶ **I must arrive before 5 p.m.** 我一定要在下午五點前抵達。

◀ *Track 1247*

現在是什麼問題呢？
What is the problem now?

▶ **What is holding us up?** 是什麼害我們耽誤了？
▶ **What is the cause of the delay?** 誤點是什麼原因？
▶ **Why have we stopped?** 為什麼我們停下來了？

對話相關片語 hold up 表示「阻礙、攔截」的意思。

◀ *Track 1248*

我必須打電話到下一站。
I need to call ahead.

▶ **Someone is expecting me.** 有人在等我。
▶ **I have an appointment.** 我有預約。
▶ **I will miss the meeting.** 我要來不及開會了。

對話相關片語 call ahead 表示「打電話到下一個地方」的意思，在此打電話的對象可能是餐廳、旅館、接送服務等已經預先安排好的接續行程。

◀ *Track 1249*

還有別的路可以到那嗎？
Is there another way to get there?

▶ **Is there a faster** alternative**?** 有快一點的其他路線嗎？

▶ **Can I get on another train?** 我可以改搭另一班火車嗎？

▶ **Will we still arrive on time?** 我們還會準時抵達嗎？

對話相關單字 alternative 表示「供選擇的其他辦法、替代方案」。

Track 1250

走路到那會不會比較快？
Is it faster to walk there?

▶ **I'll get off and walk from here.** 我要在這下車然後用走的。

▶ **Is it quicker to go by taxi?** 搭計程車會不會快一點？

Track 1251

我可以求償嗎？
Can I claim for compensation?

▶ **Can I get my money back?** 可以退費嗎？

▶ **Will you pay for a hotel?** 你們會提供旅館住宿嗎？

Track 1252

什麼時候會開呢？
When will it leave?

▶ **What's the new expected arrival time?** 新的預計抵達時間是什麼時候？

▶ **How long must we wait?** 我們還要等多久？

▶ **How much longer will it take?** 還需要多久的時間？

 迷 路

Track 1253

我在哪裡？
Where am I?

▶ **Where are we?** 我們在哪裡啊？

▶ **I think I'm lost.** 我想我迷路了。

▶ **I think we are lost.** 我想我們迷路了。

Part 4

Ch 1
Ch 2
Ch 3
Ch 4
Ch 5
Ch 6
Ch 7
Ch 8
Ch 9

緊急求助

◀ *Track 1254*

這條街叫什麼名字？
What is the name of this street?

▶ **Are we in Thatcher Street?** 我們在柴契爾街上嗎？
▶ **Are you familiar with this place?** 你熟悉這地方嗎？
▶ **Have you heard of a restaurant called Green Parrot?** 你有聽過一間餐廳叫「綠鸚鵡」嗎？

◀ *Track 1255*

可否請你在地圖上指出來？
Can you show me on a map?

▶ **Do you have a map?** 你有沒有地圖？
▶ **Where are we on the map?** 我們在地圖上的哪裡？
▶ **We are trying to reach here.** 我們想要去這裡。

◀ *Track 1256*

你可以幫我指路嗎？
Can you give me directions?

▶ **Can you help me find the science museum?** 你可以幫我找自然科學博物館在哪裡嗎？
▶ **Do you know where I can find a map?** 你知道哪裡有地圖嗎？
▶ **Please show me.** 請指給我看。

◀ *Track 1257*

你可以指給我看往海灘的路嗎？
Can you point me to the beach?.

▶ **Are we near the City Hall?** 我們離市政府近不近？
▶ **How do I get to the Central Train Station?** 我要怎麼去中央車站？
▶ **Which way should I go?** 我要走哪個方向？

◀ *Track 1258*

我們開這個方向對嗎？
Are we driving in the right direction?

▶ **Where should we make a turn?** 哪裡要轉啊？
▶ **Take the next left.** 下一條左轉。
▶ **Turn right at the next traffic light.** 下一個紅綠燈右轉

Track 1259

可以請你寫下來嗎？
Can you write that down?

▶ **Can you draw me a map?** 可以畫個地圖給我看嗎？
▶ **Could you please do me a favor to communicate with the taxi driver?** 可以請你幫個忙跟計程車司機溝通一下嗎？
▶ **Can you show me which bus I need to take?** 可以告訴我需要搭哪一班公車

Track 1260

可以告訴我怎麼去我的旅館嗎？
Can you tell me how to get to my hotel?

▶ **How should I get to my hotel?** 我要怎麼去我的旅館？
▶ **How far is my hotel from here?** 從這裡去我的旅館有多遠？
▶ **How long does it take to get there?** 多久可以去到那裡？

Track 1261

是往這個方向嗎？
Is it in this direction?

▶ **Is this the way?** 這條路對嗎？
▶ **Am I going the right way?** 我這樣走對嗎？

Track 1262

我看到我們的旅館了。
I think I see our hotel.

▶ **I'm glad we are back.** 真高興我們回來了。
▶ **We made it.** 我們找到了。

 緊急狀況

Track 1263

救命！我被搶了。
Help! I've been robbed.

▶ **My wallet has been stolen.** 我的皮夾被偷了。
▶ **I've been mugged.** 我遭到襲擊被搶了。

Part

Ch 1
Ch 2
Ch 3
Ch 4
Ch 5
Ch 6
Ch 7
Ch 8
緊急求助
Ch 9

▶ **My bag's been taken.** 有人把我的袋子拿走了。

(對話相關單字) mug 非常口語，表示「遭到襲擊並被搶劫」的意思。

Track 1264

快報警！
Call the police!

▶ **Where is the police station?** 警察局在哪裡？
▶ **I want to report a robbery.** 我要報案，是個搶案。
▶ **I need to report an accident.** 我要報案，有事故。

Track 1265

他們偷了我的橘色背包。
They stole my orange backpack.

▶ **My passport was inside.** 我的護照在裡面。
▶ **There were two credit cards inside.** 裡面有兩張信用卡。
▶ **All my money was in there, too.** 我所有的錢也都在裡面。

Track 1266

事情發生的很突然。
It happened suddenly.

▶ **I didn't see their faces.** 我沒看到他們的臉。
▶ **There were two of them.** 他們一共有兩個人。
▶ **They were wearing masks.** 他們有帶面罩。

(對話相關單字) suddenly 突然地、意外地
(補充單字) occur 指未經準備或偶然的事件之發生，在此可跟 happen 替換。

Track 1267

報案記錄可以印一份給我嗎？
Can I have a copy of the police report?

▶ **Can I have the police report number?** 可以給我報案記錄號碼嗎？
▶ **Can you make a copy for me?** 可以幫我影印一份嗎？
▶ **What happens next?** 接下來怎麼辦？

Track 1268

我要申請理賠。
I'd like to make a claim.

▶ **Does my insurance cover this?** 我的保險有給付這個嗎？
▶ **My luggage has been stolen.** 我的行李被偷了。
▶ **I had a car accident.** 我出了車禍。
▶ **I was in hospital for three days.** 我住院住了三天。

Track 1269

這是緊急事件。
It's an emergency.

▶ **My friend got ill.** 我朋友病了。
▶ **My wife has to go to hospital.** 我太太需要去醫院。
▶ **I need a doctor as soon as possible.** 我需要醫生，越快越好。

對話相關片語 as soon as possible = ASAP 表示「越快越好」的意思。

Track 1270

我要找誰幫我？
Who should I turn to for help?

▶ **Who can help me?** 誰能幫我？
▶ **Where can I find help?** 哪裡能幫我？
▶ **How can I get home?** 我要怎麼回家？
▶ **Where is the embassy?** 大使館在哪裡？

Track 1271

我們完全沒有油了。
We are completely out of gas.

▶ **We need to call a toll truck.** 我們要打電話叫拖車。
▶ **We need to find the nearest gas station.** 我們要找最近的加油站。
▶ **We need to get somebody's help.** 我們要找人幫忙。
▶ **We need to get a ride.** 我們需要搭便車。
▶ **The battery is dead.** 電池沒電了。
▶ **I have a flat tire.** 有個輪胎爆胎。

對話相關片語 gas station 加油站
補充片語 thumb a ride 或 hitch a ride 也代表「搭便車」的意思。

Part 4

Ch 1
Ch 2
Ch 3
Ch 4
Ch 5
Ch 6
Ch 7
Ch 8
Ch 9

緊急求助

◀ *Track 1272*

火災警報器響了。
The fire alarm is on.

▶ **Where is the nearest emergency exit?** 最近的緊急出口在哪裡？
▶ **Is it a drill?** 這是演習嗎？
▶ **Is there a fire?** 有火災嗎？

對話相關單字 drill 演習

◀ *Track 1273*

我自己割傷了。
I've accidentally cut myself.

▶ **I'm bleeding.** 我正在流血。
▶ **I got serveral bruises.** 我瘀青了。
▶ **It looks worse than it is.** 實際上沒那麼糟糕啦。

◀ *Track 1274*

可以給我們一個OK 繃嗎？
Can we get a band-aid?

▶ **Do you have any bandages?** 有沒有繃帶？
▶ **Do you have a first-aid kit?** 有急救箱嗎？
▶ **Do you know first-aid?** 你會不會急救處理？

對話相關片語 band-aid OK繃；first-aid-kit 是「急救箱」的意思。

◀ *Track 1275*

我被鎖在房間外面。
I'm locked out of my room.

▶ **I can't get into my room.** 我沒辦法進去房間。
▶ **Can you open the door for me?** 可以幫我開門嗎？
▶ **Do you have a master key?** 你有萬用鑰匙嗎？

對話相關片語 master key 表示飯店內每一間房都可開啟的「萬用鑰匙」。

事故處理

◀ Track 1276

真抱歉，是我的錯。
I'm sorry it's my fault.

▶ **I'm terribly sorry.** 真的很抱歉。
▶ **It's all my fault.** 都是我的錯。

對話相關單字 terribly 是很口語的用法，表示「非常地、極度地」意思。

◀ Track 1277

我們應該等警察來。
We should wait for the police.

▶ **I'll call the police.** 我來打電話報警。
▶ **The police is here.** 警察到了。

◀ Track 1278

你沒事吧？
Are you ok?

▶ **Are you alright?** 你還好嗎？
▶ **Are you injured in any way?** 你有沒有受傷？
▶ **Do you need medical assistance?** 需不需要醫療援助？
▶ **Do you need help?** 需要幫忙嗎？
▶ **Do you want me to call a doctor?** 需要我叫醫生嗎？

對話相關單字 assistance 幫忙、協助

◀ Track 1279

我們要不要交換聯絡方式？
Shall we swap contact details?

▶ **Here is my number.** 這是我的電話號碼。
▶ **Here are my insurance documents.** 這是我的保險資料。
▶ **My insurance company will call you.** 我的保險公司會打電話給你。

對話相關單字 swap 是很口語的用法，表示「交換」的意思。

Part

Ch 1

Ch 2

Ch 3

Ch 4

Ch 5

Ch 6

Ch 7

Ch 8

Ch 9

◀ *Track 1280*

請叫救護車。
Please call an ambulance.

▶ **The ambulance is on the way.** 救護車在路上了。
▶ **The ambulance arrived.** 救護車來了。
▶ **How long does it take for the ambulance to arrive?** 救護車來這邊要多久時間？

◀ *Track 1281*

我需要看醫生。
I need to see a doctor.

▶ **Where is the nearest hospital?** 最近的醫院在哪裡？
▶ **Where can I get medical attention?** 哪裡有醫護診療？

對話相關片語 medical attention 表示看醫生或包紮處理等「醫護診療」的意思。

◀ *Track 1282*

只有刮到而已。
It's only a scratch.

▶ **It needs some repairs.** 需要修理。
▶ **Where is the nearest repair shop?** 最近的修車行在哪裡？
▶ **Do you have the number of the repair shop?** 你有車行的電話嗎？

◀ *Track 1283*

我的旅遊保險會給付。
My travel insurance will cover this.

▶ **This will be covered.** 保險會負責。
▶ **I'm insured for this.** 我有保險。

Chapter 09 返鄉回國

機 位 確 認

◀ Track 1284

我可以確認回程機位嗎？
Can I reconfirm my return flight?

▶ **I'd like to reconfirm my flight.** 我想確認機位。
▶ **My flight number is BR17.** 我的班機號碼是BR17。
▶ **My name is Fei, Huang.** 我叫黃菲。

對話相關單字 reconfirm 表示「再次確認」的意思。

◀ Track 1285

這班飛機還是準時嗎？
Is the flight still on time?

▶ **Is there any delay?** 有延誤嗎？
▶ **Is there a change of schedule?** 航班時間有異動嗎？
▶ **Is it leaving on schedule?** 會準時起飛嗎？

對話相關片語 on time 表示「準時」的意思。

◀ Track 1286

我們要多早到呢？
How early should we arrive?

▶ **What time is check-in?** 幾點可以辦理登機？
▶ **What time should we arrive before the flight?** 起飛前多久應該抵達機場？
▶ **How much time should we spare?** 我們應該預留多少時間？

◀ Track 1287

回程可以更改嗎？
Can I change my return flight?

▶ **I'd like to change my flight.** 我想要更改班機。
▶ **Can I make a change?** 我可以更改嗎？

Part 4

Ch 1
Ch 2
Ch 3
Ch 4
Ch 5
Ch 6
Ch 7
Ch 8
Ch 9

▶ **I want to leave later.** 我想晚一點離開。

對話相關片語 make a change 表示「做改變」的意思。

◀ *Track 1288*

我們的訂位班機是CA206。
The flight we booked is CA206.

▶ **We're traveling on flight CA206.** 我們將搭乘 CA206 號班機。
▶ **We're leaving on flight CA206.** 我們將搭乘 CA206 號班機離開。

◀ *Track 1289*

轉機時間有多久呢？
How long is the connecting time?

▶ **Am I allowed to leave the airport?** 我可以離開機場嗎？
▶ **Do you provide a city tour?** 你們有提供市區觀光嗎？

◀ *Track 1290*

我們的行李變好重喔。
Our bags are so much heavier.

▶ **We'll need an extra bag.** 我們需要另一個袋子。
▶ **We have so much more to carry back.** 我們有好多東西要帶回家。
▶ **This won't fit in our suitcase.** 這個行李箱裝不下啦。
▶ **I can't believe you did so much shopping.** 我真不敢相信你買了這麼多東西。

◀ *Track 1291*

那不能帶上飛機。
That's not allowed on board.

▶ **You can't take that on board.** 你不能把那個帶上飛機啦。
▶ **You can't bring sharp objects into the cabin.** 你不能把尖銳的物品帶上飛機。
▶ **Put your Swiss Army knife in your check-in luggage.** 把瑞士刀放在托運行李裡。
▶ **We'll carry this on board.** 這個我們就帶上飛機。
▶ **Put this in your carry-on bags.** 這個就放在你的手提行李裡。

◀ *Track 1292*

填一下行李吊牌。
Fill in the luggage tag.

▶ **Write our address on the luggage tag.** 把我們的地址寫在行李吊牌上。
▶ **Don't forget the luggage tag.** 別忘了行李吊牌。
▶ **Can you get a luggage label for me?** 幫我拿一下行李吊牌好嗎？

對話相關片語 luggage tag 和 luggage label 都是指要寫上所有人姓名、地址和聯絡電話的「行李吊牌」。

◀ *Track 1293*

那是易碎物品。
This is fragile.

▶ **Please mark this as fragile.** 請標示為易碎物品。
▶ **Handle with care.** 請小心拿取。
▶ **Careful; this breaks easily.** 小心，這很容易弄破。

對話相關單字 fragile 表示「易碎的、脆弱的」，可延伸為易碎物品的意思。

◀ *Track 1294*

你在飛機上會需要那個。
You'll need that on the plane.

▶ **Keep your sweater with you.** 毛衣隨身帶著吧。
▶ **Keep you jacket at hand.** 把外套帶在身邊。
▶ **You might get cold on the plane.** 在飛機上可能會冷。
▶ **I'll put it in my carry-on bag.** 我會把那個放在手提行李裡。

對話相關片語 at hand 表示「在手邊」的意思。

◀ *Track 1295*

我們還有當地的錢沒用完。
We still have some local money left.

Part 4

Ch 1
Ch 2
Ch 3
Ch 4
Ch 5
Ch 6
Ch 7
Ch 8
Ch 9

返鄉回國

▶ **We still have some foreign currency.** 我們還有些外幣。
▶ **Let's spend it on duty-free.** 那來買免稅品。
▶ **We can get some souvenirs.** 我們可以買一些紀念品。

Track 1296

我可以買多少呢？
How much can I buy?

▶ **How many liters am I allowed?** 我可以買幾公升呢？
▶ **Is this in my allowance?** 這還在限制範圍內嗎？
▶ **How many bottles can I buy?** 我可以買幾瓶酒？

對話相關單字 allow 是動詞，表示「准許、許可」的意思；allowance是名詞，表示「允許額度、限定數量」的意思。

Track 1297

好划算喔。
That's a good bargain.

▶ **This is a big saving.** 這省好多喔。
▶ **This costs a lot at home.** 這在國內買很貴。
▶ **It's much cheaper than at home.** 這比國內便宜多了。

Track 1298

我們買伏特加送你的老闆吧。
Let's get some vodka for your boss.

▶ **How much is the whisky?** 威士忌一瓶多少錢？
▶ **We should buy some local wine.** 我們應該買幾瓶當地產的葡萄酒。
▶ **Wine is cheaper here.** 這裡買葡萄酒比較便宜。

Track 1299

我要兩條香菸。
I'd like two cartons of cigarettes.

▶ **Can I have two cartons?** 請給我兩條菸好嗎？
▶ **How many packs can I buy?** 我可以買幾包呢？

Track 1300

這是我的登機證。
Here is my boarding pass.

▶ **Here is my passport.** 這是我的護照。
▶ **Can I pay by credit card?** 可以用信用卡嗎？
▶ **Do you take dollars?** 你們收美金嗎？
▶ **Are Euros accepted here?** 這裡可使用歐元嗎？
▶ **Can I pay in pounds?** 你們收英鎊嗎？

◀ *Track 1301*

這可以在台灣使用嗎？
Will this work in Taiwan?

▶ **What voltage does this use?** 這個電壓是多少？
▶ **Will I need an adapter?** 我需要變壓器嗎？
▶ **How long is it guaranteed for?** 這個商品保證多久？
▶ **Is this covered by a worldwide warranty?** 這有全球保固嗎？

對話相關單字
- guarantee 表示「保證、保障」的意思；guarantee for表示「保證多久」的意思，後面加上時間。
- warranty 表示「保證書」的意思，worldwide warranty即為「全球保固」。

◀ *Track 1302*

可以幫我分開包嗎？
Can you pack them separately?

▶ **Can you put this in a different bag?** 可以幫我把這個裝在另外的袋子嗎？
▶ **Can you put them all in the same bag?** 可以幫我全部裝在同一個袋子裡嗎？
▶ **Can you wrap it for me?** 可以幫我包好嗎？
▶ **I don't need a bag.** 我不需要袋子。
▶ **Do you have a paper bag?** 有紙袋嗎？
▶ **I'll just put it in my backpack.** 我放在我的背包裡就好了。

 入 境 申 報

◀ *Track 1303*

有東西需要申報嗎？
Do you have anything to declare?

▶ **I have a carton of cigarettes.** 我有一條香菸。
▶ **I have a bottle of whisky.** 我有一瓶威士忌。
▶ **We have two bottles of wine.** 我們帶了兩瓶葡萄酒。

Part 4

Ch 1
Ch 2
Ch 3
Ch 4
Ch 5
Ch 6
Ch 7
Ch 8
Ch 9

返鄉回國

◀ Track 1304

我不確定我需不需要申報。
I'm not sure if I need to declare anything.

▶ **We've paid tax already.** 這已經付過稅了。
▶ **These are gifts.** 這些都是禮物。
▶ **I don't think we exceeded our allowance.** 我們應該沒有超過限額。

對話相關單字 exceed 超過、超出

◀ Track 1305

我們應該跟著綠色線嗎？
Should we follow the green line?

▶ **I don't think we have anything to declare.** 我想我們沒有需要申報的東西。
▶ **We have nothing to declare.** 我沒有東西需要申報。
▶ **The red line is for people with items to delcare.** 紅線是給有東西要申報的人。

◀ Track 1306

請過來這裡好嗎？
Would you step this way?

▶ **Please come this way.** 請走這裡。
▶ **Are these all your bags?** 這些都是你的行李嗎？
▶ **Are you traveling alone?** 你是一個人嗎？

◀ Track 1307

可以請你把行李打開嗎？
Can you open your bag for me?

▶ **Please unzip your bag.** 請把袋子打開。
▶ **I'll open my bags.** 我來打開袋子。
▶ **I can't find my key.** 我找不到鑰匙。
▶ **I'll unlock the padlock.** 我來把行李鎖打開。

對話相關單字 unzip 打開拉鍊；padlock 表示「鎖頭」的意思。

◀ Track 1308

我忘記背包裡還有蘋果了。
I left my apple in the backpack.

▶ **I forgot to finish my smoked salmon sandwich.** 我忘了把煙燻鮭魚三明治吃掉。

▶ I had no idea **it's not allowed.** 我不知道這不能帶。
▶ **I'm sorry. I didn't know.** 抱歉，我並不知道。

對話相關用法 - I have no idea. 表示「我不知道、我沒有概念」的意思。

◀ *Track 1309*

你不能帶水果進來。
You can't bring fruits into the country.

▶ **You are not allowed to bring dairy products.** 乳製品是不准帶進來的。
▶ **We must throw this away.** 這我們要丟掉。
▶ **We must put this in the bin.** 我們把這個丟到垃圾桶。

◀ *Track 1310*

這是我的藥。
This is my medicine.

▶ **Here is my doctor's prescription.** 這是我醫生開的處方籤。
▶ **Those are my pills.** 這些是我的藥丸。

對話相關單字 - prescription 表示醫生所開的「處方籤」的意思。

◀ *Track 1311*

在哪裡提領行李？
Where is baggage claim?

▶ **Where do we collect our luggage?** 我們要到哪裡領行李呢？
▶ **Which carousel do we go to?** 要去幾號行李轉盤？
▶ **We need a trolley.** 我們需要一台推車。

對話相關單字 - carousel 是「旋轉木馬」，在這裡表示「行李轉盤」的意思。

◀ *Track 1312*

你有看到我們的行李嗎？
Did you see our baggage?

▶ **That looks like our suitcase.** 那個看起來像我們的行李箱。

Part 4

Ch 1

Ch 2

Ch 3

Ch 4

Ch 5

Ch 6

Ch 7

Ch 8

Ch 9

返鄉回國

▶ **We have three bags but we only got two.** 我們有三件行李，但只拿到兩件。
▶ **Where is your backpack?** 你的背包呢？
▶ **Do you see my brown suitcase?** 你有看到我那個咖啡色的行李箱嗎？

◀《Track 1313

我的行李還沒有到。
My luggage did not arrive yet.

▶ **I'm still waiting for my luggage.** 我還在等我的行李。
▶ **Can you tell me where my bags are?** 你能告訴我我的行李在哪裡嗎？
▶ **Not all my bags have arrived.** 我的行李沒有全部到。

◀《Track 1314

這被打開過。
This has been opened.

▶ **The zip is broken.** 拉鍊被破壞了。
▶ **My bag is damaged.** 我的袋子有毀損。
▶ **Someone took my luggage.** 有人拿走了我的行李箱。

◀《Track 1315

我的行李在運送過程遭到破壞。
My luggage was damaged during transit.

▶ **My bag did not arrive in one piece.** 我的行李到的時候已經不完整了。
▶ **Some of my stuff is missing.** 我有東西不見了。

對話相關單字 transit 表示「運輸、運送過程」的意思。

◀《Track 1316

我把手提袋留在飛機上了。
I left my handbag on the plane.

▶ **My glasses are still on my seat.** 我的眼鏡還在位子上。
▶ **I need to report a missing bag.** 我需要通報我的袋子不見了。
▶ **My scarf is still in the overhead locker.** 我的圍巾還在機上的置物箱裡。
▶ **Is it possible to get it back?** 東西有可能拿回來嗎？
▶ **Do you think I can get them back?** 你覺得我的東西有可能拿回來嗎？
▶ **Can you look for them?** 可以幫我找一找嗎？

你的行李在另一架飛機上。
Your luggage is on another flight.

▶ **We have located your bags.** 我們找到你的行李了。
▶ **They will be delivered to your house.** 它們會直接送到你家。
▶ **They should arrive within 24 hours.** 二十四小時內就應該會送到了。

對話相關單字 locate 表示「找到、確定地點」的意思。

 機 場 返 家

售票口在哪？
Where is the ticket counter?

▶ **Where can I buy tickets?** 要到哪裡買票？
▶ **Is this the ticket office?** 這裡是售票處嗎？
▶ **Can I buy the ticket on the bus?** 可以到客運上買票嗎？

對話相關片語 ticket counter 售票櫃臺

停車場在哪裡？
Where is the parking lot?

▶ **I can't remember where we parked.** 我不記得我們停在哪裡了。
▶ **The car should be in Zone 5.** 車應該停在第五區。
▶ **Where do we pay?** 要到哪裡繳費？
▶ **I need some change.** 我需要零錢。
▶ **Where is the exit?** 出口在哪裡？
▶ **Don't forget to drive on the right.** 不要忘記要靠右邊開啊。

你有看到計程車站嗎？
Can you see the taxi stand?

▶ **There is a direct bus.** 有直達公車。
▶ **Let's catch the shuttle bus.** 我們去搭機場巴士。
▶ **The bus will take us to the city center.** 巴士會送我們到市中心。

Part 4

Ch 1
Ch 2
Ch 3
Ch 4
Ch 5
Ch 6
Ch 7
Ch 8
Ch 9

返鄉回國

▶ **We can take a bus to the metro.** 我們可以搭巴士到捷運站。

Track 1321

我們要怎麼回家？
How do we get back home?

▶ **We've missed the last train.** 我們錯過了最後一班火車。
▶ **I need to get back to the city.** 我需要回到市區。
▶ **Is the metro still running?** 現在還有捷運嗎？

Track 1322

我有叫車來接我們。
I booked a car to pick us up.

▶ **Can you see our driver?** 有看到我們的司機嗎？
▶ **He is holding a card with our names on it.** 他會拿牌子，上面會寫我們的名字。
▶ **Let me get his number.** 我來找一下他的電話號碼。

Track 1323

你要往同一個方向嗎？
Are you going the same way?

▶ **Can we share a taxi?** 我們一起叫計程車好不好？
▶ **Would you like to share a cab?** 你要不要一起叫計程車？
▶ **Do you need a ride?** 你需要搭便車嗎？
▶ **Do you want a lift?** 需要我載你嗎？
▶ **I can take you home.** 我可以載你回家。

對話相關單字 ride 或 lift 都表示「順便搭載、搭乘便車」的意思。

Track 1324

我們七點前應該就會到家了。
We should be home by seven o'clock.

▶ **I can't wait to get home.** 我想趕快回家。
▶ **Dad will be waiting for us.** 老爸會在等我們。
▶ **I can't wait to see my dog.** 我等不及見到我的狗了。
▶ **Kids will be glad to see us.** 孩子會很高興看到我們。
▶ **It's much colder back here.** 回來這裡好冷喔。

Part 5

把握世界脈動，
時事可以這麼說

Chapter 01 自然社會

Track 1325

台灣每年都有很多地震。
There are many earthquakes in Taiwan every year.

▶ **Japan also has frequent earthquakes.** 日本也經常有地震。
▶ **Earthquakes occur frequently along the earthquake zone.** 地震區常見地震。

Track 1326

昨晚的地震還算輕微。
The earthquake last night was mild.

▶ **Thank god that it was only a minor quake.** 幸好這只是個輕微地震。
▶ **That was a strong earthquake!** 剛才的地震好大呀！
▶ **The tableware on the dining table shook a bit.** 餐桌上的餐具稍微搖晃了一下。
▶ **Do you feel the building shaking?** 你感覺到大樓在搖晃嗎？

對話相關單字 tableware 「餐具」總稱，視為單數名詞。

Track 1327

921地震造成許多傷亡。
The 921 Earthquake caused many casualties.

▶ **The strong earthquake made thousands of people homeless.** 那個威力強大的地震造成數以千計的人無家可歸。
▶ **A powerful earthquake struck the coastal area of Indonesia.** 印尼沿海區域發生了強烈地震。
▶ **There have been over ten felt aftershocks within this week.** 最近一周內已經發生超過十次的可感餘震了。

對話相關單字 aftershock 餘震

Track 1328

地震是可預測的嗎？
Are earthquakes predictable?

Part 5

Ch 1

天災人禍

Ch 2

Ch 3

Ch 4

Ch 5

Ch 6

▶ **Can earthquake forecast be accurate?** 地震預報可以是準確的嗎？
▶ **I heard that the early warning system of earthquake isn't workable at present.**
我聽說地震事前預報系統目前是不可行的。

【對話相關單字】- forecast 預報、預測，如 weather forecast 天氣預報

◀ *Track 1329*

因為地震的關係導致交通大打結。
The traffic is blocked because of the earthquake.

▶ **Taipei City had a power outage last night because of the sudden earthquake.** 突
如其來的大地震讓台北市昨晚停電。
▶ **Natural disasters usually come without warning.** 天災通常毫於預警的來到。

【補充單字】- tsunami/ tidal wave 海嘯

◀ *Track 1330*

搜救人員在被地震摧毀的蘇拉威西島上，持續搜救被困在廢墟中的生還者。
Rescuers are still searching for survivors trapped in the ruins of collapsed buildings in the earthquake-ravaged Sulawesi.

▶ **Survivors were still being discovered in the rubble of homes and buildings.** 不
斷有生還者從瓦礫堆中被救出來。
▶ **An 8-year-old girl was pulled alive from a collapsed house and was taken to a hospital.** 一個八歲的小女孩被從倒塌的房屋中救出來，且已被送醫治療。
▶ **The government confirmed that the death toll was estimated to be more than 70,000.** 當地政府證實死亡人數已超過7 萬人。

【對話相關單字】- rescuer 搜救人員；survivor 生還者；
【對話相關片語】- death toll 死亡人數

◀ *Track 1331*

這起最新的大地震重創四川。
The latest earthquake has destroyed the entire country of Sichuan.

▶ **There are too many things waiting to be rebuilt after this tremendous disaster.**
在這個驚人的大災難之後，有太多事情等著要重建。
▶ **God bless Haiti and we wish the people there a early and smooth recovery.** 上帝
祝福海地，希望那裡的人民早日順利重建。

水災氾濫

Track 1332

台灣南部今年發生了最大的水災。
A serious flood affected southern Taiwan this year.

▶ **Most fields were submerged under the water.** 大多數田地被水淹沒了。
▶ **Heavy rain soaked the town.** 豪雨讓這座城鎮泡在水裡。
▶ **My car is floating on the flooded streets.** 我的車正飄在泡水的街上。
▶ **The basement is flooded after the heavy rain.** 豪雨過後地下室就淹水了。

Track 1333

你曾經歷過水災嗎？
Have you ever experienced a flood?

▶ **Has a flood ever hit the area where you live?** 洪水曾侵襲過你居住的區域嗎？
▶ **None of my friends ever experienced a flood before.** 我的朋友中沒有人經歷過水災。
▶ **We were lucky enough to escape from the flood.** 我們很幸運地逃過了水災。

對話相關單字 hit 在這裡當動詞用，表示「侵襲」的意思。

Track 1334

災民們正遭受失去至親的痛苦。
The victims are suffering from the pain of losing their family.

▶ **This serious flood caused a lot of damages.** 這個嚴重水災造成許多損害。
▶ **The flood brought tremendous damages to the disaster area.** 這次水災為災區帶來許多的破壞。

對話相關片語 suffer from 受苦、遭受

Track 1335

商店、學校和火車站全都被迫關閉。
Stores, schools, and train stations were all forced to shut down.

▶ **The service of trains and commuter rail between Tainan and Kaohsiung was disrupted.** 往返於台南至高雄間的火車及通勤列車中斷了。
▶ **The traffic between Tainan and Kaohsiung got stuck.** 台南至高雄間交通阻塞。

補充用法 The traffic is interrupted. 交通中斷

Part 5

Ch 1

天災人禍

Ch 2

Ch 3

Ch 4

Ch 5

Ch 6

Track 1336

生還者排隊等待醫療團隊和緊急救援。
Survivors lined up and waited for the medical teams and emergency supplies.

▶ Government and charity organizations pledged to help the after-flood reconstruction. 政府及慈善團體承諾會協助水患後的重建工作。

▶ The desperate victims worried that the epidemics might be spread by the flood. 絕望的災民擔心水患可能會引發傳染病。

對話相關單字 pledge 允諾、承諾、保證；reconstruction 重建工作
補充片語 post-disaster recovery 災後重建

Track 1337

河川在颱風侵襲後開始氾濫。
The rivers overflowed after the typhoon hit.

▶ Several bridges were destroyed by the strong typhoon. 有幾座橋被強烈颱風摧毀了。

▶ Many houses collapsed because of the mudslides. 許多房舍因為土石流而倒塌。

對話相關單字 mudslides 土石流

Track 1338

超級龍捲風很快要颳進這個地區。
A super tornado will whirl into this region very soon.

▶ This tornado hit the western U.S severely. 這個龍捲風嚴重侵襲美國西部。

▶ A super hurricane is approaching Mexico. 一個超級颶風正在接近墨西哥。

▶ The severe tornado approaching Texas is very devastating. 接近德州的強烈龍捲風極具破壞力。

Track 1339

這次颱風預計將帶來豪雨。
Torrential rain is expected to be brought along by this typhoon.

▶ Typhoons always bring fierce winds and heavy rain. 颱風總帶來強風和大雨。

▶ **The torrential rain brought by this typhoon caused the** mudslides **and** landslides **in the mountain area.** 這次颱風帶來的豪雨造成山區土石流和山崩。

對話相關單字 - mudslide / mudflows 皆可指「土石流」；landslide 則為「山崩」，一般口語亦可表示「土石流」。

補充片語 - torrential rain/ extremely heavy rain 皆可表示「豪雨」。

◀ *Track 1340*

颱風警報在今天凌晨發佈了。
The typhoon alert was announced earlier this morning.

▶ **There was a land typhoon alert issued at midnight.** 陸上颱風警報在午夜發佈。

▶ **The Central Weather Bureau announced a sea typhoon warning.** 中央氣象局發佈海上颱風警報。

對話相關片語 - typhoon warning/ typhoon alert / an alert for typhoon / a warning for typhoon 皆可表示「颱風警報」。

◀ *Track 1341*

龍捲風來臨時，我們的生活面臨龐大威脅。
Our lives are under tremendous threat when a tornado hits.

▶ **Don't go mountain climbing and swimming during typhoons.** 颱風期間不要進行登山或游泳活動。

▶ **We should prepare some** stuff **like flashlights, water, food, and a medical kit during the typhoon season.** 颱風計季節，我們最好準備一些物品，如手電筒、水、食物及醫藥箱。

對話相關單字 - stuff 東西、物品，為集合名詞，因此當單數名詞使用。

◀ *Track 1342*

上百人因強颱而失蹤。
More than a hundred of people went missing after the severe typhoon.

▶ **Many people were buried under the landslides in the mountain region.** 許多人因山區土石流被活埋。

▶ **Many places had a blackout when the typhoon hit.** 許多地方在颱風侵襲期間停電。

補充用法 - 停電還可以說 a power outage、a power blackout、a blackout，或 power failture。注意 black out 還可指一個人暫時昏迷或昏倒。

Part 5

Ch 1

天災人禍

Ch 2

Ch 3

Ch 4

Ch 5

Ch 6

 大雪成災

Track 1343

那場強烈暴風雪讓我困在家裡。
I was stuck in my house because of the blizzard.

▶ **The snowstorm made the old train station collapse.** 暴風雪讓那個老舊車站倒塌了。

▶ **The highway to north Canada is covered with snowdrifts.** 往加拿大北部的公路被雪掩埋了。

對話相關單字 blizzard 暴風雪；snowdrifts 風雪成堆

Track 1344

看起來大雪今天是不會停了。
It seems that the heavy snow won't stop today.

▶ **It looks like the snow will stop in a short while.** 看起來雪再過一陣子就會停了。

▶ **The heavy snow stopped an hour ago.** 這場大雪一小時前停了。

▶ **When will the snowstorm stop? I'm worried about my parents.** 暴風雪什麼時候才會停啊？我好擔心我爸媽。

Track 1345

可以請你幫我掃掉院子裡的積雪嗎？
Would you please help me clear away the snow in the yard?

▶ **I'm wiping the snow away from my truck.** 我正在清理貨車上的雪。

▶ **Don't worry, the snowplow is coming soon later.** 別擔心，鏟雪車等一下就來了。

Track 1346

這場暴風雪造成交通大亂。
The snowstorm caused the traffic disorder.

▶ **All flights will be cancelled due to the snowstorm today.** 今天所有的航班都因暴風雪取消。

▶ **All roads to downtown are blocked because of the snowstorm.** 通往市區的道路全因風雪而封閉。

▶ **Trains will be temporarily out of service for one day.** 列車將於未來一天暫停服務。

對話相關片語 be out of service 停止服務

一對老夫婦在昨晚的暴風雪中失蹤。
An old couple went missing in the blizzard last night.

▶ **Ten students went missing in the mountain area due to the snowstorm two days ago.** 十位學生因為兩天前的暴風雪在山區失蹤了。

▶ **The missing police officer was found dead after the snowstorm stopped.** 在暴風雪結束後，失蹤的警察被發現時已經死亡。

> 對話相關用法 dead 當形容詞時為「死亡的、無生命跡象的」；當名詞時為「死者」，不可數。

雪越積越厚了。
The snow is getting thicker and thicker.

▶ **It has snowed over two meters.** 雪已經積到超過兩米。

▶ **It was fortunate that you got home safely last night before the heavy snowstorm came.** 幸好你昨天平安在暴風雪前回到家。

▶ **There was a snowfall last night.** 昨天下了一場雪。

> 對話相關單字 snow 當名詞為「雪」，為不可數名詞；當動詞為「下雪」的意思。

這個月已經發布三次乾旱警報了。
There have been three drought warnings this month.

▶ **The weather has been very dry recently.** 最近氣候非常乾燥。

▶ **The bad drought has lasted for over two months.** 嚴重乾旱已經持續超過兩個月了。

▶ **The drought affected India seriously last year.** 乾旱去年嚴重影響整個印度。

> 對話相關單字 drought 乾旱

乾旱一定會影響今年收成。
The drought would certainly affect the harvest this year.

Part 5

Ch 1

天災人禍

Ch 2

Ch 3

Ch 4

Ch 5

Ch 6

▶ **The drought will affect the growth of crops.** 乾旱將影響農作物生長。

▶ **The drought damaged most crops in southern Australia.** 乾旱破壞了南澳大部分的農作物。

▶ **The price of agricultural products keeps surging due to the drought.** 農產品價格因為乾旱持續飆高。

對話相關單字 surge 飆升、快速上升

Track 1351

乾旱造成台灣南部缺水。
The drought caused the shortage of water in southern Taiwan.

▶ **We should save water because the drought is really bad.** 我們應該節約用水，因為乾旱真的很嚴重。

▶ **The government announced that they will cut off the water supply temporarily.** 台灣政府宣布暫停供水。

▶ **We're suffering from the summer heat and the drought.** 我們正深受酷暑及乾旱之苦。

▶ **It's enough! We've suffered from the drought for the whole summer vacation.** 真是夠了！整個暑假我們都飽受乾旱之苦。

▶ **The drought destroyed my summer holiday plans.** 這場乾旱破壞了我的夏日假期計畫。

Track 1352

酷暑讓我整天都感到不適。
The summer heat makes me sick all day long.

▶ **I think I got a sunstroke because of the heat and humidity.** 我想我被今天的氣溫還有潮濕搞到中暑了。

▶ **Heat waves affect human body at all levels.** 熱浪會在各個層面影響人體。

▶ **This deadly heat wave is one of the outcome of climate change.** 這場致命的熱浪是氣候變遷的結果之一。

對話相關片語 get a sunstroke 中暑；heat wave 熱浪；
對話相關單字 deadly 致命的

Track 1353

我想我快要脫水了。
I think I'm going to be dehydrated.

▶ **I sweat so much today.** 我今天流好多汗。

▶ **I'm sweaty because the temperature is going up to 37 degree.** 我滿身是汗，因為氣溫快飆升到37度了。

補充片語 be soaked from sweat 因汗水而濕透，義同於「汗流浹背」。

◀ *Track 1354*

購物中心附近發生一場大火。
A big fire broke out near the shopping mall.

▶ **A big fire broke out near the night market a couple days ago.** 幾天前夜市附近發生了一場大火。

▶ **A big fire broke out in a bookshop near my company.** 我公司附近的書店發生大火。

▶ **I was shocked by the big fire.** 那場大火嚇壞我了。

對話相關片語 break out 突然發生、爆發

◀ *Track 1355*

大火的主因是什麼？
What caused the fire?

▶ **The short circuit caused a big fire in the library.** 電線短路造成圖書館大火。

▶ **The gas explosion burned out the factory.** 瓦斯氣爆燒光了那間工廠。

▶ **The supermarket was burned down because a kid set the fire just for fun.** 超級市場因為小孩一時好玩縱火而全毀。

▶ **The bank was burned down by an arsonist.** 那個銀行被縱火犯燒得精光。

對話相關片語 burned down 燒毀、燒得精光

◀ *Track 1356*

火災警報器五分鐘前啟動了。
The fire detector was set off five minutes ago.

▶ **The big fire spread very soon.** 大火很快延燒。

▶ **The kitchen is on fire.** 廚房起火了。

▶ **The basement caught fire yesterday.** 地下室昨天失火了。

Part 5

Ch 1

天災人禍

Ch 2

Ch 3

Ch 4

Ch 5

Ch 6

補充用法 be on fire/ get on fire/ catch fire 皆可表達「著火」或「失火」。

Track 1357

消防車和救護車及時趕到。
The fire engines and ambulances came in time.

▶ **The fire was quickly controlled by the fire fighters.** 火勢很快就被消防員控制住了。

▶ **The fire fighters put out the fire quickly.** 消防員很快就撲滅火勢。

Track 1358

我們最好經常定期檢查家用滅火器。
We'd better check our home fire extinguisher regularly.

▶ **Remember to turn off the gas before you go to bed.** 睡前記得關掉瓦斯開關。

▶ **Don't forget to unplug all the electronic appliances.** 別忘了拔掉所有電器插頭。

▶ **It's very dangerous if you plug too many pieces of appliances in one same extension cord.** 在同一條延長線上插入太多家電是很危險的。

對話相關單字 unplug 拔掉插頭；plug 插電

Track 1359

大火看來似乎失控了。
The big fire seems to be out of control.

▶ **The smoke alarm was out of order just few days ago.** 煙霧警報器幾天才壞了的。

▶ **The fire distinguisher has expired but nobody noticed it.** 滅火器已經過期了卻沒人發現。

對話相關片語 out of control 失控

 車 禍 酒 駕

Track 1360

我是那場車禍的目擊者。
I was a witness to the car accident.

▶ **I witnessed that motorcycle accident yesterday.** 我昨天目擊那場機車車禍。

▶ **The police officer saw the hit-and-run accident with his own eyes.** 員警親眼目睹那場肇事逃逸車禍。

▶ **My daughter and I saw a pile-up accident in front of the museum today.** 我女兒和我今天看到了博物館前的一場連環車禍。

> **對話相關單字** witness 當動詞為「親眼目睹、親眼所見」；當名詞可為「目擊者或見證者」之意；pile-up 連環車禍

◀ *Track 1361*

受傷情況如何？
How's the condition of the injury?

▶ **The old lady was killed in the car accident.** 那位老太太在車禍中當場死亡。
▶ **The mail carrier hit by a car was seriously injured.** 那個被車撞的郵差受了重傷。
▶ **She was permanently disabled from the hit-and-run accident.** 她因那場肇事逃逸事件而終身殘廢。

> **對話相關片語** a hit-and-run accident 肇事逃逸事件

◀ *Track 1362*

有任何人在車禍中受傷嗎？
Did anyone get hurt in the car accident?

▶ **The taxi driver hit an old man and ran away from the spot.** 那個計程車司機撞到老人後當場逃逸。
▶ **The passengers on the bus got hurt, but the driver didn't.** 公車上的乘客受傷，不過司機平安無事。
▶ **All of the three kids were hospitalized due to the car accident.** 三個小孩都因這場車禍而住院。

> **對話相關單字** spot 在這裡指「場所、地點」的意思； hospitalize 住院。

◀ *Track 1363*

那棟大樓四周裝有隱藏式攝影機。
There are hidden cameras set up around the building.

▶ **The drunk driver was soon caught by the police.** 那名酒駕司機很快就被警方逮捕。
▶ **At first, the drunk driver refused to take the sobriety test.** 那個酒駕司機剛開始拒絕接受酒測。
▶ **The police officer forced the drunk lady to take the breath test.** 員警強迫這個醉醺醺的小姐接受酒測。

> **對話相關片語** sobriety test 和 breath test 皆為酒測，但 breath test 可算是 sobriety test 的一種。

Part 5

Ch 1

天災人禍

Ch 2

Ch 3

Ch 4

Ch 5

Ch 6

Track 1364

當你發生車禍，第一件事就是立即通知警方。
When you have a car accident, the first thing you have to do is to report it to the police immediately.

▶ **Then remember to call your family right away.** 接著記得馬上打給家人。

▶ **I called my insurance agent to take care of the car accident for me.** 我打電話給我的保險業務員請他處理車禍的問題。

▶ **The insurance company paid for my loss from the car accident.** 保險公司賠償了我車禍的損失。

補充用法 immediately/ right away/ at once 皆有「立即、馬上」之意

Track 1365

一個小女孩在車子裡大叫，因為她爸爸心臟病發。
A little girl cried out from the car because her dad had a heart attack.

▶ **Some pedestrians stopped and looked into the car.** 一些路人停下腳步並看向車內。

▶ **Some drivers slowed down.** 有一些駕駛減速。

▶ **A young man helped dial 911 for help.** 一位年輕人打 119 請求協助。

對話相關片語 cry out 大叫；heart attack 心臟病發

 溺 水 自 殺

Track 1366

那個小女孩十分鐘前溺水了。
The little girl drowned ten minutes ago.

▶ **Thank god that she was saved.** 感謝天！她獲救了。

▶ **Help! Somebody help! The little boy is drowning in the swimming pool!** 救命！誰來救命！這小男孩在泳池裡溺水了！

▶ **The girl was almost drowned yesterday because her parents didn't keep their eyes on her.** 那小女孩昨天差點溺死，因為她的父母沒注意看著她。

對話相關片語 be drowning 溺水；be drowned 溺死

她在游泳時突然右腿抽筋了。
She was swimming and suddenly had a cramp in her right leg.

▶ **My left leg had a cramp when I went surfing.** 我在衝浪的時候左腿抽筋了。

▶ **I was drowning while my leg was having a cramp.** 我在腿部抽筋時溺水了。

對話相關用法 having a cramp in +身體部位＝身體部位+ be having a cramp 指「正發生抽筋狀態」。

那名通緝犯最後舉槍自盡身亡。
The fugitive shot himself to death at the end.

▶ **The drug addict wrote a suicide note before he jumped to his death from the top of the building.** 那毒蟲在從頂樓跳樓身亡前，寫了自殺遺書。

▶ **The divorced man swallowed all the sleeping pills to commit suicide.** 那名離婚男子吞了所有安眠藥自殺。

▶ **The abusive lover threatened to commit suicide by cutting his wrist.** 那名恐怖情人威脅要割腕自殺。

▶ **She left a will and went to Switzerland alone for euthanasia.** 她流下遺書，獨自一人至瑞士進行安樂死。

對話相關片語 suicide note 自殺遺言、自殺遺書；commit suicide 自殺；
對話相關單字 will 遺囑、遺言

那個破產的男人試圖在海邊溺水自盡。
The bankrupt man tried to drown himself at the beach.

▶ **The news reported that the psycho exploded the gas to commit suicide.** 據新聞報導，那個精神病患者引爆瓦斯自殺。

▶ **The bank robber was afraid of being caught, so he jumped to death from the 10th floor.** 銀行搶匪因為害怕被捕，所以從十樓跳下身亡。

▶ **If we can be more attentive to people around us, no one will ever want to commit suicide.** 如果我們多關心身邊的人，就不會有人想自殺了。

 偷 竊 搶 劫

那個扒手當場就被警方抓住。
The pickpocket was caught by the police on the spot.

Part 5

Ch 1

天災人禍

Ch 2

Ch 3

Ch 4

Ch 5

Ch 6

▶**My wallet was stolen on the bus on my way home.** 昨天在搭公車回家的路上，我的皮夾被偷了。
▶**She had her pocket picked on the train.** 她在火車上被扒了。
▶**The habitual pickpocket was picking pockets again in a supermarket this evening.** 那個慣性扒手今天晚上又在超市行竊。
▶**My mom's bag was stolen in the department store last week.** 我媽的皮包上禮拜在百貨公司裡被偷了。

(對話相關用法) pickpocket 為「扒手」之意，而 have someone's pocket picked 則為「被扒」。

(對話相關單字) habitual 習慣的、習慣性的

◀ *Track 1371*

你最好隨時注意你的皮夾。
You'd better watch out for your wallet at all times.

▶**We must attend to our belongings all the time when we take public transportations.** 搭乘大眾交通工具時，我們必須隨時注意我們的隨身物品。
▶**The police suggested that all the stores set up hidden cameras.** 警方建議所有商店最好都架設隱藏式攝影機。

(對話相關用法) watch out for＋物品「注意、小心」之意；watch out 亦為「小心」之意。

◀ *Track 1372*

最近這一帶發生好幾起搶劫事件。
There have been several robbery cases in this area recently.

▶**A convenient store was robbed at late night.** 一家便利商店在深夜被搶了。
▶**The bank robber escaped with a great sum of money and shot a security guard.** 銀行搶匪帶走鉅款逃跑，而且射殺了一位保全人員。

(對話相關單字) rob 搶劫；robbery 搶劫事件；robber 搶匪

◀ *Track 1373*

小偷昨晚溜進我家，偷走我所有珠寶。
A thief sneaked into my house and stole all my jewelry last night.

▶**I saw him stealing my necklace and sneaking it into his pocket.** 我看到他偷我的項鍊，然後塞進他口袋裡。
▶**He sneaked my wallet into his bag.** 他偷偷把我的皮夾塞進他的包包裡。

我們決定安裝防偷竊感應器，以防範扒手。
We decided to set up an anti-theft sensor against shoplifters.

▶ **Anti-theft protection really works.** 防偷竊保護真的發揮效用。
▶ **Anti-theft chips are a very useful device to prevent shoplifting.** 防偷竊晶片是防範順手牽羊的有效裝置。

對話相關單字 - shoplifter 順手牽羊的人；shoplifting 順手牽羊
補充單字 - Anti-theft alarm system（DWA）反偷竊警報系統

校園暴力讓老師和家長們非常頭痛。
School violence troubles teachers and parents a lot.

▶ **Physical punishment is not allowed in the campus nowadays.** 校園體罰現在是不被允許的。
▶ **He hit his teacher after he was punished for cheating in the exam.** 他在考試作弊被處罰後毆打了他的老師。

對話相關片語 - school violence＝campus violence 皆可表示「校園暴力」。

我瘦巴巴的兒子被他的同學揍了。
My skinny son was hit by his classmate on purpose.

▶ **It's really difficult to avoid classroom violence.** 教室暴力事件實在很難避免。
▶ **Child abuse in family is very common as well.** 家庭虐童事件也很常見。
▶ **Some of the kids having experienced domestic violence before would attack their friends in school.** 一些曾經歷過家庭暴力的孩子會在學校攻擊同學。

對話相關片語 - child abuse 虐童；domestic violence 家庭暴力

我弟昨晚被流浪漢攻擊了。
My brother was attacked by a homeless person last night.

Part 5

Ch 1

天災人禍

Ch 2

Ch 3

Ch 4

Ch 5

Ch 6

▶ **The poor wife has been assaulted by her alcoholic husband for at least one month.** 那可憐的妻子被她酗酒的丈夫施暴至少一個月。

▶ **How could you beat your wife and children? You should be put into jail forever.** 你怎麼可以對妻小施暴？你應該被永遠關在監獄裡面。

對話相關單字 - homeless 無家可歸的人，表「流浪漢」之意；assault 施暴、毆打、攻擊

◀ *Track 1378*

他是家庭虐童事件的受害者。
He's the victim of child abuse in his family.

▶ **He has suffered from classroom violence for half year.** 他已遭受教室暴力達半年之久。

▶ **I can't stand any violent behaviors at all .** 我完全不能忍受任何暴力行為。

◀ *Track 1379*

那有錢人家的女兒上周被綁架了。
The girl from the rich family was kidnapped last week.

▶ **The kidnapper warned her family not to call the police, or they would kill the girl.** 綁匪警告她家人不准報警，否則就要殺了那女孩。

▶ **The kidnapper asked one million dollars for ransom.** 綁匪要求一百萬元贖金。

▶ **Fortunately, she returned home safely.** 幸運地，她平安回家了。

對話相關單字 - ransom 贖金

 欺 詐 拐 騙

◀ *Track 1380*

去年有幾起網路詐騙事件？
How many cases of internet frand were there last year?

▶ **The cases of internet fraud have been rapidly increasing.** 網路詐騙案件快速增加。

▶ **My boss encountered an internet fraud last week.** 我老闆上週遭遇一起網路詐騙。

▶ **He's the victim of the internet fraud.** 他是這起網路詐騙的受害者。

補充片語 - online scam 網路詐騙，與 internet fraud 同義。

那絕對是詐騙電話！
That was definitely a fraud call!

▶ **Did you go transfer your money by ATM in English version?** 你有去自動提款機用英文轉帳嗎？

▶ **I think it had nothing to do with a fraud call.** 我想那和電話詐騙無關。

▶ **That was just a harassing call.** 我想只是通騷擾電話。

> **對話相關片語** have nothing to do with＝與……無關
> **補充片語** sexual harassment 性騷擾

那傢伙是個騙子。
That guy is a fraud.

▶ **Don't believe what he says.** 別相信他說的任何話。

▶ **Of course that was a fraud.** 當然那是詐欺。

▶ **A smart person like him would be swindled by a scam gang.** 像他這麼聰明的人竟會被詐騙集團給騙了。

> **對話相關片語** scam gang 詐騙集團

你沒看到他的偽造身分證嗎？
Didn't you see his fake ID card?

▶ **It is no doubt that he is a swindler.** 不用懷疑，他一定是個騙子。

▶ **The old lady paid a counterfeit note to him.** 老太太付假鈔給他。

▶ **The swindler ripped off all his savings .** 那個騙子騙走他所有存款。

> **對話相關單字** swindler 騙子，動詞的詐騙、拐騙可以用 swindle 來表達。
> **對話相關片語** rip off 詐騙、欺騙、偷竊、敲詐

那個詐騙的人要我幫他轉錢。
The scammer asked me to transfer money for him.

▶ **But I'm not stupid and I refused him.** 但我不笨，而且我拒絕了他。

▶ **Cyber criminals have come up with more and more types of online scams.** 電腦罪犯已經想出越來越多的線上詐騙類型了。

▶ **This is a rather new technique of scamming. We should all be careful.** 這詐騙手法相當新穎。我們都應該小心。

Part 5

Ch 1

天災人禍

Ch 2

Ch 3

Ch 4

Ch 5

Ch 6

遊 行 抗 議

◀ *Track 1385*

這場通貨膨脹的抗議已經持續超過一個月了。
This protest against inflation has lasted for over a month.

▶ **The strike actually began last week.** 這場罷工其實上個禮拜就開始了。

▶ **This march will be held from January 1st to 14th.** 這場遊行會從一月一號開始舉行至十四號。

▶ **People involved in this protest march walked from the memorial hall to the national park.** 參與這場抗議遊行的人從紀念廳走到國家公園。

▶ **The sit-in protest is predicted to last til midnight.** 這場靜坐抗議預期會持續到凌晨。

對話相關單字 strike 罷工；march 遊行；sit-in 靜坐

◀ *Track 1386*

我們都應該參與這場抗議活動，並不單純只是為了見證一場社會改革，而是要真正行使我們的公民權，讓這個社會更好。
We should all participate in this protest movement not just to bear witness to a social reform but to truly exert our civil right and make the world better.

▶ **If we don't stick together in this protest, who will?** 如果在這場抗議中我們不團結在一起，那誰會？

▶ **Despite our different political orientations, we should still pay attention to the meaning and intention behind each social protest.** 儘管我們的政治傾向不同，我們仍應關注每場社會抗議背後的意義和意圖。

對話相關片語 bear witness 見證；
對話相關單字 exert 行使、運用、發揮

◀ *Track 1387*

工人們罷工替自己發聲。
The workers went on strike to stand up for themselves.

▶ **The envoirimental protection group sat in all day to protest against the non-stop illegal logging activities.** 環保團體靜坐整天來抗議持續不斷的非法盜木活動。

▶ **All protests should go through an application procedure before they are staged.** 所有的抗議在舉行之前都應該要經過申請程序。

▶ **This is a peaceful demonstration. Don't worry. Let's go together.** 這是場和平抗議。別擔心。一起去吧。

> **對話相關單字**- logging 伐木；demonstration 遊行、示威

◀ *Track 1388*

那些抗議者毫無理由就被帶走了。
Those protesters were taken away for no reason.

▶ **Who would have known that the protest calling for judicial impartiality would be brutally repressed by the government yesterday?** 誰會知道那場呼籲司法正義的抗議會在昨天被政府殘暴地鎮壓？

▶ **The protest turned bloody and violent in that country.** 那場抗議在那個國家變得血腥及暴力。

▶ **Sadly, the hunger strike ended up in vain.** 令人悲傷的是，絕食抗議最後無功而返。

> **對話相關單字**- judicial 司法的；impartiality 公正；repress 壓抑、壓制；
> **對話相關片語**- hunger strick 絕食抗議；in vain 徒勞無功

◀ *Track 1389*

社會抗議代表著社會渴求改變的聲音。
Social protest represents the voice from the society, hoping to make a change.

▶ **The public demonstration we saw just now was held to bring awareness to gender equality.** 我們剛剛看到的公共遊行是舉辦來喚醒性別平等意識的。

▶ **The spokesperson of the protest stated that they aimed to address the issue of low salary.** 這場抗議的發言人聲明，他們的目標是要處理低薪問題。

▶ **The civil rights movments we see today are actually derived from a long history of social and political protests.** 我們現今所看到的民權運動事實上是由社會和政治抗議的漫長歷史所演變而來的。

> **對話相關片語**- gender equality 性別平等；derive from 源自、起源於

Part 5

Part 5

Ch 1

Ch 2

自然生態

Ch 3

Ch 4

Ch 5

Ch 6

Chapter 02 自然生態

 海 洋 游 蹤

◀ Track 1390

我喜歡從山頂眺望海岸。
I enjoy looking at the coast from the top of the mountain.

▶ I missed the days when I could take a look at the sea from the beach resort. 我懷念從海邊度假中心看海的日子。

▶ I'm dreaming of living in a beach villa. 我正夢想著住在海灘別墅。

▶ I dream of overlooking at the sea every day. 我夢想可以每天看海。

對話相關單字 resort 度假中心、度假處所或度假名勝；villa 別墅；overlook 眺望

◀ Track 1391

海洋汙染是近幾年來重要的環境議題。
Ocean pollution has become an important environmental issue in recent years.

▶ Ocean is one of the most precious natural resources for human. 海洋是人類最重要的自然資源之一。

▶ Keeping the beach clean is everyone's responsibility. 保持海灘乾淨人人有責。

▶ Never leave garbage on the beach. 千萬別在沙灘上留任何垃圾。

補充用法 ocean 和 sea 都是「海洋」之意，差別在於 ocean 所指的面積範圍較大，偏向中文的「洋」，如大西洋、太平洋；而 sea 則可泛指一般我們所稱的「海」。

◀ Track 1392

墾丁海灘的美讓人難忘。
The beauty of the beach in Kenting is unforgettable.

▶ I went sunbathing in Kenting with some friends last weekend. 我上禮拜跟朋友去墾丁海灘曬太陽。

▶ The beach in Kenting always attracts many tourists in summer. 墾丁沙灘在夏天總是吸引許多遊客。

▶ There are many coral reefs along the seabed of Kenting. 沿著墾丁海底有許多珊瑚礁。

對話相關單字 - sunbathe 做日光浴
對話相關片語 - coral reef 珊瑚礁。

◀ *Track 1393*

我正計畫首次郵輪旅遊。
I'm planning my first cruise trip

▶ **I feel like experiencing the sea wind blowing over my hair.** 我想感受看看海風吹拂我的頭髮。

▶ **I enjoy the view of the boundless blue sea.** 我喜歡那一望無際的藍色海洋景色。

◀ *Track 1394*

我正在計畫暑期海洋旅遊。
I'm planning a marine tour during summer vacation.

▶ **That will be my first time going whale-watching.** 那將是我第一次去賞鯨。

▶ **I couldn't forget the pleasant marine tour.** 我無法忘卻那愉快的海洋旅遊。

◀ *Track 1395*

這一帶的海岸線很平直。
The coastline is straight near this area.

▶ **This is a winding coastline.** 這是條蜿蜒的海岸線。

▶ **The coastline of eastern Taiwan is winding.** 台灣東部海岸線是蜿蜒的。

▶ **The coastline of west-southern Taiwan is straight.** 台灣西南海岸是平直的。

對話相關單字 - coastline 海岸線；straight 平直的；winding 蜿蜒的

 山林之美

◀ *Track 1396*

我喜歡呼吸山裡清新的空氣。
I enjoy breathing fresh air in the mountains.

▶ **I always feel relaxed when I walk into the green woods.** 當我走進青翠的森林中，我總感到輕鬆無比。

▶ **Taiwan is an island that has many beautiful and green mountains.** 台灣是個有許多美麗和青翠山脈的島嶼。

Part 5

Ch 1

Ch 2

自然生態

Ch 3

Ch 4

Ch 5

Ch 6

◀ *Track 1397*

清晨時，山區看起來佈滿雲霧。
The mountain areas look cloudy and foggy in early mornings.

▶ **Don't worry. It's just a little mist on the hills.** 別擔心，只是山坡上有一點薄霧。

▶ **The mountain top won't be covered by the mist too long.** 山峰不會被薄霧遮住太久的。

對話相關單字 - cloudy 多雲的；foggy 多霧的

◀ *Track 1398*

山區溫度較低。
The temperature in the mountain areas is lower.

▶ **The air pressure is lower in the mountains.** 高山上氣壓較低。

▶ **The air in the mountains is thin so it becomes difficult for us to breathe.** 高山空氣稀薄所以我們會覺得呼吸困難。

對話相關單字 - temperature 溫度；
對話相關片語 - air pressure 氣壓

◀ *Track 1399*

我等不及去山區欣賞美麗風景了。
I can't wait to see the beautiful scenery in the mountain areas.

▶ **Mountain flowers blossom in spring.** 山區的花在春天盛開。

▶ **Many tourists like to go flower-viewing in mountain areas.** 許多遊客喜歡來到山區賞花。

對話相關單字 - blossom 盛開、茂密

◀ *Track 1400*

湍急的瀑布看起來好壯觀。
The rushing and roaring waterfalls look so spectacular.

▶ **The rushing waterfalls took our breath away.** 湍急的瀑布讓我們驚嘆不已。

▶ **Birds and insects are flying in the woods.** 鳥兒和昆蟲穿梭在森林中。

▶ **The alpine plants look totally different from general plants.** 高山植物看起來和一般植物完全不同。

對話相關片語 - take one's breath away 讓人屏息，意指「使人驚嘆」。

我們正開車前往山區。
We are driving to the mountain area.

▶ **We will visit Yushan National Park tomorrow.** 我們明天將造訪玉山國家公園。

▶ **We've experienced the landscape on the highest mountain in Taiwan.** 我們體驗過台灣最高山的景致了。

▶ **The mountaineering team successfully reached the summit of Yushan.** 登山隊成功登上玉山山頂。

對話相關單字 landscape 風景、景致；mountaineering 登山運動

 日 月 星 辰

太陽正慢慢探出頭來。
The sun is coming out gradually.

▶ **The sunlight is piercing through the clouds little by little.** 光線正漸漸透出雲層。

▶ **The sun is hidden by the clouds.** 太陽被雲層遮蔽了。

▶ **It's not a sunny day today and I feel a little bit upset.** 今天不是艷陽日，讓我覺得有點沮喪。

太陽從東邊升起。
The sun rises from the east.

▶ **The sun sets earlier in winter.** 太陽在冬天較早落下。

▶ **I've seen the sunrise at Mt. Ali for several times.** 我看過阿里山日出好幾次了。

▶ **It's really romantic to see sunsets at the beach.** 在海邊看日落很浪漫。

對話相關單字 sunrise 日出；sunset 日落

你看過日全蝕嗎？
Have you ever seen a total solar eclipse before?

▶ **There will be a partial solar eclipse at 10 o'clock tomorrow morning.** 明天早上十點會有日偏蝕。

Part 5

Ch 1

Ch 2

自然生態

Ch 3

Ch 4

Ch 5

Ch 6

▶ **That will be my first time to observe the solar eclipse, and I'm so excited!** 那將會是我第一次觀測日蝕，我超興奮的！

▶ **I've prepared a pair of sunglasses for the solar eclipse observation.** 我已經準備一副太陽眼鏡要去觀測日蝕了。

對話相關片語 total solar eclipse 日全蝕；partial solar eclipse 日偏蝕

◀ *Track 1405*

月亮被雲層遮住了。
The moon is blocked by the clouds.

▶ **The dark clouds blocked the moon the whole night yesterday.** 昨天一整夜烏雲都遮蔽住月亮。

▶ **We're going to enjoy the full moon at Sun Moon Lake in Mid-Autumn Festival.** 我們準備在中秋節去日月潭觀賞滿月。

▶ **I like to see the first quarter moon.** 我喜歡看上弦月。

對話相關片語 full moon 滿月；the first quarter of the moon 上弦。

補充片語 the the last (third) quarter moon = an old moon 下弦月

◀ *Track 1406*

我在上周日看到月蝕。
I saw a lunar eclipse last Sunday.

▶ **Sam brought a telescope to observe a lunar eclipse in Yangmingshan.** 山姆帶了一台望遠鏡去陽明山觀察月蝕。

▶ **Can you recommend me a perfect place to see a lunar eclipse?** 你能推薦我一個看月蝕的完美地點嗎？

對話相關單字 observe 觀察；telescope 望遠鏡

◀ *Track 1407*

我們準備好去觀星了。
We're ready to go oberve the stars.

▶ **Myriads of glittery stars twinkle in the sky.** 天空閃爍著點點璀璨繁星。

▶ **Look at the sky! The meteor shower is fantastic and spectacular.** 看天空！流星雨好美好壯觀。

▶ **Can you recognize any star signs in a starry night?** 在繁星點點的晚上，你能認出任何星座嗎？

對話相關單字 myriad 大量；大量的；glittery 閃爍的；twinkle 閃爍、發光；starry 繁星點點的

 花 草 樹 木

◀ Track 1408

氣溫逐漸上升，種子開始吐出新芽。
The temperature is going up, and the seeds start to sprout.

▶ **Spring is coming and the trees are sending out new shoots.** 春天就要來了，叢樹開始抽長新枝。

▶ **After the spring rain, the tree leaves look lush and fresh.** 春雨過後，樹葉看起來既綠意盎然又清新。

對話相關單字 sprout 冒芽；lush 綠意盎然的

◀ Track 1409

我爸想在院子裡種一顆芒果樹。
My dad wants to plant a mango tree in the yard.

▶ **All of our banana trees are fruitful this year.** 今年我們的香蕉樹都結實累累。

▶ **The peach tree flourishes in the yard.** 桃樹在院子裡生長茂盛。

對話相關單字 plant 當動詞時，為「種植」；當名詞時為「植物」之意。

◀ Track 1410

這棵百年榕樹看起來又高又大。
The hundred-year-old banyan tree looks tall and huge.

▶ **The old trees in Mt. Ali look so tall.** 阿里山神木好高。

▶ **We admire the grandeur of the old trees in Mt. Ali.** 我們讚嘆阿里山神木的雄偉壯觀。

▶ **It seems that the branches could touch the sky.** 它的樹枝似乎可以碰到天空了。

對話相關單字 grandeur 雄偉壯觀

◀ Track 1411

蘋果樹上有好多蘋果。
There are so many apples in the apple tree.

▶ **All apple blossoms had withered away.** 所有蘋果花都謝了。

▶ **The apple tree bore fruits after the apple blossoms faded.** 蘋果花謝後，蘋果樹就結果了。

補充片語 wither away/ fade/ die 都可表達「花朵凋謝」。

Part 5

Ch 1

Ch 2

自然生態

Ch 3

Ch 4

Ch 5

Ch 6

🔊 *Track 1412*

花兒正慢慢綻放。
The flowers are coming out little by little.

▶ **Spring has come and the cherry blossoms have come out.** 春天來到，櫻花已經綻放。

▶ **Look at the plum blossoms in the tree! They are so beautiful.** 看看樹上的梅花！它們美極了。

對話相關用法 講 Flowers come out. 代表花朵綻放、開花。

🔊 *Track 1413*

我能從樹上摘下幾朵花嗎？
Can I pick some flowers from the tree?

▶ **I'd like to snip off some daffodils.** 我想剪下幾朵水仙花。

▶ **My girlfriend set those daffodils in the vase.** 我女友將那些水仙花放到花瓶裡。

▶ **My mom put a bunch of flowers in a vase.** 我媽把一束花放到花瓶裡。

對話相關片語 a bunch of flower 一束花

🔊 *Track 1414*

陽明山花季快來了。
The Yangmingshan Flower Festival is coming soon.

▶ **The cherry blossoms seemed to bloom earlier this year.** 今年櫻花似乎開得比較早。

▶ **The Azalea blooms are in full bloom now.** 杜鵑花正盛開著。

▶ **The apricot flowers are full-blown everywhere in the park.** 整座公園的桃花都盛開了。

對話相關用法 bloom 當名詞時可指「花」，當動詞時則為「開花」。blossom 也指「花」，通常指「果樹所開的花」。

💬 地 形 景 觀

🔊 *Track 1415*

台灣的海岸線風景非常美麗。
The coastline scenery in Taiwan is stunning.

▶ **Taitung County is famous for its rocky coast.** 台東縣以岩岸聞名。

▶ **Coral reefs can be mostly found along coastlines.** 沿著海岸線大多可以發現珊瑚礁。

▶ **Watch out when you get close to the cliffs near the coast.** 靠近海岸懸崖時你要小心。

對話相關單字 - cliff 懸崖

Track 1416

我們出發前往沙哈拉沙漠的日子快來了。
The day when we leave for the Sahara Desert is coming.

▶ **An oasis is the most important place to support animals' life in the desert.** 綠洲是沙漠裡支持動物生命最重要的地方。
▶ **You can rarely see a village in the desert.** 在沙漠裡你很難見到一個村莊。
▶ **The locals ride a camel across the desert.** 當地人騎駱駝穿越沙漠。

對話相關單字 - desert 沙漠；oasis 綠洲；camel 駱駝
對話相關用法 - the locals 名詞複數，表示「當地人」；當形容詞時為「當地的、本地的」。

Track 1417

熱帶島嶼可以發現原始雨林。
The natural rain forests can be found in the tropical islands.

▶ **Adventuring in the jungle must be very exciting.** 在叢林裡冒險一定很刺激。
▶ **You can see many special species of plants and animals in the rain forests.** 你可以在雨林裡看到許多品種特殊的動植物。

對話相關單字 - tropical 熱帶的
補充片語 - the temperature zone 溫帶；the frigid zone 寒帶

Track 1418

北極熊依賴冰山來補海豹和魚。
Polar bears depend on the sea ice to hunt seals and fish.

▶ **Icebergs float on the sea everywhere in the southern hemisphere.** 南半球海上到處飄浮著冰山。
▶ **The South Pole is the coldest place in the world.** 南極是全世界最寒冷的地方。

對話相關單字 - hemisphere 半球
補充片語 - the North Pole 北極；the northern hemisphere 北半球

Track 1419

義大利的維蘇威是一座活火山。
Mount Vesuvius in Italy is an active volcano.

Part 5

Ch 1

Ch 2

自然生態

Ch 3

Ch 4

Ch 5

Ch 6

▶ **That is a dormant volcano.** 那是座休眠火山。
▶ **This active volcano keeps shooting lava.** 這座活火山持續噴出熔岩。
▶ **The small town was destroyed by the lava.** 這個小鎮被熔岩所摧毀。

(對話相關單字) dormant 潛伏的
(對話相關用法)
• keep＋動詞-ing 表示持續某個動作，如 keep running 繼續跑。
• keep＋形容詞 表示保持某種狀態，如 keep quiet 保持安靜。

◀ *Track 1420*

通常，火山附近會有溫泉。
Generally, there would be hot springs near a volcano.

▶ **Many people like to visit the hot spring areas in Yangmingshan.** 很多人喜歡造訪陽明山的溫泉區。
▶ **I visit Yangmingshan to take a hot spring bath every winter.** 每年冬天我都會上陽明山泡湯。
▶ **That's my first time to cook eggs in a hot spring!** 那是我第一次煮溫泉蛋！

(補充片語) bathe in the hot spring/ dip in the hot spring / soak in the hot spring 泡溫泉

◀ *Track 1421*

台灣有火口湖嗎？
Are there any crater lakes in Taiwan?

▶ **Of course! There is a very beautiful crater lake in Yangmingshan.** 當然啦！在陽明山有一個非常有名的火口湖。
▶ **I heard that crater lakes are on the top of volcanoes. Is that true?** 我聽說火口湖在火山頂上。這是真的嗎？
▶ **Are there many hot springs around active volcanoes?** 活火山附近有許多溫泉嗎？
▶ **I heard that there is toxic gas near active volcanoes.** 我聽說活火山附近有有毒氣體。
▶ **Have you ever seen any videos of volcano eruption on TV?** 你在電視看上過任何火山爆發的影片嗎？

(對話相關片語) crater lake 火口湖

◀ *Track 1422*

這座活火山可能會有火山活動。
There might be a volcanic activity from this active volcano.

▶ **The local government has announced a warning.** 當地政府已經發出警告。

▶ **All areas near the active volcano are not allowed to enter.** 這座活火山附近所有區域都禁止進入。

▶ **All areas around the active volcano are closed.** 這座活火山附近的所有區域都被封鎖了。

對話相關單字 volcanic 當形容詞表示「火山的」，或「由火山所構成的」。

 動 物 保 育

◀ *Track 1423*

野生動物如此兇猛又強壯。
Wild animals are so fierce and strong.

▶ **Rhinos have weak eyesights.** 犀牛的視力很弱。

▶ **Hippos are the largest herbivorous animals in the world.** 河馬是世上最大的草食性動物。

▶ **They like to stay in rivers or lakes to keep themselves cool.** 牠們為了保持涼爽，喜歡待在河中或湖中。

▶ **Most people think that the hippos are carnivore.** 多數人認為河馬是肉食性動物。

對話相關單字 herbivorous 草食性的；carnivore 肉食性動物。

◀ *Track 1424*

我上禮拜去木柵動物園看熊貓。
I went to the Taipei City Zoo to see the pandas last week.

▶ **Have you seen the pandas in Taipei City Zoo yet?** 你看過台北市立動物園裡的熊貓了嗎？

▶ **The pandas are eating bamboo.** 熊貓正在吃竹子。

▶ **Bad luck that I didn't see the pandas.** 我運氣不好沒看到熊貓。

◀ *Track 1425*

看！有一隻老虎正接近那隻斑馬！
Look! A tiger is approaching the zebra!

▶ **Oh! My god! The zebra is in danger.** 我的天！那隻斑馬有危險了。

▶ **That was close! The zebra escaped.** 好險！那斑馬逃走了。

▶ **It camouflaged itself in the woods! What a smart move!** 他在樹林裡偽裝了自己！真聰明！

對話相關單字 approach 接近、靠近；camouflage 偽裝

Part 5

Ch 1

Ch 2

自然生態

Ch 3

Ch 4

Ch 5

Ch 6

◀ Track 1426

澳洲有許多野生動物。
There are many wild animals in Australia.

▶ **When we talk about kangaroos, we would think of Australia.** 當我們說到袋鼠，我們就會想到澳洲。

▶ **The koala is one of the representatives of unique Australian animals.** 無尾熊是澳洲特有動物的代表。

對話相關單字- representative 代表

◀ Track 1427

我在野生動物園看過鱷魚了。
I saw crocodiles when I visited the wildlife park.

▶ **I was so scared because two leopards rushed past us just now.** 我嚇壞了，因為兩隻花豹剛從我們面前跑過。

▶ **A gorilla came knocking on our car window and asked for some food.** 一隻大猩猩過來敲我們的車門想討點食物。

對話相關片語- ask for 討、要

◀ Track 1428

動物保育是重要而緊急的。
Animal conservation is very imperative and urgent.

▶ **What can we do to protect animals?** 我們可以怎麼保護動物呢？

▶ **Don't buy furs and eat wild animals.** 不要買皮草和吃野生動物。

▶ **Punish the poachers heavily!** 重罰盜獵者！

對話相關單字- fur 皮草；poacher 盜獵者

◀ Track 1429

絕對不要棄養你的寵物。
Never abandon your pets.

▶ **Pets are not only your responsibility but also part of your family.** 寵物不但是你的責任，而且是你的家人。

▶ **How about adopting a stray dog instead of buying one?** 以認養流浪狗取代購買怎麼樣？

補充片語- stray animals 流浪動物

Chapter 03 網路時代

 群 眾 募 資

🔊 *Track 1430*

什麼是群眾募資？
What is crowdfunding?

▶ Basically, crowdfunding is a method to raise money from whoever is interested in your project. 基本上，群眾募資是透過對你的專案有興趣的人來募款。

▶ You invest or donate money into a project and get a reward in return. 你向一項專案進行投資或是捐贈，並得到一個獎賞作為回饋。

▶ The reward may come in the form of discounts, free physical products, reward points, etc. 這個獎賞可能會以折扣、免費實體商品，或是回饋點數等形式出現。

🔊 *Track 1431*

這個是現今最大且使用率高的群眾募資平台。
This is the world's largest crowdfunding platform and is much used nowadays.

▶ These crowdfunding campaigns are really successful. 這些群眾募資活動真的相當成功。

▶ Crowdfunding projects are mostly innovative. 群眾募資專案通常都相當創新。

▶ This is the highest funded crowfunding project I've ever seen. 這個是我見過募資金額最高的專案。

🔊 *Track 1432*

我們要如何知道我們的錢有被適當地運用在專案裡？
How do we know if our money is properly used in the project?

▶ Will they take away our money? 他們會騙走我們的錢嗎？

▶ What risks will I face? 我會面臨到什麼風險？

▶ What is the definition of a successful crowdfunding project? 成功的群眾募資專案的定義是什麼？

▶ Will I get my money back if the project fails? 如果專案失敗的話，我的錢拿得回來嗎？

Part 5

Ch 1

Ch 2

Ch 3

網
路
時
代

Ch 4

Ch 5

Ch 6

◀ *Track 1433*

資金缺乏是許多第一次創業的人的惡夢。
The lack of capital is the nightmare for many of the first-time entrepreneurs.

▶ Unfortunately, due to poor management, they still failed to launch the product and had to refund all the money to the donaters. 不幸地是，因為經營不善，他們仍然無法推出商品，且需要把錢全退回給所有捐助者。

▶ It's not easy to lead a crowdfunding project to success. 要領導一項群眾募資專案到達成功是不簡單的。

▶ This crowfunding campaign is a total disaster. 這項群眾募資活動簡直是場災難。

◀ *Track 1434*

群眾募資平台如何賺錢？
How does a crowdfunding platform make profits?

▶ In fact, there are many kinds of crowdfundings. 事實上，群眾募資有許多種類。

▶ Investers need to pay fees to the crowdfunding platform. 投資者需要付費給募資平台。

▶ Most of the time, donators do not get additionally charged when they back a project. 大多時候，捐助者支持一項專案是不需要額外付費的。

 電子閱讀

◀ *Track 1435*

現在有越來越多台灣人閱讀電子書了。
An increasing number of Taiwanese people are reading e-books now.

▶ Trendy, hip, and convenient are among all the adjectives used to describe e-reading. 流行、時尚，以及方便是被用來形容電子閱讀的形容詞之一。

▶ Sales decrease in brick-and-motar book stores may be partly attributed to the increase in the use of e-readers. 實體店面銷售量的下降可能部份起因於電子閱讀器的崛起。

▶ The mounting piles of books in the corner have gradually been replaced by a single electronic reading device. 角落中堆積的書籍已逐漸被一台電子閱讀器取代了。

對話相關單字 ▶ hip 時髦的；brick-and-motar stores 實體店面

你現在是使用哪種電子閱讀器？
Which e-reader do you currently use?

▶ This e-reading platform has become popular among young people these days.
這個電子閱讀平台近期很受年輕人歡迎。

▶ What? Don't you know that there is something called a cross-platform e-book reader? 什麼？你難道不知道現在有個東西叫作跨平台電子閱讀器嗎？

▶ Let me show you how to load e-books to the e-reading device. 讓我向你展示如何將電子書載到電子閱讀器上。

比起電子書，我還是偏好閱讀紙本書。
I still prefer reading paper books over e-books.

▶ Some experts speculate that e-books may reduce reading motivation. 有些專家推測，電子書會影響到閱讀的動力。

▶ The feeling of being surrounded by physical books is beyond expression. 被實體書圍繞的感覺是難以言喻的。

▶ Physical books present enormous benefits to one's reading skills if employed efficiently. 如果實體書能夠被有效率地使用，它們將對一個人的閱讀技巧帶來極大的幫助。

對話相關片語 beyond expression 難以表達；溢於言表

看到通勤者手裡拿著電子閱讀器已經不再是什麼稀奇的事了。
Seeing commuters with an e-reader in their hands is not an unusual thing anymore.

▶ Reading on the go is made possible for everyone with the invention of e-readers.
讓人隨時隨地閱讀已因電子閱讀器的發明而成為可能。

▶ Do you know that this subway offers free e-books to daily commuters? 你知道這個地鐵提供每日通勤者免費的電子書嗎？

當你在閱讀電子書時，你仍然需要像閱讀紙本書一樣與螢幕保持適當距離。
When reading e-books, you should still maintain a proper distance from the screen as you do when reading paper books.

Part 5

Ch 1

Ch 2

Ch 3

網路時代

Ch 4

Ch 5

Ch 6

▶ **Some say that reading e-books before sleep will damage eyesight.** 有些人說睡前讀電子書會傷害視力。

▶ **If you want to readuce the negative effects of reading e-books, just keep the reading distance and the amount of time spent on it moderate.** 想要降低閱讀電子書的負面影響，就讓閱讀距離和閱讀時間保持適中就好了。

 電腦資訊

Track 1440

我的電腦當機了。
My computer crashed.

▶ **My computer broke down.** 我的電腦當機了。
▶ **Look! The screen is frozen.** 看！螢幕動也不動。
▶ **Damn! I can't turn on my computer.** 糟了！我的電腦不能開機。
▶ **My computer has been running slow recently.** 我的電腦最近跑得很慢。
▶ **Do you hear your laptop making a weird noise?** 你有聽到你的筆電發出怪聲嗎？

Track 1441

你的電腦必須重灌作業系統。
You have to reinstall the O.S.

▶ **How to uninstall this program?** 如何移除這個程式？
▶ **I would like to install the latest version of this software.** 我想安裝這個軟體最新的版本。

對話相關用法 un- 字首之單字表示「相反、否定」之意，故uninstall 為「移除」之意。

Track 1442

這套防毒軟體偵查力較強。
This antivirus software is more effective in virus detection.

▶ **I'm downloading the free anti-virus software online.** 我正在線上下載免費防毒軟體。
▶ **Have you ever tried free online virus scanner?** 你試過線上免費掃毒嗎？

對話相關單字 download 下載，相反之單字為 upload 上傳

你的電腦中毒了。
Your computer has got a virus.

▶ **My computer is infected.** 我的電腦中毒了。
▶ **My PC was attacked by the malware.** 我的桌上型電腦被惡意軟體攻擊了。
▶ **Anti-Spyware and firewall are also important to protect our computers.** 防間諜軟體和防火牆對保護電腦安全也很重要。

對話相關單字 anti- 在字首表示「反……、對抗」之意。

我得幫我的筆電充電。
I have to recharge my notebook.

▶ **Don't forget to put your laptop into the shockproof bag.** 別忘了把筆電放進防震袋裡。
▶ **Please remember to press the power button to turn off the notebook.** 請記得按下電源鍵將筆電關機。

對話相關單字 laptop 與 notebook 皆為筆電的說法，歐美人士較常用 laptop；desktop 則為桌上型電腦。

印表機的墨水用完了。
The printer has run out of ink.

▶ **Do you know how to insert the ink cartridge into the printer?** 你知道怎麼裝墨水匣嗎？
▶ **Do you know how to remove jammed paper?** 你知道如何移除印表機的卡紙嗎？

補充片語 remove the ink cartridge 拆下墨水匣

 相 機 手 機

我想買台單眼相機。
I want to buy a SLR camera.

▶ **Does it have continuous shooting function?** 它有連拍功能嗎？

Part 5

Ch 1

Ch 2

Ch 3

網
路
時
代

Ch 4

Ch 5

Ch 6

▶ **This camera is the best for low light photos.** 這台相機的夜拍功能很讚。
▶ **If it doesn't have a video-recording function, don't even think about buying it.** 如果不含攝影功能，你沒必要考慮買它。
▶ **How about buying a fisheye lens for additional effects?** 何不買個魚眼鏡頭增加效果？
▶ **Turn on the flash, it's getting dark.** 打開閃光燈吧，天快暗了。

對話相關單字 SLR 的全名是 Single Lens Reflex。
補充片語 burst mode 連拍模式，等同於 continuous shooting mode。

🔊 *Track 1447*

你可以善用變焦鏡頭。
You can make good use of a zoom lens.

▶ **I'd like to review the saved pictures first.** 我想先看已儲存的照片。
▶ **Your eyes are closed. Do you mind if I delete this one?** 你剛閉著眼，你介意我把這張刪掉嗎？
▶ **Don't worry. I brought an extra memory card.** 別擔心，我有多帶一張記憶卡。

🔊 *Track 1448*

可以請你幫我們拍張照嗎？
Would you please take a picture for us?

▶ **Don't move! I'm taking a picture of you.** 別動嘛！我正在幫你拍照。
▶ **Remember to focus on my face, O.K.?** 請得聚焦在我臉上，好嗎？
▶ **Look at the camera and say cheese!** 看鏡頭，笑一個！

🔊 *Track 1449*

我等不及把照片傳到電腦上啦！
I can't wait to upload the photos to the computer!

▶ **See! I told you most pictures came out well.** 看吧！我告訴過你大部分照片都拍得不錯。
▶ **How do you edit these photos?** 你怎麼編輯這些照片？
▶ **Can I save this one?** 我可以存照片嗎？
▶ **This picture looks so blurry.** 這張照片看起來好模糊。
▶ **Is this picture over exposed?** 這張照片是不是過度曝光了？
▶ **Most photos we took today look under exposed.** 今天拍的大部分照片看起來都曝光不足。

Track 1450

這附近訊號似乎不太好。
The connection seems poor nearby.

▶ **Did you lose your signal, too?** 你也收不到訊號嗎？

▶ **It's strange that your voice is breaking up.** 好奇怪，你的聲音聽起來斷斷續續的。

▶ **I think we have a bad connection here.** 我認為我們這裡收訊很差。

對話相關片語 break up 除了分手之意，用在通電話時，則指聲音斷斷續續。

Track 1451

我媽不知道怎麼發簡訊。
My mom doesn't know how to send a text message.

▶ **Did you get my voice mail?** 你收到我的語音留言了嗎？

▶ **Wow! I have five missed calls.** 哇！我有五通未接來電。

▶ **My ex-girlfriend used to check my phone records and text messages every day.**
我前女友以前每天都看我的通話紀錄和簡訊。

Track 1452

可以借我手機充電器嗎？
Can I borrow your cellphone charger?

▶ **I forgot to charge my cellphone last night.** 我昨晚忘了充電了。

▶ **Remember to bring your mobile power bank with you.** 記得帶行動電源。

對話相關片語 mobile power bank 行動電源

Track 1453

手機哪種功能你比較使用？
What functions do you often use with your cellphone?

▶ **I set the alarm clock every night.** 我每晚會設定鬧鐘。

▶ **I use the timer very often.** 我經常使用計時功能。

▶ **I always play games on my cell-phone when I'm bored.** 無聊時我總是玩手機遊戲。

Track 1454

我的螢幕有刮痕。
My screen has some scratches.

▶ **I dropped my cellphone into the toilet yesterday.** 昨天我的手機掉進馬桶裡了。

Part 5

Ch 1

Ch 2

Ch 3

網路時代

Ch 4

Ch 5

Ch 6

▶ **The keyboard doesn't work well so I can't send text messages.** 按鍵接觸不良，所以我不能傳簡訊。

▶ **It will take about seven to ten working days to fix it.** 送修約需七到十日。

衛星導航

◀ *Track 1455*

你熟悉 GPS 的各種功能嗎？
Are you familiar with the functions of GPS?

▶ **Do you know well about your GPS system?** 你熟悉你的 GPS 系統嗎？

▶ **It seems that you've gotten the hang of using your GPS.** 看起來你已能得心應手的使用你的 GPS 了。

> **對話相關單字** GPS = global positioning system 全球衛星定位系統
> **對話相關片語** get the hang of +事物=對……得心應手、上手

◀ *Track 1456*

告訴我你如何善用 GPS。
Tell me how you make good use of GPS.

▶ **I don't know where I can make a good buy of GPS.** 我不知道去哪買划算的 GPS。

▶ **He just got a GPS with voice recognition function.** 他剛買一台有語音辨識功能的 GPS。

▶ **The "turn-by-turn" function of GPS is also available in Taiwan.** 有行進轉彎指示功能的 GPS 在台灣也買得到。

▶ **I can't afford a high-tech product like GPS.** GPS 不是我能付得起的科技產品。

> **補充單字** affordable 負擔得起的，由 afford（買得起、負擔得起）延伸

◀ *Track 1457*

你可以為你的GPS 下載旅遊指南。
You can download a travel guide application to your GPS.

▶ **Does this GPS include the offshore islands of Taiwan?** 這台 GPS 有包含台灣離島嗎？

▶ **GPS is such a great street navigator for business trips.** GPS 真是出差時最好的城市導航裝置。

▶ **Remember to reload the street maps before we set off.** 出發前記得重新載入街道地圖。

Track 1458

我的GPS 故障了。
My GPS is out of order.

▶ **My GPS got a breakdown.** 我的 GPS 故障了。
▶ **My GPS crashed yesterday.** 我的 GPS 昨天故障了。
▶ **My GPS stopped working ten minutes ago.** 我的 GPS十分鐘前故障了。
▶ **Don't panic. Try switching to the tracking mode.** 別驚慌，試試切換到追蹤功能。

 手機遊戲

Track 1459

任天堂遊戲機是我第一部電腦遊戲機。
The Nintendo entertainment system is my first video-game console.

▶ **I miss the days when I was crazy about Super Mario Bros.** 我懷念那些為馬俐歐兄弟瘋狂的日子。
▶ **I was so fascinated by the exciting video game, Super Mario Bros, in my childhood.** 我童年時期超迷馬俐歐這個刺激的電動遊戲。

對話相關片語 be crazy about 與 be fascinated by 皆有「著迷、熱衷於……」之意。

Track 1460

我花了一整天時間玩 PlayStation。
I spent all day on PlayStation.

▶ **Playing Xbox took me a whole night.** 我花了一整晚的時間玩 Xbox。
▶ **Wii cost me big money, but it's worth it.** 買 Wii 花了我一大筆錢，但很值得。
▶ **Can you help me find the remote?** 你能幫我找一下遙控器嗎？
▶ **It's a wireless remote control to detect the movements of players.** 它是個能偵測玩家動作的無線遙控裝置。

392

Part 5

Ch 1

Ch 2

Ch 3

網
路
時
代

Ch 4

Ch 5

Ch 6

◀*Track 1461*

在過去，NDSL 是輕薄短小的掌上遊戲機。
In th past, NDSL is a slim and lightweight handheld game console.

▶ **The bright color design makes NDSL more popular.** 明亮的色彩設計讓 NDSL 更受歡迎。

▶ **I'm dreaming of getting a limited edition.** 我夢想買到一個限量版。

▶ **What kinds of video games do you like the most?** 你最喜愛那種電玩類型？

▶ **I prefer Role Playing Game (RPG).** 我偏愛角色扮演遊戲。

對話相關片語 ▶ a limited edition 限量版

◀*Track 1462*

我擅長於益智遊戲。
I'm good at playing Puzzle Games.

▶ **My younger brother is good at Racing Games.** 我弟擅長於賽車遊戲。

▶ **Are you good at Shooting Games?** 你很會玩射擊遊戲嗎？

▶ **I heard that you're really good at Fighting Games and Adventure Game.** 我聽說你超會玩格鬥和冒險遊戲。

▶ **Strategy Games are my favorite.** 策略型遊戲是我的最愛。

對話相關片語 ▶ be good at + 動詞 ing / 名詞 擅長於……

◀*Track 1463*

你每天都會打手遊嗎？
Do you play mobile games everyday?

▶ **It's really hard for me to quit this game.** 戒掉這遊戲對我來說真的好難。

▶ **Time's up! Quit the game and go to bed.** 時間到了！退出遊戲然後去睡覺。

▶ **Most guys spend a lot of time on video/mobile games.** 大多數男生花很多時間玩電玩／手遊。

▶ **But I think there are more and more female players.** 但我認為女性玩家越來越多了。

◀*Track 1464*

你是個宅男嗎？
Are you an "OTAKU"?

▶ **Is he a video-game mania?** 他是電玩狂熱者嗎？

▶ **Yes, I'm definitely a no-life.** 沒錯，我就是個宅男。

▶ **Don't be a home-boy, or no girls would like to date with you.** 別當個宅男，否則沒有女孩想和你約會。

▶ **Video games are better than girls though.** 但電動比女生好。

▶ **He's totally a computer geek.** 他真是個只會玩電腦的怪咖。

◀ *Track 1465*

我們只是臉書好友。
We are just Facebook friends.

▶ **I miss those days when I would spend my whole day in the online chatting room.** 我想念那些整天掛在網路聊天室裡的日子。

▶ **My brother is fond of making Internet friends.** 我弟喜歡交網友。

▶ **I want to make some friends online.** 我想要在網路上交些朋友

▶ **I've never tried to make friends on the Internet.** 我從沒試過在網路上交友。

> 對話相關片語 - be fond of + 動詞ing / 名詞 喜歡……

◀ *Track 1466*

真令人驚訝，我們有共同好友！
Surprisingly, we have mutual friends!

▶ **Don't add me.** 不要加我好友。

▶ **I feel less nervous to chat with Internet friends.** 和網友聊天我比較不緊張。

▶ **I guess we should set a time to meet each other.** 我猜我們應該約時間碰面了。

▶ **I'm planning to go to an offline meetup.** 我打算參加一個網聚。

> 對話相關單字 - meetup 為 meet up 的名詞形式。

◀ *Track 1467*

見網友危險嗎？
Is meeting Internet friends dangerous?

▶ **My mom doesn't allow me to meet any Internet friends.** 我媽不准我見任何網友。

▶ **I'm not going to meet my Internet friend alone.** 我不打算單獨見網友。

▶ **I'll meet my Internet friend in public and in the daytime.** 我會在公眾場合及白天見網友。

Part 5

Ch 1

Ch 2

Ch 3

網
路
時
代

Ch 4

Ch 5

Ch 6

對話相關片語 in public 公開地

Track 1468

現今網路購物非常普及。
Online shopping is very common nowadays.

▶ **Do you do online shopping very often?** 你常網購嗎？

▶ **How often do you shop on the Internet?** 你多常在網路上購物？

▶ **Which shopping website do you visit the most?** 你最常瀏覽哪個購物網站？

▶ **I've never done any online shopping for 3C home appliances.** 我從沒在網路上買過 3C 家電。

對話相關單字 3C 產品為 Communication「通訊」、Computer「電腦」和 Consumer「消費性」等產品。

Track 1469

通常我會選擇信用卡付款。
Mostly, I would choose to pay by credit card.

▶ **I'd like to pay by PayPal.** 我喜歡用 PayPal 系統付款。

▶ **I prefer to make my online shopping payment through ATM transfer.** 我比較喜歡用 ATM 轉帳。

▶ **Most people choose cash on delivery nowadays.** 現今大多數人都選貨到付款。

▶ **Don't do impulsive shopping!** 不要衝動購物！

Track 1470

我從網路上買的裙子太緊了，我想換貨。
The skirt I bought on the Internet is too tight for me; I'd like to make an exchange.

▶ **The miniskirt I got from your online store has a color fading; can I make a return?** 我從你們的購物網站買來的迷你裙有褪色狀況，我可以退貨嗎？

▶ **Does online shopping have the same warranty as buying in a physical store?** 網路購物是否和實體店家購買享有同樣保固？

Track 1471

我的會員資格已經在網路商店上申請成功了。
My membership has been successfully registered on the online store.

▶ **I want to add this off-price handbag to my shopping cart.** 我想將這個特價手提包加入我的購物車。

▶ **I have emptied my shopping cart.** 我已經清空我的購物車了。

▶ **I still have many coupons left.** 我還剩很多折價券。

 數 位 學 習

◀ *Track 1472*

坦白說，遠距教學對我來說挺有效的。
Frankly speaking, distant teaching is effective for me.

▶ **Generally speaking, distant teaching is very popular abroad.** 一般而言，在國外遠距教學非常受歡迎。

▶ **Honestly speaking, distant teaching makes me feel sleepy.** 老實說，遠距教學讓我昏昏欲睡。

◀ *Track 1473*

根據我的看法，也許遠距教學未來會取代傳統教學。
In my opinion, distant teaching may replace classroom teaching in the future.

▶ **As I see it, distant teaching has become a trend of education.** 以我看來，遠距教學已成為一種教育趨勢。

▶ **In my point of view, distant teaching won't be a substitute for classroom teaching.** 我的看法是，遠距教學不會代替教室教學。

◀ *Track 1474*

很多公司利用數位學習計畫進行員工訓練。
Many companies hold on-the-job training through E-learning programs.

▶ **You can understand more about your job content through E-learning on-the-job training.** 透過數位學習員工在職訓練，你可以更了解你的工作內容。

▶ **Do you know Coursera?** 你聽過線上課程平台嗎？

▶ **It's an online learning platform that I found to be extremely resourceful.** 它是我認為具有非常多資源的線上學習平台。

Part 5

Ch 1

Ch 2

Ch 3

網路時代

Ch 4

Ch 5

Ch 6

◀ *Track 1475*

在網路上學英文完全免費,而且很有趣。
Learning English online is totally for free and really interesting.

▶ **Learning English on the Internet is a good way to save your money.** 在網路上學英文是一個省錢的好方法。

▶ **I visit English learning websites very often to practice my listening ability.** 我經常上英文學習網站練習我的聽力。

▶ **It takes only a few seconds to find out your** listening comprehension **results.** 只需幾秒就可以知道聽力測驗的結果。

▶ **I take** multiple-choice quizzes **on free English learning websites to improve my grammar.** 我在免費英文學習網站上進行選擇題測驗,以增進我的文法。

▶ **I also play lots of fun online games to learn more vocabulary.** 我也玩許多有趣的線上遊戲來學習更多單字。

對話相關片語 listening comprehension 聽力測驗;multiple-choice quiz 選擇題測驗

Chapter 04 投資理財

縱 橫 股 市

◀ *Track 1476*

我對股市不太了解。
I don't know much about the stock market.

▶ **I'm new to stock market.** 我是股市新手。

▶ **I know only partially about financial investment.** 我真的對投資理財一知半解。

▶ **Little do I know about how stocks work.** 我對股票的運作方式了解不多。

對話相關單字 stock 股票；stock market 股市

◀ *Track 1477*

投資股票是有風險的。
Investing in stocks is risky.

▶ **I guess I can't endure the risk of stock investment.** 我想我不能忍受股票投資的風險。

▶ **We couldn't expect when the stocks will go up or down.** 我們無法預期股票什麼時候會升或跌。

▶ **Can you undertake the risk of stock trading?** 你能承受股票交易的風險嗎？

補充片語 the stock goes up 股票上升；the stock goes down 股票下跌

◀ *Track 1478*

這股票是支績優股。
This is a blue-chip stock.

▶ **I earned a small profit from this stock.** 我在這支股票中小有獲利。

▶ **I raked much money from stock investment last year.** 我去年在股票投資上賺了一大筆。

對話相關單字 rake 指「很快賺得錢財」。

補充新知 chip 是指「籌碼」的意思，blue chip 則通常是指「價值最高的籌碼」，在這裡當形容詞，表示證券市場價值最高的股票，中文稱為「藍籌股」。人們把股票市場上實力雄厚、活躍的股票稱為「藍籌股」。

Part 5

Ch 1

Ch 2

Ch 3

Ch 4

投資理財

Ch 5

Ch 6

Track 1479

你應該要學會看懂股市行情表。
You should learn how to read the stock index.

▶ **My dad reads the tape carefully every day.** 我爸每天都仔細看盤。
▶ **The market rose by three hundred points today.** 市場今天漲了三百點。
▶ **Stocks rebound!** 開高走低了！

對話相關片語 read the tape 看盤

Track 1480

今天股市總成交量如何？
What was the total trading volume of the stock market today?

▶ **Was the close good today?** 今天收盤價好嗎？
▶ **All my money was trapped in the stock market.** 我的錢都在股市裡套牢了。

對話相關單字 股票被套牢的動詞，可用 trap。

Track 1481

我已經為跌跌不休的股市操煩好幾個月了。
I have been anxious about the bearish stock market for several months.

▶ **I started investing in stocks after I graduated from university.** 我大學畢業後就開始投資股票。
▶ **I invested almost all my savings in the stock market.** 我的存款幾乎都在股市裡套牢了。

對話相關片語 be anxious about 為……操心、焦慮；bearish 股市下跌的

基金高手

Track 1482

你可以找位專業基金經理人提供投資諮詢。
You can look for a professional mutual fund manager for investment consultation.

▶ **He can point out the advantages of mutual funds for you.** 他可以為你指點基金獲利。

▶ **He will inform you when your mutual funds earn profits.** 當基金獲利時，他會通知你。

▶ **A professional mutual fund manager would analyze the disadvantage and risks for his/ her clients immediately.** 專業的基金經理人會立即為客戶分析基金損失與風險。

補充單字 consult 諮詢；consultant 顧問

基金投資在近十年非常受歡迎。
Mutual fund investment has become extremely favoured in the recent decade.

▶ **It seems that buying mutual funds is better than saving money in a bank account.** 看起來買基金似乎比把錢存在銀行好。

▶ **At least you don't have to spend your time on reading the financial journal all day long.** 至少你不需花時間整天看財經雜誌。

對話相關單字 decade 十年；journal 報章、雜誌、期刊

Track 1484

買基金也是投資理財的好方法。
Investing in mutual funds is also a good way to do financial investment.

▶ **I feel easy for mutual fund investment.** 我對基金投資感到放心。

▶ **Mutual fund investment is more conservative than stock investment.** 基金投資比股票投資來的保守些。

▶ **But it doesn't mean that mutual fund investment has no risks at all.** 但這不表示基金投資沒有任何風險。

對話相關單字 conservative 保守的

Track 1485

你的基金獲利多少？
How much profit do you earn from your mutual funds?

▶ **I greatly expect the return of my long-term investment in mutual funds.** 我非常期待投資基金的長期回收。

▶ **What types of companies did you choose for mutual fund investment?** 你選擇哪些公司種類來投資基金？

▶ **How does a mutual fund company operate?** 基金投資公司是如何營運的？

Part 5

Ch 1

Ch 2

Ch 3

Ch 4

投
資
理
財

Ch 5

Ch 6

Track 1486

冷靜點。基金投資不是短期計畫。
Just calm down. Mutual fund investment is not a short-term plan.

▶ **I'd rather choose investing in mutual funds through periodical transfers.** 我寧可選擇定期定額投資。

▶ **How can I redeem my mutual funds?** 我該如何贖回基金？

▶ **The mutual funds I bought haven't been doing well.** 我買的基金最近表現不太好。

▶ **I don't expect the return; I only hope I don't lose much.** 我不期待回收報酬，我只希望別損失太多。

▶ **More or less, it has been influenced by the global financial crisis.** 或多或少，它都被全球經濟危機影響了。

【對話相關單字】 redeem 贖回；financial crisis 經濟危機

 外 幣 黃 金

Track 1487

金價近三年來持續不斷飆漲。
The gold price keeps going up during the recent three years.

▶ **My friend suggested me to buy some gold coins as investment.** 我朋友建議我去買些金幣當投資。

▶ **My mom keeps a lot of golden rings in a safe.** 我媽在保險箱裡放了許多金戒指。

▶ **I think buying gold would be a good choice for investment.** 我想買黃金會是不錯的投資選擇。

【對話相關單字】 a safe/ a safe-deposit box 都是「保險箱」的說法。

Track 1488

我想開個黃金存摺。
I'd like to open an e-gold account.

▶ **More and more people choose to open an e-gold account for investment.** 越來越多人開黃金存摺當投資。

▶ **Is it complicated to open an e-gold account?** 開辦黃金存摺的手續複雜嗎？

▶ **How much is the admission fee for openning an e-gold account?** 開黃金存摺的手續費多少？

◀ *Track 1489*

國際金價每盎司多少錢？
How much is the international gold price per ounce?

▶ The gold price **exceeded** to US$ 1000 in 2008 and it has been the highest price ever. 金價在 2008 年超過 1000 美元，是有史以來最高價。

▶ Some investors even predict that the gold price will reach up to US$2000. 有些投資人甚至預測金價將會上升至 2000美元。

對話相關單字 - per 每； exceed 超過、超越

◀ *Track 1490*

你曾想過進行外幣投資嗎？
Have you ever thought of doing some foreign currency investment?

▶ Is buying foreign currency a high-risk investment? 購買外幣是一種高風險投資嗎？

▶ Is foreign currency investment highly **profitable**? 外幣是高獲利投資嗎？

對話相關單字 - foreign 外國的；currency 貨幣；profitable 獲利的、有利的

◀ *Track 1491*

湯姆是個很有經驗的外幣經營者。
Tom is an experienced foreign currency dealer.

▶ I hope I can be a successful foreign currency dealer as well. 我希望我也能成為一位成功的外幣經營者。

▶ He has dealt with foreign currencies for many years. 他經營外幣已經很多年了。

▶ He has a keen eye on foreign currency investment. 他在經營外幣上眼光獨到。

對話相關片語 - a keen eye on 眼光獨到

◀ *Track 1492*

我想試試澳幣定存當作投資。
I'd like to try AUD fixed deposit as my investment.

▶ I heard that the AUD time deposit has a good rate of return. 我聽說澳幣定存投資報酬率不錯。

Part 5

Ch 1

Ch 2

Ch 3

Ch 4

投資理財

Ch 5

Ch 6

▶**The US currency has depreciated recently.** 美元最近貶值了。

▶**I'm looking forward to the revaluation of my foreign currency investment.** 我正期待著我的外幣投資升值。

對話相關片語 rate of return 投資報酬率

 儲 蓄 保 本

Track 1493

近期活期帳戶利率大概多少？
What's the rate for the checking account currently?

▶**Does a current account have a high interest rate?** 活存帳戶利息高嗎？

▶**Generally, the interest rate of a savings account is higher than a current account.** 通常定存帳戶利潤會高於活存。

▶**The interest rate of a current account is getting lower and lower.** 活存利息變得越來越低。

補充片語 demand deposit 活期存款

Track 1494

我媽建議我把錢存到存款帳戶。
My mom suggested me to save money in a savings account.

▶**I made up my mind to make a time deposit.** 我決定辦一個定期存款。

▶**I make a deposit on a regular basis.** 我定期會去存錢。

對話相關片語 time deposit 定期存款；make a deposit 存錢

Track 1495

我打算每個月存五千塊到我的帳戶。
I'm planning to save five thousand dollars into my account every month.

▶**My friend deposits ten thousand dollars into her savings account every month.** 我朋友每個月存一萬塊到她的定存帳戶。

▶**I've made a money-saving plan to buy my first apartment.** 我定了一個省錢計畫來買下我的第一間公寓。

▶**People should save more money for their retirement.** 人們應該多存點錢退休。

我想為保險開個零存整付帳戶。
I'd like to open an installment savings account for insurance.

▶ **You'd better open an accumulated fund account to save money.** 你最好開個累積型基金帳戶來存錢。

▶ **What papers should I prepare to open a new account?** 開新帳戶我需要準備什麼文件？

你的定存帳戶裡有多少存款？
How much bank deposit is there in your fixed deposit?

▶ **I only have a little savings in my account.** 我的銀行帳戶裡只有一點點存款。

▶ **I spend almost all my income every month, so I don't have any savings.** 我每個月幾乎都花光薪水，所以我沒有任何存款。

▶ **I transfer one-third of my salary in my payroll account to my family every month.** 我每個月會從我的薪資帳戶轉三分之一的薪水給我的家人。

對話相關片語 bank deposit 銀行存款；payroll account 薪資帳戶

把錢存在銀行裡是可靠的。
Saving your money in a bank is reliable.

▶ **I feel secure to deposit my money in a bank.** 把錢存進銀行讓我感到安心。

▶ **Depositing money in a savings account is less risky than stock investment.** 定期存款比股票投資風險少得多。

▶ **I prefer to deposit money in a bank than doing any real estate investment.** 我寧願把錢存在銀行也不做任何房地產投資。

對話相關片語 real estate investment 房地產投資

 保 險 規 劃

誰是這張保單的受益人？
Who's the beneficiary of this insurance policy?

Part 5

Ch 1

Ch 2

Ch 3

Ch 4

投資理財

Ch 5

Ch 6

▶ **Can I take a look at the details of this insurance policy?** 我可以看一下這張保單的細項說明嗎？

▶ **Would you please offer me the risk declaration?** 能否請你提供我風險告知書？

對話相關單字 - beneficiary 受益人；
對話相關片語 - insurance policy 保單；risk declaration 風險告知書

◀ *Track 1500*

珍是位資深保險代理。
Jane is a senior insurance agent.

▶ **She has worked as an insurance broker for more than twenty years.** 她當保險經紀已經超過二十年了。

▶ **My sister decided to sell insurance for this life-insurance company with a good reputation.** 我妹已經決定到這家信譽良好的壽險公司賣保險。

對話相關片語 - insurance agent 保險代理；insurance broker 保險經紀
補充片語 - insurance agency/ company 保險公司； life insurance 人壽保險

◀ *Track 1501*

我不是很清楚我保單中的法定不保事項。
I'm not quite sure about the statutory exclusions of my insurance policy.

▶ **I forgot my insurance number.** 我忘記我的保單號碼。

▶ **What's the maximum claim amount if I get injured while working?** 如果我因工受傷，最高理賠金額是多少？

▶ **You should know the details of your insurance policies.** 你應該了解你保單中的細節。

對話相關單字 - exclusion 不保事項； maximum claim (amount) 最高理賠（金額）

◀ *Track 1502*

這張保單提供彈性繳費，幫助要保人理財無負擔。
This insurance policy offers flexible payment options to help applicants manage their finance without burdens.

▶ **I'm considering the yearly payment; but I'm worried that I would make late payments sometimes.** 我正考慮年繳，但我擔心我可能有時會遲繳保費。

▶ **If my insurance premium is slow, will my indemnification still be invariable?** 如果我緩繳保費，我的保障是否不變？

◀ *Track 1503*

我想買份醫療保險。
I'm going to buy a medical insurance.

▶ **What's the difference between life insurance and savings insurance?** 終身壽險和儲蓄險有什麼不同？

▶ **Do not terminate your husband's accident insurance because his job is highly risky.** 別幫你老公的意外險解約，因為他的工作具有高度風險。

對話相關單字- terminate 終止（動詞），其名詞為 termination 終止

◀ *Track 1504*

為了退休生活，我想買份投資型保險。
I'd like to buy an investment life insurance for my retirement.

▶ **I think the quarterly payment suits me better.** 我想季繳比較適合我。

▶ **I'd like to increase my insurance premium.** 我想為我的保費增額。

補充片語- investment life insurance 投資型保險；yearly payment 年繳；monthly payment 月繳；half-yearly payment 半年繳

◀ *Track 1505*

勞保對我們所有人來說是非常重要的。
Labor insurance is very important to all of us.

▶ **The finance of National Health Insurance has been in the red for many years.** 全民健保財務虧損好幾年了。

▶ **National Pension Insurance is beneficial to promote the living quality of the aged population.** 國民年金有利於提升高齡化人口的生活品質。

對話相關片語- labor insurance 勞保；National Health Insurance 全民健保；be in the red / be in debt 虧損、負債；National Pension Insurance 國民年金

Part 5

Ch 1

Ch 2

Ch 3

Ch 4

投資理財

Ch 5

Ch 6

 房產大亨

🔊 *Track 1506*

多數銀髮族偏愛房地產投資。
Most of senior citizens prefer investing in real estate.

▶ **If I were you, I would put my investment on real estate.** 如果我是你，我會選擇房地產投資。

▶ **Real estate investment is a practical and safe investment plan.** 房地產投資是一項實際又安全的投資計劃。

對話相關單字 elder people/ senior citizens/ the elderly/ graying population 都可代表「銀髮族」或「老人族群」之意。

🔊 *Track 1507*

位於精華地段的公寓非常昂貴。
The apartments in the prime locations are very expensive.

▶ **I can't afford the apartment in this area because the price is too fancy.** 我負擔不起這個地段的公寓，價格實在太高了。

▶ **My wife daydreamed about buying a beautiful mansion in this expensive residential area.** 我老婆幻想在這個昂貴的住宅區買豪宅。

對話相關單字 daydream 作白日夢、幻想，可為動詞及名詞。

🔊 *Track 1508*

這棟房子是法拍屋。
This house is a bank-owned property.

▶ **Purchasing a foreclosure property is also a kind of investment tool.** 法拍屋購買也是投資工具的一種。

對話相關片語 a bank-owned property、a foreclosure 法拍屋；investment tool 投資工具

🔊 *Track 1509*

我媽想投資房地產，在退休後當個房東。
My mom wants to invest in real estate and be a landlady after she retires.

▶ **Katie bought several studio apartments in downtown as her investment.** 凱蒂在市區買了幾間套房當投資。

▶ **The real estate agent advised me to buy the 2-year-old condominium for renting.** 房地產經紀人建議我買這棟兩年的華廈來出租。

▶ **I think I have to take out a loan to buy this condominium.** 我想我得貸款來買這棟華廈。

對話相關單字▸ studio apartment 套房；condominium 華廈

補充片語▸ apply for a loan 申請貸款，與 take out a loan 同義。

◀ *Track 1510*

我終於存夠我的套房頭期款了。
I have finally saved enough money for the down payment of my studio apartment.

▶ **I am going to apply for a home purchase loan.** 我要去申請購屋貸款。

▶ **I plan to lease my studio apartment to pay my loan.** 我計畫把套房出租來支付我的貸款。

對話相關片語▸ down payment 頭期款；apply for 申請；home purchase loan 購屋貸款

對話相關單字▸ lease 出租，也可用 rent... to...；一般 lease 表示長期出租，而 rent 則是較短期的租用。

◀ *Track 1511*

這是一間新公寓。
This is a new apartment.

▶ **This is a fifteen-year-old house.** 這是一間十五年的屋子。

▶ **An older house with great remodeling would be a good buy for younger office workers.** 優良裝潢的中古屋會是年輕上班族的划算選擇。

對話相關單字▸ remodel 裝潢、裝修；a good buy 買得划算

Part 5

Ch 1

Ch 2

Ch 3

Ch 4

Ch 5

永續環保

Ch 6

Chapter 05 永續環保

 小農當道

◀ *Track 1512*

小農現在很紅。
Small-scale farming is very popular now.

▶ **Small-scale farming has been gaining attention from the public.** 小農持續得到大眾的關注。

▶ **Have you ever bought any vegetables produced from a smallholding?** 你有曾經從小農那買過任何蔬果嗎？

▶ **Growing health awareness has helped the development of small-scale farming.** 健康意識的增長幫助了小農的發展。

◀ *Track 1513*

小農據說比較永續環保。
Small-scale agriculture is said to be more sustainable.

▶ **In general, small-scale farming does not employ advanced farming technologies.** 總體來説，小農不使用先進的農作技術。

▶ **Some complain that products made from small-scale farming are too expensive.** 有些人抱怨小農產品太過昂貴。

▶ **There are pros and cons of small-scale farming.** 小農有優點也有缺點。

◀ *Track 1514*

我們社區有一個小農團體。
There is a small-scale farmers' community in our neighborhood.

▶ **Do you want to be a small-scale farmer?** 你想要當一名小農嗎？

▶ **Many young people return to their hometown and start their own small-scale agricultural business.** 許多年輕人回到家鄉，並開始他們的小農事業。

▶ **Farmers' market is a terrific place to buy healthy products from smallholders.** 農民市集是買小農場品的絕佳場所。

小農沒有看起來的簡單。
Small-scale farming is not as simple as it seems.

▶ **Small-scale farmers are particular about the fertilizer they use.** 小農對於使用的肥料特別挑剔。

▶ **Smallholders emphasize more on the eco-system of the land.** 小農更注重土地的生態系統。

▶ **Production transparency is one of small-scale farmers' beliefs.** 生產透明是小農的信念之一。

對話相關片語 production transparency 生產透明

國際間有越來越多政府正在扶持小農。
A growing number of governments around the world are boosting small-scale farming.

▶ **The government just passed a law that provides subsidies to small-scale farmers.** 政府剛通過一項法律，提供小農補助。

▶ **Argo-ecology is proved by many researchers to have enormous economic potentials.** 許多研究者證實，有機農作具有龐大的經濟潛力。

▶ **Let's support small-scale farmers!** 讓我們來支持小農們！

 有 機 樂 活

你知道任何關於有機農業的事嗎？
Do you know anything about organic agriculture?

▶ **Not much. But I know organic food is very popular.** 不多。但我知道有機食品很受歡迎。

▶ **This farm is promoting planting with organic fertilizer.** 這家農場正在推廣有機肥料栽種。

對話相關單字 organic 有機的；fertilizer 肥料

現在很流行吃有機食品。
It's very popular to eat organic food now.

Part 5

Ch 1

Ch 2

Ch 3

Ch 4

Ch 5

永續環保

Ch 6

▶ **Lots of supermarkets sell organic food.** 很多超市都有販售有機食品。
▶ **There are some farmers devoted to growing organic vegetables.** 有一些農夫致力於有機蔬菜種植。

Track 1519

有機蔬果的益處是什麼？
What are the benefits of organic fruits and vegetables?

▶ **Are organic fruits and vegetables good for losing my weight?** 有機蔬果對我的減肥有好處嗎？
▶ **Is it beneficial for anti-aging and skin if I eat organic fruits and vegetable?** 如果吃有機蔬果，是不是對抗老化和肌膚有好處？
▶ **I heard that organic food is rich with vitamins and minerals.** 我聽說有機食品含較高的維他命及礦物質。

對話相關單字 benefit 益處、好處；beneficial 有益處的

Track 1520

有機食品是不含毒素的。
Organic food is toxin-free.

▶ **Organic food is healthier because it contains less chemicals.** 有機食品較為健康因為它所含的化學物較少。
▶ **To make it short, eating organic food is a healthy lifestyle.** 長話短說，食用有機食品是一種健康生活風格。
▶ **Vegetables and fruits are good for our health.** 蔬果有益健康。
▶ **Lots of fruits contain vitamin C.** 很多水果蘊含維他命C。

對話相關單字 toxin 指的是飲食中含有的「有毒物質」，與 poison 所指之「毒藥」不同。

Track 1521

這幾年來我經常聽到「樂活」這個詞。
I've heard the term "LOHAS" frequently these years.

▶ **What does LOHAS mean and why is it so all the rage?** 樂活是什麼意思，為什麼這麼受歡迎？
▶ **It means "lifestyles of health and sustainability."** 它指的是以健康及自給自足的方式過生活。
▶ **LOHAS is a new idea for lifestyle.** 樂活是一種生活方式的新主張。

我晚餐後通常會和家人去散步。
I usually go for a walk with my family after dinner.

▶ **I like to go to work by bike.** 我喜歡騎腳踏車去上班。
▶ **My father goes jogging every morning.** 我爸爸每天早上去慢跑。
▶ **I walk my dog twice a week.** 我每週蹓狗兩次。
▶ **There are lots of nice places to go for a hike in the suburbs of Taipei.** 台北近郊有很多健行的好地方。
▶ **I always bring my water bottle with me when I start my morning with a pilates lesson.** 我以皮拉提斯開啟我的早晨，我也總是會自己帶水瓶去上課。

對話相關單字 pilates皮拉提斯

 全球暖化

你對這個議題了解多少？
How much do you know about this issue?

▶ **What do you think about environmental protection?** 關於環保，你是怎麼想的？
▶ **Are you interested in discussing the issue of global warming?** 你對討論全球暖化議題有興趣嗎？
▶ **Can I say something about this topic?** 關於此議題，我能發言嗎？

對話相關單字 topic 話題、議題

全球暖化情況危急嗎？
Is the condition of global warming critical?

▶ **How serious is the situation of global warming?** 全球暖化情況有多嚴重？
▶ **How bad is global warming at present?** 現在全球暖化情況多糟？

對話相關單字 critical 危及的、要緊的、關鍵性的

北極融冰的速度快的超乎預期。
Arctic ice is melting faster than expected.

Part 5

Ch 1

Ch 2

Ch 3

Ch 4

Ch 5

永續環保

Ch 6

▶ **Abnormal super rainstorms have caused many floods all over the world.** 異常的超級暴風雨已在全世界造成許多水災。

▶ **Greenhouse effect leads to more and more natural disasters.** 越來越多天災是由地球暖化所造成。

▶ **The changes of the global climate look unusual.** 全球氣候變化看起來不尋常。

▶ **Greenhouse effect makes the temperature of earth increase year by year.** 溫室效應造成地球溫度逐年持續上升。

| 對話相關單字 Arctic 北極的、北極圈的（形容詞）；北極地帶（名詞）

◀ *Track 1526*

情況越來越糟了。
It's getting worse and worse.

▶ **It depends on how we reduce environmental pollution.** 視我們如何減緩環境汙染而定。

▶ **It depends on how we improve the environmental destruction.** 視我們如何改善環境破壞而定。

▶ **It depends.** 視情況而定。

◀ *Track 1527*

我獲邀參加全球暖化研討會。
I was invited to an international global warming seminar.

▶ **I'm going to attend a speech about environmental protection.** 我將要參加一場關於環保議題的演講。

▶ **Mr. Chen will give a lecture about the global warming.** 陳教授將針對全球暖化進行一場演講。

▶ **The main topic of the meeting is global warming.** 此次會議的主要議題是全球暖化。

| 對話相關單字 speech 為「演講」之意；lecture 則偏向學術方面的「演說」，也有「授課、講課」之意。

 公 害 污 染

◀ *Track 1528*

都市的空氣汙染比鄉鎮嚴重。
Air pollution in the city is more serious than that in the countryside.

▶ **A large amount of car and scooter exhaust pollutes the air severely.** 大量汽機車廢氣嚴重汙染空氣。

▶ **Besides, the exhaust emission from factories also affects the air quality.** 除此之外，工廠排放的廢氣也會影響空氣品質。

▶ **Smoking not only hurts your health, but also causes air pollution.** 吸菸不只損害健康，也會造成空氣汙染。

對話相關片語- exhaust emission 廢氣排放

◀ *Track 1529*

河川汙染嚴重影響生態平衡。
Water pollution severely affects the ecological equilibrium.

▶ **Water pollution also brings about soil pollution.** 水污染也會導致土壤污染。

▶ **Too much waste from factories were poured into the rivers, so many rivers were polluted.** 太多來自工廠的廢棄物被傾倒入河裡，所以許多河川被汙染了。

▶ **The river renovation of LuChuan in Taichung is really successful.** 台中綠川的河水整治相當成功。

對話相關片語- ecological equilibrium 生態平衡；river renovation 河川整治

◀ *Track 1530*

行駛中火車發出的聲音真的很吵。
The sound of a running train is really noisy.

▶ **I can't stand the noise of firecrackers.** 我完全受不了鞭炮的噪音。

▶ **The noise of a passing airplane really disturbs me.** 飛機經過的噪音真的會惹惱我。

對話相關用法- 人+can't stand=無法忍受、受不了
對話相關單字- noisy 吵雜的、吵鬧的；noise 噪音、吵雜聲

◀ *Track 1531*

施工噪音經常打擾到我們。
The noise from the construction site often bothers us.

▶ **Would you please keep your voice down? It's already midnight now.** 能否請你們降低音量呢？現在已經半夜了。

▶ **Some people think that the full volume from outdoor concerts can be called noise pollution.** 有些人認為戶外音樂發出的最高音量可被稱為噪音汙染。

對話相關單字- voice 為人所發出的「聲音」；sound 為「聲音、聲響」之意；volume 則為「音樂的音量」。

Part 5

Ch 1

Ch 2

Ch 3

Ch 4

Ch 5

永續環保

Ch 6

Track 1532

政府應設立更嚴格的政策以降低環境汙染。
The government should establish more strict policies to reduce environmental pollution.

▶ The improper garbage disposal is one of the causes of environmental pollution.
不正確的垃圾處理是環境汙染的成因之一。

▶ Toxic exhaust emissions and effluents from factories should be strictly restricted. 工廠有毒氣體的排放和汙水排放應被嚴格禁止。

對話相關單字 cause 當名詞時為「成因、原因」之意；effluent 廢水，汙水

 **資源回收**

Track 1533

政府持續宣導垃圾資源回收的重要性。
The government keeps promoting the importance of garbage recycling.

▶ Do you sort your family trash and recycle it? 你會進行家庭垃圾分類和回收嗎？

▶ We should try our best to reduce the amount of home garbage. 我們應該盡力減少家用垃圾量。

對話相關單字 promote有「宣導、促銷、促進」之意。

Track 1534

我不清楚怎麼將這些垃圾進行分類。
I have no idea about how to sort the garbage.

▶ You should put the leftovers into a specific recycling bucket. 你應該將廚餘倒進特定回收桶。

▶ Centralize bad-printed copies and newspapers in the wastepaper collection place. 將印壞的廢紙和報紙集中在廢紙收集處。

▶ My mom sorts home garbage carefully every day. 我媽每天都仔細進行家用垃圾分類。

對話相關片語 人+have/ has no idea about 不知道、不清楚

415

廢電池也是資源回收性垃圾。
Waste batteries are also recyclable garbage.

▶ **Where can I go to recycle these scrap fluorescent lamps?** 我可以去哪裡回收這些廢日光燈？

▶ **I don't know how to deal with unwanted furniture.** 我不知道如何處理不要的家具。

> 對話相關單字 recycle 資源回收（動詞）；recyclable 可回收的、具回收性的（形容詞）。

請收集這些鋁罐和保特瓶。
Please collect these PET bottles and aluminum cans.

▶ **Don't throw a plastic bottle into the general-garbage can.** 別把塑膠瓶丟進一般性垃圾桶。

▶ **Don't forget to recycle aluminum foil wraps.** 別忘了回收鋁箔包

> 對話相關片語 PET bottle 和 plastic bottle 都可表示「寶特瓶」；plastic 則為「塑膠」。

玻璃和金屬物質也是可回收的。
Glass and metal materials are also recyclable.

▶ **I suggest you to re-use plastic bags.** 我建議你重複使用塑膠袋。

▶ **We can make another use of an empty jam jar; for example, you can put some flowers into it to make your house more beautiful.** 我們可以其他方式利用空果醬瓶，例如插些花進去來美化居家。

▶ **Bring a canvas shopping bag with you while you go shopping.** 去逛街時帶著帆布購物袋吧！

> 對話相關單字 canvas 帆布
> 對話相關片語 shopping bag 購物袋

Part 5

Ch 1

Ch 2

Ch 3

Ch 4

Ch 5

永續環保

Ch 6

 節能減碳

Track 1538

節能減碳的概念越來越受歡迎。
The concept of energy conservation and carbon reduction is getting popular.

▶ Energy efficiency and CO2 reduction has been an important concept of environmental protection recenfly. 節能減碳成為近年來重要的環保觀念。

▶ Please follow the approaches of energy saving and carbon reduction to save our **planet**. 請響應節能減碳做法來拯救地球。

> 對話相關單字 planet 星球;
> 對話相關片語 our planet 我們的星球,意指「地球」。

Track 1539

離開房間時請關燈以節省能源。
Please turn off the light when you leave a room in order to conserve energy.

▶ Would you please turn the air conditioner off before you go out? 能不能請你出門前關冷氣?

▶ I told my sister to turn off her computer before going to bed to save the energy. 為了節省能源,我告訴我妹睡前要關電腦。

> 對話相關片語 conserve the energy / save the energy 都可表達「節省能源」;conserve 和 save 皆為「節省」的動詞。

Track 1540

我們還能為節省能源做些什麼?
What else can we do for energy conservation?

▶ Any good ideas for energy saving and carbon reduction? 關於節能減碳還有其他好想法嗎?

▶ Tell me more about energy conservation methods. 多告訴我些關於節省能源的做法。

▶ The government should support and promote the benefits of sustainable energy to the world. 政府應支持並推廣永續能源對世界的好處。

我們最好多搭乘大眾交通工具來減少二氧化碳排放。
We'd better make more use of public transportation to reduce CO2 emissions.

▶ **Riding a bike to work instead of driving your car is also a good way.** 騎腳踏車上班取代開車上班，也是個好方法。

▶ **Drive your car less frequently unless you are going on a long distance trip.** 少開車，除非有長途行程。

對話相關片語 - instead of+名詞／動名詞=以……取代

避免購買瓶裝水。
Avoid buying bottled water.

▶ **I bring my eco-friendly cup with me all the time.** 我總是隨身攜帶環保杯。

▶ **Most of my friends bring re-usable chopsticks when they eat out.** 我大部份的朋友外出用餐時都會使用環保筷。

▶ **Reducing the usage of disposable utensils and plastic bags is very environment friendly.** 減少免洗餐具和塑膠袋使用是很環保的。

對話相關單字 - eco-friendly 對環境友善的，意指「環保」；re-usable 可重複利用的
對話相關片語 - disposable utensil 免洗餐具

減少開車有助節能減碳。
Driving less will help save energy and reduce carbon emission.

▶ **Use less air conditioning is good to our environment.** 少開冷氣對環境有益。

▶ **To go green is a serious issue.** 綠化地球是個嚴肅的議題。

▶ **Decreasing global warming pollution is everyone's responsibility.** 減緩地球暖化是我們的責任。

▶ **We should protect the place we live.** 我們應該保護我們生活的地方。

▶ **We started doing recycling many years ago.** 我們很多年前就開始進行資源回收。

Part 5

Ch 1

Ch 2

Ch 3

Ch 4

Ch 5

永續環保

Ch 6

生態平衡

Track 1544

動物棲息地變得越來越少。
The animal habitats have become less and less.

▶ **Fast-melting Arctic ice is a serious threat to polar bears.** 快速北極融冰對北極熊是很大威脅。

▶ **Human destruction to primary forests reduces tiger's habitats a lot.** 人類對原始森林的破壞大大減少老虎的棲息地。

▶ **Desertification is the result of wanton deforestation.** 土地沙漠化是任意森林砍伐的結果。

對話相關片語 primary forest 原始森林；desertification 沙漠化；wanton 任意的、放肆的；deforestation 森林砍伐

Track 1545

我們不能忽視汙染和食物鏈間的相互影響。
We can't ignore the mutual influence between pollution and the food chain.

▶ **Human beings are the greatest destructor to the food chain.** 人類是食物鏈中最大的破壞者。

▶ **Human destruction unbalanced the food chain.** 人為破壞造成食物鏈失衡。

對話相關片語 food chain 食物鏈

Track 1546

海洋生態情況變得越來越糟。
The condition of the aquatic ecosystem is getting worse and worse.

▶ **The destruction of aquatic ecosystem resulted in the decrease in seafood supplies.** 海洋生態破壞導致海鮮供應量減少。

▶ **We should try our best to maintain the health of aquatic ecosystem.** 我們應該盡力維護海洋生態健康。

▶ **Stop eating shark fin soup from now on!** 從現在開始停止吃魚翅吧！

對話相關片語 shark fin soup 魚翅湯

環境破壞嚴重地影響生態平衡。
Environmental destruction severely affects the ecological balance.

▶ **Human activities greatly spoiled the ecological balance.** 人類活動大大破壞了生態平衡。

▶ **We destroyed our mother nature by ourselves.** 是我們自己破壞大自然環境的。

（對話相關片語）▶ mother nature 大自然

科學家警告越來越多動物正瀕臨絕種。
Scientists have warned that more and more animals are on the verge of extinction.

▶ **Sharks are one of the endangered species due to the massive hunting.** 因為大量捕捉，鯊魚是瀕臨絕種動物之一。

▶ **Seahorses have become endangered species.** 海馬已經變成瀕臨絕種動物。

（對話相關單字）▶ extinction 絕種、滅種；species 物種
（對話相關片語）▶ endangered species 瀕臨絕種動物

Part 5

Part 5

Ch 1

Ch 2

Ch 3

Ch 4

Ch 5

Ch 6

Chapter 06 科學新知

 綠 能 建 築

◀ *Track 1549*

綠建築最近很受歡迎嗎？
Are Green Buildings very popular recently?

▶ Yeah, they're very environmentally-friendly. 是啊，它們很環保。

▶ I think it provides people an eco-friendly and healthy living space. 我認為它提供人們一個生態保護和健康的居住空間。

對話相關片語 Green Building/ Green Construction 綠建築，為專有名詞，所以字首為大寫。

◀ *Track 1550*

綠建築是如何建造而成的？
How is a green building constructed?

▶ Green construction means to use less resource in the process of construction. 綠建築指的是在建築過程中使用較少資源。

▶ Green construction is now considered an approach to better the ecological condition of the earth. 綠色建造已被視為是一種使地球的生態條件變得更好的方法。

對話相關單字 build 建造；ecological 生態的

◀ *Track 1551*

建築師選用自然建材來建造綠建築。
Architects choose natural building materials to construct a Green Building.

▶ Lots of stones and woods are used in a Green Building. 許多石頭和木材都被使用在綠建築中。

▶ Glass and metals also belong to natural and environmental construction materials. 玻璃和金屬也屬於自然、環保建材。

對話相關片語 belong to 屬於

好的窗戶設計應能讓陽光和風進入屋子。
A good design of windows should make sunshine and wind go into the house.

▶ **Then people don't have to swtich on too many lights during daytime.** 那麼人們就不需在白天開太多燈。

▶ **A Green Building can reduce much the consumption of electricity.** 綠建築可以減低許多用電量。

▶ **You would feel comfortable in a green house because it's not too hot and cold.** 在綠建築裡你會覺得舒適，因為它不會太冷和太熱。

對話相關片語 consumption of electricity 用電量

綠建築提供你一個節能的家。
Green Architecture provides you with an energy-saving home.

▶ **Your house can help the earth save energy as well.** 你的房子也能幫助地球節省能源。

▶ **Most people would dream of living in this kind of cozy house.** 大部分的人都會夢想住在這樣舒適的房子裡。

對話相關單字 energy-saving 節能的

 奈米技術

奈米是什麼意思？
What does nanometer mean?

▶ **May I beg your pardon?** 抱歉，可以請你再說一次嗎？
▶ **Pardon? I've never heard about the term before.** 什麼？我從沒聽過這個詞。
▶ **Could you say it again?** 請你再說一次好嗎？

它是最新科技嗎？
Is it the latest technology?

Part 5

Ch 1

Ch 2

Ch 3

Ch 4

Ch 5

Ch 6

科
學
新
知

▶**Not really.** 不算是。

▶**Many people talk about Nanotechnology, but I really don't know much about it.** 很多人在討論奈米科技，但我真的了解不多。

▶**I heard that Nanotechnology can be applied in many ways.** 我聽說奈米科技可以有許多應用方法。

對話相關單字 latest 最新的；Nanotechnology 奈米科技

Track 1556

奈米科技大量運用於醫學和生物科技領域上。
Nanotech is used a lot in the medical and biological field.

▶**Scientists apply the nano-film on the knee replacement to prevent infection.** 科學家在人工膝關節上覆蓋奈米薄膜以避免感染。

▶**Nanotech is also put into use in biotechnology to develop more biomaterials.** 奈米科技也應用於生物科技上，以發展更多生物材料。

對話相關單字 field 領域；film 薄膜（名詞）；覆蓋薄膜（動詞）

Track 1557

奈米醫療機器人已被證實具有極大益處。
Nanorobot surgeon has been proved to be of great help.

▶**It might be used for the diagnosis and treatment of cancer.** 它被用來診斷和治療癌症。

▶**The cancer cells can be destroyed with nanotech without damaging the surrounding tissue.** 癌症腫瘤可被奈米科技破壞，而且不傷害周圍組織。

對話相關單字 cancer 癌症；surrounding 周邊的；tissue 組織
對話相關片語 cancer cells 癌細胞

Track 1558

奈米科技和我們的日常生活有其他連結嗎？
Are there any other connections between nanotech and our daily life?

▶**It is possible to buy an energy-saving battery produced by nanotech.** 買到以奈米科技製造的節能電池是可能的。

▶**Nanotech has been carried out on home appliances.** 奈米科技已經實行在家電用品上。

Track 1559

奈米科技可以幫助洗衣機去除異味。
Nanotech can help get rid of the musty smells from laundry machines.

▶ **The photocatalyst filter is applied on the cycling system of air conditioners.** 光觸媒濾網已運用於冷氣機循環系統。

▶ **Clothes produced with nanotech can reflect, block, and absorb UV.** 奈米製成的衣物可以折射、阻擋和吸收紫外線。

對話相關單字 musty smell 霉味；photocatalyst 光觸媒；filter 濾網；cycling 循環的

 生 物 科 技

Track 1560

生物科技和農業結合對農夫幫助不少。
The integration of biotech and agriculture has assisted farmers a lot.

▶ **Scientists modify the gene of plants to keep off pests.** 科學家改變植物基因來避免害蟲。

▶ **Some genetic-modified plants grow faster or look different.** 一些基因改造植物生長較快或者看起來不太一樣。

▶ **Soybeans and tomatoes are common genetic-modified food.** 大豆和番茄是一般常見基因改造食品。

對話相關單字 integration 結合、融合；biotech 生物科技；agriculture 農業；modify 改造、改良；gene 基因；pest 害蟲；genetic-modified food 基因改造食品

Track 1561

那生物科技應用於藥品呢？
How about biotech applying to medicine?

▶ **Some scientists put emphasis on researching botanical drugs.** 一些科學家將重心放在研發草本藥物。

Part 5

Ch 1
Ch 2
Ch 3
Ch 4
Ch 5
Ch 6
科學新知

▶ **It is said that some botanical new drugs meet the clinical demands.** 聽說一些草本新藥滿足臨床上的需求。

對話相關片語- apply to 應用於；put emphasis on 著重於、將重心放在；it is said that＋子句 聽說……；clinical demand 臨床需求

Track 1562

生物科技在營養補充品的應用上，有傑出的成績。
The achievement of biotech application to nutritional supplementis is remarkable.

▶ **Some friends told me that evening primrose oil is good to balance females' physical function.** 一些朋友告訴我見草油對平衡女性生理機能很好。

▶ **Grape seed oil and propolis are also good health food to enhance our immunity.** 葡萄籽油和蜂膠也是提升免疫力不錯的保健食品。

對話相關單字- nutritional 營養的；supplement 補充（品）；immunity 免疫力、免疫機能

Track 1563

許多女性開始服用美容保養保健品。
Many women start to take beauty care supplement.

▶ **My friend takes collagen daily to make her skin tighter and brighter.** 我朋友每天服用膠原蛋白讓她的肌膚更緊實和透亮。

▶ **Biotech application to beauty care and nutriment industries always attracts women's eyes.** 生物科技在美容保養和保健食品產業上的應用總是吸引女性目光。

對話相關單字- collagen膠原蛋白；industry 產業

 星際奧秘

Track 1564

你對太陽系了解多少？
How much do you know about the solar system?

▶ **I only know the sun is the only star in the solar system.** 我只知道太陽是太陽系裡唯一的恆星。

▶ **The sun is located at the center of the solar system.** 太陽位於太陽系的中心。

Track 1565

其他星球繞著太陽運轉。
Other planets rotate around the sun.

▶ **Can you name the nine planets of the solar system?** 你能說出太陽系九大行星的名字嗎？

▶ **They are Mercury, Venus, Earth, Mars, Jupiter, Saturn, Uranus, Neptune and Pluto.** 它們是水星、金星、地球、木星、土星、天王星、海王星和冥王星。

Track 1566

原本，太陽系中列名九顆行星。
Originally, there are nine planets listed in the solar system.

▶ **Astronomers recognized that Pluto is too small to be a planet, and have decided to remove its name as a planet.** 天文學家認定冥王星太小了不足以成為星球，已決定將它從行星中除名。

▶ **Therefore, pluto has become a new term meaning "to demote someone or something".** 所以「pluto」已經成為一個新詞，代表使某人或某物降級。

Track 1567

我聽說火星和地球環境相似。
I heard that the environment of Mars is similar to the Earth.

▶ **Mars is the fourth planet from the sun in the solar system.** 火星是太陽系中從太陽數起的第四顆行星。

▶ **The surface of Mars looks reddish, so it's also called "the red planet."** 火星表面看起來紅紅的，所以也叫紅色星球。

Track 1568

我弟是個超級天文迷。
My younger brother is a big fan of astronomy.

▶ **He knows much about meteors and comets.** 他知道很多關於流星和彗星的事。

▶ **He told me a long story about why Pluto becomes a dwarf planet.** 他告訴我許多關於冥王星變成矮行星的故事。

Part 5

Ch 1
Ch 2
Ch 3
Ch 4
Ch 5
Ch 6

科學新知

▶**Maybe he'll become an astronaut or astronomer in the future.** 也許他將來會成為太空人或天文學家。

對話相關單字 astronomy 天文學；astronaut太空人；astronomer 天文學家
補充新知 次於行星一級的稱為「矮行星」，也就是例句中的 dwarf planet。

◀ *Track 1569*

我兒子夢想將來能成為太空人或天文學家。
My son is dreaming of becoming an astronaut or astronomer in the future.

▶**Neil Armstrong is the most famous astronaut in the history.** 阿姆斯壯是史上最有名的太空人。
▶**But we should know that there are many extraordinary female astronauts as well.** 但我們應該也要知道現在有許多傑出的女性太空人。
▶**Their efforts always go unnoticed.** 她們的努力總是被忽略。

對話相關單字 extraordinary 非凡的、出色的

 前進宇宙

◀ *Track 1570*

外星人真的存在嗎？
Do aliens really exist?

▶**I don't believe there are any aliens in other planets.** 我不相信其他星球會有外星人。
▶**As far as I know, the existence of aliens is possible.** 據我所知，外星人的存在是可能的。
▶**I heard that the aliens have come to visit the earth.** 我聽說外星人曾造訪地球。

對話相關單字 aliens 外星人；existence 存在（名詞）
對話相關片語 as far as I know... 據我所知

◀ *Track 1571*

太空人乘著太空船在外太空探險。
Astronauts take spacecrafts to explore the outer space.

▶ **People call unidentified flying objects in the sky UFO.** 人們稱天空中的不明飛行物體為幽浮。

▶ **Many fans of UFO believe that the aliens take an UFO to our planet.** 許多幽浮迷相信外星人乘著幽浮來到地球。

▶ **UFO has become a popular culture.** 幽浮已經成為受歡迎的文化。

▶ **Some people believe that the Crop Circles are made by aliens.** 有些人相信麥田圈是外星人造成的。

◀ *Track 1572*

你聽過銀河嗎？
Have you ever heard of the term Milky Way?

▶ **Sure! The Milky Way is another name of galaxy.** 當然啦！那是銀河系的另一個名稱。

▶ **Scientists measure the Galaxy with light-year.** 科學家以光年估量銀河系。

▶ **There are thousands of stars in the Galaxy.** 銀河系中有成千上萬的星體。

對話相關單字- measure 估量；light-year 光年

◀ *Track 1573*

還有更多銀河系在銀河系之外。
There are still more galaxies beyond the Galaxy.

▶ **There are countless other large galaxies in the outer space.** 外太空還有數不清的更大的星系。

▶ **The day will come when people can take a spaceship to other planets.** 總有一天，人們將能乘著太空船到其他星球。

◀ *Track 1574*

火星人是否真的存在？
Do Martians really exist?

▶ **Humans will solve the mystery someday.** 人類總有一天會解開謎團。

▶ **It would remain a mystery until people find them.** 那將會是個謎，直到人們發現他們。

▶ **My grandfather said he was kidnapped by aliens when he was a little kid.** 我阿公說他小時候有被外星人綁架過。

對話相關單字- Martian 火星人；mystery 謎、神秘

Part 5

Ch 1

Ch 2

Ch 3

Ch 4

Ch 5

Ch 6

科學新知

 未 來 科 技

Track 1575

你能想像未來科技將如何發展嗎？
Can you imagine how science and technology will develop in the future?

▶ **I guess scientists would make "impossible" possible.** 我想科學家會把不可能變成可能。

▶ **Nothing is impossible; let's just wait and see.** 沒什麼事是不可能的，讓我們等著看吧。

▶ **We will make our imagination come true someday.** 總有一天我們會讓想像成真。

對話相關單字 - imagine 想像（動詞）；imagination 想像、幻想、異想（名詞）

Track 1576

也許有一天我們可以開著車在天上飛。
Maybe someday we will fly our cars in the sky.

▶ **Then how will airplanes possibly end up?** 那麼飛機會變成什麼樣？

▶ **Perhaps we could take a spaceship travelling in the outer space.** 也許我們將可以搭乘太空船在外太空旅行。

對話相關單字 - maybe/ perhaps/ probably 都可表示「或許、也許」。

Track 1577

機器人將來可以為我們做什麼？
What can a robot do for us in the future?

▶ **It could help parents pick their children up after school.** 它可以幫家長接小孩下學。

▶ **An artificial-intelligent remote will help us connect and control all the functions of our gadgets altogether.** 人工智慧行遙控器可以幫我們把所有電子產品整合連結和控制。

Track 1578

我希望螢幕有一天會像紙一樣薄。
I wish the screen will be as thin as paper in the future.

▶ **You know that has already happened, right?** 你知道那已經成真了，對吧？

▶ **Maybe we can fold a screen and carry it on the go.** 也許有一天我們可以把螢幕折起來然後隨身攜帶。

▶ **That's fun. Maybe we can buy a roll of screen in a store in the future.** 真好玩。也許未來我們將在店裡買到一捲螢幕。

對話相關片語 a roll of 一捲

◀ *Track 1579*

縫一個可以為你播放音樂的晶片在 T 恤上如何？
How about sewing a smart chip on your T-shirt that can play music for you?

▶ **Then I will become a mobile music player!** 那我就變成一個行動音樂撥放器了！

▶ **I hope the smart chip can also be a part of my suit jacket.** 我希望這種晶片也可以成為我西裝外套的一部分。

▶ **In that way, I can check emails with a simple push on my shoulder!** 那我就可以簡單地按一下肩膀收信了！

原來如此 系列 E251

這些會話最常說！救急速成話題王
和外國人不尬聊的 5 大生活會話

5 大主題╳好用慣用語╳實用例句╳延伸補充

作　　者	張慈庭英語教學團隊
顧　　問	曾文旭
社　　長	王毓芳
編輯統籌	耿文國、黃璽宇
主　　編	吳靜宜
執行主編	潘妍潔
執行編輯	吳芸蓁
美術編輯	王桂芳、張嘉容
法律顧問	北辰著作權事務所　蕭雄淋律師、幸秋妙律師

初　　版	2021 年 10 月
出　　版	捷徑文化出版事業有限公司
電　　話	（02）2752-5618
傳　　真	（02）2752-5619

定　　價	新台幣 399 元／港幣 133 元
產品內容	1 書

總 經 銷	采舍國際有限公司
地　　址	235 新北市中和區中山路二段 366 巷 10 號 3 樓
電　　話	（02）8245-8786
傳　　真	（02）8245-8718

港澳地區總經銷	和平圖書有限公司
地　　址	香港柴灣嘉業街 12 號百樂門大廈 17 樓
電　　話	（852）2804-6687
傳　　真	（852）2804-6409

▶本書部分圖片由freepik圖庫提供。

捷徑 Book站

現在就上臉書（FACEBOOK）「捷徑BOOK站」並按讚加入粉絲團，
就可享每月不定期新書資訊和粉絲專享小禮物喔！
http://www.facebook.com/royalroadbooks
讀者來函：royalroadbooks@gmail.com

國家圖書館出版品預行編目資料

這些會話最常說！救急速成話題王，和外國人不
尬聊的5大生活會話 / 張慈庭英語教學團隊著. --
初版. -- 臺北市：捷徑文化, 2021.10
　面；　公分（原來如此：E251）

ISBN 978-986-5507-74-9(平裝)

1. 英語　　2. 會話

805.188　　　　　　　　　　110013037